U0432524

海外孤本晚明戏剧选集三种南戏散出考

李晓　著

新世纪戏曲研究文库

江巨荣　主编

国家出版基金项目
NATIONAL PUBLICATION FOUNDATION

復旦大學出版社

李晓，研究员，1982年南京大学文学硕士。曾任上海艺术研究所理论研究室主任、常务副所长。主要研究古典戏曲、昆曲和戏剧艺术史论。曾任上海古典文学研究会理事、上海比较文学研究会理事。为中国戏剧家协会、上海市戏剧家协会会员，任上海戏曲学会副会长。曾应邀赴日本、韩国及香港地区从事讲学和研究，任日本京都大学客席教授。曾任中国艺术研究院《昆曲艺术大典》编委、表演典副主编；江苏省文化厅中国“昆曲学”课题编委，主撰《昆曲文学概论》。发表论文百余篇，出版《古剧结构原理》、《戏剧与戏剧美学》、《中国昆曲》（中、英文版）、《古典戏曲与昆曲艺术论》等多部著作，与曾遂今合作《中国艺术史》，与唐葆祥合作昆剧《长生殿》，获市级及全国各种奖项十余次。

目　录

乐府玉树英

乐府万象新

引言

1993年6月上海古籍出版社出版了“海外珍藏善本丛书”之一《海外孤本晚明戏剧选集三种》。这部书，是由俄罗斯科学院通讯院士李福清先生和上海复旦大学教授李平先生合作编辑的。李福清先生从20世纪60年代开始，便致力于寻访散见于中国本土以外的汉籍孤本、善本、石印本和手抄本的俗文学书籍，自俄罗斯的莫斯科和彼得堡起始，造访过许多国家的图书馆和私人书库，取得了不少意外的收获。他在欧洲寻找到三种晚明戏剧选集以后，就告诉了李平教授和中国社会科学院文学研究所吴晓铃研究员。这三种戏剧选集就是李福清先生在丹麦哥本哈根的皇家图书馆发现的《乐府玉树英》(藏书号kina173)和《乐府万象新》(藏书号kina121)，以及1989年3月在奥地利维也纳的国家图书馆意外发现的《大明天下春》(藏书号189)。这三种戏剧选集在新竹清华大学王秋桂先生主持的《善本戏曲丛刊》(1984～1987年，台北学生书局出版)中没有收入，被认为是一次戏曲文献的重大发现。

古代戏曲的散出，蕴含着大量的民间戏剧的信息，包括那个时代的市民娱乐的审美意趣、社会问题的人生态度、戏曲艺术的发展轨迹，以及民间语言的流行和变化，自明正德、嘉靖以来，已有许多流行的戏曲散出的编辑选刊，因此搜集和出版这些戏曲选刊，对于文化史学、戏剧史学、语言史学、社会史学的研究来说，是一件很重要的文献工作。20世纪40年代傅芸子先生已提出重视戏曲散出的搜集和出版工作，而后有上海中国书店《秋夜月》(包括《徽池雅调》和《尧天乐》)的编辑出版，50年代王古鲁先生辑录的《明代徽调戏曲散出辑佚》(包括《词林一枝》《八能奏锦》《玉谷新簧》《摘锦奇音》《大明春》)由中华书局排印出版,80 年代胡文焕先生辑录的《群音类选》由中华书局影印出版。后来又有 1984～1987 年的王秋桂先生编辑的《善本戏曲丛刊》104 册,曲谱不计,其中 79 册搜集了 32 种戏曲选刊(有与以上相同的选刊)。戏曲散出选刊的搜集、编辑、出版,为研究工作提供了极大的便利,使我们对明、清戏曲的演出本具有了新的认识。但是,我们对已被发现的戏曲散出的研究工作还很不够,还需要进一步深入。

《海外孤本晚明戏剧选集三种》,是明万历年间的三种戏曲选刊,选有明万历及万历以前的杂剧、南戏、传奇的散出。因为南戏失传相对比较多,它们是当时的"活的记录",相当丰富和生动,很值得我们深入研究。因此,本编仅是将三种选刊中的南戏散出作为研究对象,针对各出的具体情况,采用不同的研究方法进行一些必要的考证、考释。阅读本编时,为便于阅读,最好借助《海外孤本晚明戏剧选集三种》作比照。其中不当之处,敬请方家指正。

李　晓　丁酉年春二月

大明天下春

明万历戏曲选刊《大明天下春》，全名为《精刻汇编新声雅杂乐府大明天下春》。《大明天下春》为残卷，选集中影印的仅为卷四至卷八部分，其余散出阙，因此无从知道该选刊的题署和目录。版式为上、中、下三栏，上下栏为戏曲散出，中栏为流行的俗曲时调等。上栏未标剧名，每半叶 13 行，曲文大字，行 12 字，宾白小字，行 24 字；下栏于中栏左外标有剧名，每叶 12 行，曲文大字，行 16 字，宾白小字，行 22 字。刊有散出小像 31 幅。上下栏收戏曲散出 44 种 96 出，其中包括南曲戏文。李平先生在《海外孤本晚明戏剧选集三种》卷首的《流落欧洲的三种晚明戏剧散出选集的发现》一文中从部分南戏剧名的传统命名法、俗曲时调的流行年代、滚调的初级形式等方面作了考察，认为《大明天下春》可能是在万历中期以前刊行的，编选者可能是江西籍人。笔者认同李平先生的说法。所谓“雅杂乐府”，已表明《大明天下春》是昆腔和弋阳腔、青阳腔兼收的戏曲选刊。

本书拟对卷四至卷八的南戏散出的学术、文献价值作初步的考述。这些南戏散出基本可以认为是明嘉靖年间和万历中期以前曾经在歌场上流行的作品，显现了明初南戏的基本风貌。当南戏明改本大量出现以后，它们中的有些散出也就在歌场逐渐消失了，或在比较古老的剧种中留存有它们的踪影。因此，这些散出对于我们深入研究南戏的发展历史具有着可信的实证价值，理应引起戏曲研究者的重视。

如果我们以其中南戏散出的传存情况考察，可以发现有三种大类：

第一类，原本已佚之散出，如《朝元庆寿》《邮亭适兴》《词赠佳人》三出，原本《四节记》已佚。或有旧剧的全剧改本，在改本中却没有《大明天下春》所收的散出，如《托续旧盟》《韦皋续缘》二出，明徐渭《南词叙录》著录有《玉箫两世姻缘》,已佚,然有明改本《玉环记》,但是改本中却没有《托续旧盟》《韦皋续缘》二出。又如《元帝饯别昭君》一出,原本或谓是已佚的元或明初的《王昭君》,在明改本《和戎记》中却没有这一出,此出于剧情关系重要,虽其曲牌、曲文借自元马致远杂剧《汉宫秋》第三折,但作为戏文中的北曲用法,疑其与已佚明初戏文《王昭君》有关,又没有他本,可认作是"孤本"。

第二类,无全剧的传本或改本,受民间流传的脚本和演出的影响,无定本。这类散出,情况比较复杂,因无传本或改本的约束,在流传中变化很大,纷呈异彩。在《大明天下春》中,这类散出有两种。一种是《僧尼相调》一出,即后世所谓的《思凡下山》。一般认为这戏出于《劝善记》,这种说法是有问题的。因为《劝善记》中的小戏大多吸取民间戏曲加以改造,而后又会对民间戏曲产生影响。《思凡下山》的渊源乃在民间,而《大明天下春》之《僧尼相调》唱南曲,具有自己独特的风格和特点,与嘉靖年间的《风月锦囊》的北曲《新增僧家记》不同,但都对后世的《思凡下山》有影响。另一种情况更为复杂,所谓的《三国志》,即将演三国故事的戏统称为《三国志》,其中的出戏各自有来历,在明代没发现有全本《三国志》戏文。《大明天下春》收了《翼德逃归》《赴碧莲会》《鲁肃求谋》《云长训子》《武侯平蛮》五出。其中《赴碧莲会》出于戏文《草庐记》,《鲁肃求谋》和《云长训子》出于元关汉卿杂剧《单刀会》(原有戏文《单刀会》,已失传),而《翼德逃归》和《武侯平蛮》,是根据戏班演出的脚本编撰的,很难弄清其所据何本,脚本处于不稳定的状态。

第三类,有传本或改本的散出,受民间流传的脚本和演出的影响,有改动。这类散出与传本或改本的关系比较清楚,可查考比较其变动。如《仁贵叹功》一出,可与《全家锦囊》十七卷《薛仁贵》之"薛仁贵自叹"、富春堂本戏文《白袍记》第三十一出比较。《大明天下春》之《仁贵叹功》,具有强烈的民间戏曲的特点和情感。如《兄弟叙别》《忆子平胡》《舍生待友》三出,可与《全家锦囊》十卷之《紫香囊》、世德堂刊本《香囊记》比较。《大明天下春》之《忆子》一出,与《全家锦囊》之《紫香囊》、世德堂刊本《香囊记》,有很大的不同,可能是万历年间戏班演出的脚本，也可能是受邵灿“原本”《紫香囊》的影响。

如果我们从散出的演艺情况来考察，可以发现南戏在明初时期的演艺有两大特点：一是曲牌运用不规范，二是“滚调”的出现。

明初南戏沿袭元南戏而来，民间戏班演唱南戏，在曲牌运用上是比较灵活的，甚至可以连用十一支曲牌，如在《断机训子》中，曾连用【红芍药】十一支，最后用【余文】结束。尤其是在借用北曲杂剧时，创造了简便的方法，以适用于南戏的演出习惯，人物上场用南曲引子，念定场白后即唱北曲套，如《翼德逃归》中的张飞上场唱南中吕【菊花新】，后唱北双调【新水令】套。在《云长训子》中亦如此，关羽、关平上场各唱【菊花新】，然后关羽主唱北中吕【粉蝶儿】套。这种方法在《大明天下春》中很常见。又有南北合套可以一人独唱，如在《施全祭主行刺》中，为表现施全跌宕起伏的情绪，一人主唱了双调【北新水令】、【南步步娇】南北合套；在《岳夫人收尸》中，为了表现悲愤之情，曾出现多人轮唱双调【北新水令】、【南步步娇】南北合套；即使是北曲套，也可生、旦分唱，如在《元帝饯别昭君》中。这样的用法，虽不太规范，但是在表现人物、增强演出效果上，却取得了很好的效果。南戏《荆钗记》为元书会才人所作，在民间演出过程中，会被多人染指修改，此戏在《大明天下春》中为后人保留了民间演出的面目，极为可贵。

《大明天下春》中已经出现了“滚调”，但为数不多，也很简单粗疏。“滚调”原是从弋阳腔的滚唱发展而来，明嘉靖、隆庆年间，弋阳腔流入徽州、池州等地，与当地的徽州腔、青阳腔结合，除滚唱外又创造了滚白，滚唱与滚白的结合，很快在徽池地区发展起来，人称“滚调”。到万历中后期，青阳腔的“滚调”已很成熟，著称一时。我们在《大明天下春》中看到的“滚调”，还是比较早的，属于初期的形态。因此，它具有探讨“滚调”发展的研究价值。如在《元帝饯别昭君》中，汉元帝、王昭君唱【金珑璁】引子后，旦紧接“乘驾相携出汉宫，绣鞋跌绽手搥胸”句，生接“此生要识娇妻面，除是南柯一梦中”句，此四句似是青阳腔滚唱的早期形式，很简单。如在《僧尼相调》中，小和尚上场唱【江头金桂】曲后，有滚白“谨尊五戒要除荤”云云（小字双行）。又如《旷野奇逢》

中,则用七言诗表现:“(生)心慌步急路难行,娘子原何不细听。非是卑人亲妹子,如何连应两三声?(旦)君子听我说因依,非是奴家惹是非。母弃孩儿寻不见,使我心下自惊疑。”七言诗当是滚唱。此出无疑是青阳腔本。在《大明天下春》中,凡“滚调”概不注“滚”字,可见其为万历中期以前(可谓初期)的刊本。在《大明天下春》中考察其选出与他本的关系,如《玉莲别父于归》中的【沉醉东风】六曲,其中三曲与嘉靖年的《全家锦囊》本和万历十三年的世德堂本基本同,此出戏世德堂本与锦囊本同源,在流行演出中作了适当的修改而形成在《大明天下春》中的面目。可佐证《大明天下春》编辑不会早于万历十三年之前。

笔者尝试着对《大明天下春》26 种 62 折的南戏散出,所作的考察和探索,乃浅陋之见,或有所得,望能引起探讨的兴趣。以上的南戏散出的分类和特点,亦适用于以下二种《乐府玉树英》和《乐府万象新》。

卷四

一、《朝元庆寿》《邮亭适兴》《赐赠佳人》

卷四上栏:《朝元庆寿》《邮亭适兴》《词赠佳人》三出,《九宫正始》第五册引【金钱花】曲,题名《四节记》“明传奇”,实为明戏文。《曲海总目提要》[1]卷十七《四节记》分四条著录,第一题作《曲江记》,云:“共作春夏秋冬四景,凡四卷,名为《四节》。以杜甫、谢安、苏轼、陶穀各占一景。第一卷曰《杜子美曲江记》,因少陵《曲江》诗,有‘典衣尽醉’之句,故标其事而增饰成之也。”第二题作《东山记》,云:“此四景中第二卷,曰《谢安石东山记》,言安与王羲之署月围棋,闻其侄玄破苻坚信,不觉屐齿之出。谢安本以东山著名,故曰《东山记》也。”第三题作《赤壁

---

① 董康编:《曲海总目提要》卷十七,上海大东书局 1928 年版,人民出版社 1959 年重印。

记》,云:"此卷曰《苏子瞻赤壁记》,点缀轼事,以赤壁之游为主,作四时中秋景。"第四题作《邮亭记》,云:"此卷曰《陶秀石邮亭记》,记陶穀使南唐,遇秦弱兰于馆驿,作《风光好》词,有'只得邮亭一夜眠'句,又合雪水煎茶事,以为冬景故实,用备四景之一。"《四节记》似受同题材的元明杂剧的影响,如有元范康的《曲江池杜甫游春》、明王九思的《杜子美沽酒游春》、元李文蔚的《谢安东山高卧》、元阙名的《苏子瞻醉写赤壁赋》、明许潮的《苏子瞻泛月游赤壁》、元戴善甫的《陶学士醉写风光好》等。

清乾隆年间杨志鸿抄本明吕天成《曲品》卷下"能品五"著录,云:"沈(练川)作此以寿镇江杨邃庵相公者……一记分四载是此始。"[①]明祁彪佳《远山堂曲品》"雅品残稿"题作《四纪记》,亦云:"一纪四起是此始。以四名公配四景。"[②]明万历年间的《八能奏锦》题作《四游记》。杨邃庵,名一清,字应宁,原籍云南安宁,随父徙江苏丹徒。生于明景泰五年(1454),卒于嘉靖九年(1530)。成化八年(1472)进士,官至户、吏二部尚书,以武英殿大学士直内阁。既称寿相公者,该记约作于嘉靖前弘治、正德年间。

《四节记》全本已佚,仅有散出留存,无法知其全貌。散出见于各选刊,且各出题名不一,约略如此:

杜甫春事:《杜甫游春》(《乐府红珊》,郁岗樵隐、积金山人合编《缀白裘合选》作《携妓游江》)、《诗伴春游》(《赛征歌集》)

谢安夏事:《东山携妓》(《赛征歌集》,郁岗樵隐、积金山人合编《缀白裘合选》作《携妓东山》)

苏轼秋事:《朝元庆寿》(《大明天下春》,《乐府红珊》作《东坡祝寿》)、《兴游赤壁》(《词林一枝》《八能奏锦》,《群音类选》作《复

---

① 吕天成:《曲品校注》,吴书荫据乾隆年间杨志鸿抄本校注,中华书局1990年版,第181页。
② 祁彪佳:《远山堂曲品》,《中国古典戏曲论著集成六》,中国戏剧出版社1959年版,第129页。

游赤壁》,《乐府玉树英》作《坡游赤壁》,《乐府菁华》正文作《东坡游赤壁》,《乐府红珊》作《苏东坡游赤壁》,《赛征歌集》作《赤壁怀古》,郁岗樵隐、积金山人合编《缀白裘合选》作《泛舟赤壁》)

陶穀冬事:《邮亭适兴》(《大明天下春》《乐府万象新》《尧天乐》,《乐府玉树英》作《邮亭奇遇》,《赛征歌集》作《邮亭佳遇》,郁岗樵隐、积金山人合编《缀白裘合选》作《驿女扫亭》)、《词赠佳人》(《大明天下春》,《徽池雅调》作《词赠弱兰》)、《邀宾宴乐》(《八能奏锦》,《乐府红珊》作《韩熙载宴陶学士》)、《太尉赏雪》(《乐府红珊》,钱编《缀白裘》作《赏雪》)

(按:万历新岁的《八能奏锦》目录有《邀友游湖》,原阙,不知内容,无法编入。)

以上搜集的散出散落不全,"以四名公配四景",绝不是四名公一人一景一出;所谓"凡四卷","一记分四载","一纪四起",也绝不是说一记分四出,或一人一景各有四出。因此,该记有多少出,是无法确定的。明杂剧《太和记》,以二十四节气,写六人故事短剧,各具始终,每人四出,共二十四出。明嘉靖年间《全家锦续编》卷之十二收录的《四节记》,以四人四景,分春夏秋冬四季,各摘汇若干曲文,亦不能看作四出。

明万历年间《乐府红珊》收的《四节记》有《党太尉赏雪》一出,有人以为非沈采《四节记》的一出戏,然清钱德苍编辑的《缀白裘》亦有此出,作《赏雪》。此戏乃出"陶穀团茶"的典故,谓后周翰林学士陶穀与太尉党进事。宋胡仔《苕溪渔隐丛话》前集卷四:"陶穀买得党太尉故妓,取雨水烹团茶,谓妓曰:党家应没有识此。妓曰:彼粗人,安有此景。但能销金帐下,浅斟低唱,饮羔羊儿酒耳。陶愧其言。"[①]此事在元代传播颇广。元高茂卿《翠红乡子女两团聚》杂剧第一出【混江龙】有"这雪呵,供陶学士的茶灶,妆党太尉的筵席"的唱词。后来"太尉赏雪"衍变为酒令,此令规则一人妆作粗人党太尉,受酒友嘲弄。后来,

① 胡仔:《苕溪渔隐丛话》前集卷四,《四库全书》集部诗文评类。

昆曲流传有《党太尉赏雪》一出，聊作佐酒娱兴之游戏。另有同名明传奇，亦未见著录，明末《醉怡情》收有《贾志诚嫖院》一出，与戏文人物、情节不同。

二、《娄妃谏主》《点化阳明》

卷四上栏:《娄妃谏主》《点化阳明》二出，明戏曲选刊《尧天乐》亦选此二出，为明戏文《阳春记》散出。明万历刊《乐府菁华》卷五上栏选录《点化阳明》一出，正文作《真君点化阳明》，题剧名为《护国记》。万历年间《乐府玉树英》在目录中有卷五上栏《点化阳明》一出，旁列《渊明弃职归山》一出，"渊"字或为"阳"字之误，二出原文阙，亦题《护国记》。《阳春》与《护国》，实为同一剧，明无名氏作，无传本，亦未见著录，仅残存此二出，很是珍贵。元杂剧也无此同类作品。

所谓"阳春"者，以娄妃居住的阳春书院为剧名;所谓"护国"者，以王阳明(守成)平叛护国之事为剧名。剧写明正德年间事。《娄妃谏主》，写娄妃劝谏宁王安居江西为王，不要起兵叛帝，恐遭杀身灭户之祸，宁王不听。《点化阳明》，写神仙许真君化作渔翁，点化王阳明不要借兵与宁王叛乱，阳明醒悟，决定兴兵擒王平叛。据《明史》宁王权、王守成二传，明太祖子宁王朱宸濠欲谋夺帝位，娄妃苦谏无济。正德十四年(1519)朱宸濠起兵，为王守成击败，溃逃至鄱阳湖，娄妃投水死，朱宸濠被擒，次年被处死。史称"宸濠之乱"。

三、《仁贵叹功》

卷四上栏:《仁贵叹功》一出，明万历中期《群音类选》之《白袍记》戏文亦选此一出，题《仁贵自叹》。万历年间《玉谷新簧》之《白袍记》中栏题《仁贵自叹》收录【耍孩儿】"思量那日离乡井……"曲。此出写薛仁贵东征平辽之功，被奸臣张仕贵冒功受赏，自叹冤情，只得忍受，以待来日申诉。该戏文，传有明万历富春堂刊本，全名为《薛仁贵跨海东征白袍记》,《古本戏曲丛刊初集》据富春堂本影印,凡四十六出,无名氏撰,似近戏文旧本。钱南扬先生《戏文概论》认为此剧为余姚腔剧本,有人或谓青阳腔剧本。明祁彪佳《远山堂曲品》“具品”录《白袍记》,云:“曲之明者半,俚者半。俚语着一二于齿牙,便觉舌本强涩。元有《比射辕门》剧,是亦传薛仁贵者,今为村儿涂塞,令人无下手处矣。”[①]《比射辕门》,即元张国宾的《薛仁贵衣锦还乡》,皆与话本《薛仁贵征辽事略》故事相同。另有明阙名传奇《金貂记》,亦有明富春堂刊本,题名《薛平辽金貂记》,《古本戏曲丛刊初集》亦收;明《万曲长春》(《大明春》)作《征辽记》,《远山堂曲品》“杂调”著录,与《白袍记》故事有异。

明嘉靖年间的《全家锦囊》十七卷之《薛仁贵》[②],收录“薛仁贵自叹”,其实是【耍孩儿】“思量那日离乡井……”套,与《大明天下春》所录《仁贵叹功》一出比较,简略很多。曲文有改动,【耍孩儿】曲和“煞曲”(未标明)“别娇妻……”曲,有改动数字,自“君王传圣旨……”之后的“煞曲”,则与《大明天下春》所录大不同。《大明天下春》所录其【六煞】“别娇妻……”基本相同,之后有【五煞】、【四煞】、【三煞】、【二煞】、【煞尾】,酣畅淋漓地大叹其功劳,尽诉其怨恨,只愿平辽后陈情伸冤,杀了奸臣张仕贵。《全家锦囊》之《薛仁贵》与富春堂本《白袍记》第三十一出则比较相近,所录自【耍孩儿】曲起至【尾声】,其曲文则几乎全同。而《大明天下春》之《仁贵叹功》与富春堂本比较,也基本相同,但有明显的不同处。《大明天下春》所录以生唱【花阳儿】开场“边庭苦驰……”曲后有上场白“别家数载兮……”,与富春堂本第三十一折全不同。【耍孩儿】后的煞曲,其【四煞】“八里桥……”和【三煞】“杀辽兵……”,在富春堂本第三十一折中已被合并删改为“杀辽兵……”的“二煞”(也未标煞),实际上已把《大明天下春》的六、五、四、三、二煞改为五、四、三、二煞了。富春堂本中薛仁贵唱曲中有很多带白,又有末

---

① 祁彪佳:《远山堂曲品》“具品”《白袍》,《中国古典戏曲论著集成六》,中国戏剧出版社 1959 年版,第 89 页。

② 孙崇涛、黄仕忠笺校:《风月锦囊笺校》,中华书局 2000 年版,第 542 页。

扮魏国公暗上场“听介”,在《大明天下春》所录中也是没有的。《大明天下春》之《仁贵叹功》,具有浓烈的民间戏曲的特点和情感,是民间艺人的创造,虽然在传本中被改造的痕迹很明显,因“旧戏文”已佚,还是很难判定其是否是“原本”残存的散出。

四、《托续旧盟》《韦皋续缘》

卷四上栏:《托续旧盟》《韦皋续缘》二出,此二出戏情节连续。前出写薛涛受韦皋所宠,因谗言触怒韦皋,不曾往来,薛涛作《五愁诗》以献,也未见韦皋作答,便托胡曾先生前去说情,以续旧好。后出写韦皋已知玉箫抱恨而死,新宠薛涛又因事见拒,郁郁愁烦,请来胡曾先生饮酒解愁。胡先生劝慰韦皋,可趁今日寿旦,招薛涛前来庆寿。于是,胡先生差琴童去唤来薛涛,与韦皋欢叙如初。这时,卢八佐(座)节度使差官送美女为韦皋上寿,此女正是再世的玉箫,韦皋既惊又喜,为旷古情缘再开华宴。演韦皋、玉箫两世姻缘故事的戏曲有杂剧、戏文、传奇,其故事源于唐代笔记小说。韦皋事,在唐范摅《云溪友议》之《苗夫人》中已有记载,韦皋与玉箫两世姻缘事则在《云溪友议》之《韦皋》中记载亦详,各被编入宋《太平广记》卷一七〇和卷二七四。元乔吉《玉箫女两世姻缘》据其事已编为杂剧,生前之玉箫已由节度使家小青衣被改为妓女,在而后的戏文、传奇中均以妓女形象出现。

明初徐渭《南词叙录》著录明戏文《玉箫两世姻缘》,旧本已佚,无从知其全貌。明《金瓶梅词话》第六十三回提到海盐腔戏班演此戏,作《韦皋玉箫两世姻缘玉环记》。这时已题名有《玉环记》。明吕天成《曲品》卷下“妙品七”著录《玉环记》,云:“此隐括元《两世姻缘》剧,而于事多误。想作者有憾于外家耳。陈玉阳作《鹦鹉洲记》,方是实录。”[①]明

---

① 吕天成:《曲品》卷下《玉环》,《中国古典戏曲论著集成六》,中国戏剧出版社 1959 年版,第 225 页。

祁彪佳《远山堂曲品》“雅品残稿”，则云：“韦皋、玉箫两世姻缘，不过前后点出，而极意写韦之见逐于妇翁，作者其有感而作者耶？”[①]现知《玉环记》的传本有三种：一是明万历金陵富春堂刻本，题《新刻出像音注韦皋玉环记》，国家图书馆藏；二是明万历慎余馆刻本，三十二出，题《韦凤翔古玉环记》，署“玉峰如如子校梓”，国家图书馆藏，《古本戏曲丛刊初集》据之影印；三是明汲古阁刻《玉环记定本》，三十四出。

《金瓶梅词话》中海盐腔戏班演出的《韦皋玉箫两世姻缘玉环记》，应去《南词叙录》著录的《玉箫两世姻缘》不远。金陵富春堂刻本《新刻出像音注韦皋玉环记》，未能一睹，甚憾，或说慎余馆刻本《韦凤翔古玉环记》与金陵富春堂刻本差别不大，汲古阁《玉环记定本》又是据慎余馆刻本编定的。三种刻本的故事情节基本相同，写韦皋、玉箫的两世姻缘，“前后点出”，中间极意铺叙韦皋两次被逐的情节。

查万历时期的戏曲选本，所选《玉环记》的几出戏，根本没有《大明天下春》卷四的《托续旧盟》《韦皋续缘》二出，在明万历慎余馆本的《韦凤翔古玉环记》和汲古阁本的《玉环记定本》中也没有这两出戏的情节，未出薛涛其人。又读明陈玉阳《鹦鹉洲》卷首削仙□序，云：“《云溪友议》载韦南康二室事，情甚奇；《唐语林》记薛涛事，亦奇。先生合而传之，尽本事中人，人尽有致，更奇。”[②]虽已介入薛涛与韦皋情事，玉箫前世为姜家养女，后世为川东节度使卢八座之养女，然而此记中亦没有《托续旧盟》《韦皋续缘》二出的情节。因不可能看到《玉箫两世姻缘》的戏文旧本，也没有阅读国家图书馆藏的万历金陵富春堂的刻本，所以不能断言《大明天下春》卷四的《托续旧盟》《韦皋续缘》二出出自何本，权且存疑。

---

① 祁彪佳：《远山堂曲品》，《中国古典戏曲论著集成六》，中国戏剧出版社 1959 年版，第 124 页。

② 见陈玉阳：《鹦鹉洲》，卷首削仙□序，《古本戏曲丛刊二集》之《鹦鹉洲》传奇。

卷五

五、《鞫拷范雎》《须贾赠袍》

卷五上栏:《鞫拷范雎》《须贾赠袍》二出,前出有小像曰"屈拷范雎",写范雎被须贾诬告出卖国政,魏相拷打范雎问罪,范雎头撞石阶求死,被郑安平救出。后出无小像,写范雎在秦国为相,乔装旧日模样去见前来求和的魏国使臣须贾,须贾见范雎衣衫褴褛,赠予一领绨袍御寒。当范雎以秦相身份接见须贾时,乃以当初受辱的方法拷问须贾,后以赠绨袍念旧之情放了须贾。

《古本戏曲丛刊二集》据富春堂本影印的《范雎绨袍记》,无目录,也无出目。第三十三出,有小像曰"魏齐拷问范雎"。净扮魏齐上场唱【生查子】"无知贼范雎……"开始。与《大明天下春》所录比较,情节相同,曲牌相同,曲文基本同,惟念白比较繁琐,《大明天下春》所录简洁得多,略有改动。《大明天下春》生唱【入赚】曲,富春堂本作【不是路】,下场诗作:"叵耐奸臣忒毒,无辜枉受棰楚。正是救命一条,胜造七级浮屠。"与《大明天下春》所录"叵耐谗言害我身,屈招卖法苦遭刑。从空伸出拿云手,提起天罗地网人"全然不同。第三十六出,小像曰"咸阳访故"。没有《大明天下春》所录的【红绣鞋】曲,直接从丑扮驿丞上场白"自家乃咸阳驿丞……"开始,此出戏结束时又出驿丞;《大明天下春》所录不出驿丞,由生叫左右赶须贾出去结束,下场诗相同。由此看来富春堂本《范雎绨袍记》较《大明天下春》所录为早。

明万历年间,《乐府玉树英》目录卷五有《绨袍记》《须贾赠袍》,《乐府万象新》目录后集卷四亦有《须贾咸阳赠袍》,然而此二种选刊正文俱阙,后一种目录在《须贾咸阳赠袍》下注有"【红绣鞋】自家便是驿丞驿丞",正与《大明天下春》《须贾赠袍》之首曲相同。明徐渭《南词叙录》未著录《绨袍记》,钱南扬先生在《戏文概论》中认为是余姚腔剧本,题名为《范雎绨袍记》,《九宫正始》第十册引【烧夜香】曲,题名《绨袍记》"明传奇",此二出戏似出于明初戏文《绨袍记》。元有高文秀《须贾谇范雎》杂剧,明初戏文似应据杂剧而改编,然而明吕天成《曲品》(清乾隆年间杨志鸿抄本)在"作者姓名无可考"中著录《绨袍记》,云:"范雎事佳,搬出宛肖。元有拷须贾剧,何不插入?"[①]明祁彪佳《远山堂曲品》"具品"著录云:"词气庸弱,失韵处不可指屈。何不取元人《谇范叔》剧、太史公《范雎传》,合订之为善本?"[②]吕、祁二公所评的《绨袍记》似乎没有《大明天下春》之二出所描写的该剧的主要关目,令人疑惑。祁彪佳又在"杂调"中著录明顾觉宇改本《绨袍记》,批评云:"改原本十之七八,益荒(謬)不堪矣。"[③]此本佚。由此可知,吕、祁二公所批评的《绨袍记》,并非"原本",所谓"原本"应是无名氏的明初戏文《范雎绨袍记》,明徐渭《南词叙录》未著录,似乎早佚。

六、《山伯访友》

卷五上栏:《山伯访友》一出,明万历年间,《乐府玉树英》卷五作《山伯访英》,题《同窗记》(正文阙);《群音类选》作《山伯访祝》,题《赛槐荫》;《摘锦奇音》作《千里期约》,亦题《同窗记》。明《时调青昆》亦作《山伯访友》,亦题《同窗记》。明末《缠头白练》作《访友》,亦题《同窗记》。除此出戏外,选录较多的又有《送别》。如明嘉靖年间《全家锦囊》十六卷之《祝英台记》作《送别登途》《祝郎渡河》;万历年《群音类选》作《山伯送别》,又《赛槐荫》作《分别》;明末《徽池雅调》作《山伯分别》,《尧天乐》作《河梁分袂》等。此出戏的剧名,又有题《访友记》(《群音类选》)、《还魂记》、《牡丹记》。明祁彪佳《远山堂曲品》"杂调"著录《英台》,注"即《还魂》",云:"祝英台女子从师,梁山伯还魂结

① 吕天成:《曲品校注》,吴书荫据乾隆年间杨志鸿抄本校注,中华书局 1990 年版,第 380 页。

② 祁彪佳:《远山堂曲品》,《中国古典戏曲论著集成六》,中国戏剧出版社 1959 年版,第 84 页。

③ 同上书,第 122 页。

缡，村童盛传此事。或云，即吾越人也。朱春霖传之为《牡丹记》者，差胜此曲。”[①]明吕天成《曲品》下下品著录朱春霖《牡丹记》。明初徐渭《南词叙录》未著录，《全家锦囊》题《祝英台记》，《九宫正始》题《祝英台》等，注曰“元传奇”，早佚。《九宫正始》仙吕宫所引的三支曲文如下：

【醉落魄】傍人论伊，怎知道其间的实。奴见了心中暗喜。一别尊颜，不觉许多时。

【傍妆台】细思之，怎知你乔装改扮做个假意儿。见着你多娇媚，见着你□□□。见着你羞无地，见着你怎由己。情如醉，心似痴，刘郎一别武陵溪。

【前腔换头】奴家非是要瞒伊，自古道得便宜处谁肯落便宜。争奈我为客旅，争奈我是女孩儿。争奈我双亲老，争奈我身无主。今日里，重见你，柳藏鹦鹉语方知。[②]

此三曲在戏中是梁山伯访祝英台重见面时轮唱之曲，他处不见，可信其为元戏文旧曲。《大明天下春》之《山伯访友》的曲牌为：【西江月】“渭树重重障目”、【驻云飞】“莫惮艰辛”、【前腔】“乐守田园”、【前腔】“听说缘因”、【前腔】“闻说兄来”、【降黄龙】“自别书林”、【前腔】“思省”、【前腔】“欢忻”、【前腔】“衷情”、【一枝花】“我这里悄悄问原因”、【前腔】“百般谢芳心”、【前腔】“特来桃园”、【下山虎】“须臾对面”、【前腔】“风筝线断”、【斗黑麻】“金乌西坠”、【前腔】“伯劳飞燕”、【尾声】“今生未得同鸳枕”；下场诗为：“千里相逢喜气浓，一番情话又成空。流泪眼观流泪眼，只恐相思入梦中。”此与《九宫正始》所收三曲完全不同，似为明初改本，而与明末戏曲选刊《缠头百练》之《同窗记》《访友》同。

---

① 祁彪佳：《远山堂曲品》，《中国古典戏曲论著集成六》，中国戏剧出版社 1959 年版，第 121 页。

② 钮少雅、徐于室：《南曲正宫九始》，见俞为民、孙蓉蓉编《历代曲话汇编》，黄山书社 2008 年版，第 193、235 页。

此《访友》出，删去了自【西江月】“渭树重重障目”至【一枝花】之前的生白“今睹芳容如痴如醉，教我怎生消遣者!”而接着的生白“三载相亲意颇深”至【尾声】和下场诗全同。值得重视的是，生上场引子【西江月】：“渭树重重障目，江云叠叠驰神，同窗三载事关心，探访何辞远近，朋友犹如管鲍，山盟又许朱陈，那时良语见分明，别绪离情谩论。”字作小字双行排，接下是上场白“小生梁山伯是也……”，虽然未注“滚”字，仍可确定为滚唱。早期的弋阳滚调，大多不注“滚”字。在《大明天下春》选刊中大凡如此，于此亦证该选刊是比较早的。明《时调青昆》之《山伯访友》，与《大明天下春》所录比较，前面省去一大段，自生白：“三载同窗意颇深，为何半句不言真？且喜事久、人心俱不在，我低声悄悄问原因。”唱【一枝花】“我这里悄悄问原因”开始，并在戏中插了一段丑(事久)、贴(人心)玩笑戏，以缓和梁、祝过分悲伤和激动的情绪，这显然是艺人增加的。惜《同窗记》等俱佚，残存散出尚有明《全家锦囊》之“芸窗叙别”(《祝英台记》)、明《时调青昆》之《英台自叹》(《同窗记》)。

七、《元帝饯别昭君》

卷五上栏：《元帝饯别昭君》一出，明万历年间《乐府玉树英》目录卷三上栏书有《冷宫自叹》一出，题《和戎记》，卷四上栏又书有《昭君出塞》《送别阳关》二出，亦题《和戎记》，三出正文俱阙。明祁彪佳在《远山堂剧品》评陈与郊《王昭君》南北杂剧时云“明妃从来无南曲，此剧仅一出”[①]，此话不确，应该说没有文人撰写南曲的佳品。祁氏在《远山堂曲品》“杂调”已著录《和戎》，并云：“明妃青塚，自江淹《恨赋》而外，谱之诗歌，婣婣不绝。乃被滥恶词曲，占此佳境，几使文人绝笔，惜哉!”[②]在嘉靖年间的《全家锦囊》下十一卷已著录无名氏《王昭君》戏

---

① 祁彪佳：《远山堂剧品》“雅品”《王昭君》，《中国古典戏曲论著集成六》，中国戏剧出版社1959年版，第156页。

② 祁彪佳：《远山堂曲品》“杂调”《和戎》，《中国古典戏曲论著集成六》，中国戏剧出版社1959年版，第115页。

文(按:孙崇涛《风月锦囊考释》第120页题《王昭君》有注曰“此题目据正文卷题简化。卷首总目,作《昭君冷宫□(窗?)记》,不明究竟”),选录十段,第一段为开场末白,以下九段为选曲,另在《风月锦囊》“正杂两科”卷一,录有《新增王昭君出塞》《王昭君奏主诉情》二段曲。传本在钱南扬《戏文概论》中著录有余姚腔《王昭君出塞和戎记》戏文。题名不一,剧情大致相同,也有不同者。今传有明金陵富春堂刊明改本《王昭君出塞和戎记》,明嘉靖年《全家锦囊》下十一卷所选之曲与富春堂本比较,基本相同和相近,[①]疑来源于同一古本。此古本疑为已佚的元或明初戏文《王昭君》。《大明天下春》所选录的“元帝饯别昭君”,汉元帝知道画师毛延寿毁图真相以后,便册封昭君为后,欲诛毛延寿。毛逃至沙陀国,献昭君画像,诱使沙陀王发兵索取昭君。汉兵战败,以宫女萧善音代嫁又被识破,沙陀再次发兵进范,王昭君愿献身和番退兵,但要先杀毛延寿。此出戏写汉元帝安排酒宴亲自饯别昭君,恋恋不舍。昭君怨恨满朝文武没一个忠义之士,尤恨毛延寿惹起沙陀刀枪压境。昭君含恨出宫。汉元帝命大臣与国舅护送娘娘到雁门关。汉元帝目送昭君去后,亦怨苦万分,离恨难释。

此出戏中汉元帝、王昭君上场各唱双调引子【金珑璁】,旦唱引子后,紧接“乘驾相携出汉宫,绣鞋跌绽手搥胸”句,生接“此生要识娇妻面,除是南柯一梦中”句,此四句疑是青阳腔“滚”唱的早期形式。又自【新水令】以下诸曲,全仿元马致远《汉宫秋》杂剧第三出,全套曲牌同,惟“鸳鸯煞”改书“余文”,曲文大同小异,所谓“小异”,即文字略有改动,又一人主唱改为生、旦分唱。这是一个奇怪的用法,或许正是明初戏文吸收北曲套数的原始用法,或许仍作北曲唱。无论唱北唱南,俱不规范。若果真如此,则是一种值得研究的特例。

查《古本戏曲丛刊二集》据富春堂本影印的《和戎记》,无目录,正文也没有这一出戏。在戏曲选刊中各有选出,题《和戎记》者甚多,然也有题《青塚记》者,如明崇祯年间的《怡春锦》,也有题《和番记》者,如

---

① 参阅孙崇涛:《风月锦囊考释》,中华书局2000年版,第120页。

明末《尧天乐》。然《大明天下春》此出戏，在各戏曲选刊中没有发现。果真如此，此出戏是孤本了。

八、《僧尼相调》

卷五上栏：《僧尼相调》一出，写碧桃山小和尚逃下山去，与逃出仙桃庵的小尼姑相遇，两情有意，约定夕阳西下处有心人会有心人。此出戏常与《尼姑下山》连演，称《思凡下山》。因是民间流传的小戏，在流传中的变化比较复杂，然各本大同小异，出处亦各有说法。万历年间《乐府玉树英》在目录中卷四有《尼姑下山》《僧尼相调》二出，正文阙，剧名未题，卷五目录中有《目连描容》一出，题《劝善记》，正文亦阙。郑之珍的《目连救母劝善记》约编撰于明万历九年左右，《乐府玉树英》刊刻于万历二十七年，《大明天下春》刊刻时间较《乐府玉树英》为早，然不会早于《劝善记》；万历二十八年的《乐府菁华》卷四选《尼姑下山》（正文作《尼姑下山求配》）、《僧尼调戏》（正文作《和尚戏尼姑》）二出，题《目连记》；万历中期的《群音类选》选《尼姑下山》，附《小尼姑和尚下山》《挑经挑母》《六殿见母》，题《劝善记》。所以一般认为此二出戏出于《劝善记》，但是这样说不能绝对化，因为《劝善记》中有很多出戏取于民间戏曲，进行加工改造，在《劝善记》编撰之前已经有此二出的流传；在《劝善记》编撰之后，此二出又会受到《劝善记》的影响，所以此二出戏很难有定本（昆曲流传的梨园本除外）。

明万历元年的《词林一枝》卷四中层选《尼姑下山》，来源于民间，无曲牌，无宾白，更没有剧名。嘉靖年间的《风月锦囊》，在“正杂两科”选录有《尼姑下山》（按：后世称《思凡》）、《新增僧家记》（按：和尚下山前所唱之曲），《尼姑下山》在此不作探讨，因《大明天下春》未收，但它是现今所知最早的本子，后世流行的《尼姑下山》是由此加工改编而成的，其收的《僧家记》可说是孤本，后世流行的《下山》在曲谱和文字上与其有许多不同。在明万历选本中，犹有题别名者，如万历新岁《八能奏锦》卷下选《尼姑下山》（原阙），卷二选《元旦上寿》（亦名《目连贺正》,原阙),也在《劝善记》之前,却题《升天记》。在《劝善记》之后,如万历三十八年的《玉谷新簧》卷上选《尼姑下山》,题《思婚记》,同是万历年的《乐府万象新》卷二选《和尚戏尼姑》,题《出玄记》。因为是民间流行小戏,戏的题名也表现了民间对此戏的善的朴素的观念,所以有“升天”、“出玄”、“思婚”的题名。

《大明天下春》的《僧尼相调》,与他本各有不同的差别。如《风月锦囊》的《新增僧家记》,唱北曲,曲牌用北中吕【斗音唇】(按:疑为“斗鹌鹑”之误)、【耍孩儿】、【尾声】,表现小和尚下山前的自叹,文字偏雅,其中“见一个佳人”的想象文字化入《大明天下春》的《僧尼相调》中;《大明天下春》的《僧尼相调》,小和尚念“林下晒衣嫌日短”四句上场,唱南曲,曲牌用仙吕入双调【江头金桂】、【尾】,较简单,文字偏俗。自叹后即下山,唱【步步娇】、【一江风】、【尾声】,表现遇见小尼姑的情节。情节完整,后世流行的“下山”剧情与之基本相同。又如《乐府万象新》的《和尚戏尼姑》,扮色为“净”(即小净)与“旦”,唱南曲,曲牌、曲文、宾白,与《大明天下春》的《僧尼相调》基本相同,然不同处有:小和尚唱【娥郎儿】上场,曲后念“林下晒衣嫌日短”四句;唱【江头金桂】曲后有“滚”调“谨尊五戒断酒除荤”云云(大字排);唱【步步娇】后有两首【西江月】词,前首小尼姑念,后首小和尚念,作背躬,互相赞赏对方,很有意思;双方约定夕阳西下会时,小和尚调侃云“现钟不打又去炼铜”,太俗。《大明天下春》的《僧尼相调》中,扮色相同,小净标“小”。小和尚上场没有【娥郎儿】曲;唱【江头金桂】曲后有白“谨尊五戒要除荤”云云(小字双行),未注“滚”字,实是滚白;唱【步步娇】后没有两首【西江月】词,各用背白赞赏对方,语意语调亲切、动情;双方约定夕阳西下会时,没有小和尚的那句白“现钟不打又去炼铜”。《大明天下春》的《僧尼相调》,与之前和之后的同题材作品比较,是最具有民间戏曲风格和特点的作品,对后世的同题材作品影响深远。

附带说说昆曲演出的《思凡下山》,因为它来源于民间流传的无名氏时剧,可不作题名,但自清乾隆年间《缀白裘》题名《孽海记》以来,也有据此而题名的。人们一般认为,这是有封建思想的文士或艺人对和尚、尼姑的《思凡》看作是堕入孽海而杜撰剧名的，但有的学者比较谨慎，仅谓《孽海记》原本不可得。曾读江苏蔡敦勇《思凡与孽海记》一文，他在清文康《儿女英雄传》第二十三回，读到何玉凤得知父仇已报要求安学海为她找个庵堂出家为尼时，这样写道："话虽如此说，假如果然始终顺着他的性儿，说到那里应到那里，那就只好由着他当姑子去罢！岂不成了整本的《孽海记》《玉簪记》？是算叫他合赵色空凑对儿去？还是合陈妙常比个上下高低呢？"[①]他认为，文康或许看到过整本《孽海记》，知其内容，才写进自己的书中。笔者认为，此话的语气值得推敲，姑且录此，以存一说。

九、《破窑劝女》《宫花捷报》《破窑闻捷》《夫妻游寺》

卷五下栏：《破窑劝女》《宫花捷报》《破窑闻捷》《夫妻游寺》四出，中栏左外题《吕蒙正》。明《永乐大典》卷一三九八四戏文二十著录《吕蒙正风雪破（窑）记》，明徐渭《南词叙录》"宋元旧篇"题作《吕蒙正破窑记》。《九宫正始》引文题《吕蒙正》（元传奇），引曲颇多。传有明改本戏文金陵富春堂刊本《新刻出像音注吕蒙正破窑记》，收于北京图书馆藏《绣刻演剧》；明书林陈含初詹林我刻《李九我先生批评破窑记》，《古本戏曲丛刊初集》据此影印。该剧故事，元王实甫有同名杂剧（传），明有王锓改编为传奇《彩楼记》（传）。此剧流传久远，故事基本相同。

《破窑劝女》小像作"夫人看女"，写刘夫人探望守窑的女儿，劝其回府，女儿执意不从，夫不身荣，誓不回归。《宫花捷报》（无小像），写蒙正得中状元，命下人以宫花代书去接取夫人。《破窑闻捷》小像作"忆夫得捷"，写刘夫人企盼夫君衣锦早还乡，梅香从老公相话中得知吕相公中了状元，急来报信。恰逢其夫差人前来接取夫人，刘女不回刘府径去状元府。《夫妻游寺》小像作"游木兰寺"，写吕蒙正偕夫人游当初受辱的木兰寺，处罚和尚欲赶其出寺，刘夫人劝留众和尚并要修

---

① 蔡敦勇：《思凡与孽海记》，《艺术百家》2002 年第 1 期。

葺寺庙以积功德。这时老公相差人来接请女儿、女婿，蒙正夫妇依然不去刘府。在这四出戏中，有多处以七言诗代白，或在曲前，或在曲中，或在曲后，诗白与曲意合，有的诗白是否作“滚”唱或作“滚”白，难以判别。

明代万历年间戏曲选刊大多收录此剧散出，俱题名《破窑记》（《全家锦囊》除外，下文再述）。有收录除《夫妻游寺》外其余三出的，如《乐府玉树英》选录《破窑闻捷》（阙），《乐府菁华》选录《破窑闻捷》（“闻”字原误作“问”），《玉谷新簧》选录《宫花捷报》（正文作“刘千金破窑得捷”），《摘锦奇音》选录《及第差人接妻》（即《宫花捷报》），《乐府万象新》选录《刘氏破窑看女》《蒙正宫花捷报》（二出阙），《大明春》选录《小姐破窑闻捷》等。

明嘉靖年间《全家锦囊》七卷之《吕蒙正》收录十六段曲，其中虽没有《大明天下春》四出戏的情节，但其保留有他本没有的曲文。如第九段“梅香送米”，“送粮来到破窑……”、“花笺写几行……”二曲，无曲牌，原连接在第八段“夫人问女苦”的念白后；第十一段【新增下山虎】“从他去后……”、“我双亲咫尺……”二曲；第十三段【傍妆台】“自相逢……”等四曲；第十四段“梅香劝小姐”【山坡羊】“剪鹅毛雪花儿片片……” 等三曲[①]。其他段的曲，富春堂刻本俱有，可以说《全家锦囊》的十六段曲，跟富春堂本相同处多。

《李九我先生批评破窑记》（末叶有“长乐郑氏藏本”钤印）凡二十九出，有出目。《大明天下春》的四出戏在该剧中的情况如下：

第二十一出《夫人看女》（即《破窑劝女》），曲文基本相同，念白增字较多；“夫”上场唱【金玉骢】“一别梦难逢，思忆心悲痛……”，李九我眉批云：“原本无《夫人看女》一出，今增之，似更完。”李九我的批评本是在“原本”的基础上增补修改的，重要的是，在母女见面后【江头金桂】前，有一段七言诗，录下：“（夫）自从骨肉两分离，荒村寂寞受孤恓。容颜枯槁身褴褛，痴心守着一寒儒。（旦）亏爹下得狠毒心，一时性发

① 孙崇涛、黄仕忠笺校：《风月锦囊笺校》，中华书局 2000 年版，第 431、434、436 页。

若雷霆。夫妇双双遭赶逐,街坊嘱付莫容身。破窑内且安贫,枯木时来也遇春。莫道娘亲伤情处,铁石人闻也泪零。(贴)夫人终日念孩儿,母在东来女在西。破窑受苦梅香说,不告夫人怎得知。今相会两伤悲,再劝小姐转庭闱。莫道梅香多劝你,只恐猿闻也泪垂。(夫)从今脱却贫寒苦,相伴娘亲及早归。(旦)贫寒苦楚皆熬定,夫不身荣誓不归。(夫)你当初不听娘劝谏,今日孤恓怨着谁。(哭介)"

第二十三出《遣迎夫人》(即《宫花捷报》),曲文、念白情况同上。生上场唱【喜迁莺】"自别京畿,春闱应试,喜得仙桂高扳……",李九我眉批云:"原本【喜迁莺】词意不相承,今稍易数字。"曲后有七言诗:"丹墀对策冠群英,御笔亲书第一名。五殿旌旗齐已至,两班鸳鹭仰而钦。衣冠拜舞龙颜悦,姓字高标虎榜荣。归到行轩人莫羡,十年前是一书生。"

第二十四出《宫花捷报》(即《破窑闻捷》),曲文、念白情况同上。旦上场唱【谒金门】"曙色珑璁,见几阵落花风送……",曲牌曲文基本同《大明天下春》所录,但在曲前、曲后增七言诗,是该本的一大特色。举几例说明,如【谒金门】曲后,有"天上碧桃和露种,日边红杏倚云栽。寻常谩道思登荐,争得元臣重选才"(用较曲文略小字单行排);【二犯傍妆台】曲前,有"儿夫去后闷无穷,雁杳鱼沉信不通。此去功名成就否,教奴暗地"下接曲文"想重瞳";"想重瞳"三字后,又有"三阳开泰运来洪,洪钧一气转如风。一跳龙门先遇锦,今朝定夺状元红";下又接曲文"临轩此日,殿试策英雄。天为皇家开景运,鸾阙外彩云笼";下又有"只见今朝喜鹊枝头噪,昨日灯花结锦桃。若得儿夫魁金榜,好似潜龙上九霄";下又接曲文"日高乔木喧灵鹊,雷动中天起卧龙";下又接曲文"鳌头已占,鱼信可通,捷音想出凤城东"。李九我在该曲【前腔】眉批云:"凡传奇,曲词唱者大书,诗白小写,方易辨识。原本混为一样指头字,今别之。"像这种诗句与曲文前后紧密连接在一起的现象,似为"滚唱",其诗句一般以较大字略小字单行排。或许李氏不识,所谓"诗白",单行排者大多可唱,双行排者基本可念。后面的【七贤过关】原来没有,李九我眉批云:"古本无'辞窑'一节,今增之。"很明显是明改本增之的。

第二十六出《夫妻游寺》，曲牌同，曲文同，有略改数字、增诗白者。

李九我批评本的四出戏基本同《大明天下春》所录，然其“诗白”如此之多，虽然不标“滚”字，仍可以看作是当时流行的“滚调”（滚唱与滚白）。《大明天下春》所录的四出戏的“诗白”，似也可看作“滚调”。此四种《吕蒙正》的明刊本，比较接近“原本”。

十、《兄弟叙别》《忆子平胡》《舍生待友》

卷五下栏：《兄弟叙别》《忆子平胡》《舍生待友》三出，中栏左外题《香囊记》。为明成化年间的邵灿《香囊记》的三出戏。明徐渭《南词叙录》、吕天成《曲品》“旧传奇”著录。《香囊记》喜以诗语入曲，尽填学问，开骈绮派之先，对后世影响甚大。传有明金陵世德堂刊本、明继志斋刊本、明李卓吾评本和明末汲古阁刊本，《古本戏曲丛刊初集》据继志斋本影印。各本曲文、白语基本相同，文字出入不大。较各刊本早的嘉靖年间的《全家锦囊》十卷之《紫香囊》十四段，与以上版本文字出入也不大，在关目安排的顺序上有不同。[①] 然其题名曰《五伦传紫香囊》，据传本第一出【沁园春】云“续取五伦新传，标记《紫香囊》”，此应为邵灿“原本”之题名。

从《大明天下春》收录的三出戏来看，也应比较接近“原本”。

《兄弟叙别》，写张九成因上书谏言遭奸臣秦桧陷害，谪贬边城，不得回乡省亲，与弟九思叙别。生扮九成，小扮九思（《南词叙录》云：“外，生之外又一生也，或谓之小生。”此简称“小”，传本作“外”）。曲牌为【西地锦】二曲、【江头金桂】四曲、【忆多娇】二曲、【斗黑麻】二曲。《全家锦囊》第十段题“九成上谏”有误，其曲文却是写张九成兄弟叙别，不录【西地锦】二曲，仅录【江头金桂】前二曲，不录后二曲，录【忆多娇】二曲，不录【斗黑麻】二曲。《全家锦囊》是选曲，不录完全很正常。

---

① 孙崇涛：《风月锦囊考释》，中华书局 2000 年版，第 114 页。

文字差异有几处很重要:如“须知弱草栖尘土”之“尘土”二字,《大明天下春》的《兄弟叙别》作“尘坌”(传本同)。邵灿好做学问,“尘坌”(“坌”字读 bèn,与尘同义)一词有来历,《续资治通鉴·宋神宗元丰四年》有云“尘坌四起,居人骇散”;“黄云白草,万里边尘”之“尘”字,曲中用了三处“尘”字,犯重字,《大明天下春》的《兄弟叙别》“边尘”作“边城”字(传本同),用得恰当,因张九成是去边关岳飞元帅营盘,不是泛指;“也知道苏武空持节”(传本同)之“道”字衍,《大明天下春》的《兄弟叙别》无“道”字,应作七言;“路途南北,从此关山阻”后缺字,《大明天下春》的《兄弟叙别》作“从此关山阻隔”(传本同),按律当是。此出即汲古阁本第十二出《分岐》,虽曲文差别不大,但宾白有不少改动。如《大明天下春》的《兄弟叙别》宾白生动简洁、情感真切,曲白衔接流畅。在曲文“须信终军枉请缨”后,有几句念白:“(丑)不闻天子宣,惟听将军令。禀老爹,岳爷在营盘等候,请状元一同起马。(生)多多拜上元帅,待我兄弟别离,略叙手足之情,随即就来。(丑)领钧旨。”汲古阁本无此宾白(传本也无),接下曲就不顺,且失生动之色。

《忆子平胡》,写张九成夫妻母子别离后,一去茫然,母忆子,妻思夫,愁怀惨戚。曲牌为【一剪梅】三曲、【七贤过关】六曲、【尾声】。此出“夫”扮九成母,旦扮九成妻,贴扮何人,令人疑惑。

【一剪梅】曲后,贴云:“婆婆,姆姆,伯伯虽然羁留他郡,目下必定回来。奴想吉人自有天相,决然安妥无虞。自宜保重宽心,不须终朝这等忧虑。”称九成为伯伯,自称为“奴”。(按:万历年的《乐府万象新》的《九成姑媳忆别》已删【一剪梅】曲白。)【七贤过关】第三曲“三策献皇朝……”作贴唱,曲文中有带白“伯伯呵”。(按:《乐府万象新》的《九成姑媳忆别》作旦唱,无“伯伯呵”三字。)第六曲“婆婆,孩儿须暂离……”作贴唱,曲中有带白“姆姆,你伯伯呵”。(按:《乐府万象新》的《九成姑媳忆别》亦作贴唱,带白云“姆姆,我伯伯呵”。)【尾声】有贴唱末句“惟愿他扫荡胡蛮衣锦还故庐”。(按:《乐府万象新》的《九成姑媳忆别》亦作贴唱,“还故庐”作“返故庐”。)“贴”称九成为伯伯,应为九思之孩儿,然九思无室无子女。万历年间的《乐府菁华》之《忆子平胡》与《大明天下春》所录相同。《乐府红珊》之《忆子征戍》(即《忆子平胡》),出场人物亦是夫、旦、贴,情节亦基本同,不同处有两处:其中【七贤过关】之【前腔】“景川山外山……”作贴唱(《大明天下春》原作“夫”唱),曲文与角色身份不符;贴唱【前腔】“孩儿虽暂离……”曲,韵脚由鸠侯已改为机微,如“他待要泛归舟,却又功勋未。丈夫,你待要鸱夷裹尸首,也落得芳名死复题”。贴在唱曲中竟称九成为“丈夫”,情理不合,尤令人不解。

在《全家锦囊》收录的《紫香囊》和今传本中,贴皆扮九成之母。《大明天下春》的《忆子平胡》中的贴扮无法确定,而且各传本也没有这出戏。汲古阁本第十三出《供姑》,写婆媳思念九成,第十六出《荣归》前部分也写婆媳思念,后部分写九思归来,与《全家锦囊》收录的《紫香囊》第十一段“姑媳望佳期”、“九思归省”和继志斋刻本的第十三出、第十六出基本相同。同样是“忆子”,却与《大明天下春》的《忆子平胡》完全不同。《大明天下春》的《忆子平胡》,或为戏班艺人的创造,万历年间在场上流行演出,故被选录。可推测此出戏较他本为早,或从邵灿的“原本”中来,因其不合理和累赘,在传本中“这个人物”就消失了,虽有疑问,但仍然很有研究价值。

《舍生待友》,写张九成被金人拘禁,不就单于亲事,不许南还,欲以死尽忠。同被拘留的王伦为救九成,让符节给九成先回,甘愿以死相拼。生扮九成,末扮王伦。曲牌为【诣金门】、【红衲袄】四曲、【四边静】四曲。《全家锦囊》收录的《紫香囊》第十二段“九成被谪监军”,仅删【诣金门】曲,其他与之同。汲古阁本《香囊记》第三十一出《潜回》,在【红衲袄】四曲后有【东瓯令】二曲,其他也与之同。然与《乐府万象新》比较,全同,【诣金门】曲后有云:“(生)自叹英雄豪气,身遭虏寇禁持。(末)几时扫荡此蛮夷,方遂吾侪心志。”此四句标“西江月”,实是词调的上阕。而汲古阁本则改为《踏莎行》词,云:“(生)汉室堂堂,王臣蹇蹇,一身困厄终难免。邦危主辱死何妨,妻孤母老生犹恋。(末)那饮药樵玄,纳肝弘演,高风劲节真堪羡。沧溟波浪能几枯,岁寒松柏何曾变。”比较之下,《大明天下春》的《舍生待友》的白描写法,显得古朴感人。

根据以上的分析,《大明天下春》所收录的三出戏,似更接近已佚的“原本”。此三出戏大凡在民间流行,也被各种戏曲选刊收录,其中“忆子”出选者较多。如万历年间《乐府玉树英》选《兄弟话别》《忆子平胡》(二出阙),《乐府菁华》选《兄弟叙别》《忆子平胡》,《乐府红珊》选《忆子征戍》,《玉谷新簧》选《舍身代友》(阙),《乐府万象新》选《九成姑媳忆别》,明末《尧天乐》亦选《忆子平胡》等。

十一、《楚王夜宴》《萧何追信》

卷五下栏:《楚王夜宴》《萧何追信》二出,题《千金记》,中栏左外题《韩信》。明徐渭《南词叙录》“本朝”著录有《韩信筑坛拜将》,明吕天成《曲品·旧传奇》著录,题《千金》,明祁彪佳《远山堂曲品·雅品残稿》著录,题《千金》。今传本有明金陵富春堂刊本《新刻出像音注花栏韩信千金记》,明沈采撰,犹有明金陵世德堂刊本、明末汲古阁原刊本,《古本戏曲丛刊初集》据富春堂刊本影印本,各本大同小异。此剧主要写韩信故事,描写项羽亦很出色。钱遵王注《南词叙录》曾云:“‘追贤’一出乃‘元曲’。”[①]可参阅元金仁杰《萧何月下追韩信》第二出。明沈采,成化年间在世,或许曾读南戏《韩信筑坛拜将》,已失考。通过《大明天下春》之二出戏与沈采《千金记》传本的比较,可以认为此二出戏出之于沈采《千金记》,为求场上演出效果,已经过改造。

《楚王夜宴》,写项羽与虞姬夜宴游街赏景。与富春堂本《千金记》第十四折(未标出目)有同(个别曲文有小异),也有不同(有的曲牌、曲文全不同)。《大明天下春》此出戏,韩信不出场,夜宴由席上转入游街赏景,行动唱舞,场上摇曳生姿,很明显这是场上流行的演法,效果强烈。曲牌用【菊花新】(净上场唱“咸阳宫阙已成灰……”)、【西地锦】

① 徐渭:《南词叙录》,《中国古典戏曲论著集成三》,中国戏剧出版社 1959 年版,第 254 页,何焯原注十二。

(旦上场唱“何幸常沾恩惠……”)、【黑麻序】二曲(第二曲转入游街赏景,唱“相携玉腕琼肌……”)、【双声子】二曲、【香柳娘】四曲、【滚遍】、【尾声】。富春堂本原有末上场念长白,净上场曲用【风入松】(《大明天下春》《楚王夜宴》的【菊花新】曲文与之同),接着生上场唱【前腔】,接着净、生分唱【驻马听】二曲,生下场后,旦上场同样唱【西地锦】(曲文有一字“房帏”之“房”字,《大明天下春》本作“鸳”),以下的曲与白大不同了,且有贴、小旦扮紫云、碧玉出场歌舞。末、生、贴、小旦在《大明天下春》的《楚王夜宴》中俱不出场,戏集中在净(项羽)、旦(虞姬)身上,简洁明快,这是戏班艺人的艺术创造。兹将《大明天下春》本此出戏的【西地锦】以下予以引录,以资同好者比较:

【西地锦】……

(相见科)(净)虞美人,富贵不归故乡,如衣锦夜行耳!自我入关破秦,府库财物宝珍,皆为吾有。若不归故里,何能夸耀于人?(旦)妾愿大王功高天下,富有四海,不可以时志满,即欲骄人。倘福移祸临,妾无取焉。妾有酒一壶,意欲奉觞歌劝,未知大王尊意若何?(净)虞美人,你有此好意,将来何妨。(旦)分付奏乐生,吹弹动乐器。(众)理会得。(旦)斟上酒来,此一杯,愿大王千岁,千千岁!(净)美人不须下礼,起来。

【黑麻序】(旦)酒泻金卮,露春纤捧献,愿称千岁。筵开处,罗绮生香增辉。真奇,红云捧翠微,珍馐列绣帏。(合)饮休辞,直饮到玉山颓倒,酩然沉醉。

(净)虞美人,今夜月朗风清,我和你出咸阳市上,游玩一番。(旦)贱妾谨当随侍。(净)内臣,秉香烛前行。

【前腔】相携,玉腕琼肌,麝兰香袭袭,暗生襟袂。霞觞奉劝,新词艳曲声齐。清凄,春林鸟哢迟,歌喉巧声咿。(合前)饮休辞……

(内)有个人,人,隔壁摇铃,只闻其声,不见其形。“富贵不还乡,锦衣夜行”,此段歌声,天书造定。(众)启千岁,是咸阳市上谣歌之声。(净)这是那里?(众)这是东街。(净)往南街去。

【双声子】(旦)新愁何必,上蛾眉。镇日里、翠绕珠围。重重帘幕，花垂地。香风送，脆管繁丝。(合)红颜问，光阴有几？逢欢笑，且迟归。

【前腔】(净)人生何必，羡轻肥。终有日，时运来至。黄金白璧，成何济。无非是，受用便宜。(合前)红颜问……

(内又歌介)(净)内使，是那里歌声？(众)是咸阳市众小儿歌声。(净)不要听他，往西街上去。

【香柳娘】(旦)捧金杯在手，(重)向前为寿，一倾须用三百斗。要追悔遣愁，(重)取次奏箜篌，殷勤卷红袖。(合)暂卸甲解胄，秉烛夜游，绝胜清昼。

【前腔】(净)正交欢未休，(重)红裙进酒，听鹧鸪才唱眉先皱。我甘做区区楚囚(按：应有"重"字，原缺)，偷眼看吴钩，料他人死吾手。(合前)暂卸甲……

(内又歌介)(净)内使，往北街去。

【前腔】(旦)把花枝当酒筹，(重)香沾罗袖，舞腰柔似风前柳。且及时献酬，(重)岁月疾如流，白年一回首。(合前)暂卸甲……

【前腔】(众)把夜宴且休，(重)欢娱良久，樵楼几点传更漏。爱清宵景幽，(重)碧月照金瓯，银河灿珠斗。(合前)暂卸甲……

(内又歌介)(净，听介)虞美人，你听，咸阳市上四面谣歌，其声凄然。(众)启千岁，此谣歌小，内臣记得。(净)你且歌来。(众)有个人，人，隔壁摇铃，只闻其声，不见其形。"富贵不还乡，如衣锦夜行"，此段歌声，天书造定。(净)虞美人，此歌声分明讥诮咱们。内使，回去！好恼，好恼！(怒走介)

【滚遍】(按：富春堂本作"浆水令")(众)恁金乌昆仑坠西，喜银蟾海角渐离。轻敲檀板翠眉低，酒泛玉液，锦绣淋漓。军中宴。(重)骐骓熊罴，摆列着一似风云队，相随送，(重)纷纷似蚁。辕门外，(重)画鼓轰雷。

【尾声】听催归一派笙歌沸，好一似洞天福地，明日里再排个筵席。

按：以上【香柳娘】四曲，与富春堂本第十四出同，【滚遍】一曲，即富春堂本【浆水令】,【尾声】与富春堂本同。此出戏确由传本改编而来。

《萧何追信》,写汉丞相萧何为了国家强盛,月夜追回将才韩信的故事。与富春堂本《千金记》第二十二折(按:原括注“追韩信”),关目相同,但对关目的场上处理有很大的不同,即在情节结构上作了新的安排。而后流行的场上演出本也就在这个基础上不断进行加工提高。

富春堂本《千金记》第二十二折,曲牌与情节的安排:【天下乐】(生扮韩信上唱“功名未遂令人笑……”,念长白表明他离去的原因)、【金索挂梧桐】(生接唱“风尘古道昏……”下,原脱“下”字)、【随事兴】(外扮萧何上唱“朝罢已回来……”,念上场白后从书童得知韩信已去)、【双声子】(“声”字原误作“胜”,下同。外复上唱“急追去……”)、【双调新水令】(生复上唱“恨天涯……”)、【驻马听】(生唱“回首青山……”,下)、【双声子】(外上唱“再追去……”,下)、【川拨棹】(生上唱“干功名千难万难……”)、【双声子】(生接唱“镇闻得……”,外上见生)、【雁儿落】(生唱“老丞相你将咱不住赶……”)、【得胜令】(生接唱“我则怕叉手告人难……”)、【挂玉钩】(生唱“我怎肯一事无成两鬓班……”,出渔翁,外上船)、【七兄弟】(生唱“半夜里恰回还……”,上船)、【收江南】(生唱“脚踏着跳板……”)、【梅花酒】(生唱“虽然是暮景残……”)、【奈子花】(外唱“刘沛公附耳低言……”)、【前腔】(生唱“感丞相吹嘘微贱……”,到岸,生出示张良文书,上马,去相府)。

《大明天下春》之《萧何追信》,在传本的基础上作了很大的调整。以改生上场为外先上场,唱【菊花新】“朝罢归来离玉殿,锦袍上惹御炉香……”开场,曲牌改,曲文从传本第三曲【随事兴】“朝罢已回来,衣惹天香在”改写;接着的定场白及与书童的对白,也是从传本而来。以“只因为国求贤辅,不脱朝衣戴月行”念白下。这时生上场,依旧唱传本第一曲【天下乐】,曲文同,念白文字小改动;传本第二曲【金索挂梧桐】被删,直接唱传本第五曲【双调新水令】(曲文大同小异,“流落客孤寒”,富春堂本原作重句;“叹英雄谁似俺半生虚幻”,富春堂本原无“谁似俺”三字;“雄背上剑光射得斗牛寒”,富春堂本“雄”字作“熊”,“得”

字作“的”;“按不住浩然气冲霄汉”,富春堂本“按”字作“揾”,“冲”字作“透”)。接着外上与生互不照面,背躬唱传本第四曲【双声子】,曲文同,改富春堂本“苦”字为“有”,不作重句。生念白“我韩信这造物,直恁被命运不通呵!”唱传本第六曲【驻马听】,原曲文“俺”字作“我”,“投”字作“归”,“君”字作“单”,“功名”作“英雄”。外背躬唱传本第七曲【双声子】,曲文同。生唱【沉醉东风】,曲牌改,曲文同传本第八曲【川拨棹】,原曲文“求荣显”作“求英雄”,“前日”改“当初”,“今日”改“今又”;接唱传本第九曲【双声子】,原曲文“镇闻得”之“闻”字作“开”,依然作重句,“潜身”作“藏身”,“埋荒草”之“埋”字误作“理”;曲文最后八字“赶得心慌,刚刚凑巧”改“众唱”为“外唱”;曲后白改为:“(外)左右,向芦苇中寻看,在那里不曾?(众)启丞相,见一人跨白马立在芦苇之中,想是韩都尉了。(外)既然如此,你众人退后,待我亲自问他。韩先生,老夫那些儿负了足下。今不辞而回,是何道理?(生)我道是谁?原来是老丞相。”

生唱传本第十曲【雁儿落】、【得胜令】、【挂玉钩】三曲,曲文基本相同,略有小异而已。如【雁儿落】原“老丞相,你将咱不住赶”,作“丞相呵,你不必将咱赶”。【得胜令】原“你说着那”,作“提起那”;“量着那”,作“想着那”;“伴”字,作“伴着那”;“我只待”,作“直待”。【挂玉钩】原“我怎肯一事无成两鬓班”,“我”字作“俺”,“班”字作“斑”;“既然你不用俺英雄汉”,无“既然”二字;“你莫是为马来将人盼”之“将人盼”,作“将咱赶”;“你既不为马来”,作“既不是为马来”;“扶助江山”,作“扶佐汉江山”;“保奏得我”,作“则除是保奏俺”。

在第十二曲【挂玉钩】之后,变动较大,似是增写的,但其事其文也是由传本而来,如渔翁送行、张良荐书,穿插得合情合理。因变动大,兹引录如下:

> (生)此行倘汉王不用小生,空劳丞相心力也。(外)汉王若不用先生,萧何情愿纳印解官,触金堦而死。(生)好!告丞相得知,军师与我一角文书,教见丞相,然后可将出来付你。(外)呀,这角文书,是下官与主公、子房三人面誓,要寻一个

兴刘灭楚大元帅，先生怎么不早将出来？（生）我若早将出来，却道是韩信干谒丞相了。（外）先生用心太多。有了这文书，老夫明日启奏，一定拜你为元帅无疑矣。

【幺篇】非是我千里驰驱不惮艰，都只为一肩挑尽江山担。因此上戴月披星将先生赶。（生）镇掌江山，撑扶日月，皆丞相之余事。追赶小生，诚恐无益。（外）韩先生，不必太谦了。你便是佐桓文的管晏，你便是赤手扶周的鹰扬。先生你若肯委身扶佐炎刘，管教定万里江山。（生）既蒙丞相厚意，小生此去，誓当赤心保国，展土开疆。决不敢负丞相与军师举荐之功。（外）既蒙先生金诺，左右备马来，请先生上马，一同回去。（生）如此多谢！（外）左右，甚么时候了？（众）禀丞相，三更三点了。

【川拨棹】（外）半夜里恰回还，抵多少夕阳归去晚。涧水潺潺，环珮珊珊。冷清清夜静水寒，可正是渔翁江上晚。（众）禀丞相，如今溪河水涨，若驾船顺流，霎时便到。（外）你们去寻一只船来，我明日重重的赏他。（众叫船介）

（按："渔翁江上晚"脱一"晚"字，据富春堂本原曲【七兄弟】补）

【山歌】（渔）暑退金风觉夜长，蝉声不住送秋凉。山川满目黄花绽，雁过南楼思故乡。

小人是个渔翁，每日在此打鱼为活。这等夜深，有甚么官员叫我，待我过去见他。禀老爷，渔翁叩头。（外）渔翁，你把那船儿送我下去，我重重赏你。（渔）小人乃老爹的百姓，该答应爹爹。请列位老爹上船就是。（生、外逊介）

【七兄弟】（生）脚踏着跳板，手扶定竹杆，不住的把船湾。兀的间见沙鸥惊起芦花岸。忒楞楞飞过蓼花滩，似禹门浪急桃花泛。

（按：富春堂本原作【收江南】）

【梅花酒】（外）呀，虽然是暮景残，恰夜静更阑。对绿水青山，正天淡云闲。明滴溜银蟾出海山，光灿灿玉兔照天关。呀，撑开船，挂起帆。（生）老丞相，我看那渔翁觅利，小生求名，所争不甚相远矣。俺红尘中受涂炭，恁绿波中觅衣饭。俺乘骏马惧登山，恁驾孤舟怕遇滩。俺锦征袍怯衣单，恁绿蓑衣不能干。俺空熬得鬓斑斑，恁枉守定水潺潺。俺不能勾紫罗襕，恁空执定钓鱼竿。俺都不道这其间。（渔）列位老爹，休要取笑。记得古人道：策鞭举棹休谈笑，烟波名利大家难。(生)老丞相,你看那渔翁说得有理。

【收江南】呀,道的是烟波名利大家难,抵多少五更朝外马嘶寒。(渔)禀老爷,船已到岸,请爹爹上岸。(外)韩先生,请上岸。左右,备马来与韩爹乘。(生)老丞相,莫罪了。对着一天星斗跨征鞍。(外)韩先生,我看你好倦也。(生)非是俺倦惮,算来名利不如闲。

(渔)禀老爷,小渔翁就此回去了。(外)一晚有劳你,明日到俺府中来,重重的赏你。(渔)多谢老爹了!正是:留得五湖明月在,不愁无处下金勾。(外)韩先生,我想古昔男儿,莫不由困而亨。

(按:【收江南】之"收"字,原误作"喜")

【鸳鸯煞】俺想那男儿受苦遭磨障,恰便是蛟龙未遇逢干旱。尘蒙了战策兵书,消磨了项剑摇环。(生)老丞相,畅道周帐秦营功太晚!似这般涉水登山,休休,可着我便空长叹。(外)先生,再不必多虑了。(生)谢丞相执手相看。此回倘汉主再不用小生呵,我则待钓一轮明月,携两袖清风矣。笑你个能举荐的萧何,你再休将咱来赶。

月下相追意颇浓,勒马扬鞭转蜀中。
只凭一纸兴刘表,早向辕门奏沛公。

按:以上【川拨棹】,与富春堂本【七兄弟】同;【七兄弟】与富春堂本【收江南】同;【梅花酒】与富春堂本"虽然是暮景残……"同;【收江南】与富春堂本"这是烟波名利大家难……"同,未标曲牌;【鸳鸯煞】与富春堂本"俺想这男儿受苦遭磨障……"同,未标曲牌。《大明天下春》本此出戏对原传本的改动很大,还删了富春堂本最后【奈子花】二曲。

明代戏曲选刊大多选录《千金记》各出,也有选录上述二出的。如万历年间的《词林一枝》选《萧何月下追韩信》,《群音类选》北腔选《霸王夜宴》《萧何追韩信》,《乐府玉树英》选《萧何追韩信》(阙),《乐府红珊》选《军中夜宴》《月下追信》,《摘锦奇音》选《宫中夜宴》《月夜追贤》,《乐府万象新》选《萧何追信》,《赛征歌集》选《戴月追贤》,天启年间的《万壑清音》选《月下追信》,崇祯年间的《怡春锦》选《追贤》,明末《尧天乐》选《咸阳夜宴》等。

卷六

十二、《郭华遇月英》《郭华买胭脂》《梅香递柬》《观灯赴约》

卷六上栏:《郭华遇月英》《郭华买胭脂》《梅香递柬》《观灯赴约》四出,剧写郭华与王月英的离奇婚恋故事。此故事流传既久,《太平广记》有辑自《幽明录》的《买粉儿》,宋有话本《粉盒儿》,金有院本《憨郭郎》,元有杂剧无名氏的《王月英元夜留鞋记》、曾瑞卿的《才子佳人误元宵》。明徐渭《南词叙录》"宋元旧篇"著录有《王月英月夜留鞋》。《九宫正始》第一册黄钟【降黄龙】题《留鞋记》,注曰"元传奇",第五册南吕【大圣乐】题《郭华》,注曰"元传奇"。《全家锦囊》(简称"锦囊本")卷十四亦题作《郭华》。《宦门子弟错立身》仙吕南北合套咏传奇名有"郭华因为买胭脂",[1]即指此戏。《寒山堂曲谱》题作《郭华胭脂记》,为同一种戏。明万历年间《乐府万象新》卷二上栏收录《递柬传情》一出,题作《胭脂记》,即为明改本戏文,传有万历年间文林阁刊本,《古本戏曲丛刊初集》影印。明祁彪佳《远山堂曲品》"杂调"著录另有明童养中《胭脂记》,评曰:"词句长短尚不识,吾何以观之哉!"[2]评价不佳。

经比对,《大明天下春》的四出戏和《乐府万象新》的一出《递柬传情》,实出之于流传的文林阁明改本戏文《胭脂记》。《乐府玉树英》在卷前目录中有卷四的《梅香传柬》(注曰《胭脂记》),正文残缺。万历年

---

① 钱南扬:《戏文概论》"剧本第三"第一章,上海古籍出版社 1981 年版,第 76 页。

② 祁彪佳:《远山堂曲品》"杂调"《胭脂》,《中国古典戏曲论著集成六》,中国戏剧出版社 1959 年版,第 119 页。

间的戏曲选本，收录有《胭脂记》折戏的，又有《乐府菁华》卷五的《递柬传情》，《词林一枝》卷一的《观灯赴约》等，明末《秋夜月》本《徽池雅调》卷二亦收录《观灯赴约》一出。

明改本戏文的情节、曲词大多袭用元戏文，但有改动。元本不传，《九宫正始》和《全家锦囊》却保留了元戏文的佚曲，是值得重视的。兹分三段辑录，以按语作比较：

第一段"郭华遇月英"，《九宫正始》第五册录有二曲：

【大圣乐】春来日暖融和，园林内蜂蝶多，群花与修竹交加，正绿嫩绽红罗。况兼西郊车马人如织，可同去亭台游赏呵？且休眉锁，问朱颜去也，还更来么？（第五册南吕，题《郭华》，元传奇）

【红林檎】双双，向东离砌畔。方携手，忽然睹，一对艳质浓妆。似嫦娥降谪瑶池，一见后教人钦让。相会处，便做鸾凤吹箫，也只如常。（第七册双调，题《郭华》，元传奇）

按：此二曲为元戏文旧曲。前曲为婢女唱，劝月英同去游春。后曲为郭华唱，游春初遇月英，一见钟情。此二曲锦囊本未录，《大明天下春》、文林阁本第八出亦无。《大明天下春》题《郭华遇月英》，文林阁本题《奇遇》，除旦上场首曲曲牌和曲文（《大明天下春》用【忆秦娥】"秋来到……"，文林阁本用【清平乐】"金风惨淡……"）、下场诗不同外，其余曲牌、曲文俱同。写月英、梅香秋游后花园赏菊，郭华撞见生情。明改本的改动是比较大的。

第二段"郭华买胭脂"，锦囊本第十四卷录有六曲：

【降黄龙】（生）有话难题。（旦）有甚事说来。（生）为胭脂颜色，可人情意。（旦）胭脂妇人用的，与你何干？（生）事不干己，君子有成人之美。（旦）莫不买与妻子？（生）听启：未娶妻室，自恨我婚姻来迟。（旦）秀才，你一貌堂堂，为何不去人家佐女婿？（生）纵有才貌，谁人肯，招我为婿？（卷十四第一段，题《郭华》）

按："与你何干"之"干"字，原误作"子"。锦囊本题"郭华买胭脂"。《九宫正始》第一册黄钟宫录有此曲，[1]"有话难题"之"题"字作"提"，妥；"事不于己，君子有成人之美"，曲文曰"事不由己，常言道，君子成人之美"，"事不于己"之"于"作"由"，妥，按律原本应作曲文；"纵有才貌，谁人肯，招我为婿"，作"总有才貌，谁人便肯，招咱为婿"，"总"字，不如"纵"字妥贴。文林阁本第十六出《戏英》，"为胭脂颜色"，"为"字后有"买"字；"事不于己，君子有成人之美"，亦作曲文，曰"事不干己，君子有成人之美"；"自恨我婚姻来迟"，夺"恨"字；"纵有才貌，谁人肯，招我为婿"，"肯"字前有"便"字。《大明天下春》无此曲。

【前腔第二换头】听启：话语跷蹊。自古道明人点头即知。(生)正要姐姐知道十分好意。(旦)全没道理。(生)须没道理，望姐姐含忍。(旦)直恁的话不投机。常时，往来街市。只怕旁人差疑。(生)买胭脂有甚差疑？(旦)买胭脂，自合抽身，早早回去。(卷十四第一段，题《郭华》)

按："姐姐知道"之"道"字，原误作"如"；"往来街市"之"街"字，原误作"往"。《九宫正始》未录此曲，注曰："此末句仄煞。第二换头同，不录。"[2]当指其律同，故不录。锦囊本原不标"前腔""换头"，据《正始》补题，下同。文林阁本"听启话语跷蹊"，"启"字作"他"；"只怕旁人差疑"，"怕"字前有"恐"，"差"字作"猜"。《大明天下春》无此曲。

【前腔第三换头】(生)重启：姐姐容恕。有一句，不识进退言语。(旦)有甚言语，只管说来。(生)娘行貌美。(旦)我貌美与你何干？(生)我年少，匹配相宜。(旦)你作死了。(生)奇异，共谐连理，似我一对

---

① 钮少雅、徐于室：《汇纂元谱南曲九宫正始》第一册黄钟宫【降黄龙】，《历代曲话汇编·清代编》，黄山书社2008年版，第64页。

② 同上。

鸾凤于飞。做夫妻，相怜相爱，半步不离。（卷十四第一段，题《郭华》）

按："相怜相爱"之"怜"字，原误作'连'；"半步不离"之"半"字。原误作"辛"。《九宫正始》录此曲，字正律严，可校锦囊本误字。"匹配相宜"，《九宫正始》作"匹配端的相宜"；"似我一对鸾凤于飞"，《九宫正始》作"似一对鸾凤于飞"；"相怜相爱，半步不离"，《九宫正始》字正。文林阁本"重启姐姐容恕"，"启"字前有"听"，"姐姐"前有"望"；"匹配相宜"，同锦囊本；"奇异"作"自忆"；"似我一对鸾凤于飞"，"似"字前有"好"字，夺"我"字；"相怜相爱，半步不离"，同《九宫正始》。《大明天下春》无此曲。

【前腔第四换头】（旦）相欺，把咱调戏。免不得骂你几句，村俗无知。非媒不娶，岂不达周公之礼？（生）此时人无媒，娶了多多少少。（旦）胡为，惹人谈耻，我怎比花街娼妓。秀才，我骂你呵，若求婚，也不嫁，饿酸穷儒。（卷十四第一段，题《郭华》）

按：《九宫正始》录此曲。"惹人谈耻"，《九宫正始》作"须知惹人谈耻"；"也不嫁，饿酸穷儒"，《九宫正始》作"也不嫁你，个饿酸穷鬼"。据《九宫正始》于首曲后曰："此末句仄煞。第二换头同。"则第三、第四换头，应作平煞。第三换头末句平煞，第四换头末句也应平煞，"儒"平煞，合律；"鬼"字，上声，亦可作平声煞。然"鬼"字较"儒"字更似元曲。文林阁本"周公之礼"后增"整冠李下，纳屦瓜田，出话须防嫌疑"。"胡为"起以下全改作："休题，这是公道交易，怎比幽期私寄？我婚姻，须听萱堂谐配。"妄改！与元戏文全然不同，是明人语，而不是元人语。《大明天下春》无此曲。

【黄龙衮】（生）我难遮脸上羞，进退浑无计。空使沉吟，难为回避，一言既出，驷马难追。低着头，搭着脸，抬不起。（卷十四第

一段，题《郭华》）

【前腔】(旦)伊家便出去，休得心痴迷。倘若迟延，甘受惶愧。快出去，出去。拈拈缠缠，交人怒起。推出去，待我把，门儿闭。（卷十四第一段，题《郭华》）

按："低着头，搭着脸，抬不起"，"低"字原误作"抵"，"搭"字原误作"荅"。锦囊本在第四换头后又有此二曲，仍没有题曲牌。据《九宫正始》，按律应是【黄龙衮】，俗称【衮遍】，补题【黄龙衮】、【前腔】。《九宫正始》未收录此二曲，文林阁本、《大明天下春》亦没有收录。此二曲描写郭华向王月英求婚遭拒后的复杂的情态，实属是元戏文的旧貌。

《大明天下春》与文林阁本比较，基本相同，俱以生唱【西地锦】"窗下慵看经史……"引子起，其中文林阁本有【降黄龙】四曲，《大明天下春》没有，最后部分文林阁本【滚遍】"(生)乔木附丝萝……"有三曲，三曲后又有【三学士】"(生)仗托梅香去传示……"二曲；而《大明天下春》【滚遍】第三曲作【尾声】，没有【三学士】二曲。《大明天下春》引录文林阁本有不少的改动。

第三段"佳期赴约"，录有二曲：

【画眉序】灯影月光辉，今年风光胜前岁。听笙歌嘹喨，鼓乐声喧。(生)彩楼上士女欢宴，鳌山上神仙排会。(合)此时和相伊同游戏，正是爱月夜眠迟。（卷十四第二段，题《郭华》）

【前腔】(旦)元宵景堪题，万盏花灯可人意。看游人如在，水晶宫里。悄不觉漏转三更，恰正是月明千里。自古酒能消愁虑，拚却醉也归去。（卷十四第二段，题《郭华》）

按："听笙歌嘹喨"，"歌"字原误作"哥"；"此时"之"时"字，原误作"特"。《九宫正始》未收此二曲。锦囊本题关目为"佳期赴约"。写王月英以诗相约，元宵夜前去与郭华幽会。原无"前腔"二字，按律增书。此出戏,文林阁本第三十四出题“赴约”,有十三曲;《大明天下春》题“观灯赴约”,有十八曲。“灯影月光辉”之“光”字,文林阁本同,《大明天下春》作“交”;“鼓乐声喧”之“喧”字,文林阁本、《大明天下春》俱作“催”,《群音类选》亦作“催”;“彩楼上士女欢宴,鳌山上神仙排会”,文林阁本作贴唱,“鳌山上”脱“上”字,《大明天下春》亦作贴唱,二句并作“彩楼会”三字;“此时和相伊同游戏,正是爱月夜眠迟”,文林阁本“此时”前有“合”字,无“相”字,《大明天下春》“此时”前无“合”字,无“相”字,无“夜”字;第二曲文林阁本“自古”前有“合”字,《群音类选》按律亦是,《大明天下春》“自古”二句作外唱。此出戏,《大明天下春》为求演出效果,较文林阁本改动很多,曲文有改动,且有增曲,增人物,脚色齐全,在郭华吞帕前场上很热闹。

最后说说《大明天下春》之《梅香递柬》,锦囊本未收此出之曲,可与文林阁本第二十六出《柬约》比较。此出戏写梅香奉小姐之命去郭华下榻处传柬,约定在元宵灯会之夜小姐前来相会。全出用北曲【点绛唇】套十支曲,其曲文与文林阁本同,极少文字有小异,念白除约会诗一首有改动外,其他基本相同。更说明《大明天下春》所收之该剧散出来源于文林阁本,而锦囊本、《九宫正始》之曲则为后世保存了元戏文的原貌。

十三、《裴度拾带还家》《裴度香山还带》《周氏访裴娘子》《刘氏忆夫得书》

卷六上栏:《裴度拾带还家》《裴度香山还带》《周氏访裴娘子》《刘氏忆夫得书》四出,剧写晋公裴度拾带还带事。裴度还带的故事,见唐王定保《摭言》。元有关汉卿杂剧《晋国公裴度还带》,明有贾仲明杂剧《山神庙裴度还带》。明戏文有《裴度香山还带记》,明徐渭《南词叙录·本朝》著录,题曰《裴度还带记》。明吕天成《曲品·旧传奇》“能品”著录《还带记》,注曰沈练川作。明祁彪佳《远山堂曲品》“能品”著录。《裴度香山还带记》传有明金陵富春堂刊本、世德堂刊本,《古本戏曲丛刊初集》据世德堂本影印。《还带记》选出，万历年间犹有《乐府玉树英》收《香山还带》(有目无正文)，《乐府菁华》《乐府红珊》收《香山还带》，《乐府万象新》收《裴度香山还带》《裴度得中捷报》，又有《群音类选》卷八收十二出曲文，其中有《裴度拾带》《拾带见妾》《裴度还带》《捷报及第》。惟《周氏访裴娘子》未见其他散出选刊收录。

试将《全家锦囊续编》(以下简称“锦囊本”)三卷之《还带记》《九宫正始》所辑录之曲与世德堂本、《大明天下春》(以下简称“天下春”本)作一比较。

锦囊本辑录三段。

第一段“蓬门半掩”，录有八曲：

世德堂本第八出题《裴度拾带》，天下春本题《裴度拾带还家》。

首曲【卜算子】“(旦)暝色入窗来……”四句，世德堂本、天下春本同。

二曲【阮郎归】“城地僻似深村……”九句，“奴家是裴秀才之妻”以下为念白。曲文“春到乘几分”之“乘”字，误，世德堂本、天下春本作“剩”，是；“朱衣夜未温”之“朱衣”，世德堂本作“披衣”，天下春本作“单衣”。念白“令令清清”之“令令”，误，世德堂本、天下春本作“冷冷”，是；“情兴落谁家”之“情兴”，世德堂本、天下春本作“清兴”，世德堂本“落”字作“在”。此【阮郎归】非南吕宫曲，实为词调，世德堂本、天下春本俱作念白，是。

三曲【二犯桂枝香】“良人出外……”十句(其中“天”字，非独字句，应作带白)，“罢罢”以下作念白。此曲乃【桂枝香】犯【锦添花】、【皂罗袍】，《九宫正始》第三册仙吕宫题作【桂花袍】，曲曰：“【桂枝香】良人外出，妾无聊赖。厨中桂玉萧条，白日里空担饥馁。【锦添花】愁怀，千堆万积摆不开，焦心苦肠无可奈，累杀人穷骨骸。【皂罗袍】头何曾戴，玉簪宝钗？脚何曾躧，罗袜绣鞋？【桂枝香】富贵终须至，休嫌嫁秀才。”(注曰：《还带记》，明传奇。)锦囊本“厨中桂玉消条”之“消”字，《九宫正始》、世德堂本、天下春本作“萧”，是；锦囊本“白日空担饥馁”，世德堂本、天下春本同，《九宫正始》“白日”后有衬字“里”；锦囊本“千推万积排不开”之“推”字，《九宫正始》、世德堂本、天下春本俱作“堆”，是，“排”字，世德堂本、天下春本同，《九宫正始》作“摆”，不如“排”字确切；锦囊本“脚何沾罗袜绣鞋”之“脚何沾”，《九宫正始》作“脚何曾躧”，是，“躧”字，《汉书・隽不疑传》：“望见不疑容貌尊严，衣冠甚伟，胜之躧履起迎。”注：“履不著跟曰躧。”[1]世德堂本、天下春本“躧”作“踹”，误；锦囊本“罢罢，富贵终须至，休嫌家秀才呵”，“家”字误，当作“嫁”，世德堂本无“呵”字，《九宫正始》无“罢罢”、“呵”三字，“富贵终须至，休嫌嫁秀才”作曲文，实为【桂枝香】末二句，是，天下春本亦作曲文，末句改作“休埋怨他穷秀才”，“休埋怨”三字作衬字，书小字。

四曲【卜算子】“（生）宝带携回……”四句，“呀，官人手里是何物”以下为念白，凡文字小异，不校，下同。“小大劳劳户半开”之“大”字，误，世德堂本、天下春本作“犬”，“老”作“唠”，是；“见情人倚望”，世德堂本作“闺里人何在”，“在”字叶韵，是，天下春本作“闺阁人何在”，“里”字作“阁”；念白“（旦）不必问从何而来”之“旦”字，误，世德堂本、天下春本作“生”。

五曲【桂枝香】“（生）犀文采采……”十一句，“（生）犀文采采”之“生”字，误，世德堂本作“旦”，是，天下春本亦作旦唱，承上不书；“谁将造就腰围”之“谁将”，世德堂本同，天下春本作“是谁”；“恐辱了休文瘦骨骸”之“休文”，天下春本同，世德堂本作“斯文”，是。

六曲“（生）犀玉三带……”十一句，曲前略“前腔”二字，下三曲同，世德堂本同。天下春本题“前腔”。“这服饰未该”作重句，世德堂本同，天下春本不作重句，按律应作重句。

七曲“使我依然惊骇……”十一句，首曲承上旦白，曲前略“旦”字。“使我依然惊骇”之“依”字，世德堂本作“愣”，天下春本作“瞀”；“必有个人人失在”之“在”字，世德堂本同，天下春本作“计”；“你有意取回”作重句，世德堂本同，天下春本于上句之“你”字后，有“敢”字；“耿台难昧”之“耿”字，误，世德堂本、天下春本作“灵”，是；“何不还他也”，世德

[1] 《汉书》卷七一《隽不疑传》，《二十五史》，上海古籍出版社、上海书店1986年版，第645页。

堂本同,天下春本“也”字作“去”。

八曲“(生)我身微如芥……”十句(第三句脱),“(生)待亦不来无奈”句前脱一句,世德堂本、天下春本俱有“追之不及如何”句;“心田不昧”,世德堂本同,天下春本“不”字作“难”。“戏面还他也”之“戏”字,误,世德堂本、天下春本作“觌”,《说文》:“觌,见也。”念白“官人若不此心”,世德堂本作“官人你果如此立心”,天下春本作“官人既有此心呵”;“足见你有轻才重义”,世德堂本无“有”字,《大明天下春》作“足见重义轻财矣”;“□有好事之□”,两字漫漶,世德堂本、天下春本无此句。

第二段“送还玉带”,录有九曲:

世德堂本第九出题《裴度还带》,天下春本题《裴度香山还带》。

首曲【缕缕金】“(生)更漏尽……”八句,“来到就是香山寺”以下为念白。“匆忙侵晓起”之“晓”字,世德堂本同,天下春本作“早”;“你看柏风吹寺门闭”,世德堂本作“你看松风吹烛寺门开”,天下春本作“你看那松柏风吹寺门开”,“闭”字当作“开”;“如何没人在”,世德堂本、天下春本按律此作重句;念诗“钟鸣别院天将晓”之“别”字,天下春本同,世德堂本作“寺”,“见转回廊人未来”之“见”字,世德堂本、天下春本作“月”。

二曲“(占)苔径露……”八句,曲前略“前腔”二字,世德堂本同,天下春本有“前腔”二字。“奴家昨日到寺中”以下为念白。“嗏,你看钟鸣鼓响殿门门”之“门门”,误,世德堂本“嗏”字作“天”,“门门”作“门开”,天下春本“嗏”字作“呀”,“你看”后有“那”字,“门门”作“门开”;“安得带还在”,世德堂本、天下春本按律此作重句;念白“交妾如何是非”,世德堂本无此句,天下春本改作“好苦也,天那”。

三曲【懒画眉】“妾身堪叹命途乖……”五句,“罗钳吉网无能解”之“吉”字,误,世德堂本同,天下春本作“计”;念白“如今没些巴臂了呵”,世德堂本于“如今”后有“却”字,天下春本作“如今失去教我怎生区处”;“我且出去何也其故”,世德堂本作“我且上前去问着他便知分晓”,天下春本作“待我向前问取他便知其中端的”。

四曲“娘行何事苦哀哉……”五句，曲前略“前腔”二字，下曲同，世德堂本同，天下春本有“前腔”二字，下曲同。“（生）父亲未审有何安”之“安”字，误，应作“灾”，世德堂本作“你令尊不审有何灾”，天下春本“不”字作“未”。“犀玉三带今全在”之“全”字，世德堂本、天下春本作“何”。念白“何不把些东西买也出来”之“也”字，误，当作“他”，世德堂本作“何不将些东西摆布出来”，天下春本作“何不将些东西纳官以赎其罪”；“（占）正把犀玉带救他出来”，世德堂本作“正欲把犀玉三带去买他出来”，天下春本作“正欲将犀王三带赎他罪名”，“王”字误，应作“玉”。

五曲“（占）严父在狱可悲哀……”五句，“严父在狱可悲哀”之“父”字，世德堂本、天下春本作“亲”；“特来参圣诉中怀”之“中”字，世德堂本、天下春本作“衷”；“寻觅不见徒兴既”之“既”字，误，世德堂本、天下春本作“慨”；“我知你难逃不测灾”之“我知你”，世德堂本作“我知他”，天下春本作“多管是”。

六曲【忆多娇】“犀玉带……”七句，“此带原封不改”之“不”字，世德堂本同，《大明天下春》“不”字作“未”。

七曲“（占）君慷慨……”七句，曲前略“前腔”二字，世德堂本同，《大明天下春》有“前腔”二字。“宁辞顿首行拜”之“顿”字，世德堂本、《大明天下春》作“稽”字，“拜”字前有“再”字。

八曲【开黑麻】“你亲在缧绁……”十二句，曲牌“开黑麻”之“开”字，误，世德堂本、天下春本作“斗”。“临财心便休”之“休”字，世德堂本作“昧”，天下春本作“灰”。

九曲“（占）财利迷心……”十二句，曲前略“前腔”二字，世德堂本同，天下春本有“前腔”二字。“奴有幸，设诸爱”之“设诸爱”，世德堂本作“蒙还带”，天下春本作“蒙君还带”；“否极还复来”之“来”字，误，世德堂本、天下春本作“泰”；“位列八卿”之“八卿”，世德堂本作“公卿”，天下春本作“三公”；“司鼎鼐”，世德堂本、天下春本于“司”字前有“职”字。

第三段“忆夫赴试”、“家音远至”，录有九曲：

世德堂本第二十一出题《捷报及第》，天下春本题《刘氏忆夫得书》。

首曲【四朝元】“（旦）双头消瘦……”二十句，“双头消瘦”之“头”字，世德堂本、天下春本作“颐”；“叹兰空自守”，“兰”字后脱字，世德堂本、天下春本“兰”字后有“房”，是；“要荣华父母”重句之“荣华”，世德堂本同，天下春本作“增光”；“遥望帝王州”之“望”字，世德堂本、天下春本作“想”；“满眼花如柳”，世德堂本作“满眼花和柳”，是，天下春本作“满目花如柳”；“风展上翠楼”之“展”字，世德堂本、天下春本作“晨”。

二曲“缘无停绣……”二十句，曲前略“前腔”二字，天下春本有“前腔”二字。“愁交万事休”之“交”字，世德堂本、天下春本作“来”；“■郎知否”之墨丁，世德堂本、天下春本补作“玉”字；“叹蓬恶回垢”重句之“恶回”，世德堂本、天下春本作“头面”，是；“春光香闺”之“光”字，误，世德堂本、天下春本作“老”，是；“不负题诗桥”之“题诗桥”，世德堂本、天下春本作“题桥手”，是；“倘君恩已状头”之“已”字，世德堂本、天下春本作“作”；“郎官印列宿”之“印”字，误，世德堂本、天下春本作“应”。

二曲后世德堂本有【玉莲井后】“（丑）门径如秋，何日车驰马骤”二句作上场引子，天下春本亦有，作“夫”上唱引子，“如”字作“知”。锦囊本没有收录。

三曲【不是路】“（末）暂住鸣驺……”十句，“暂住鸣驺”之“住”字，误，世德堂本、天下春本作“驻”，是；“迳入朱门把礼投”之“礼”字，世德堂本、天下春本作“札”；“分违久”之“分”字，世德堂本同，天下春本作“睽”字；“功名未知成可成就”，世德堂本作“功名未审可成就”，天下春本作“功名未审真成就”；“不须忧”，世德堂本作“不必忧烦”，天下春本作“言非谬不须忧”；“恩荣似此非良偶”之“非良偶”，世德堂本同，天下春本作“良非偶”，是；“指日须当昼锦归”之“归”字，失韵，世德堂本、天下春本作“游”，是；“疾忙奔走”，世德堂本、天下春本作重句。

四曲“(外、占)场屋淹留……”十句,曲前略“前腔”二字,世德堂本同,天下春本有“前腔”二字。念白“(旦)满公上福庇,实自书回”,“满”字误,应作“蒙”,“自”字误,应作“有”,世德堂本、天下春本俱无此二句,世德堂本作“(旦)待我看着呀”,天下春本作“(旦)待奴家看着呀”;曲文“蒙夫祐”之“夫”字,误,世德堂本作“承天祐”,天下春本作“蒙天祐”;“良人也遂曲江游”,世德堂本同,天下春本“也”字作“已”;“他绣衣骏马争驰骤”之“骏”字,世德堂本、天下春本作“骢”;“又要取浑家到帝州”,世德堂本同,天下春本“到”字作“上”;“他名成就”,世德堂本、天下春本作“外”唱,天下春本于此句后有“志已酬”三字。

五曲【山花子】“衡门十载惟林守……”九句,“衡门十载惟林守”之“林”字,世德堂本、天下春本作“株”;“喜砚白笔耕有秋”之“白”字,误,世德堂本、天下春本作“田”;“宫居谏居谏诤恩宠优”之“宫”字误,“居谏”二字衍,世德堂本作“官居谏诤恩宠优”,是,天下春本同;“直抵公侯”,世德堂本同,天下春本“直”字误作“有”。

六曲“(外)嗟吁白发苍髯叟……”四句,用“合前”略五句,曲前略“前腔”二字,下二曲同,世德堂本同,天下春本有“前腔”二字,下二曲同。“嗟吁白发苍髯叟”之“吁”字,世德堂本、《大明天下春》作“予”;“观他名覆金瓯”之“观他”,世德堂本、天下春本作“管教他”;“从此后大张西眸”之“西”字,误,世德堂本、天下春本作“两”。

七曲“(占)恩分如许卿知否……”四句,“恩分如许卿知否”之“分”字,世德堂本、天下春本作“荣”;“里天赐福悠悠”之“里”字,误,世德堂本、天下春本作“皇”,是,此句后夺“合前”二字。

八曲“(丑)一朝发亦非为骤……”四句,“一朝发亦非为骤”之“亦”字,误,世德堂本、天下春本作“迹”;“喜欣欣提书已收”之“提”字,误,世德堂本、天下春本作“捷”。

九曲【余文】“苍台门径还依旧……”三句,锦囊本首句前无“旦”字,据世德堂本、天下春本,前二句旦唱,世德堂本首句承前略“旦”字,天下春本首句前有“旦”字;末句“急整行装上帝州”外、贴唱,锦囊本未标注,世德堂本、天下春本末句前俱有“外、占”二字,天下春本于“句前”有衬字“你”。

《九宫正始》除上文引录的第三册仙吕宫【桂花袍】(即锦囊本之【二犯桂枝香】)外,尚有二曲,可资参阅。其一,第五册南吕宫引子【阮郎归】“三年秉政佐黄堂,清风远播扬。为官当效汉循良,名留汗简香”,此曲“与诗余同,但无换头”,可作引子。其二,第七册双调引子【风入松】“书生有志佐皇廷,不讳老明经”,此曲省句用,“第二句变为五字”,亦作引子。又:天下春本之《周氏访裴娘子》一出,锦囊本未收录,出自世德堂本第十六出《米送裴宅》。

经以上文字的校勘对比,锦囊本与《九宫正始》所据的底本应为《还带记》旧本,世德堂本亦应是旧本的改本。所谓的“旧本”不传,流行的是世德堂本。世德堂本与锦囊本比较,锦囊本文字趋市俗,世德堂本文字趋文雅,改订了不少锦囊本的错误,是经过文人修饰的。《九宫正始》是律谱,对文字和格律很严,《桂花袍》一曲,其中的“脚何曾躧”之“躧”字,应该是原文原意,而用“沾”、“踹”字则偏离了原意;末二句当是此集曲的曲文,可以律校文。天下春本,很明显,是由流行的世德堂本引录的,引录中文字有变动。

十四、《翼德逃归》《赴碧莲会》《鲁肃求谋》《云长训子》《武侯平蛮》

卷六下栏:《翼德逃归》《赴碧莲会》《鲁肃求谋》《云长训子》《武侯平蛮》五出,中栏左外题《三国志》。明《全家锦囊续编》二卷有《三国志》,可知在明代梨园行已经有将演三国故事的戏统称为《三国志》或《三国记》。《锦囊》之《三国志》没有收录此五出戏。明三国故事戏文有《连环记》《桃园记》《古城记》《草庐记》《四郡记》等,与元明杂剧关系比较密切。明万历年间戏曲选刊有选录以上数出者,如《乐府玉树英》卷五之《张飞私归走范阳》《关云长数功训子》(卷五残缺,题《三国志》),《乐府红珊》卷四之《云长训子》、卷九之《鲁子敬询乔国公》(二出题《桃园记》),《乐府万象新》卷三之《张飞私奔范阳》《关云长训子》(题《三国记》),《大明春》卷五之《鲁肃计请国公》(题《三国记》)、卷六之《云长训子》(题《结义记》)、《武侯平蛮》(题《兴刘记》)等。惟《赴碧莲会》一出,除《大明天下春》外,未见选录。

《翼德逃归》,写"三顾茅庐"后诸葛亮坐帐,张飞不服,闯辕讲理,却犯有"四杀"之罪,遂要逃回范阳去,刘备、关羽、子龙闻后追上劝回。用北曲【新水令】、【驻马听】、【乔木查】、【步步娇】、【折桂令】、【搅筝琶】、【雁儿落】、【庆宣和】、【甜水令】、【么篇】、【得胜令】、【络丝娘煞尾】。南中吕【菊花新】张飞开场,后用北双调【新水令】套,张飞主唱。经查,此出戏在《桃园记》《古城记》《草庐记》三记中没有选录。明祁彪佳《远山堂剧品》"能品"著录有《气伏张飞》北曲四折,曰:"有数语近元人之致,惜有遗讹。"[①]现传明杂剧查无此戏。又有同题材的戏目,如《也是园书目》《曲录》有《诸葛亮挂印气张飞》,佚。《宝文堂书目》有《三气张飞》,亦佚。《乐府万象新》卷三之《张飞私奔范阳》,较《大明天下春》的《翼德逃归》,删去中间的【步步娇】、【折桂令】、【搅筝琶】、【雁儿落】、【庆宣和】五曲,其他曲牌、曲文同,是个删节本。明末《万壑清音》选录有《怒奔范阳》,故事情节相同,曲牌全改,曲文虽重编撰,但是依据《大明天下春》(简称"天下春")改写的痕迹非常明显。题作出自《草庐记》,不确。"三国戏"的情况非常复杂,此出戏很难追究出自何本戏文。考《万壑清音》选录的《怒奔范阳》张飞唱曲的情况如下:

《万壑清音》的《怒奔范阳》用得是北曲【点绛唇】、【混江龙】、【醋葫芦】、【后庭花】、【滚绣球】、【尾声】。首曲南中吕【菊花新】曲牌同,《万壑清音》作:"纶巾羽扇出茅庐,阔论高谈众所知。匹马欲东归,奈桃园结义胜陈雷。"[②]天下春本作:"三请他纶巾羽扇出茅庐,众议高谈人所知。俺走马欲东归,舍不得桃园结义。"二曲基本相同,以下亦是。

---

① 祁彪佳:《远山堂剧品》"能品"《气伏张飞》,《中国古典戏曲论著集成六》,中国戏剧出版社1959年版,第182页。

② 《新镌出像点板北调万壑清音》,见王秋桂主编《善本戏曲丛刊》第四辑,台湾学生书局1997年版,第48、49册。以下引文同。

《万壑清音》【点绛唇】:“你道俺忘了白马乌牛,俺也曾对天盟咒……他何苦与俺来穷究。”天下春本【乔木查】:“你道是早忘了白马乌牛,对天盟咒……何苦与我相穷究”。

《万壑清音》【混江龙】:“从今后他将俺弟兄们恩义变为仇……到如今有家也难奔有国也难投。”天下春本【折桂令】:“这村夫初相见便为仇……闪得我有家难奔有国难投。”

《万壑清音》【醋葫芦】:“他把我分金义到做了刖足仇……俺一心心要去呵也难留。”天下春本【搅筝琶】:“你道是分金义做了刖足仇……俺老张要去一心心也难留。”

《万壑清音》【后庭花】:“俺只为伏侍哥哥不得到头,你两人休也么忧。俺自回到涿州,到家守着二顷田还有挂角牛。那时节自在百无忧。”天下春本【雁儿落】:“扶助大哥不到头,你二人且休忧。我回范阳涿州,依旧去宰猪卖酒,守着那两顷田看着挂角牛。咱呵只落得千自在百无忧。”

《万壑清音》【滚绣球】:“似不得姜太公,扶周可便立着周,似不得严子陵,扶刘可便顺着刘。叵耐这泼村夫,对人前夸大口。俺本待要立炎刘,呵也无虚谬。他何苦与俺来相穷究?俺也曾在战场上绕着戈矛领着貔貅,只杀得陶谦三让徐州。”天下春本【庆宣和】:“比不得姜子牙,扶周立着周,学不得张子房,扶刘立着刘。这泼村夫,对人前夸大口,要与我老张不相投。俺指望屯兵聚将,立了炎刘,俺也呵无虚谬。何故苦苦与我相穷究?”【甜水令】:“我也曾在战场上……”

《万壑清音》【么篇】:“我与他一似参商卯酉,他何苦絮叨叨与我无了无休。我比他战场上能骑马,他比我耕田处惯使牛。你道是武将出不得文官手,咱是个英雄汉怎落在村夫后?……他本是犁田耙地泼村夫,到来管着俺拔山吼地金精兽。”在天下春本中,与之相同的文句分见在各牌:【甜水令】“反拜村夫为了军师参谋,到使我参商卯酉”,【得声令】“你只管絮叨叨无了无休”,【甜水令】“我比他在战场上决杀敌逞风流,他比我在南阳陇会耕田惯使牛”,【么篇】“武官出不得文官手……我是个大丈夫怎落在他人后。你是个耕田锄地一村牛,怎比我开疆辟土锦精兽”。

《万壑清音》【尾声】:“只恐怕违拗了弟兄情,这的是笑破了多人口。夏侯惇是诸葛亮的对手,看他统领兵来怎忧……你教我少忧愁,到那里一笔儿都勾……只为俺弟兄们恩义厚,桃园结义暂低头。”天下春本【得胜令】:“又恐怕伤了弟兄情,笑破多人口。夏侯惇正是诸葛亮的对手,他统领兵来怎罢休。你省忧愁,你教我回去话儿一笔勾……平生结义弟兄情,今朝在此一旦丢开手。”【络丝娘煞尾】:“只为桃园结义,免不得包羞掩耻回归。”

很明显,《万壑清音》的《怒奔范阳》是根据天下春本的《翼德逃归》改写的,只是曲牌全部改了,曲文移花接木,成了另一种形态。《乐府万象新》的《张飞私奔范阳》是根据天下春本删节的。更早的只有元明杂剧有同类作品,但是失传了。可能的情况是,这出戏唱的是北调,天下春本这出戏是民间戏班艺人据北杂剧而改编的,是以弋阳腔、青阳腔演唱的。这种情况在民间演出的“三国戏”中是很正常的情况。

《赴碧莲会》,写周瑜请刘备赴碧莲会于黄鹤楼饮酒,要谋害刘备,诸葛亮令孙乾扮渔翁救回。此出戏出自明戏文《草庐记》。《草庐记》,明祁彪佳《远山堂曲品》“具品”著录,曰:“此记以卧龙三顾始,以西川称帝终,与《桃园》一记,首尾可续,似出一人手。内《黄鹤楼》二折,本之《碧莲会》剧。”①

“内《黄鹤楼》二折”,即为富春堂本《草庐记》第四十五、四十六折,其第四十五折与天下春本之《赴碧莲会》,故事、曲牌、曲文、念白基本相同。俱以南中吕引子【菊花新】周瑜唱曲开场,后用北南吕【一枝花】套,孙乾主唱。套中第二支曲同,借正宫【小梁州】,第三支曲同,误作【牧牛关】(应是【牧羊关】)。曲文稍有异者,如【一枝花】“乐以忘忧”之“以”字,天下春本作“矣”;“每日家务事”,作“每日间无是非”;“又无僝

① 祁彪佳:《远山堂曲品》“具品”《草庐》,《中国古典戏曲论著集成六》,中国戏剧出版社 1959 年版,第 84 页。

懑”,夺“又”字;“活鱼与糟酒”,“糟酒”前有“那”字。【小梁州】“观的是白鹭沙鸥”之“观”字,天下春本作“觑”;“俺觑那黄鹤楼楼”,去衍字“楼”;“传一个万古名留”之“传”字,作“博”。【四块玉】“只这两句话儿”之“只这”,天下春本作“刚答”;“解我心上愁”之“愁”,作“忧”。【感皇恩】“小人住庆在古渡头”之“庆”字误,天下春本作“居”;“出放桃花浪”之“出放”误,作“钓出”。【乌夜啼】“枉列着戈予”之“予”字误,【四块玉】作“矛”。【尾声】“拂拭胸中的万斛愁”,天下春本【余文】无“的”字;“教人笑破了口”,无“了”字。很明显,天下春本收录此出时作了校订。

祁彪佳所说此戏本之《碧莲会》杂剧,该剧见于祁氏《奕庆藏书楼书目》,剧本已佚。现传有元无名氏杂剧《刘玄德醉走黄鹤楼》,其与《碧莲会》杂剧的关系已无法辨明,但可与富春堂本戏文比较。元无名氏杂剧《黄鹤楼》第三折,故事情节与富春堂本《草庐记》第四十五折相同,大不同的是,杂剧用北双调【新水令】套,曲牌、曲文全不同,扮作渔翁来救刘备的不是孙乾,而是姜维。但可以说,明戏文曾受元杂剧影响而编写的。

《鲁肃求谋》,写鲁肃因刘备不还荆州,请乔国老来府商议,设计请关羽赴会,擒拿关羽。乔国老力劝鲁肃,辞别而去。《永乐大典》戏文《宦门子弟错立身》第五出(钱南扬分出)【那吒令】提到有《关大王独赴单刀会》戏文,[①]钱南扬《戏文概论》认为这是失传的戏文。一般认为戏文《错立身》编于元代,很可能是根据元关汉卿杂剧《关大王独赴单刀会》改编的。天下春本此出戏的北曲与杂剧《关大王独赴单刀会》第一折比对,有同,有不同。若此出戏是失传戏文的残折,区别也不会很大,很有研究价值。杂剧《单刀会》有《元刊杂剧三十种》本,兹以徐沁君校本比对天下春本此出戏,可知戏文改杂剧的一种模式。戏文曲牌为:【生查子】、【仙吕点绛唇】、【混江龙】、【油葫芦】、(【天下乐】、【那吒令】,二曲未标曲牌)【上马娇】、【后庭花】。杂剧曲牌为:【仙吕点绛唇】、【混江龙】、【油葫芦】、【天下乐】、【那吒令】、【鹊踏枝】、【寄生草】、

---

① 钱南扬:《戏文概论》“剧本第三”第一章,上海古籍出版社 1981 年版,第 101 页。

【金盏儿】、【后庭花】、【赚煞尾】。

此出戏文以南南吕引子【生查子】乔国老唱曲开场，后用北仙吕【点绛唇】套，乔国老主唱。自【点绛唇】至【那吒令】基本同杂剧，曲文有些改动，主要的有：【点绛唇】“欺负他汉君”改“只为那献皇”；“兴心闹”改“兴兵闹”；“当日五处枪刀”改“惹起了五路兵刀”；“并了董卓，诛了袁绍”改“又喜得诛董卓，吞袁绍”。其中“心”字改“兵”，与原义不同，“兴心”犹谓“存心”，如《东窗事犯》第一折【游四门】“你待兴心乱朝纲”，其他的改动意义相近。【混江龙】“平分一国”改“鼎分一国”；“征旗”改“旌旗”；“酒旗”改“酒帘”；“役将校”改“改将帅”；“抚治的民安国泰”改“往常间人强马壮”。其中“平”改“鼎”，妥。【油葫芦】“股肱臣诸葛施韬略”改“怎当它股肱臣诸葛施谋略”；“那军多半晌火内烧”，改为“曹兵百万下江南，凛凛威风谁敢当。公瑾用下火攻计，一夜东风化作灰。半明半暗烟与火，焦头烂额死尸骸。哀哉，哀哉，百万曹兵败。那怕他人强马壮，一霎时火里藏埋。烧得他生的生、死的死、伤的伤”，改动很大，用增句描绘了赤壁之战，加强语气表示吴蜀联盟的重要。【天下乐】未标曲牌。“铜雀春深锁二乔”，句前衬“都只为”三字。“这三朝，恰定交”，句前增“我想他立三朝”六字，“恰”字改“不”。“不争咱一日错翻为一世错”，改为“不闻道”三字。“你待使霸道，起战讨”，改为“你若是行霸道，争战讨”。“欺负关云长年纪老”，“欺负”前衬“休”字，句前增“常言道虎瘦雄心在”一句。戏文改句通俗顺畅。【那吒令】未标曲牌。“收西川白帝城”，句前增“他出五关诛六将，古城边斩蔡阳”二句，“西”字改“四”。“把周瑜送了”，改为“将我小婿周瑜先丧了”。“汉江边张翼德”，改为“暗傍边有一个黑脸张翼德，他在汉阳江”。“把尸灵挡着”，“灵”字改“骸儿来”。“船头上把鲁大夫，险几乎间唬倒”，改为“大喝一声，险些儿把鲁大夫唬倒”。改动也很多，此未标曲牌二曲，衬字很灵活，但格律也有问题。自【那吒令】以下，曲牌、曲文全改了，用的是【上马娇】、【后庭花】二曲，有些字句也有改自杂剧的，如“三条计决难逃，半步儿岂相饶”，“喜孜孜笑里藏刀”，“千军万马苦相持，全不想生灵百万涂肝脑”等。

《云长训子》,写关羽接到鲁肃邀请,决意过江赴会,临前训子,嘱咐小心守城。剧本情况同上,可将此出戏文与元刊杂剧《三十种》之关汉卿《关大王独赴单刀会》第三折比对。戏文曲牌为:【菊花新】、【前腔】、【中吕粉蝶儿】、【醉太平】、【朱履曲】、【石榴花】、【么篇】、【斗鹌鹑】、【满庭芳】、【上小楼】、【么篇】、【鲍老催】。杂剧曲牌为:【中吕粉蝶儿】、【醉春风】、【十二月】、【尧民歌】、【石榴花】、【斗鹌鹑】、【上小楼】、【么篇】、【快活三】、【鲍老儿】、【剔银灯】、【蔓菁菜】、【柳青娘】、【道和】、【尾】。

《大明天下春》此出,以南中吕【菊花新】关羽唱曲开场,关平上场唱【前腔】,后用北中吕【粉蝶儿】套,关羽主唱。自【粉蝶儿】至【斗鹌鹑】,与杂剧大多同,然也有较大的变化,择其变化大者比较:如【粉蝶儿】“却周秦早属了刘项”之“却”字,改“叹”,“早属了”改“尽属”。“建君臣遥指咸阳”之“建”字,改“分”,“遥指”改“先到”。“想当日黄阁、乌江”,改为“当日里分指鸿沟”。【醉春风】被误刻作正宫【醉太平】。“却都是枉!枉!枉!”被改作“到今日后人来受享”。“献帝又无靠无挨”,改为“汉光武亲征王莽,传至那汉献帝柔儒无刚”。自【十二月】以下,改动很大,【十二月】改作【朱履曲】,将杂剧文字改作,原意同,“一连三谒卧龙冈”,借原【尧民歌】首句“一年三谒卧龙冈”,改一字,末三句“壮士投壮士,英豪遇英豪,提起来实感伤”为新作。【尧民歌】改作【石榴花】,首句新作“只见扰攘干戈动八方”,二、三句借用原杂剧【十二月】“一时英雄四方,结义了皇叔关张”,改作“一霎时英雄起四方,因此上在桃园结义皇叔与关张”,原【十二月】说了刘备“称君道寡”、关某“镇荆襄”,未道张飞,故补作一句“三兄弟做了阆中王”。【石榴花】改作【么篇】,“画堂别是风光”,“风”字前增“好”字。“凤凰杯满捧琼花酿”之“满捧琼花”改“泛葡萄”。“决然安排着”改“必然是暗藏”。“巴豆砒霜”改“毒药与砒霜”。【斗鹌鹑】“安排下打凤捞龙”改“他那里准备着打虎牢笼”。“准备着”改“安排下”。“全不怕后人讲”改作“我若不去呵,犹恐后人论讲”,妥,上下句顺。“诚诚相邀”改“紧紧相邀”,好,鲁肃原本不诚。【斗鹌鹑】后增一曲【满庭芳】,其曲文大多由杂剧【上小楼】、【么篇】的文字改作,有的是直接利用。如“急难时怎得相亲傍”,改自“急难亲傍"，"先下手为强，后下手为殃"改自"先下手强，后下手殃"，"躬着身送我在船儿上"改自"鞠躬躬送的我来船上"。戏文【上小楼】前半部分改自杂剧【上小楼】，后半部分则改自杂剧【么篇】和【快活三】。戏文【鲍老催】以下未标曲牌，曲文十数句，有的文字乃由杂剧文字改作。如"马如龙人似金刚"、"大丈夫志在孙吴上"、"非是我十分强硬主张"、"摩拳擦掌"，出自杂剧【剔银灯】；"三分英雄汉云长，怒开豪气三千丈"，出自杂剧【蔓菁菜】；"临潼会秦穆公志量，鸿门宴霸王的行藏"，出自杂剧【尾】。

《武侯平蛮》，写诸葛亮欲领将南征平蛮，临行满朝文武设宴饯送，亮与众将商议策略，众将献言功心为上，使南蛮臣服。此出戏用南曲套，似应出自戏文。戏文有《七胜记》，明祁彪佳《远山堂曲品》"具品"著录，曰"孔明七胜孟获，是故可传"，[1]《古本戏曲丛刊二集》有明万历唐振吾刊本《七胜记》，演诸葛亮南征七纵七擒孟获事，亦未见有此出戏。在万历《大明春》(又曰《万曲明春》)选刊卷六中有《武侯平蛮》。在目录中题作出自戏文《兴刘记》，然未查实《兴刘记》；又有《诸葛出师》，题作出自《征蛮记》，北京图书馆藏有抄本《平蛮图》，疑与《征蛮记》为同一种戏文。实际在《大明春》正文中只见《武侯平蛮》一出，目录所谓的《诸葛出师》是《武侯平蛮》的另一种出目，实为同一出戏。其曲牌为：七言句引子、【萃地锦裆】、【哭岐婆】、【五供养】、【山花子】四支、【大和佛】二支、【舞霓裳】、【红绣鞋】、【意不尽】。《大明春》与《大明天下春》曲牌全同，曲文、念白亦同，略异一二，不伤文意。《大明春》选刊晚于《大明天下春》，全名为《新锲徽池雅调官腔海盐青阳点板万曲明春》，《武侯平蛮》当为青阳腔演唱本。

十五、《得武从军》《淑英誓节》《冒雪逃回》

卷六下栏：《得武从军》《淑英誓节》《冒雪逃回》三出，中栏左外题

---

① 祁彪佳：《远山堂曲品》"具品"《七胜》，《中国古典戏曲论著集成六》，中国戏剧出版社 1959 年版，第 85 页。

《断发记》。传有明万历世德堂本《裴淑英断发记》，明吕天成《曲品》“旧传奇”著录，曰：“事重节烈。词亦佳，非草草者；且多守韵，尤不易得。”[①]祁彪佳《远山堂曲品》“能品”著录，曰：“词甚工整，且能守律，当非近日词人手笔。”[②]应是明早期的无名氏戏文，《全家锦囊》未收录。世德堂本《裴淑英断发记》，二卷三十九出，未署撰者名（或以为是明李开先撰，证据不足），有《古本戏曲丛刊》第五集影印本。兹以世德堂本（简称“世本”）与《大明天下春》本三出的曲文对勘：

《得武从军》，“得”字误，应作“德”，即世本第十一出《德武别妻》。写李德武受李密起兵事连坐，遣戍幽州，与妻淑英分剑辞别，付雌剑予淑英守护。

【谒金门】“更奈琐窗香烬”之“烬”字误，世本作“烬”，是。

【大圣乐】“风吹铁马，错认钟鸣”，世本于“风”字前加衬字“忽听得”，“错认”作“只道”。

【前腔】“鬓云垂玉钗横”之“玉钗”，世本作钗玉；“你休忧”之“休”字，世本作“忽”；“错认鸡鸣”之“错认”，世本作“只道”。

【前腔】“青萍紫雾腾腾”之“雾”字，世本作“气”；“雄自佩”之“佩”字，世本作“留”；“何况人为万物灵”之前，世本有衬字“端的是”。

【前腔】“延陵去后”之“去”字，世本作“别”。

【前腔】“镜囊儿……”，世本同。

【前腔】“菱花钿结黄金颖”之“钿”字，世本误作“细”，无“结”字；“如画出巧丹青”之“巧”字，世本误作“比”；“怕只怕”之句头“怕”字，世本作“畅”。

【谒金门】“况念老母多病”之“念”字，世本作“奈”；“几时得笳鼓兢”之“兢”字误，世本作“競”。

---

① 吕天成：《曲品》卷下“旧传奇”，《中国古典戏曲论著集成六》，中国戏剧出版社1959年版，第227页。

② 祁彪佳：《远山堂曲品》“能品”《断发》，同上书，第25页。

【园林好】“娘年老”之“娘”字，世本作“娘亲”。

【前腔】“娘只虑”三字叠，世本不叠。

【江儿水】“寒生五月冰”之“五”字，世本作“六”；“为叹蓬踪迥”之“踪”字，世本作“跡”。

【前腔】“悲君逐远征”之“逐远征”，世本作“赴募徵”。

【玉交枝】“看他日逼西山暝”之“逼”字，世本作“迫”；“你到边城”之“城”字，世本作“庭”。

【前腔】“况愁你山程水程”之“你”字，世本作“伊”；“倚门此去频延领”之“领”字，世本作“颈”，“此”字前有“自”。

【川拨棹】“管教系颈缨须请”，世本无“管教”二字。

【前腔】“念儿身如风打萍”，世本于“儿”字前面有“我”字。

【意不尽】夺第三句，世本第三句作“衣锦翩翩返帝京”，是。

【尾犯序】“无语泪沾襟”之“襟”字，世本作“巾”。

【前腔】“相悯你须把愁怀自解”，世本无“你”字。

【前腔】“仆夫俱在门”，世本于“门”字后有“前”。

【前腔】“重试舞衣新”作重句，世本未作重句。

【鹧鸪天】“欲舒望眼无高处”之“望眼”，世本作“眼望”；“盼尽斜阳不忍归”之“盼”字，世本作“立”。

《大明天下春》此出戏曲牌与万历世德堂本第十一出同，曲文基本相同，即使个别字有不同，亦属误刻；【意不尽】世本有三句，而《大明天下春》夺第三句，很明显是选录时的漏刻。

《淑英誓节》，即世德堂本第三十二出《裴矩逼嫁》。写淑英父裴矩闻听传言李德武已死于边庭，又逼淑英改嫁，淑英欲自刎全节，决不改嫁。

【西地锦】“衰翁为整罗襟”之“襟”字，世本作“巾”。

【前腔】“积雪深迷……”，世本同。

【狮子引】“念孩儿更间关十春”之“更间关十春”，世本作“不计几青春”，是；“更间关十春”，出自青阳腔本，正字戏《断发记》本子出自青阳腔，改作“念孩儿更兼关有十二春”，可说明两个问题：《大明天下春》

此三出戏属青阳腔本，在世本于青阳腔本之间，可能还有一种本子，若有也则是民间流行的传抄本，然无法查实。“听说罢心酸泪滚”，世本于“心”字前有“我”；“浓妆云鬓”之“云”字，世本作“容”。

【太平歌】“我心中不忍……”，世本同。

【赏宫花】“怎敢付严若”之“若”字，世本作“尊”。

【降黄龙】“爹须细忖”之“细”字，世本作“未”；“怎教孩儿再事他人”，世本无“怎”字。

【大圣乐】“须知杞梁之妇”之“知”字，世本作“信”。

【铧锹儿】“我严尊语言颠倒”之“严尊”，世本作“尊父”，无“颠”字；“却教我”之“却”字，世本作“欲”；“我岂肯将他坏了”，作重句，世本作“我岂将坏了”，不作重句。

【前腔】“你那人俊俏”，世本句前无衬字“你”；“让了苦李”之“让”字，世本作“攘”；“怎把红颜误了”，作重句，世本不作重句。

【前腔】“遗臭难逃”之“逃”字，世本作“淘”；“不如我死他须罢了”，世本无“不如”二字。

【前腔】“你相公将伊许嫁”之“相公”，世本作“公相”；“此事如何是了”之“此事”，世本作“小姐”。

【小桃红】“怎离襜门”之“襜”字误，世本作“祸”；“惟愿身离豺虎群”之“离”字，世本作“脱”，无“豺”字。

【前腔】“反被旁人论也”之“反”字，世本作“免”。

【前腔】“□□爱润”，《大明天下春》前二字漫漶，世本作“情滋”，是；“救护娘何吝”之“护”字，世本误作“获”；“全我恩”之“全”字，世本作“尽”。

【尾声】“我脚难抬”，世本无衬字“我”；“遇着这祸根”，世本无衬字“这”。

《冒雪逃回》，即世德堂本第三十四出《淑英走雪》。写裴淑英抗拒改嫁，在奶娘的帮助下，趁夜色冒雪逃行。开首守城门军士念对“江南三尺雪，人道十年丰”之“江南”，误，世德堂本作“长安”，是，《乐府万象新》之《姑嫂雪夜逃回》亦作“长安”。兹校曲词异文，旦扮裴淑英，贴扮

裴淑英姑姑,奶即奶妈:

【步步娇】旦唱,“四下寥寥”,世本于“下”字后有“里”;“走遍来时路”之“走”字,世本作“洒”。

【前腔】贴唱,“到处里惊慌”之“慌”字,世本作“惶”。

【前腔】奶唱,“强放金莲步”之“强放”,世本作“困此”;“行行怯路衝”之“衝”字,误刻,世德堂本作“衢”;“猛可里有谁知”,世本作“猛可的谁知”;“忽闻哨声呼”,世本于“闻”字后有“得”字。

【渔父第一】旦唱,“扑簌簌吹落梅花调”,世本无“落”字;众唱,“顷刻间青山已老”之“间”字,世本作“里”;“我行来身软弱”,世本无“来”字;“那更溪路东断层冰合”之“那更”,世本作“那个是”;旦唱,“逼谐窈窕”之“谐”字,误,世本作“偕”;贴唱,“都变作”之“作”字,世本作“做”;“悔不尽此来差错”,作重句,世本“悔不尽”三字叠;奶唱,“哭哭啼啼”,世本作“哭啼啼”。

【入赚】第三句“冒雪冲寒岂惮劳”,世本曲牌作【煞】,实际是“隔煞”,且无此第三句。

【二犯皂罗袍】旦唱,“非是我不行坐倒”,世本无“是”字;“不由人心下多焦燥”之“燥”字,亦作“躁”,世本作“不由人不心焦躁”。

【前腔】贴唱,“谩夸积雪胜琼瑶”之“谩”字,世本作“空”;“奴家那得琼瑶报”之“奴”字,世本作“妾”;贴唱,“膏肓自烤”,世本作“膏明自熬”;“梅香舌巧”,世本无“舌”字。

【前腔】奶唱,“思想相公堪笑”之“想”字,世本作“我”;“痛苦无聊”,世本无“苦”字。

【驻云飞】旦唱,“半路相要”之“要”字,世本曲牌作【二犯驻云飞】,“要”字作“邀”。

【前腔】贴唱,“柴门深峭”之“柴”字,世本作“石”;“鹤唳猿号”之“唳”字,世本作“怨;“薄暮昏宵”之“昏”字,世本作“清”;“冷地思量心下焦”之“思量”,世本作“相思”。

【前腔】奶唱,“宝刹悬灯挂九霄”之“挂”字,世本作“照”;“野鸟鸣寒篠,家远人难到”,世本作“独鸟栖寒条,山犬迎人叫”;“乱鸦喧闹”之

“鸦”字,世本作“鹊”;“飞绕林稍”之“稍”字,世本作“梢”。

【清江水】“四顾山林杳”之“四”字,世本曲牌作【清江引煞】,“四”字作“回”,“杳”字作“昏”;此曲实际是借北为南的【清江引】,可作煞曲,《乐府万象新》此出题【清江引】。

明戏曲选刊有选以上三出者,如《群音类选》选《淑英走雪》,《乐府玉树英》选《别妻从军》《冒雪逃回》(二出残缺),《乐府菁华》选《淑英冒雪逃回》,《乐府红珊》选《别妻戍边》,《乐府万象新》选《姑嫂雪夜逃回》,《怡春锦》选《走雪》等。《大明天下春》选出无论曲牌、曲文还是念白内容,基本同世德堂本。从其改字看,虽有误刻、漏刻,因属青阳调,民间流行,从俗,宜于演唱。世德堂本字正且合律,可以看作是原本。从“念孩儿更间关十春”到“念孩儿更兼关有十二春”来看,也可看作是由青阳调到正字戏的流变。

十六、《安安负米》《芦林相会》

卷六下栏:《安安负米》《芦林相会》二出,中栏左外题《跃鲤记》。明徐渭《南词叙录》“本朝”著录,题《姜诗得鲤》。明祁彪佳《远山堂曲品》“能品”著录有《跃鲤记》,谓:“任质之词,字句恰好。”[1]当指无名氏原本《姜诗跃鲤记》,或为明陈罴斋撰,传有万历富春堂刊本,《古本戏曲丛刊初集》影印。《远山堂曲品》“杂调”又著录顾觉宇的《跃鲤》,曰:“此即《跃鲤》原本,经村塾改擀者。”[2]此指顾觉宇的改擀本,未传。明嘉靖年间刊本《全家锦囊》十二卷之《姜诗》选刊五段,似为无名氏原本。万历年间戏曲选刊《群音类选》诸腔类卷二、《乐府玉树英》卷三(阙)选录此两出戏,《乐府菁华》卷三、《乐府万象新》卷三选录《安安送米》,《摘锦奇音》选有《芦林相会》。

---

① 祁彪佳:《远山堂曲品》“能品”《跃鲤》,《中国古典戏曲论著集成六》,中国戏剧出版社 1959 年版,第 26 页。

② 同上书,“杂调”《跃鲤》,第 122 页。

《安安负米》,写庞三娘之子安安思念母亲,省下口粮,给暂居邻家的母亲送去。传富春堂本《姜诗跃鲤记》第二十五折,图标"安安送米"。《大明天下春》此出与富春堂本(简称"富本")《姜诗跃鲤记》第二十五折《安安送米》,念白大略相同,不校,曲牌同,同为【金钱花】四支、【一封书】六支,曲文基本同,稍有异文。

如【金钱花】第二【前腔】"娘儿折散东西"之"折"字,误,富本作"拆",是。第三【前腔】"谢邻母,与提携"之"与"字,富本作"望"。【一封书】第一【前腔】"你若还不告婆婆命"之"你"字,误,富本作"他",是,指安安,为三娘对姑姑言;"婆若闻知,此米将来加娘罪",富本无"婆若闻知"四字,似为《大明天下春》增加的带白,不应作大字曲文。第二【前腔】"娘休忧虑此米"之"娘"字,富本无;第三【前腔】"三娘子你孝顺还生孝顺子"之"三娘子",疑为白,不应书大字,富本无;"是那个搬唆斗是非"之首字"是",富本作"说"字;"好伤悲,痛伤悲,母子团圆知几时"之"悲"字,富本作"情","几时"作"甚日"。第四【前腔】"教他割恩舍义抽身去,免得我娘受禁持儿受亏"之"得"字,富本作"使",此二句《大明天下春》未作重唱,富本对安安重唱时,"教他"之"他","我娘"之"我",俱改作"你"字。"赞草垂缰愿效取"之"赞"字,误,富本作"展",是。第五【前腔】"前后相挺怎忍离"之"挺"字,富本作"思",是;"致使娘儿受困危"之"困"字,富本作"苦";"好伤情,痛伤情,子母团圆知几时"之"情"字,富本作"悲","知几时"作"终有期"。《乐府万象新》之"安安送米"与此同,此出无疑出自富本。

《芦林相会》,即富春堂本《姜诗跃鲤记》第二十六折,图标"芦林相会"。《大明天下春》此出与富春堂本《姜诗跃鲤记》第二十六折《芦林相会》,基本相同,姜诗由生扮,曲牌同,有删曲,曲文大同小异,念白有繁简,文意相同,不校。《大明天下春》此出于【忒忒令】曲"他本是个贤孝之妻,反把做忤逆之妇"之后残缺。虽如此,仍可说明是由富春堂本选录的。

该剧写庞三娘虽被婆婆逐出,仍不忘孝奉婆婆,听得婆婆患病爱吃江鱼,纺织苎麻换来江鱼,又去捡柴来煮鱼。在芦林边遇上去请医生为娘治病的丈夫姜诗,当姜诗知道三娘的委屈,又见她为娘拾柴煮鱼，深受感动，决定回家向母亲为三娘求情。

戏由三娘唱【步步娇】开场，“却是姜郎至”，富本于“是”字前有“原”；“待他来问因依”，富本于“待”字前有“等”字；“便见真消息”之“消息”，富本作“来历”。【前腔】“未审有何因”，富本于“有”字前有“他”；“恐怕他相羁滞”之“恐怕他”，富本作“只恐怕”。【降黄龙】“实指望举案齐眉”，富本无“实”字；“百年相随”之“随”字，富本作“逐”；“朦胧见逐”之“逐”字，富本作“弃”；“幸今日天假奇逢”之“幸今日天假”，富本作“偶尔”；“望君家倾心剖腹听诉”之“君家”，富本作“姜郎”，无“听诉”二字；“念奴未犯着七出条目”，富本于“奴”字后有“家”，无“着”字，“出”字作“去”；“为甚的将咱做一个叱狗鲍妻”之“为甚的”，富本作“缘何”大字，“妻”作“宣”；“你好糊涂”，富本无“你好”二字；“不孝亲姑”之“亲”字，富本作“于”；“行藏显露”之“显”字，富本作“暴”。【前腔】“娶妇为养公姑，背起亏心，不尽公姑所欲”，富本无此三句；“反把门风玷辱”之“反把”，富本作“把我”；“可恶”，富本作“好恶”；“好教我踌躇”之“好教我”三字，不应作大字，按律当属衬字，富本无此三字；“那会稽愚妇”，富本无“那”字。【前腔】“我本是”之“我”字，富本作“奴”；“水桶漂流，滑跌江边渡”，富本无此二句；“命归泉路”，富本于“命”字前有“一”字；“好一似”，富本无“一”字。【前腔】“非是迷而不悟”，富本无“是”字；“顾不得”，富本作“难顾得”；“何不将身转回乡故”，富本无“将身”二字；“嘱咐，既无颜回转江东”，富本无“嘱咐”二字，“回”字作“再”；“你好愚鲁”，富本作“痴愚”；“他是个寡妇孀居”，富本无衬字“他是个”，“寡妇”作“守寡”；“怎傍他”之“傍”字，富本作“倚”；“今世里休想做姜门媳妇”，富本“世”字作“日”，“门”字后有“中”字。富本于此曲之后有【水红花】“只合偷生远遁……”一曲，三娘继续诉说愁冤，姜诗依旧不听。似嫌重复冤苦，《大明天下春》删去。

接着是【一枝花】二曲，首曲实为富本“前腔”，“听伊此语屈陷奴，好教人心惊胆战泪如珠”，富本作“听伊言心惊胆战珠泪簌”；“他那里信谗言，一桩桩诬奴罪奴。我这里被谗言，哭啼啼抵死怨夫”，富本作“他那里怒吽吽，信谗言抵死罪奴。俺这里恨匆匆，被谗言抵死怨夫”；

“我若是咒骂亲姑”，富本作“我若有瞒姑咒姑”；“自有老天鉴察庞氏妇”，富本无“自有”二字。【前腔】实为富本首曲，“做娘的养孩儿”，富本原作衬字“养孩儿”；“终身思报哺”之“哺”字，富本作“补”；“背姑私己”，富本作“为己私身”；“那慈乌尚然知反哺”，富本作“慈乌尚有反哺雏”；“却被你做了个”，富本无“个”字。【二犯江儿水】“你枉读圣贤书”，富本无“你”字；“独自个冷清清”，富本无“个”字。【前腔】“痛思我母受荼痛”，富本作“我娘须是受塗痛”，“塗”字误；“不惮驰驱”，富本于“惮”后有“路”字；“敬往飞云”之“敬”字误，富本作“竟”。此曲后有旦念“本是夫妻结发……”和生念“夫妇相随半世……”，为【西江月】词二首，未标词牌名，富本标词牌名。【忒忒令】“你今日诉衷曲”，富本于“日”字后有“里”。《大明天下春》于此曲后原阙叶，由富本得知后有“前腔”二支，接着是【忆多娇】二支、【斗黑麻】二支、【尾声】。

《全家锦囊》十二卷之《姜诗》，其第四段选刊“芦林相会”，与富春堂本和《大明天下春》本大不同，其与嘉靖年间的《南词叙录》记录的《姜诗得鱼》，似为明早期的同一系统的戏文。万历年间的《群音类选》《摘锦奇音》的《芦林相会》与锦囊本则基本相同，《群音类选》又将其归属于“诸腔类”，后流行有弋阳腔《芦林》“步出郊西”云云，在昆班能流传至今的《芦林》，不是昆腔本，而是弋阳腔本，姜诗由付扮，其基本上是从锦囊本演变而来的。

卷七

十七、《雪梅观画》《贺生商辂》《断机训子》《三元捷报》

卷七上栏:《雪梅观画》《贺生商辂》《断机训子》《三元捷报》四出，明徐渭《南词叙录》“本朝”著录，题《商洛三元记》，明祁彪佳《远山堂曲品》“杂调”著录，题《三元》，注曰“即断机”，[①]清《今乐考证》“著录七”引《南词叙录》著录，曰“当即沈寿先作”。[②]传有明富春堂本《商辂三元记》，《全家锦囊》（简称“锦囊本”）九卷之《三元登科记》选刊十一段。以《大明天下春》选刊与富春堂本、锦囊本对勘，富春堂本与锦囊本大同小异，锦囊本第一出开场有《鹧鸪天》词，富春堂本脱录，此二本应属同源，之前应有原本，佚。富春堂本为全本，《大明天下春》的《雪梅观画》出，锦囊本未录，四出戏当出自于富本，然在选录时有不同之处。兹以富春堂本（简称“富本”）校《大明天下春》本，差别大者如下：

《雪梅观画》，写秦雪梅嫁商家，未过门丈夫商霖亡故，雪梅未婚守寡。一日，雪梅去丈夫书房，观赏亡夫留下的四季诗画，不胜感概。曲牌为【一剪梅】、【泣颜回】二支、【古轮台】二支、【尾文】。富本第九折，图标“秦雪梅书房观画”，曲牌与《大明天下春》同，【尾文】作【尾声】。【一剪梅】后念诗，富本作大字单行。【泣颜回】曲中“兰亭”，富本误作“兰庭”。【古轮台】“秋来景叶落无声”，富本作“秋来木落叶无声”；“三径既他荒”，富本作“经既他芳”；“闻者少知音”，富本作“闻者少知音少”。【前腔】“雪里芬芳绛色”，富本“绛色”作“纵有”。“颜色不改四时新”，脱下句，富本“色”作“容”，有下句“不负奴身颂祷心”。

《贺生商辂》，写亡夫之妾爱玉生下遗腹子，取名商辂，雪梅向公婆拜贺，愿与爱玉一起抚养商辂。这出戏的曲牌用的是民间的唱调，戏文常吸收当时民间流行的曲调，曲牌为【清香令】、【度青麻】、【十三腔】、【尾文】。富本第二十二折，无图，无出目，曲牌与《大明天下春》同，【度青麻】作【耍青春】，【尾文】作【尾声】。锦囊本第五段“华堂饮宴，节妇心不异”仅选录【十三腔】至【尾】。富本于【清香令】后念诗书大字单行。【度青麻】“天时人事雍容”之“容”字，富本【耍青春】作“上”；“高门宠”之“宠”字，富本作“至”；“使蓬筚霁月光辉”，富本作“顿

---

① 祁彪佳：《远山堂曲品》“杂调”《三元》，《中国古典戏曲论著集成六》，中国戏剧出版社 1959 年版，第 112 页。

② 姚燮：《今乐考证》“著录七”，《中国古典戏曲论著集成六十》，中国戏剧出版社 1959 年版，第 243 页。

使白屋生光";"喜今朝百事和谐",富本作"喜□□谐和","□□"漫漶,似是"百事"二字。

【十三腔】"保养孤孙孑立"之"孑"字,富本同,锦囊本作"子",误(据剧情应作"孑"字,疑《风月锦囊笺校》[1]过录之误);"襁褓成人志"之"志"字,富本、锦囊本俱作"美";"望你传家读经史"之"史"字,误,富本、锦囊本俱作"书";"积善之家庆有余"作"净"扮婆婆唱,富本同,是,锦囊本作"末"唱,误,下文即有净扮婆婆,不知何由作"末"?"天意果何如"之"意"字,富本、锦囊本俱作"理";"吾门"之"吾"字,富本、锦囊本俱作"予";"幸喜得瑞气蔼蓬门",富本、锦囊本俱无此句;"兰惹香风细",富本作"这般是芝兰引惹香风细",锦囊本作"这般是深院芝兰惹香风细";"此日蓝田生玉质",富本同,锦囊本夺"质"字;"喜盈门",锦囊本同,富本"喜"字作"贺";"乘龙婿",富本、锦囊本俱作"赘吾婿";"只恐不是",富本同,锦囊本"恐"字作"怕";"感亲家不弃"之"家"字,富本、锦囊本俱作"母"字;"忠臣烈女"之"女"字,富本、锦囊本俱作"士";"未婚守节,古今罕稀",富本、锦囊本俱作"义夫节妇,世间罕稀";"昆山美玉无瑕疵"之"瑕疵",富本、锦囊本俱作"瑕异";"不图为官换门闾",富本、锦囊本俱于"换"字前有"改"字;"休得要三心并两意",富本同,锦囊本无"要"字;"分彼此",富本同,锦囊本"此"字误作"比";"出乎口焉敢反乎耳",锦囊本同,富本"耳"字作"尔";"天假两缘会"之"会"字,富本、锦囊本俱作"遇";"好似松筠节操坚持",锦囊本同,富本无"好似"二字;"古来稀",富本同,锦囊本"稀"作"希";"休忘弃",富本、锦囊本俱作"莫还弃";"须然是未结鸳鸯侣",富本、锦囊本俱无"是"字;"依然教读孔圣书",富本、锦囊本俱作"依然要读朱程书";"不图金王"之"王"字,误,富本、锦囊本俱作"玉"。【尾文】"相逢故旧话投机",富本同,锦囊本"旧"字误作"日";"酒罢歌阑日坠西",富本同,锦囊本"酒罢"误作"渎能","逢此期",富本同,锦囊本"期"字作"日"。

通过对勘,富本与锦囊本相近,出于同一种原本,《大明天下春》本

---

① 孙崇涛、黄仕忠笺校:《风月锦囊笺校》,中华书局2000年版,第463页。

与富本、锦囊本有渊源联系，但与民间流行的演出本关系更近。【十三腔】曲牌结构很复杂，原是流行在南方各地的唱调套曲，由十三首旋律起伏变化的曲子组成，或谓“九板十三腔”，或谓“九曲十三腔”。何时被南戏吸收成为集曲型曲牌，已不可知。《大明天下春》此出之【十三腔】，曾标出三处“前腔”，也不知何据？富春堂本和锦囊本则没有标出“前腔”，对于不明其复杂结构的集曲型曲牌，沿袭旧本不标为妥。

《断机训子》，写秦雪梅因孩儿商辂好玩不用心读书，学孟母断机教子。富春堂本第二十六折，图标“雪梅断机教子”。锦囊本第七段“断机教子，公婆惜孙劝解”，选曲不全，可作校勘。此出戏曲牌用【杏花天】、【甘州歌】三支、【红芍药】十一支、【余文】。富本同。锦囊本与之有不同。【杏花天】曲文富本同；锦囊本曲牌简书【引】，“惟要黾勉孩儿”夺“惟”字。【甘州歌】“亏前人费尽多少机谋”，锦囊本“尽”作“了”，富本于“前人”后有“积产”，“费尽”后有“了”字；“万贯终须有”，锦囊本同，富本“有”作“尽”。【前腔】“稍不觉三五风光去了休”，富本“风光”作“光阴”，无“休”字，锦囊本“风光”误作“风北”，“了”字作“干”；“方知岁月难留”，锦囊本同，富本“知”字后有“道”；“我立心要学孟轲母”，富本同，锦囊本无“我”字；“奈我画虎未成反类狗”，富本同，锦囊本无“奈我”二字，“反”字误作“返”；“枉守”，锦囊本同，富本作“空守”；“只恐怕费尽灯盏无油”，锦囊本无“只恐怕”三字，富本作“只恐怕灯盏无油枉费心”；重句“空守，费尽灯盏无油”，富本重句于“费”字前有“枉”，锦囊本无重句。【前腔】“才到街头……”富本未标“前腔”，锦囊本作“入赚”，曲文基本同，“兄弟相邀打戏球”，富本同，锦囊本“兄弟”作“弟兄”，“打”作“踢”；“高堂母亲望凝眸”，富本同，锦囊本“母亲”作“父母”，无“望”字，“凝”字误作“疑”；“转过娘跟前忙顿首”，富本无“跟”字，锦囊本“转”字前有“又”字，“跟”字误作“恨”，“顿首”作“拱手”，“拱手”后有“母亲拜揖”四字，当是念白，不应作大字曲文，富本、《大明天下春》均无此四字；“背与娘听解母忧愁”，富本“母”字作“娘”，锦囊本“背”字误作“皆”，“母”字作“我”，无“忧”字；“先生人请去饮香醪”，富本同，锦囊本“先生”作“师父”，无“去”字；“因此上未曾攻究”，富本同，锦囊本无此“因此上”三衬字。

【红芍药】旦唱“我为甚的空房独守”，富本同，锦囊本无“的”字；“闪得我没前没后”，富本二“没”字俱作“不”，锦囊本“闪”字作“闲”，二“没”字同富本；“你是个大丈夫须当万里去封侯”，富本同，锦囊本无“你是个”三衬字，无“须”、“去”二字；“到如今不成就，不接流，却不如断了机头”，富本“接流”作“唧嗗”，“却不如”作“恰如”，锦囊本“到如今不成就，不接流”作“今日里不唧嗗，不成就”，“却不如”同富本。【前腔】小生唱“娘若去”之“若”字，富本作“休”；“好一似野道人”之“似野”，富本作“个李”；“功未成就”，富本作“功程未就”。此第一“前腔”至第八“前腔”，锦囊本未选录。【前腔】旦唱“老公婆容奴禀覆……”，富本同。【前腔】外唱“到惹得媳妇焦燥”，富本夺媳”字；“不幸我儿早亡”之“我”字，富本误作“你”。【前腔】贴唱“蓦听得机房中闹吵”，富本无“中”字。【前腔】旦唱“贤妹妹且听着”，富本无“且”字；“公道奴将大压小，婆道奴寡妇人心肠不好”，富本“公”作“公婆”，“将”作“以”，“婆道奴”无“婆”字，“寡妇人”之“人”作“们。【前腔】贴唱“不图着陶朱富豪”之“着”，富本作“你”；“他曾辟纩伴读训儿曹”之“曾辟纩”，富本作“在僻庐”。【前腔】小生唱“我道先生人请去饮香醪”之“先生”，富本作“被”字；“尽皆忘了”之“了”字，富本作“却”。【前腔】贴唱“望姐上把辂儿教道”之“望姐上”，富本作“向前去”；“感恩非小”之“小”，富本作“浅”。以下的两支“前腔”三本有异，兹连“尾声”分录如下：

《大明天下春》(第一支未标“前腔”，补)：

【前腔】(小生)娘放手，儿子不敢应娘口。娘责罚小儿当受，只恐伤折了娘亲手。从今不敢去闲游，不改过从娘吊拷。

【前腔】(外)贤媳妇，且息怒。孙儿年小你从容教道，待看我年老姑嫜。(旦)若不是公婆保饶过这遭，再如此，再如此赶出街头。

【余文】千辛万苦为甚由？指望你光前耀后，不枉了娘亲一念头。

富春堂本(第二支未标“前腔”,补):

【前腔】(小生)娘放手,儿不敢应口。娘责罚小儿当受,只恐伤折了娘亲手。从今不敢去闲游,不改过从娘吊拷。

【前腔】(外)贤媳妇,且息怒。孙儿年小望你从容教道,待看我年姑舅。(旦)若不是公婆保饶过这遭,再如此,再如此赶出街头。

【余文】千辛万苦为甚由?指望你光前耀后,不枉了娘亲一念头。

锦囊本(例不标“前腔”):

(外、净)贤媳妇,且息怒。孙儿年少从容教道,看待我年老姑舅。(贴、生)娘放手,儿不敢应口,责罚小儿当受。从今不敢去闲游,不改过从娘吊拷。(外、净)公婆保饶过这遭。再如此赶出街头。

【尾声】千辛万苦为甚由?指望你光前耀后,不枉娘亲一念头。

《大明天下春》基本与富本相同,仅一二字有不同。锦囊本突出公婆二娘劝保孙子,曲文衔接与前二种不同,无秦雪梅唱,似不合理,所以富本改由秦雪梅唱,并接唱“尾声”,符合教子主题。此【红芍药】,当为中吕宫过曲,字格、句格比较粗疏,多处不合格律,竟连唱十一支,可见是早期的明戏文。

《三元捷报》,写商辂得中三元,捷报送达,秦雪梅感叹二十年辛劳教子终有所报,一家欢喜,教子贤名乡里传扬。富春堂本第三十六折,图题“雪梅得儿喜信”。《全家锦囊》无此出选曲。曲用【下山虎】四支、

【西地锦】、【蛮牌令】四支、【尾声】。富春堂本曲牌同，兹比较曲文不同处。【下山虎】“心里如冰”之“里”字，富本作“底”；“无瑕疵”，富本作“无瑕异”；“礼当所行”，富本作“理所当行”。【前腔】二种俱无标“前腔”，下同；“才子缘轻”之“轻”字，富本作“悭”；“若不是老公婆将爱玉与商郎偷方便”，按律“是老公婆将爱玉与商郎”应作带白小字，富本作“若不伦方便”；“正是着意栽花花不发”，同上，应作带白小字，富本无此句；“天相成”之“相”字，富本作“象”；“哺养奴怀抱胜如嫡亲”，同上，应作带白小字，富本无此句，然在念白中有此意；“也结个孟氏芳邻”之“结”字，富本作“做”，“邻”字作“名”。【前腔】“同守共姜”之“共”字，富本作“敬”；“赵璧空将暗里呈”之“呈”字，富本作“澄”；“看古人也有贤愚不等，看今人也有贤愚不等”，同上，应作带白小字。【前腔】“立志登三榜”之“登”字，富本作“魁”；“指望鹄立鸳行”，富本无“望”字；“愧无白璧双双，春气盈盈”，同上，应作带白小字，富本无此二句。【西地锦】富本未标曲牌；“今日人老报信音”之“今日”，富本作“想是”。【蛮牌令】同。【前腔】富本未标“前腔”，下同；“辟纑伴子读文章”之“辟纑”，富本作“僻庐”，“庐”字后有“内”。【前腔】同。【前腔】“子共娘”之“共”字，富本作“与”；“若有亏心”，富本于“心”之后有“事”。【尾声】同。

《大明天下春》四出，除《贺生商辂》外，其他三出明万历年间戏曲选刊犹有选录：《群音类选》录有《断机教子》，《乐府玉树英》录有《观画有感》《断机教子》（二出残阙），《乐府菁华》录有《观画有感》《断机教子，《乐府红珊》录有《断机教子》，《玉谷新簧》录有《雪梅观画有感》《断机教子》，《乐府万象新》录有《雪梅观画》（残阙）等。

十八、《破容守节》《昌国保孤》《诉冤脱难》《父子重逢》

卷七下栏：《破容守节》《昌国保孤》《诉冤脱难》《父子重逢》四出，中栏左外题《十义记》，《破容守节》出目下注《韩朋》。明祁彪佳《远山堂曲品》“杂调”著录《韩朋》：“即《十义》”，“李、郑救韩朋父子，程婴、公孙之后，千古一人而已，惜传之尚未尽致。中惟‘父子相认’一出，弋优演之,能令观者出涕”。[1]当为弋阳腔演出本,钱南扬先生《戏文概论》认为是余姚腔演出本。[2]传有明富春堂刊本(简称“富本”)《韩朋十义记》二十八折,卷前目录书二十七折,有折目,第二十八出,书“出”无出目,《古本戏曲丛刊初集》影印,又有明万历年间新安余氏自新斋刊本。在明万历年间的戏曲选刊中,此四出戏除《诉冤脱难》外,余三出有被其他选刊选录的,如《群音类选》诸前腔类卷三选录《毁容不得》《付托婴孩》,《乐府玉树英》目录卷五选录《为友保孤》《义释李翠云》(二出阙),《乐府菁华》卷四选录《为友保孤》,《乐府红珊》卷十六选录《韩朋父子相逢》,《乐府万象新》前集卷四选录《韩朋父子相会》、后集卷四选录《监中生子》《义释翠云》(二出阙)等。闻知福建屏南四平戏有《全十义》,其中有《毁容不辱》《付托婴孩》二出。

《破容守节》,即明富春堂本第九折《毁容不辱》。写韩朋妻李翠云因美貌为黄巢所掳,韩妻不从,毁容守节全义。所用曲牌为两小套:【冥行令】、【香罗带】三支、【尾声】为前套,【驻云飞】四支为后套。其【冥行令】引子,查无实,不知由来。富本出场引子仅标“引”,两小套曲牌全同,未标“前腔”,戏文不标明“前腔”为常例,《大明天下春》本标明“前腔”,很明显是补上的。念白基本相同,曲文仅有三处不同。【香罗带】第二【前腔】“那奸豪势不容”之前,富本原有“呵”字。【尾声】“却教韩门靠着何人”之“教”字,为韩妻翠云唱,富本原作“我”,妥。【驻云飞】第二【前腔】“若论纲常,当全节理”,所谓纲常,《礼记·礼运篇》曰:“父慈、子孝、兄良、弟悌、夫义、妇听、长惠、幼顺、君仁、臣忠,十者谓之人义。”富本“理”字原作“义”,妥。四平戏故谓《全十义》。

《昌国保孤》,即明富春堂本第十三折《付托婴孩》。写李翠云将婴孩托付给郑田、李昌国。曲牌:【引】、【步步娇】、【驻云飞】二支、【四朝元】二支、【驻马听】二支、【小桃红】四支、【尾声】。《大明天下春》与富

---

① 祁彪佳:《远山堂曲品》“杂调”《韩朋》,《中国古典戏曲论著集成六》,中国戏剧出版社 1959 年版,第 114 页。

② 钱南扬:《戏文概论》“剧本第三”第一章,上海古籍出版社 1981 年版,第 95 页。

本基本相同,少有曲文改动,富本多一脚色"贴"。首曲俱不标曲牌,丑念干板上场。【步步娇】富本同。【驻云飞】"纵得香孩",富本原作"喜得生盆幸"。【前腔】"且喜产奇英"之"奇"字,富本作"孩"。【四朝元】"饱则扬走"之"则"字,富本作"即";"急难时皆袖手"之"皆袖手",富本叠;"堪叹子母遭牢狱",富本无"叹"字;"谁学程英"之"英"字,富本同,当作"婴";"谁学公孙臼"之"臼"字,富本误作"旧";"孤儿何收"之"何"字,富本作"谁"。【前腔】"平白风波遭冤咎",富本作"不知何罪遭逢冤咎";"立心要把古人求",富本无"立心"二字。【驻马听】"幸产英孩"作重句,富本不作重句,且"英"字作"婴"。【前腔】作外唱,《大明天下春》有外、末,无贴,外扮李昌国,末扮郑田;富本有外、末、贴,外扮李昌国,末扮郑田,贴扮李昌国妻。"奈我贸易江淮",富本作贴唱"奈我良人贸易江淮"。【小桃红】"却报冤祸恨"之"却报",富本作"报却";"魆魆伤怀抱"之"魆魆",富本误作"越越"。第一【前腔】"乳哺吾须顾",富本作贴唱,"吾"字作"奴";"子母各分离",富本作"子母分离去"。第二【前腔】"视如嫡亲"之"视"字,富本作"看我"。第三【前腔】"此子身脱曲",富本句前有"你"字。【尾声】"千辛万苦心如捣"之"心如",富本作"如心";"程英义不磨"之"英"字,富本同,当作"婴",富本"磨"字误作"庅"。

富本于"且抱到你家里去商量罢"之后有【月儿高】小套,写郑田留下面对黄巢,李昌国夫妇携婴儿逃去。《大明天下春》删去其曲文及念白,似为场上演出考虑。

《诉冤脱难》,即明富春堂本第十五折"诉冤冯献"。写李翠云被赏婚冯献,冯献听其自诉冤情后放翠云去白云庵投奔周尼。曲牌用【如梦令】、【铧锹儿】、【前腔】四支、【小桃红】二支、【尾声】。富本曲牌同,曲文基本同,引子未标曲牌。【铧锹儿】同。第二【前腔】"这其间飞奴不晓"之"这其间",富本作"这礼义";"幸喜儿今脱去",富本无"幸"字。第三【前腔】"这其间冤情吾尽晓",富本作"这冤情吾今尽晓";"柳下惠清标"之"清标",富本作"同曹"。第四【前腔】同。【小桃红】同。【前腔】"见色不迷心"之"心"字,富本作"人"。【尾声】同。念白亦基本同,惟冯献的脚色有别,《大明天下春》作“末”扮,富本作“小”扮,“小”即小生,此扮冯献,后扮李翠英子。

《父子重逢》,即明富春堂本第二十四折“父子相逢”。写李昌国夫妇抚养的困英长大成人,中榜中魁,李昌国令其与生父韩朋相会。曲牌:【小重山】、【陶金令】、【销金帐】四支、【玉交枝】五支、【解三酲】二支。富本曲牌同,曲文基本同,少数几字不同。李翠云子困英,富本由“小生”扮,《大明天下春》改由“末”扮。经比对,此出戏出自富本无疑。不同者,如:【小重山】,富本未标曲牌。【陶金令】“更有何因”之“更”字,富本作“别”;“忠孝须当尽”,富本无“尽”字。【销金帐】“人生当效”,富本未作重句。第一【前腔】,富本未标“前腔”,“人生莫学”,富本作重句;第二【前腔】“无为奸佞”,富本作“无邪谗佞”。第三【前腔】同。【玉交枝】同。第一【前腔】同。第二【前腔】“幸监中产下英儿”之“监”字,富本作“生”。第三【前腔】“【赚】(生)你要见韩朋”,误刻,富本作“(生)赚哄你要见韩朋”,是。第四【前腔】富本未标“前腔”,“吾身便是无虚”之“无虚”,富本作“不虚称”;“可怜他父子对面不相认”,富本无“对面”二字,此句后有重要的带白“这就是你生身的父”,《大明天下春》脱落。【解三酲】“含冤抱忿,必须要伸冤雪恨”,富本作“含冤恨,直伸冤雪恨”。【前腔】未标“前腔”,富本标。

《大明天下春》本是流行的演出本,同时也会受其他选本的影响,有改动之处,如删节,脚色改动,曲文个别字的变动,都是很正常的。

卷八

十九、《世隆旷野奇逢》

卷八上栏:《世隆旷野奇逢》一出,此出戏出自戏文《拜月亭记》,《南词叙录》“宋元旧篇”著录,题《蒋世隆拜月亭》,《永乐大典》戏文二十五著录，题《王瑞兰闺怨拜月亭》。《九宫十三摄谱》卷首作《蒋世隆拜月亭记》，注曰："武林刻本已数改矣，世人几见真本哉。"[①]戏文原本已佚，传者皆为改本，以明世德堂本比较接近古本，《古本戏曲丛刊初集》影印。《拜月亭记》的作者自明以来就有疑问，明王世贞、何良俊、臧懋循、吕天成，清张大复，近代王国维、吴梅、钱南扬等，各有一说，今人一般认为是元代杭州人施惠所作。《九宫正始》保留的一百三十三支曲，可视为"古体原文"，与今传明改本有不同之处。《全家锦囊》本五卷之《拜月亭》收录十段。张大复《寒山堂曲谱》引注曰此剧有五十八出，今传世德堂本则为四十三折，汲古阁本则为四十出。

《世隆旷野奇逢》一出，即世德堂本(简称"世本")第十九折《隆遇瑞兰》。写蒋世隆失散妹子瑞莲，寻找途中奇遇与母亲失散的王瑞兰，权充夫妻作伴同行。曲牌：【金莲子】、【前腔】、【菊花新】、【古轮台】、【前腔】、【扑灯蛾】、【前腔】、【皂罗袍】、【前腔】、【尾声】。其中【扑灯蛾】"前腔"未标。世本曲牌同，均未标"前腔"。明万历年间《乐府万象新》此出戏亦有【皂罗袍】二曲，然《九宫正始》仙吕、《全家锦囊》本(简称"锦囊本")第四段未收，汲古阁本亦没有此二曲。汲古阁本是官腔本，未收【皂罗袍】二曲，而民间流行的戏曲选刊有收录此二曲者，视其曲文，极宜于生旦歌舞表演，其为诸腔本，或谓青阳腔本。此出戏，流行颇广，常被戏班演出，明万历戏曲选刊大多选录了此出，如《词林一枝》《乐府玉树英》《乐府菁华》《摘锦奇音》《乐府万象新》《赛征歌集》等。

【金莲子】之【前腔】"迫忙里散失"之"迫"字，误，世本、锦囊本作"百"；"谢神天庇佑"之"谢"字，世本作"望"，锦囊本无"谢"字；"这答应端的是有"之"这"字，世本作"听"，锦囊本"答应"误作"答儿"。【古轮台】"急离乡故"，世本、锦囊本同，《九宫正始》"离"字作"难"；"(生)那时节喊杀声"，世本脱"生"字，锦囊本夺"节"字，《九宫正始》无衬字"那时节"；"各自逃生"之"自"字，世本、锦囊本、《九宫正始》俱作"各"；"中途差池"之"池"字，锦囊本同，世本作"迟"，《九宫正始》作"中路差池"；

① 钱南扬《戏文概论》"剧本第三"第二章，上海古籍出版社 1981 年版，第 86 页。

"因寻至",世本同,锦囊本、《九宫正始》作"因循寻至"。【前腔】"只为名儿厮类",世本同,锦囊本、《九宫正始》作"前腔换头"无衬字"只为";"救奴残喘"之"救奴",世本同,锦囊本、《九宫正始》作"教取"。【扑灯蛾】"他人怎生向周庇",世本同,锦囊本、《九宫正始》作"他人怎相庇";"恻隐怎生周济"之"济"字,世本同,锦囊本、《九宫正始》作"急";"有人厮盘问,教咱猜疑",世本、锦囊本、《九宫正始》作"厮赶着教人猜疑"。【前腔】"可怜做兄妹",锦囊本同,世本"做"作"作";"教咱甚言抵对",锦囊本同,世本"教"字误作"交"。【皂罗袍】之【前腔】"那故园何在",世本于句前有念白"天"字;"危途权作资身计"之"作"字,世本作"做"。

《全家锦囊》选曲与《九宫正始》所辑录的曲,同源于古本,而世德堂本虽亦与之同源,但有修订,故谓之"重订拜月亭记",为明改本。经比对,《大明天下春》此折则出自世德堂本无疑。此折戏的念白基本同于世德堂本,最大不同处是增加了诗白。世德堂本在唱【古轮台】"自惊疑,相呼厮唤两三回"之前有念白:"(旦)呀,你不是我娘亲,如何叫我小名?(生)你不是我的妹子,如何应我两三声?多应是你惊疑不定。"很简洁,直接引出唱曲。《大明天下春》此出,则用诗白表现:"(旦)呀,你不是我娘亲,如何叫我小名?(生)你不是我妹子,如何应着我?心慌步急路难行,娘子原何不细听。非是卑人亲妹子,如何连应两三声?(旦)君子听我说因依,非是奴家惹是非。母弃孩儿寻不见,使我心下自惊疑。"七言诗白疑是滚唱。明容与堂刊本《李卓吾批评幽闺记》第十七出《旷野奇逢》中没有这样的七言诗白,也没有【皂罗袍】二曲,这是昆腔本,而《大明天下春》此出应是青阳腔本。

二十、《刘昔路会神女》

卷八上栏:《刘昔路会神女》一出,剧中写秀才刘昔求功名途中与化身为店主的华岳三娘子前世姻缘的故事。故事出自唐代戴孚的《广异记》"华岳神女"(《太平广记》卷三〇二引录)。此与《全家锦囊》(简称"锦囊本")十九卷之《沉香》"刘昔投店"的故事情节相同。经比较,刘昔籍贯不同,所用曲牌、曲文不同。《大明天下春》之刘昔是梧州珠湖境里人;锦囊本之刘昔是扬州高田("田",疑是"邮"之误;古文字"郵"之异体为"邮")人。《大明天下春》曲牌为双调【萃地锦裆】二支、双调【玉抱肚】五支、中吕【古轮台】二支、【尾声】;锦囊本曲牌为南吕【红衲袄】二支(未标"前腔",下同)、中吕【剔银灯】、南吕【五更转】、南吕引子【临江仙】四支、【剔银灯】(未标曲牌)、【五更转】(未标曲牌)、双调【风入松】二支。尽管如此,此二本有着一定的同源关系。由于此戏与沉香、华岳三娘子有关,由此想到明徐渭《南词叙录》"宋元旧篇"著录有戏文《刘锡沉香太子》[①],仅"昔"、"锡"同音字之别。与此故事相关的元杂剧有张时起《沉香太子劈华山》(曹本《录鬼簿》著录)、李好古《巨灵神劈华岳》(《录鬼簿》著录),以上三种俱不传。《大明天下春》和锦囊本所收录的此出戏,很可能是《刘锡沉香太子》在民间流传很久后残存的青阳腔的散出。《大明天下春》曲牌套数比较规整,文字趋雅,念白偏少,有文人改造的痕迹;锦囊本曲牌、格律比较随意,不标"前腔",生旦已在场,却用引子【临江仙】对唱,念白偏多,且多用俗语、俗套,当为较早的戏文,有很高的文献价值。

今福建莆仙戏传有《刘锡》,一名《刘锡乞火》。《刘锡》剧中有"乞火结缘"一出戏。此戏在莆仙地区流传很广,民间流行"起火也是你,灭火也是你"俗语,就出自该戏。所谓"乞火",即乞火点灯,前有刘锡乞火,后有化身店主的华岳三娘乞火,是该戏的重要关目,故名。莆仙戏《刘锡》"乞火结缘"与锦囊本"刘昔投店"的情节(请茶、点灯、对对子、官休、私休等)极为相似,尤其是对的对子,莆仙戏谓:"六尺丝绦,三尺系腰三尺放;一张锦被,半张遮体半张闲。"锦囊本谓:"六尺丝绦,三尺系腰三尺剩;一条锦被,半边遮体半边闲。"莆仙戏剧名"刘锡",与"宋元旧篇"同;刘锡为扬州书生,与锦囊本"刘昔"同。可以说,莆仙戏《刘锡》和锦囊本"刘昔投店"同属"宋元旧篇"《刘锡沉香太子》古本戏文

---

① 徐渭:《南词叙录》"宋元旧篇",《中国古典戏曲论著集成三》,中国戏剧出版社 1959 年版,第 251 页。

系统,锦囊本更近古本,而《大明天下春》“刘昔路会神女”则应视为明改戏文。至于姓名和籍贯的变化,是正常的流传过程中的变化,主要是在民间的地方戏曲和说唱艺术中的变化。据孙崇涛《风月锦囊考释》,在京剧和地方戏曲中,一般改名为刘彦昌;在《沉香宝卷》中,名刘向,家住山东青州,生于安丘;在《宝莲灯救母全传》宝卷中,名刘晋保,改名刘俊春,家住江苏通州,海门府是家门;在《雌雄剑》鼓词中,名刘希,家住扬州海门;在《沉香太子》南音中,仍名刘锡,却居住江西南昌府。[①]

二一、《张子敬钓鱼》

卷八上栏:《张子敬钓鱼》一出,写刘孝女父亲去河南郡赴任按察提刑,刘孝女和妹子随父同去,途中遇狂风大浪,舟覆,刘孝女与父亲、妹子失散,漂流近岸,被河南书生张子敬救起,天赐良缘,后成就婚姻。曲牌为【生查子】、【懒画眉】四支、【碧玉箫】六支、【余文】。明徐渭《南词叙录》“宋元旧篇”著录有《刘孝女金钗记》,疑此出戏之源为宋元戏文《刘孝女金钗记》,然该剧不传。

钱南扬《宋元戏文辑佚》辑存残曲一支,《九宫正始》“十三调”高平调【五团花】:“【赏宫花】心中惨凄,不由人不珠泪垂。【腊梅花】寻思使我无依倚。【一盆花】我便孤身匹配,父亲和妹妹,【石榴花】几时得见你?除非是再生重会日。【芙蓉花】此事非容易。”(题《刘孝女》,明传奇。)[②]此曲为刘孝女被张子敬救回家后,子敬父母接纳,刘孝女与张子敬成亲之前所唱。“张子敬钓鱼”一出,原本不传,似为明改戏文,改本没有发现,疑为孤本。

刘孝女寻父故事在江南流传颇广,为民间在山歌中传唱。如苏州桃花坞木刻年画《采茶牛图》中,刻有民间流传的《采茶山歌》,歌曰:“七月采茶菱花香,孝女寻父他州去。”湖州木刻本《采茶山歌》有歌云:

---

① 孙崇涛:《风月锦囊考释》,中华书局2000年版,第161页。
② 钱南扬:《宋元戏文辑佚》之《刘孝女金钗记》,中华书局2009年版,第254页。

“七月采茶菱花香，刘伯父子过大江。刘孝女寻父他州去，回头喜得遇张郎。”此歌唱十二月花，其七月菱花，唱的就是刘孝女寻父的故事，“遇张郎”，即谓幸遇在滩头钓鱼的张子敬。

二二、《包文拯坐水牢》

卷八上栏：《包文拯坐水牢》一出，写包公便服私访，路见曹大本欲强娶陈可忠（此出念白中书“忠”，《南词叙录》写“中”）之妻，说了他几句，竟被曹大本拘禁在水牢，三日不给饭吃。曹家饭婆私下送饭给他，并诉说自己的冤情，才知被拘者是包爷，便私放了包爷大人。明徐渭《南词叙录》“本朝”著录《陈可中剔目记》，祁彪佳《远山堂曲品》“杂调”著录郑汝耿《剔目》，曰：“此《龙图公案》中一事耳。包公按曹大本，反被禁于水牢，此段可以裂眦。”[①] 钱南扬曰：“原本已佚，仅青阳腔有零出流传。”[②]“包文拯坐水牢”，在其他明戏曲选刊中亦没有发现这出戏。据明范濂《云间据目钞》卷二“风俗”：“倭乱后，每年乡镇二三月间，迎神赛会，搬演杂剧故事，如《曹大本收租》、《小秦王跳涧》之类，皆野史所载。”[③]此杂剧佚，不知其与明戏文《陈可中剔目记》有什么关系。

20世纪50年代，山西万泉县百帝村发现青阳腔四本戏的传抄本，其中就有《陈可忠》一种残本，抄本上有“同治八年正月谷旦”、“同治九年四月”的字样。赵景深先生曾读过抄本，在1956年《复旦学报》上发表《明代青阳腔剧本的新发现》。概括的情节为：“土豪曹大本因为要想霸占读书人陈可忠的妻子周氏，就叫大盗雷虎危诬陷陈可忠为同党。县官李扬德上下受贿，要将陈可忠处死，把他打在死囚牢内。关帝托梦给李扬德，要他改判代州充军，否则就要降灾。李扬德只好

---

① 祁彪佳：《远山堂曲品》“杂调”《剔目》，《中国古典戏曲论著集成六》，中国戏剧出版社1959年版，第119页。

② 钱南扬：《戏文概论》“剧本第三”第三章，上海古籍出版社1981年版，第111页。

③ 范濂：《云间据目钞》卷二，上海进步书局三十年代印行本。

招办。曹大本就命媒婆慌报周氏，说是她的丈夫已死；又慌言陈可忠借银三十两未还，本利要六十两，且命豪奴把周氏的子女玉娟、金绣抢走。周氏追踪而来，就被劫留。陈可忠被解上路，经一荒寺，包公也在此过宿，陈可忠就向他诉冤。包公扮作相士私访，看见玉娟、金绣被打，周氏被踢昏过去，就带了周氏的子女逃走，被豪奴所获，下在水牢。周氏把包公救了出来，包公向她说明自己的身份。剧本到此完结。大约后来是：含冤大白，夫妇团圆，曹大本伏法，李扬德革职。只是不曾抄写下去。抄写人是'同治八年孙迪刚'。回目是：第一、二回缺。3. 理词，4. 行贿，5. 探监，6. 讲亲，7. 起解，8. 无回目，可称'相面'，9. 遭危，10. 赶脚。脚夫对曹大本也很愤恨，骂他'霸占民田该何罪，搂罗民妻罪不轻'。"①

福建梨园戏保存有一种旧抄残本，戏名为《刘大本》，属"下南"内棚头戏，原传有八出："包拯上任"、"遣赵大"、"讨银"、"入刘府"、"落牢"、"举笼仔"、"开衙门"、"打校尉"。后由老艺人许志仁口述了"换服"、"拿大本"二出，为十出戏。老艺人说，这是半本戏，后半本戏演刘大本被押往京城，有宋仁宗庇护开释。陈可忠赴考在京，被刘大本捉去，竟被剔目，后由包公再次拿刘大本治罪。此剧的内容与明青阳腔本有相似，也有不同，在流传的过程中，主要人物姓氏、身份和情节有了变化。这是民间戏曲流传变化的常例。据说正字戏还传有《陈可忠》一本。因明戏文原本不传，青阳腔本残缺，梨园戏改动又很大，已难探明流变的具体情况。

二三、《郭氏守节毁容》

卷八上栏：《郭氏守节毁容》一出，写郭氏因貌美被张敏看中欲谋取，丈夫周羽被张敏诬陷为杀人同谋，发配广南，郭氏毁容以拒之。明

① 赵景深《明代青阳腔剧本的新发现》，《戏曲笔谈》，中华书局1962年版，第94、95页。

徐渭《南词叙录》“宋元旧篇”著录《教子寻亲》。[1]传有明富春堂刊本《周羽教子寻亲记》(署“剑池王錂重订”),《古本戏曲丛刊初集》影印。明末有汲古阁原刊本《寻亲记》(署“范受益著,王錂订”)。二种本子都经王錂之手。明吕天成《曲品》“旧传奇”著录,曰:“古本尽佳,今已两改。真情苦境,亦甚可观。”[2]《寒山堂曲谱》卷首《寒山堂曲话》云:“《周羽教子寻亲记》,今本已五改,梁伯龙、范受益、王陵、吴中情奴、沈予一。”[3]“陵”当作“錂”。今传富春堂本、汲古阁刊本,系明王錂据“古本”改订。《全家锦囊续编》(简称“锦囊本”)十六卷之《周羽寻亲记》选录有五段,其第二段选“毁容”三曲。《九宫正始》有中吕【念佛子】四支,可作比较。明万历年间戏曲选刊未选录此出。

《郭氏守节毁容》,即富春堂本(简称“富本”)《周羽教子寻亲记》第二十一出。《大明天下春》曲牌:【绕地游】、【普贤歌】、【黄莺儿】二支、【尾声】、【念佛子】二支、【红衲袄】二支。与富本、汲古阁本对校,曲文、念白有不同处,念白不校。

【绕地游】按谱,应书“绕池游”,误者久矣。“逼成姻”之“成”字,富本、汲古阁本作“婚”;“宁甘就死誓”,富本、汲古阁本无“就”字;“不与庸夫偕老”,富本、汲古阁本作“不同偕老”。“甘守节操,我夫死也凭谁告”二句,富本、汲古阁本俱无,或旧本有,被删。

按:【绕地游】与【普贤歌】之间,富本有【集贤宾】、【莺啼序】、【啄木儿】三曲,《大明天下春》无此三曲,兹录富本三曲如下:

> 【集贤宾】临鸾任取红脸消,管甚么粉悴脂憔。断送我儿夫,只为奴一貌。配千水,只为秋水多娇。魂消魂杳,隔万山,只为眉山生得恁巧。人去远,眼中人,只为镜中人好。

---

① 徐渭:《南词叙录》“宋元旧篇”,《中国古典戏曲论著集成三》,中国戏剧出版社 1959 年版,第 252 页。

② 吕天成《曲品》卷下“旧传奇”,《中国古典戏曲论著集成三》,中国戏剧出版社 1959 年版,第 226 页。

③ 张宣彝(号寒山子)《寒山堂曲话》“谱选古今传奇散曲集总目”,附在《寒山堂曲谱》卷首,见《续修四库全书》第 1750 册第 644 页。

【莺啼序】荆钗布裙还有甚妖娆。张敏,忍把我一家都坏了。可知道坏唐朝贵妃艳冶,石季伦为绿珠娇巧难描。那毛延寿故画了汉昭君,未为错了。

【啄木儿】若得容颜破节义高,身体发肤何足道。奴若要青史名标,少不得血污钢刀。便做受之父母难全孝,自知早被婵娟懊,却不道承恩不在貌。

汲古阁本《寻亲记》第二十一出《剖面》同有此三曲,锦囊本有【集贤宾】二支、【莺啼序】一支,曲文有不同处,同者不校。

【集贤宾】"管甚么粉悴脂憔",锦囊本"悴"字误作"碎","憔"字误作"焦";"断送我儿夫",锦囊本"断"字前有带白"面皮","送"字后有"了";"只为奴一貌",锦囊本"只"字原误作"口","一貌"作"貌娆";"配千水","水"字误,汲古阁本作"配千里",锦囊本作"隔千里";"魂杳"之"魂"字,汲古阁本、锦囊本俱作"梦";"隔万山"之"隔"字,锦囊本作"阻";"眉山生得恁巧",锦囊本作"眉峰忒巧";"人去远,眼中人",锦囊本作"眼中人远";"只为镜中人好",锦囊本"为"字后有"我"。锦囊本又有"前腔":"红颜自来多命薄,枉自有千媚百娇。佐不得妻贤夫祸少,却正是内恨相憔。生离死别,分离后无消无耗。长懊恼,冤家几时得了。"亦或为戏文旧本有,被删。

【莺啼序】"还有甚妖娆",锦囊本作"还有甚么暖娇";"忍把我一家都坏了",锦囊本无带白"张敏",作"尚兀自把一家都坏了","兀"字原误作"丸";"可知道坏唐朝贵妃艳冶",锦囊本作"谁知道坏唐朝是贵妃体冶","坏"字原误作"怀","体"字误,当作"艳","冶"字原误作"治";"石季伦为绿珠娇巧难描",锦囊本作"送季伦是他绿珠娇秀堪妙","送季伦"与"坏唐朝"对举,当是;"那毛延寿故画了汉昭君",锦囊本作"那画工错写昭君"。

【啄木儿】"血污钢刀"之"钢"字,汲古阁本误作"刚";"婵娟懊"之"懊"字,汲古阁本作"误"。

接下继续校勘《大明天下春》:

【普贤歌】“月色正娇羞”之“月色”，富本、汲古阁本作“花貌”；“须胜广寒宫”，富本、汲古阁本作“胜似广寒”。

【黄莺儿】“旧日容颜都消瘦”之“都消瘦”，富本、汲古阁本作“消瘦了”；“羞把清光照”之“清光”，富本、汲古阁本作“菱花”；“多因是貌娇”，富本、汲古阁本前带念白“面皮，面皮”，句作“只因窈窕”；“惹人啰唣”，富本、汲古阁本作“招人闹吵”；“夫亡家破无倚靠”，富本、汲古阁本作“使奴家失业无依靠”；“若不是为儿曹”，富本、汲古阁本无“是”字；“我一身拚死，丧却在蓬蒿”，富本、汲古阁本无“我”字，“丧却”作“都丧”；末句“只因命乖招，是我耽搁虚度了”，富本、汲古阁本俱无。此句与【绕地游】的“甘守节操，我夫死也凭谁告”相同。

【前腔】（未标“前腔”）“耽搁年少添烦恼”，富本、汲古阁本作“耽搁度年少，耽搁添烦恼”；“枉煎熬”，富本、汲古阁本作“祸根芽做出灾不小”，富本句前有念白“面皮呵”，汲古阁本句前亦有念白“面皮”；“是你将我误了”，富本、汲古阁本作“原来你误我”；“我今将你坏了”，富本、汲古阁本作“将伊坏了”；“免得奴此身落在他圈套”，富本、汲古阁本无“奴”字；“好心焦”，富本、汲古阁本作“你且免心焦”；“谩说道如花似月”，富本、汲古阁本无“说”字；“一霎时做了月缺花飘”，富本、汲古阁本作“管教月缺与花飘”。

【尾声】“伤心提起快钢刀”之“快”字，富本、汲古阁本作“这”；“要全节难全貌”，富本、汲古阁本作“要全身难全美貌”；“（割面介）割破花容绝后苗”，富本、汲古阁本作“将一段祸根苗，与君断送了。（剖面介）”。

【念佛子】“泼贱人，忒无理”之“无理”，富本作“执缀”，汲古阁本作“执拗”；“我见你口中欠食”，富本、汲古阁本俱无衬字“我见你”，无“中”字；“怜伊貌美做夫妻”，富本、汲古阁本于“怜”字前有“我”字，“做”字前有“欲”字；“无知把脸皮都割碎”，富本、汲古阁本俱作“你无知把面皮剖破”；“满身鲜血淋漓”，富本、汲古阁本于句前有“看”字；“自戕伤误我”，富本、汲古阁本句作“自伤残貌美”；“枉费心机”，富本、汲古阁本俱作“空费我心机”。

【前腔】“畜生的无道理”，富本、汲古阁本俱作“畜类，奸谋辈”；“为富不仁义”，富本、汲古阁本俱作“为富不仁不义”；“他人弓莫拽，他人马莫骑”，富本、汲古阁本俱作“论他弓莫挽，他马莫骑”；“我因为家贫貌美”之“因为”，富本、汲古阁本俱作“自思”；“误我夫归泉世”，富本、汲古阁本俱作“陷我夫身丧沟渠”；“有何颜中伊恶计”之“恶”字，富本、汲古阁本俱作“毒”。

按：《大明天下春》【念佛子】此出仅选此二曲，富春堂本、汲古阁本有此四曲，查《九宫正始》中吕【念佛子】有此四曲，可作比较，兹录如下：

> 【念佛子】泼贱人，忒执缀，口欠食身上无衣。我怜伊貌美做夫妻，你无知把面皮剖破。看满身鲜血淋漓，自伤残貌美空费我心机。
>
> 【前腔】畜类，奸谋辈，为富不仁不义。论他弓莫挽，他马莫骑。我自思家贫貌美，陷我夫身丧沟渠，有何颜中伊毒计。
>
> 【前腔】贫穷辈，太无知，买柴如束桂。有朝餐没夜食，你守节成何济。我守节贞洁如水，不比你畜类之辈，肯重谐犬羊为婿。
>
> 【前腔】太不是，太不是，不肯重婚配。毁坏花容，竟作区处。更言痴，更言痴，少甚么人家女，誓不将身来轻弃。请出去，请出去，论疾风暴雨，不入寡妇门儿。①

富本、汲古阁本之【念佛子】四曲同《九宫正始》，只一字有异，如衬字“做”前有“欲”字，衬字不入律谱，可不计。《九宫正始》虽标注为“明传奇”，实谓明戏文，可信其辑自《寻亲记》旧本。富本、汲古阁本皆为王𬭚改本，亦可信其近旧本。又，前引述的【集贤宾】、【莺啼序】、【啄木儿】三曲，《大明天下春》本无，而富本、汲古阁本有，亦可为证。《大明

① 钮少雅、徐于室：《汇纂元谱南曲九宫正始》第四册中吕宫【念佛子】，《历代曲话汇编 · 清代编》，黄山书社 2008 年版，第 303、304 页。

天下春》本改动较多，不可能直接出自王锓本，而可能出自当时戏班演出中的散出脚本。

接下又有新问题了。《大明天下春》于【念佛子】二曲后，以邻居赵氏（丑）与郭氏（旦）各唱一支【红衲袄】结尾，而富本、汲古阁本于【念佛子】四曲后却以郭氏吊场（旦）唱一支【锁南枝】结尾。《大明天下春》【红衲袄】二曲今无法考其出处，其内容在前文已有意思相同的表现，根据此出戏改动大的情况推测，【念佛子】的后二曲和吊场的【锁南枝】被删去，另增【红衲袄】二曲作结尾。因此，可以说此出戏与富春堂本有一定的关系，但不是直接的选录，而是采用改动较大的同时期的戏班演出本。

二四、《玉莲别父于归》《玉莲投江》《母子相会》《十朋祭玉莲》

卷八下栏：《玉莲别父于归》《玉莲投江》《母子相会》《十朋祭玉莲》四出，中栏左外题《荆钗记》。明徐渭《南词叙录》"宋元旧篇"著录《王十朋荆钗记》，①《寒山堂曲谱》卷首《寒山堂曲话》云："元传奇《王十朋荆钗记》，《雍熙乐府》六种之第二种，吴门学究敬先书会柯丹邱著。"②从记载看，柯丹邱为元人。《南曲九宫正始》引其曲文时，亦曰"元传奇《王十朋》"，然未书作者名。近人王国维先生认为是元末明初的宁献王朱权，然缺确证。在戏曲文献中权且沿承旧说，《王十朋荆钗记》为书会才人柯丹邱著。然"宋元旧篇"在民间流传久远，也许由多人多次参与编演，古本又不传，明改本俱不署作者名，遂成为一宗悬案。《南词叙录》"本朝"亦著录《王十朋荆钗记》注曰"李景云编"，③或谓李景云为元人，此本佚。此剧流传的明改本较多，且很复杂，有不同处，也

① 徐渭：《南词叙录》"宋元旧篇"，《中国古典戏曲论著集成三》，中国戏剧出版社 1959 年版，第 250 页。

② 张宣彝：《寒山堂曲话》"谱选古今传奇散曲集总目"，附在《寒山堂曲谱》卷首，见《续修四库全书》第 1750 册第 643 页。

③《南词叙录》"本朝"，《中国古典戏曲论著集成三》，第 252 页。

有交错处,似有三种系统。一般认为:以嘉靖年间温泉子编集、姑苏叶氏刊本《影钞新刻原本王状元荆钗记》(简称"叶本")为最近古本,无出目;另一系统为:明万历年间继志斋刊本《屠赤水批评古本荆钗记》(简称"屠本"),近叶氏刊本,然有不同处,卷前有出目,流行本为毛晋汲古阁刊本《荆钗记定本》,与屠赤水批评本基本同。《全家锦囊》(简称"锦囊本")二卷之《荆钗》选曲有二十一段,《九宫正始》之《王十朋》选辑例曲有六十三支。又有一系统为:明万历十三年金陵世德堂刊本《新刊重订出相附释音标注节义荆钗记》,万历年金陵唐氏富春堂刻本《新刻出像音注节义荆钗记》四卷,有残缺,此二种很重要,经寻找未能借阅一睹,甚憾;权且借助孙崇涛先生《风月锦囊考释》第四章有关世德堂本的内容佐校,亦能辨明出处,经比对,《大明天下春》之《荆钗记》几出戏与世德堂刊本关系密切,而于他本则有不同。

《玉莲别父于归》,写钱玉莲原受聘于王家,继母嫌贫爱富,逼迫玉莲改嫁孙汝权,钱父不允,玉莲决定辞过父亲,别了祠堂,即日出嫁王家。曲牌:【凤凰引】、【沉醉东风】六支、【催拍】三支。叶本、屠本、汲古阁本及后世昆曲演唱本俱同,然与《大明天下春》俱不同。

【凤凰引】为钱父、玉莲同上场引子,不知出处,疑为坊本改写的。锦囊本原以【三台令】引子玉莲、钱父同上,旦唱"严父亲命,愿效于飞之愿",钱父念白嘱咐女儿拜辞家堂,奠别尊酒。【沉醉东风】六支,可与锦囊本第二卷《荆钗》第七段之【北沉醉】三支比对,孙崇涛注曰:"'北沉醉'三曲,又见于世德堂本……"①

【沉醉东风】首曲"恨萱堂狠毒心肠……"与第一【前腔】"你把春纤巧样妆……",锦囊本未选辑。孙崇涛注曰:"世德堂本实有五曲,其序次位置,首曲'恨萱堂狠毒心肠'……世德堂本首曲及第五曲丑唱'劝姐姐不须泪垂',均未见于锦本。"②此出戏的第一【前腔】"你把春纤巧样妆……",孙崇涛未涉及,因未阅世德堂本,未敢妄断有否。第二【前

① 孙崇涛、黄仕忠笺校:《风月锦囊笺校》,中华书局2000年版,第275页注二释文。
② 同上。

腔】“举金杯表父子骨肉分离……”，“为爹的别无所愿，愿只愿效孟光举案齐眉”，锦囊本无上句，下句二“愿”字，误作“原”；“非爹苦要把你离，非爹苦要把你相抛弃”，锦囊本无下句，孙注云世德堂本有下句；“也只为婚姻事之子于归”，锦囊本“之子于归”作“之礼佳期”，孙注云世德堂本作“之子于归”；“苦痛悲”，锦囊本于“悲”字前有“伤”；“因此上揾不泪眼双垂”，锦囊本“揾”字误作“温”，“不”字后有“住”，“泪眼”作“眼泪”，“眼泪双垂”叠。由此分析，《大明天下春》此曲基本同世德堂本，孙崇涛未注的，可认作“同”，锦囊本有抄写或刻字错误。第三【前腔】“叹亲娘蚤年间不幸身亡……”，锦囊本“不”字前有“你”，“幸”字误作“行”；“谢爹爹训诲多方”，锦囊本此句前有“抛闪下幼女孤单”，“诲”字后有“奴”；“常怀你的抚养恩”，锦囊本无“你的”二字，“抚”字作“哺”，世德堂本作“抚”；“怎敢把你劬劳忘”，锦囊本“怎”字前有“奴”，无“你”字；“骨肉分张”“分张”二字叠；“枉教奴痛断肝肠”，锦囊本“枉教奴”作“因此上”，“肝”字前有“奴”，“痛断奴肝肠”作重句。第四【前腔】（漏标“前腔”二字）“辞内堂……”，锦囊本于此三字前有“深深下拜”四字；“保奴此去吉昌”，锦囊本“保”字作“愿得”；“常言道女生外向”，锦囊本于“道”字后有“养女儿”三字，且于此句前有“再下拜辞拜姑娘，幼年间儿蒙你机织多彰。再下拜白发亲爹”，按律疑此三句当作小字带白；“只恐怕奴去后”，按律，当作小字带白，锦囊本无此句，“又没一个亲子在你身傍”，锦囊本于句前有“恨只恨”三字，无“一”字、“你”字；“因此上痛断肝肠”，锦囊本于“肝”字前有“奴”，“痛断奴肝肠”作重句。第五【前腔】“劝姐姐不须泪垂……”，此曲丑扮李成唱，锦囊本未选录。

【催拍】“娘心里只爱富郎……”，【前腔】“从爹命闹了萱堂……”，【前腔】“笑爹爹好没主张……”，以此三曲结尾。叶本、屠本、汲古阁本无，俱以【临江仙】结尾，锦囊本亦无，不知世德堂本如何结尾。但是，《大明天下春》此出中的【沉醉东风】六曲，其中三曲与锦囊本和世德堂本基本同，此出戏世德堂本与锦囊本同源，在流行演出中作了适当的修改而形成的。同时也可佐证《大明天下春》编辑早不过于万历十三年之前(世德堂刊刻于万历十三年)。

《玉莲投江》,写钱玉莲在孙汝权改书、继母再次逼嫁之下,为保丈夫清名,抱石投江。曲牌:【半天飞】、【驻云飞】二支、【山坡羊】、【绵搭絮】三支、【傍妆台】、【绵搭絮】、【江儿水】、【傍妆台】、【余文】。"投江"是重要关目,各本俱有,但表现的方式也各有不同。汲古阁本二十六出与屠本二十六出同,屠本与叶本二十八出大同小异,都将玉莲投江和被钱载和救起认作义女合在一出之中,而《大明天下春》此出与之大不同,单表现玉莲投江,且重在表现玉莲投江前的情感心理,其中【绵搭絮】等曲与锦囊本第十五段"步出兰房"之【新增绵搭絮】和世德堂本基本相同。证实此出与世德堂本确有渊源关系。

【半天飞】"拘禁深闺……"开场曲玉莲即表明立志守节,此曲各本俱无。

【驻云飞】二曲"除下花钿……"、"父母劬劳……",诉说被逼投江的怨苦心情;此二曲不知由来。【山坡羊】"出兰房轻移莲步……",锦囊本第十五段有插图文字"轻移莲步出兰房",或许锦囊本未选此曲。

【绵搭絮】"更深背母走出兰房……",锦囊本题"新增绵搭絮",孙崇涛、黄仕忠注:"世德堂本无'新增'二字。""自思量奴命孤单"之"奴命孤单",锦囊本作"好心伤";"指望和你同谐到老",锦囊本句前有"当初"二字,无"和你"二字;"又谁知两下分张",锦囊本"又谁知"作"谁想";"奴今身死黄泉",锦囊本作"我今拚在长江";"抛闪下婆婆没下场",锦囊本无前一"下"字。

【前腔】"心中悲切细思量……",锦囊本"中"字作"下","细"字前有"子";"继母听信谗言",世德堂本同,锦囊本无"信"字;"逼奴改嫁郎",世德堂本同,锦囊本脱"嫁"字;"痛苦难当"之"痛"字,锦囊本作"这";"奴本是良人之妇",锦囊本"奴本"作"妾";"指望白头相守",锦囊本"望"字后有"和你";"怎知道拆散鸾凰",锦囊本"怎知道"作"谁知";"轻别下白发亲爹",锦囊本作"我今闪下亲爹";"相伴这荆钗赴大江",锦囊本无"这"字。

【前腔】"忙行数步我身孤……",锦囊本作"忙行数步"作重句,"我"字作"好";"才得成名不顾奴",锦囊本"才"字前有"他",脱"才"

字，世德堂本作"他才得成名不顾奴"；"空读着圣贤书"，锦囊本无"着"字；"全不记当初"，锦囊本作"不想当初"；"你果然入赘豪门"，锦囊本作"你今入赘侯门"；"贪恋荣华辜负奴"之"辜负"，锦囊本作"别下"。孙崇涛、黄仕忠未引校世德堂本者，可认作同。

【傍妆台】"到江边，泪汪汪……"，锦囊本无此曲。

【绵搭絮】"滔滔江水，浪悠悠……"，锦囊本此曲次序为第四"前腔"，"江水"二字叠，"悠悠"作"溶溶"，世本作"滔滔江水，江水浪悠悠"；"奴死一命归阴，相趁相随认意流"，锦囊本作小字"身死一命归阴府。想着折桂郎，心尽意流"，疑误，当作大字曲文，世德堂本"想着"二句作"相趁相随认意流"，同《大明天下春》本；"休流奴浅水滩头，见奴尸首"，锦囊本于句前有"水"字，无"见奴尸首"四字；"他道是这妇人有甚不周"；"奴只愿流落在深谭"，锦囊本无"奴"字，"只愿"之"愿"字，误作"头"，无"在"字。

【江儿水】"五更时候……"，"奴把荆钗牢扣"，锦囊本无"奴"字，"荆"字误作"金"；"脱下一只红绣鞋"，锦囊本无"下"字，"只"字误作"双"；"遗记载江心口"，锦囊本"记"字作"寄"，"心"字作"边"；"必定令人捞尸首"，锦囊本无"令人"二字，"捞"字误作"劳"；"夫把荆钗发咒"重句，锦囊本于"把"字前有"你"，"荆"字误作"金"；"三魂逐水流"之"逐"字，锦囊本作"赴"；"姑娘逼就"作重句，锦囊本不作重句，"钱玉莲丧江心"，锦囊本无"钱"字。

【傍妆台】"到江边，泪满腮……"，孙崇涛、黄仕忠注："世德堂本无此曲，但将其曲句概括作【清江引】曲。"锦囊本题作【北雁儿落】，"撇下堂前爹妈谁管待"，锦囊本于"撇"字后有"不"字，"爹妈"作"妈妈"；"孙汝权嗳你好痴你好呆"，锦囊本作"那孙汝权好痴也么呆"；"休想钱玉莲嫁在你就爱来"，锦囊本无"钱"字；"姑娘毒害"，锦囊本句前有"枉教奴珠泪满腮"句，"姑"字作"恨"；"逼勒玉莲无如奈"，锦囊本作"逼勒钱玉莲跳入长江去"；"死向长江水里埋"，锦囊本作"水里埋"。

【余文】"伤风败俗乱纲常……"，世德堂本同，锦囊本题作【胡捣练】首句作"伤残风化乱纲常"；"萱亲逼嫁富家郎"，锦囊本"富家"作

“孙”;“若把清名来玷辱”,锦囊本作“若把身名玷污了”。

此出戏但凡引校世德堂本的,大多于锦囊本之不同,而与《大明天下春》本基本相同。以上两出戏,与叶本、屠本、汲古阁本大不同,而且情感内容丰富得多,念白亦较详,较通俗,当是弋阳腔、青阳腔流行演出本,流传下来的昆腔演出本与之不同,简略得多,所用的曲牌、曲文则基本属于叶本、屠本、汲古阁本。

《母子相会》,写王母接十朋书信,由李成陪同赴京母子相会,王母与李成忍痛掩饰玉莲投江真相,不慎被十朋识破,母子痛悲。曲牌:【夜行船】二支、【刮鼓令】四支、【一封书】、【江儿水】三支、【驻云飞】二支。其中【驻云飞】二曲,他本不见;其他数曲,各本基本同,锦囊本选录【夜行船】二曲、【刮鼓令】四曲,《九宫正始》选辑有【刮鼓令】二曲、【一封书】一曲。叶本第三十三出、屠本、汲古阁本第三十一出,汲古阁同屠本不校,《锦囊》第二卷第十七段,兹对校阁本不同之处,见各本之相互关系,以明此出戏的由来。

【夜行船】“垂白母想已知之”之“想”字,叶本、锦囊本本同,屠本作“料”,有俗雅之别;“心下又添萦系”,叶本同,《锦囊》“萦系”误作“荣孙”,屠本“又”字作“转”。【前腔】“历经万种孤恓”,各本俱于句前有“经”字;“深感老天周庇”,叶本“周”字作“垂”,锦囊本“深”字作“甚”,“周”字亦作“垂”,屠本同叶本。《大明天下春》与他本均不同。

【刮鼓令】“虑萱亲当暮景”,《九宫正始》[①]、锦囊本、屠本俱同,叶本“亲”作“堂”;“幸喜与娘重相见”,《九宫正始》、叶本、屠本俱作“幸喜得今朝重会”,锦囊本作“幸喜今朝重相会”;“娘又缘何愁闷萦”,《九宫正始》、《锦囊》、屠本俱作“又缘何愁闷萦”,叶本无“娘又”二字;“分明说与恁儿听”,屠本同,叶本句前有“你”字,《九宫正始》作“分明说与你儿听”,锦囊本句前有“你”;“怎生不与共登程”,《九宫正始》、叶本、屠本俱同,锦囊本句前有“他”字,“登”字误作“丁”;第一【前腔】“心中自

① 钮少雅、徐于室:《汇纂元谱南曲九宫正始》第五册南吕宫【刮鼓令】,见《历代曲话汇编·清代编》,黄山书社2008年版,第416页。

三省”,《九宫正始》、屠本同,叶本“自”字作“事”,锦囊本作“我心中三省”;“顿教人愁闷深”,叶本“顿”字作“转”,“深”字作“增”,屠本同叶本,锦囊本“教”字作“交”,《九宫正始》作“待言时还噤声”,与各本不同;“他家务要支撑”,锦囊本同,《九宫正始》、叶本、屠本俱作“家务事要支撑”;“怎教他离乡别井”,叶本“别”字作“背”,锦囊本作“交他怎生离乡井”,“交”字当作“教”,《九宫正始》、屠本作“教他怎生离乡背井”;“为饶州之任恐留停”,锦囊本同,叶本、屠本于“为”字后有“你”,《九宫正始》作“又怕你饶州之任不留停”,与各本不同;“着李成和春香先送我到京城”,疑“着李成和春香”为念白,《九宫正始》、叶本作“先令人送我到京城”,锦囊本、屠本与叶本小异,锦囊本“人”字作“他”,屠本句前有“你岳丈”三字。第二【前腔】“当初待起程”,屠本同,叶本作“当初起程”,锦囊本作“俺当初起程”;“若说起投江事因”,叶本同,锦囊本“若”字作“我”,屠本“事因”作“一事”;“恐唬他心骇惊”,锦囊本同,叶本作“恐吓得状元心战兢”,屠本作“恐唬得恩官心战兢”;“途路上少曾经当不得高山峻岭”,锦囊本句前有“他”字,无“上”字,叶本、屠本在“高”字前有“许多”二字;“怕餐风宿水及劳神”,锦囊本、世德堂本同,叶本作“餐风宿水怕劳神”,屠本作“餐风水怕劳形”,脱一“宿”字;“俺爹爹与母亲留住他在家庭”,叶本作“因此上留住在家庭”,锦囊本同叶本,无“住”字,屠本同叶本。第三【前腔】“语言中犹未明”,叶本、屠本同,“犹”字作“尤”,锦囊本作“他语言尤未明”;“娘把就里分明来说破”,屠本同,“就”字后有“儿”字,锦囊本作“把就里分明说破”,叶本同锦囊本,“就”字误作“袖”;“免使孩儿疑虑生”,叶本、屠本无“使”字,锦囊本“免使”作“免教你”;“你在京城多快乐,娘在家中受苦辛”二句,不合律,不合情,妄增,各本俱无,后世演唱昆曲亦无此二句。“娘袖里吊下孝头绳”,锦囊本、屠本作“袖儿里脱下孝头绳”,叶本同锦囊本,“绳”字作“帠”。

【一封书】“男百拜上覆”,《九宫正始》[1]“上”字作“拜”;“离膝下到

---

① 清初钮少雅、徐于室:《汇纂元谱南曲九宫正始》第三册仙吕宫【一封书】,见《历代曲话汇编·清代编》,黄山书社 2008 年版,第 214 页。

京都”,《九宫正始》无“京”字;“除受饶州佥判府”,《九宫正始》句前有衬字“蒙”;“带家小临京往任所”,《九宫正始》作“待家眷同临往任所”。他本俱无此曲。

【江儿水】(此三曲锦囊本无)“唬得我心惊怖”,叶本、屠本“唬”字作“吓”;“虚飘飘一似柳絮风中舞”,叶本、屠本作“虚飘飘一似风中絮”;“不想你先归黄泉路”,叶本“不想你”作“不争你”,屠本作“争知你”,“归”字作“赴”;“我孤身寥落如何处”,叶本“寥”字作“流”,屠本“寥”亦字作“流”,“如”字作“知”;“年华衰暮”,叶本、屠本于此句后有“风烛不定”四字;“教娘死也”,叶本同,屠本无;“谁守着坟墓”,叶本作“□何坟墓”,屠本作“不着一所坟墓”。第一【前腔】“是何人套写书中句”,叶本同,屠本“套写”作“写套”;“应知改调潮阳去”,叶本、屠本作“改调潮阳应知去”;“你迎头先做河泊妇”,“泊”字误,屠本作“伯”,叶本亦作“伯”,无“你”字,“头”字作“亲”;“指望你百年完娶”,叶本、屠本“娶”字作“聚”;“只得半载夫妻”,叶本、屠本无衬字“只得”;“也算却春风一度”,叶本同,屠本“却”字作“做”。第二【前腔】“姐夫休忧虑”之“姐夫”,叶本、屠本作“状元”;“把情怀渐展舒”,叶本、屠本作“且把情怀暂舒”;“想夫妇娶散皆前注”,叶本作“想夫妻聚散前生注”,屠本无“想”字,同叶本;“这别离须是别离苦”,叶本作“这离别虽是离别苦”,屠本改叶本“虽是”作“只说”。

【驻云飞】二曲,表现十朋对着母亲带来的玉莲遗在江边的一只绣鞋,睹物伤情,痛念妻子的怨情。此二曲各本均没有,很难查考何人所撰,流传至今的昆曲演出也演到【江儿水】曲,或有接演“梅岭”的,如叶本念白后即接唱【朝元歌】。【驻云飞】曲,在青阳腔中是很主要的曲调,《荆钗记》原可由青阳腔或昆腔演唱,《玉谷新簧》即选有“十朋母子相会”,此【驻云飞】二曲似为青阳腔演唱而撰写的。

《十朋祭玉莲》,写王十朋母子知玉莲抗拒改嫁投江,以为已经丧命,清明时节在江边祭奠,悼念亡灵。曲牌:【何满子】二支、【新水令】、【步步娇】、【折桂令】、【江儿水】、【雁儿落】、【侥侥令】、【收江南】、【祭文】、【园林好】、【沽美酒】、【余文】。锦囊本、《九宫正始》无此出选曲。

叶本、屠本基本同此出，汲古阁本同屠本。

【何满子】为十朋上场唱的引子，他本均未有此曲。而其【前腔】却为他本选用，叶本、屠本均改题【一枝花】作为王母、十朋上场唱引子，曲文不改。

【新水令】“恨奸谋有书空寄”之“恨”字，叶本、屠本作“被”；“受不过禁持”，叶本、屠本无此句；“身沉溺在浪涛里”，叶本、屠本无“溺”字，叶本在“涛”作“淘”。

【步步娇】“把往事今朝重提起”之“把”字，叶本、屠本作“将”；“恼得肝肠碎”，叶本作“越恼得我肝肠碎”，屠本无“我”字；“你省却愁烦且自酬礼”，叶本、屠本无“你”字；“吾不与祭如不祭”，叶本句前有“道”字，屠本无“吾”字。

【折桂令】“爇沉檀香喷金猊”之“猊”字，屠本同，叶本误作“, 猊”；“宫袍宠赐”，叶本同，屠本脱“赐”字；“也只为撇不下糟糠旧妻”之“也”字，叶本、屠本作“俺”；“你为我受凌逼没存济”，叶本、屠本无此句；“受磨折改调潮阳瘴蛮地”，叶本、屠本作“致受磨折改调俺在潮阳”；“因此上误我归期误了你往期”，叶本、屠本作“因此上耽误了恁的归期”。

【江儿水】“听说罢衷肠事却原来只为伊”，叶本、屠本无“却原来”三字；“不从招赘遭毒计”，叶本俱前有“却原来”，屠本俱前亦有“却原来”，“遭毒”作“生奸”；“还是你娘行忒恶意”，叶本作“恼恨娘行生恶意”，屠本作“懊恨娘行忒薄幸”；“凌逼你没存没济”，叶本作“凌逼得你好没存济”。屠本同叶本，无“得”字；“渺渺茫茫在波浪里。拜请东方佛说菩提，拜请西方佛说菩提，河伯水官水母娘娘可怜见”，疑为坊本添撰的“滚调”，叶本、屠本无此三句；“我母子虔诚遥祭”，叶本、屠本无“我”字。

【雁儿落】“徒捧着玉溶溶一酒卮”，叶本同，屠本“玉溶溶”作“泪盈盈”；“空列着香馥馥八珍味”，屠本同，叶本“列”字作“摆”；“慕音容”，屠本同，叶本“音”字作“仪”；“俺这里再拜几拜”，叶本同，屠本无“几拜”；“自追思，重会面”，叶本同，屠本“会面”作“相会”；“是何时摆不开两道眉，揾不住双泪垂”，叶本作“是何时揾不住双垂泪，舒不开两道眉”，屠本同叶本，“开”字后有“咱”；“都只为套书的贼施计”，叶本作“俺只为套书信的贼施计”，屠本同叶本，“先室”二字应作小字；“贤也么妻俺若是昧诚心”，叶本同，屠本无“也么”二字；“自有天鉴之”之“之”字，叶本同，屠本作“知”。

【侥侥令】“这话分明诉与伊”，屠本同，叶本于“话”字后有“儿”；“须记得看书时”，屠本同，叶本“看书时”作“圣贤书”，此句后叶本有“恼恨娘行忒薄意”，屠本“恼”字作“懊”，“意”字作“劣”。

【收江南】“早知道这般拆散呵”，屠本于“般”字后有“样”，叶本有“样”字，无“呵”字；“则索低声啼哭自伤悲”，叶本于“索”字后有“要”，屠本“则索要”作“俺只索要”。【祭文】为吟诵词，叶本、屠本无，汲古阁本有，文字与此本有出入，且置于【园林好】之后。

【园林好】“免愁烦回辞了奠仪”，叶本、屠本无“了”；“拜冯夷多方护持”，屠本“方”字作“加”，叶本作“只得拜嗯多望你护持”；“早向波心脱离”，叶本作“早早波心中脱离”，屠本同叶本，“波”字前有“向”；“惟愿取免沉迷”，作重句，叶本同，屠本“迷”字作“溺”，亦作重句。

【沽美酒】“纸钱飘似蝴蝶飞”，叶本无“似”字，“蝶”字后有“儿”，屠本作“纸钱飘蝴蝶飞”，“蝴蝶飞”三字叠；“血泪染做杜鹃啼”，屠本无“做”字，叶本“做”字作“都作了”；“睹物伤悲越惨凄”，叶本“悲”字作“情”，屠本同叶本；“灵魂恁自知”，叶本同，屠本“恁自知”三字叠；“俺不是负心的，又不是昧心的，假若是负了心，难瞒天和地，假若是昧了心，随着这灯灭”，叶本、屠本作“俺不是负心的，负心的随着灯灭”，很明显，《大明天下春》增句作青阳腔“滚唱”，昆腔演唱本没此增句。“花谢有芳菲之日”，叶本“日”作“时节”，屠本同叶本；“我徒早起晚息”，叶本作“我呵徒然间早起晚些”，屠本同叶本，“些”字作“寐”；“再成一对姻契”，叶本、屠本无“一对”。

【余文】“昏昏沉沉知何处”，叶本、屠本作“昏昏默默归何处”；“惟愿你直上姮娥宫殿里”，叶本、屠本无衬字“惟愿你”。

《大明天下春》四出戏，从《别父》《投江》看，与南戏改本叶本、屠本有比较大的不同，《母子会》《十朋祭江》虽与叶本、屠本大同小异，但从其部分文字、曲牌改动，以及出现增句滚调，可以认定这是属于弋阳腔、青阳腔系统的《荆钗记》，为我们保留了除昆腔外的南戏《荆钗记》的另一种演唱的面貌。在万历年间的戏曲选刊中，除《玉莲别父于归》外，余三出戏为常演剧目，如《词林一枝》选《南北祭江》，《乐府玉树英》选《抱石投江》《母子相会》(阙)，《乐府菁华》选《抱石投江》《母子相会》，《八玉谷新簧》选《十朋母子相会》，《摘锦奇音》选《母子相会》《南北祭江》，《乐府万象新》选《玉莲抱石投江》《母子相会》等。

二五、《岳夫人收尸》《施全祭主行刺》

卷八下栏：《岳夫人收尸》《施全祭主行刺》二出，中栏左外题《岳飞记》。描写秦桧陷害岳飞故事的戏曲，元杂剧有孔文卿《秦太师东窗事犯》，明《永乐大典》总目"戏文十五"有《秦太师东窗事犯》，明《南词叙录》"宋元旧篇"著录《秦桧东窗事犯》(疑为元戏文)，又"本朝"著录《岳飞东窗事犯》，注曰"用礼重编"("用"字或谓"周")。[①]今传有明万历富春堂刊本无名氏《岳飞破虏东窗记》四十折，明末汲古阁刊本《精忠记定本》三十五出，此记据明富春堂本改编，与富本有不同处，或谓改编者为姚茂良，存疑；据查对，《大明天下春》题《岳飞记》，为富春堂本简称。《寒山堂曲谱》引题《岳忠孝王东窗事犯》，《九宫正始》引题《精忠记》，《全家锦续编》(简称"锦囊本")十三卷题《东窗记》。《大明天下春》二出出自明万历富春堂本(简称"富本")，但有较多的改编。锦囊本续编仅选录疯僧扫秦的情节，与富本第二十一折基本同，稍有变化，而《九宫正始》惟辑有商调【庆春宫】："怒发冲冠，丹心赏日，仰天怀抱激烈。功成汗马，枕戈眠月。杀取金酉伏首，驾长车踏破贺兰山缺。空愁绝，待把山河重整，那时朝天阙。"[②]此曲，却在富本与汲古阁本中

---

① 徐渭：《南词叙录》，《中国古典戏曲论著集成三》，中国戏剧出版社1959年版，第251、252页。

② 钮少雅、徐于室：《汇纂元谱南曲九宫正始》第六册商调【庆春宫】，《历代曲话汇编·清代编》，黄山书社2008年版，第511、512页。

查无实。说明富本与锦囊本近,而《九宫正始》所引【庆春宫】一曲,或为更早,似为引自"元本"戏文,为元本之残曲,实属珍贵。明戏曲选刊有《群音类选》选录《施全祭主》。

《岳夫人收尸》,写岳夫人闻听岳飞父子三人屈死,含悲忍辱,携女同去杭州替岳飞父子三人收尸,在风波亭古井边祭奠亡灵,因极度伤悲,女儿投井,夫人撞石,母女双亡。曲牌为【一剪梅】、【皂罗袍】四支、【新水令】、【步步娇】、【折桂令】、【江儿水】、【雁儿落】、【侥侥令】、【收江南】、【园林好】、【沽美酒】、【清江引】、【忆多娇】二支。兹以富春堂本第三十二折与此出比勘:

【一剪梅】引子"忠良屈死"云云,富本作【凤凰阁】引子"如醉似痴"云云,曲文大不同。【皂罗袍】四曲,富本亦有此四曲;"为奔丧星夜往京畿",富本无"为"字;"登程恨迟"之"登"字,富本作"行";"孤舟一叶,离愁万缕",富本作"鞋弓袜小,步行恐迟",此二句差别较大。第一【前腔】"两泪滴如珠",富本于"两"字后有"眼"。第二【前腔】"见风波浪涌"之"波"字,富本作"狂"(汲古阁本仅用三曲,无此"前腔")。第三【前腔】,富本同。

《大明天下春》本在【皂罗袍】四曲后夹用一套双调【新水令】南北合套,用法比较灵活。【北新水令】旦(岳夫人)唱、【南步步娇】贴(岳女)唱、【北折桂令】众唱、【南江儿水】旦唱、【北雁儿落】贴唱、【南侥侥令】丑(院子岳安)唱、【北收江南】旦唱、【南园林好】贴唱、【北沽美酒】丑唱、【清江引】(去乙凡二音代南尾)贴唱毕投井。抒发的是对岳飞父子屈死的悲愤之情,增强了表演的情感力度,舞台效果极好。富本、汲古阁本均无此南北合套,用的是【绵搭絮】、【香罗带】、【绵搭絮】、【香罗带】、【满江红】贴投井、【绵搭絮】旦投井。(汲古阁本有不同,小旦扮岳女唱第二支【香罗带】投井,老旦扮夫人唱【满江红】之后的【绵搭絮】撞死。)最后《大明天下春》以【忆多娇】二曲结尾,富本以【忆多娇】一曲结尾,曲文不同(汲古阁本同富本,曲文小异)。此出戏虽与富本有很大的不同,但其关目和【皂罗袍】四曲与富本相似,其"南北合套"的曲文不像是艺人所撰,似乎与元本有某种关系。又如《九宫正始》所辑佚曲

【庆春宫】,富本、汲本皆无,不会是杜撰的。或是明改戏文之前的失传的元戏文的佚曲,然无法举证。

《施全祭主行刺》,写岳元帅副将施全发誓欲为死于非命的岳帅父子报仇雪恨,特来杭州祭奠主帅,埋伏在桥边伺机行刺秦桧,行刺未果,撞桥而死。曲牌为【粉蝶儿】、【双调新水令】、【步步娇】二支、【折桂令】、【江儿水】、【雁儿落】、【得胜令】二支、【侥侥令】、【喜江南】、【园林好】、【沽美酒】二支、【清江引】、【锁南枝】二支、【驻马听】二支。中间夹套亦是双调【新水令】南北合套,而且为施全一人独唱南北曲,很特殊,可见在戏文中南北合套的运用很不规范,以此表现施全跌宕起伏、愤恨不平的感情,亦很见效果。

【粉蝶儿】“沉埋他父子在冥泉”,富本无“他”字。【北新水令】“死生难忘”后,富本原有二句“只为你驱军平北虏,反做了负屈丧黄壤”,被《大明天下春》本删,不合律。【南步步娇】同。【前腔】“半路被奸谗”之“谗”字,富本作“贼”。【北折桂令】“秉诚心”,富本作“献牲醪”;“扳望灵魂,早驻云轩”,富本“扳”作“攀”,“早”作“暂”;“净洗甲兵,长驱席卷,金书铁券”,富本作“请功受赏,捧印推轮,拜将登坛”;“曾跨单骑”,富本作“曾跨单刀”;“杀丑奴”,富本作“杀金酉”;“死无辜有何罪愆”,富本无“有”字;“怨露愁烟”之“露”字,富本作“雾”。【南江儿水】“扶国勤王忠勇先”,富本作“按国哕王勇众先”;“更将名姓显”之“名姓”,富本作“姓名”;“欺侮弄权”,富本于“弄”字前有“忒”。【北雁儿落】“可怜他衬无瑕白玉颜”,富本衬字“可怜他”作“你”。【北得胜令】“恨只恨奸贼施谋”,富本作“恨只恨奸谋”,按律二字句,当为“奸谋”二字,“恨只恨”为衬字;“苦只苦玉身躯丧九泉”,“苦只苦”应作衬字,富本按律作六字句“玉身躯丧九泉”。【么篇】“战马取华山原”之“取华”,富本作“踏平”;“征袍染杜鹃湮”,富本无“湮”字;“灵隐寺旗幡闪”之“旗幡闪”,富本作“旌旗闪闪”;“蝉鸣寺金鼓喧英魂”,富本作“满寺金钟喧英魂”;“想二圣鸾舆尚未还”之“圣”字,富本作“帝”,“想二帝”作衬字。【南侥侥令】“四海传闻”,富本无“传”字。【北喜江南】“喜”字误,应作“收”,富本题【北收江令】,“令”字亦误;曲文同。【南园林好】同。【北沽美酒】此曲五句，先天韵，衬字多，“咱赤胆对着谁言”应为【么篇】首句，未标“么篇”二字；“三尺龙泉光闪”，富本于“三”字前有“把”。【么篇】“碎尸千段”之“尸”字，富本作“一”。

【清江引】富本题“南清江引”，实是去乙凡二音借北为南；“速发金牌”之“速”字，富本作“连”。【锁南枝】二曲，秦桧发现施全，富本不用此曲牌，而用【步步娇】。【驻马听】“与金虏同谋”之“虏”字，富本作“人”；“忠良贤俊遭诛贬”，富本句前有“把”字。【前腔】“颁师矫诏”之“颁”字，富本作“班”。

此二出戏虽与富本有不同处，尤其是都夹用了富本没有的【新水令】南北合套，提供了戏文用南北合套的不规范的早期形式，而且在表现人物感情上很有效果，但曲牌和情节相同的部分，变动较小，有明显的出自富本的痕迹。

二六、《周氏当钗》《周氏对月思夫》《苏秦为相团圆》

卷八下栏：《周氏当钗》《周氏对月思夫》《苏秦为相团圆》三出，中栏左外题《苏秦》。明徐渭《南词叙录》“宋元旧篇”著录《苏秦衣锦还乡》。[①]《九宫正始》题作《冻苏秦》，注云“明传奇”，《寒山堂曲牌》引作《苏秦传》。传有万历刊本(长乐郑氏藏本)《重校金印记》，四卷，四十二出，为苏复之改本，《古本戏曲丛刊初集》影印。明吕天成《曲品》卷下“旧传奇”著录《金印》，注云“苏复之作”。评曰：“季子事，佳。写世态炎凉曲尽，真足令人感喟发愤。近俚处，具见古态。今又张仪而改名《纵横》者，稍失其旧矣。”[②]所谓“纵横”者，即介入张仪事的《金印合纵记》(一明《黑貂裘》)，传为明高一苇改订。《全家锦囊》(简称“锦囊本”)三卷之《苏秦》选录有二十一段，无张仪事。《九宫正始》辑有《冻

① 徐渭：《南词叙录》“宋元旧篇”，《中国古典戏曲论著集成三》，中国戏剧出版社 1959 年版，第 251 页。

② 吕天成：《曲品》卷下《金印》，《中国古典戏曲论著集成六》，中国戏剧出版社 1959 年版，第 225 页。

苏秦》二十一曲、《金印记》二曲。《大明天下春》三出戏，与《重校金印记》和锦囊本有渊源关系，但三者之间仍有较多不同处，锦囊本与《九宫正始》选曲又有不同处，关系比较复杂，但是《重校金印记》既曰“重校”，是根据“原本”改订的基本能保其旧的全本。《大明天下春》散出只能是出自该本，然有较多的改动。万历年间曾选有此三出戏的选刊有《八能奏锦》(《当钗见诮》《对月思夫》《封赠团圆》三出阙)、《乐府玉树英》(《当钗见诮》《对月思夫》二出阙)、《乐府菁华》(卷四《周氏当钗》)、《乐府红珊》(卷七《对月思夫》)、《玉谷新簧》(卷上《对月忆夫》)、《摘锦奇音》(卷六《对月思夫》《荣归团圆》)、《乐府万象新》(《当钗见诮》《对月思夫》二出阙)、《大明春》(卷三《周氏当钗见诮》)、《赛征歌集》(卷一《当钗遭诮》)等。兹以万历刊本《金印记》与此三出戏比勘，以锦囊本与《正始》佐校。

《周氏当钗》，写苏秦妻周氏为供婆婆膳饭，无柴无米，只得将剩下的一支金钗去姆姆家换些钱米，却遭倚仗富势的姆姆羞辱。曲牌为：【忆秦娥】、【水仙子半插玉芙蓉】三支、【一江风】、【二犯傍妆台】二支、【刮鼓令】二支、【滚遍】二支、【四犯黄莺儿】、【驻云飞】、【余文】。《重校金印记》第十二出《金钗典卖》曲牌同，惟【滚遍】题【终滚】。

【忆秦娥】“珠泪满怀红透”，《金印》同，锦囊本“红透”作“愁”；“岁华容易相驰骤”，《金印》同，锦囊本“驰骤”作“拖逗”。

【水仙子半插玉芙蓉】“悄一似风筝断”，《金印》《正始》同，锦囊本“筝”字误作“争”。“他那里吉凶难见，吉凶难见”，“他那里”作衬；锦囊本“他那里吉凶难见，吉凶难见”，“他那里”作大字；《九宫正始》“他那里吉凶难见”，“吉凶难见”不作重句；《金印》作“他那里吉凶俺这里难见，吉凶难见”，“俺这里”应作衬字(《九宫正始》合律，“吉凶难见”可叠可不叠)。“枉教奴卜尽金钱不见还”，《金印》同，锦囊本“金”字误作“今”；《九宫正始》“奴”字作“人”，“枉教人”作衬字。“一心心在名利间”，锦囊本同；《金印》句前有“你”字；《九宫正始》作“一心在名利间”，“在”字作衬。此句下《金印》有“你是高堂父母谏阻不从，手足兄弟谏阻不听”，错刻大字曲文，应作小字双行带白，此二句他本俱无；《大明天下春》本虽与《金印》基本相同,然未接受《金印》此二句。“最苦是行色匆匆”,《金印》同;锦囊本无“是”字;《九宫正始》亦无“是”字,“最苦”二字作衬,此句为四字格。“不受奴裙钗劝”,锦囊本“裙”字误作“裙”;《九宫正始》“奴”字作衬;《金印》“不受奴”三字作“那肯受”。《正始》仅辑录首曲,以下二“前腔”未录。

【前腔】“少甚英雄”,《金印》、锦囊本俱于“甚”字后有“么”;“也只为亲老家贫”,《金印》、锦囊本“也”字俱作“他”;“常言道白屋出朝郎”,《金印》“常言道”作衬,锦囊本“言”字误作“年”;“休把人轻逆相”,《金印》作“休把人轻相人轻逆相”,锦囊本作“恁休把人轻逆相,休把人轻逆相”;“望天怜念怜念儿夫名显扬”,《金印》、锦囊本俱作“天怜念名显扬”;“管取改换门闾”,《金印》同,锦囊本句前有“教他”。

【前腔】“正是开口告人羞怎当”之“当”字,《金印》作“顾”;“又未知肯否意踌躕”,《金印》“又未知”作“未知他”,“踌躕”(误刻,应书“踟躕”)作“踌躇”。锦囊本无此“前腔”。自此以下锦囊本全不同。

【一江风】,《金印》同。

【二犯傍妆台】“缘何戚戚少情踪”之“踪”字,《金印》作“悰”。

【前腔】“一来为公婆年老,二来为家道贫穷”,此二句疑为带白,《金印》作带白;“因此上罄将胭粉藏深匣”之“匣”字,《金印》作“箧”;“羞得我脸儿黄瘦眊双瞳”之“我”字,《金印》作“奴”。

【刮鼓令】“急慌慌便要辞归去”之“急慌慌”,《金印》作“你意皇皇”;“且自闲坐话从容”之“且自”,《金印》作“我和你”;“我和你本是嫡亲妯娌”之“我和你”,《金印》作“奴”。

【前腔】“他只为功名想担阻”,《金印》无“只”字。

【滚遍】“正是万物也有缘”之“正是”二字,不应作大字曲文,当作念白,《金印》曲牌题“终滚”,“正是”二字作念白。

【前腔】“口嘴全无用”之“无”字,《金印》作“没”。

【四犯黄莺儿】,同。

【驻云飞】“提起泪珠垂”之“垂”字,《金印》作“倾”。

【余文】“纵你富贵成何用”之“你”字,《金印》作“有”;“妻子今日遭讥讽”之“今日遭”,《金印》作“遭人”;“闷压巫山十二峰”,《金印》句前有“莫不是”。

《大明天下春》此出戏与《金印记》第十二出《金钗典卖》基本相同,但也有曲白混淆错刻的现象。锦囊本与之有不同,且选曲不全,【青玉案】曲以下与《重校金印记》《大明天下春》全然不同,或另有来历,为“原本”面貌,明末《词林逸响》有选录,似可视为佚曲。

《周氏对月思夫》,写苏秦妻在丈夫去魏国后,杳无音信,月夜思念,凄凉悲伤。曲牌为:【似娘儿】、【清江引】、【二犯朝天子】、【清江引】、【二犯朝天子】、【清江引】、【二犯朝天子】、【清江引】、【二犯朝天子】、【余文】。与《金印记》(长乐郑氏藏本)第二十九出《焚香保夫》同,为旦角周氏独角戏。《全家锦囊》第三卷《苏秦》第十五段选录有【二犯朝天子】四支,不录【清江引】。

【似娘儿】,《金印》同。

【清江引】“皎月如金镜”之“皎”字,《金印》作“皓”;“猛抬头”,《金印》叠。

【二犯朝天子】“辗碧天”之“辗”字,《金印》同,锦囊本误作“展”;“都只为阻关山”之“都只为”三字,当为衬字,《金印》、锦囊本俱作“阻关山”,按律此句为三字格;“争奈皓月团圆人未圆”,《金印》同,锦囊本“争”字作“怎”;“嫦娥在月里孤眠”之“嫦”字,《金印》作“姮”,锦囊本亦作“姮”,无“在”字;“是处里排佳宴”,《金印》同,锦囊本无“里”字;“镇日里闷煎煎”,作重句,《金印》同,锦囊本未作重句;“甚日与郎重相见”,《金印》“郎”字作“他”,锦囊本作“甚日重相见”;“夫,你是个男子汉大丈夫,怎比我妇人家见识浅,霎时间做出来,悔又悔不得”,作大字曲文,疑是念白,《金印》同,无“大丈夫”三字,锦囊本无此几句文字(所选在曲,基本不录念白);“卜尽金钱苏郎未旋”,《金印》无“苏”字,锦囊本作“卜尽金钱未见还”。

【清江引】,同。

【二犯朝天子】“一别苏郎后”,《金印》同,锦囊本“苏郎”作“情人”;“算将来不觉度九秋”,《金印》同,“算将来不觉”,应作衬字,锦囊本无衬字，作“度几秋”；“宝炉内把沉香谩烧”，《金印》“把”字前有“好”，“沉香”作“夜香”，无“谩”字，锦囊本同《金印》；“深深拜祷月儿高”，《金印》同，锦囊本作“拜月儿高”；“愿他每灾瘴消除”，《金印》同，锦囊本“他每”作“我儿夫”；“伏望神天保佑”，《金印》同，锦囊本无“伏望”二字；“愿他每早戴金貂”，《金印》同，锦囊本无“每”字；“待将此情说与天知道”，作重句，《金印》“说”字作“诉”，亦作重句，锦囊本作“待说与天知道”，不作重句；“又恐怕和天瘦了”，《金印》无“怕”字、“了”字，锦囊本作“只恐和天瘦”；“辜负奴好良宵”，《金印》同锦囊本“辜”字前有“空”，无“奴”字；“怎捱得天将晓”，《金印》同，锦囊本“捱”字误作“睚”，“天将”作“到”；《金印》于此句后“好难熬”之前有增句“当不得夜儿长更漏永，番过来覆过去睡不着”，作大字，疑是念白，《大明天下春》本、锦囊本俱无此二句；“争奈我是个妇人家，鞋儿弓袜儿小，山儿峻岭儿高，盼不尽山遥路杳，盼不尽云山缥缈”，《金印》“我是个妇人家”作“山又高水又深”，“山儿峻岭儿高”作“小步难行”，此增句疑“原本”所无，或有简单的带白连接上下句曲文，锦囊本于“好难熬”后作“枉教奴盼不尽山遥路杳”。

【清江引】“忽闻砧杵敲”，《金印》脱“闻”字。

【二犯朝天子】“沉吟倚遍画栏杆”，《金印》同，锦囊本“沉吟”作“愁闷”；“愁听得砌伴寒蛩”，《金印》同，锦囊本“蛩”字误作“恐”；“又听得风吹铁马叮当响”，《金印》同，锦囊本作“风吹铁马叮当”；“你那里一声声叮当响，俺这里断肠断肠断人肠”，《金印》无“叮当”二字，锦囊本仅作“一声肠断”；“误奴家空悬望”，《金印》同，锦囊本“悬”字误作“玄”；“目断楚天长”，作重句，《金印》同，锦囊本未作重句；“愁闷如天样”，《金印》同，锦囊本“愁闷”作“沉吟”；“你若是名不成利不就，亏了奴公婆打伯姆羞”，《金印》“你若是”作“你那里”，“亏了奴”作“我这里”，锦囊本无此二句；“揾湿透红罗帕上”，《金印》句前有“枉教奴”三字，锦囊本“揾湿”之“湿”字误作“揾”。这几句锦囊本与《金印》《大明天下春》差别较大。

【清江引】“多少忧愁况”，《金印》“忧愁”作“风流”。

【二犯朝天子】“好一似银瓶线断去沉沉”，《金印》“银瓶”作“金瓶”,锦囊本“好”作“他”,“银瓶”亦作“金瓶”(按典故应作“银瓶”);“到如今败叶零渐历过庭阴”,“渐历”误,《金印》“零”作“儿”,“渐历”作“淅沥”,是,锦囊本同《金印》;“忽听得孤雁嘹呖过平林”,《金印》同,锦囊本句前无“忽听得”三字,“雁”字后有“儿”;“你全没半行书信”,《金印》无“你”字,锦囊本作“没半行信音”;“辜负奴鸳鸯枕”,《金印》同,锦囊本无“辜”字;“每夜成孤另”之“另”字,《金印》、锦囊本俱作“冷”;“梦儿里空相认”,《金印》同,锦囊本无“儿”字;“奴把愁颜换笑脸迎”,《金印》同,锦囊本无此句;“喜孜孜与他诉衷情”,《金印》同,锦囊本仅作“诉衷情”三字;“觉来呵明月芦花何处寻”,《金印》“呵”作“时”,锦囊本同《金印》。

【余文】“只怕你功名成画饼”,《金印》无“只”字,锦囊本“怕你”二字作“恐”;“做下离情愁闷一似海样深”,《金印》同,锦囊本“闷一似”作“断”。

《大明天下春》此戏与《金印记》相同者多,不同的是在小字念白中有不少七言诗句,似为滚白或滚唱;与锦囊本不同者亦多,《金印记》与锦囊本虽有同者,但也是不同者多;可以说,锦囊本从“原本”而来,《金印记》与“原本”之间,似乎还应有一种本子,即“重校”的底本,这个底本似应与锦囊本同源。

《苏秦为相团圆》,写苏秦衣锦还乡,全家封赠团圆。曲牌为:【虞美人】、【三台令】、【虞美人】、【风入松】九支……后文原残阙,明万历刊本(长乐郑氏藏本)《金印记》第四十二出《封赠团圆》可补全。《全家锦囊》三卷之《苏秦》第二十、二十一段与此出戏相关,文字有联系,面目又不同。于此可见锦囊本对后世的改本有着很大的影响。兹以万历刊本《金印记》、万历年《摘锦奇音》(简称“摘锦本”)卷六《苏秦荣归团圆》、嘉靖年《全家锦囊》三卷之《苏秦》第二十段(有【风入松】六曲)校之:

【虞美人】“平生仗义周贫”之“贫”字,《锦印》同,摘锦本作“济”;“喜今日季子成名”,《金印》作“博得个冠带荣身”,摘锦本作“博换得冠带荣身”。

【三台令】“孩儿一旦荣华”,《金印》同,摘锦本“荣华”作“身荣”。

【虞美人】“一朝侥幸为丞相”之“一”字,《金印》、摘锦本作“今”;“难将我旧恨”之“难”字,《金印》、摘锦本作“谁”,“都付水东流”,《金印》同,摘锦本“都”字作“尽”。

【风入松】“谢叔爹恩爱重如山”,《金印》同,摘锦本“如”字作“丘”。锦囊本无此曲。

第一【前腔】(为表述方便,“第一”、“第二”云云,为笔者所加)以下,《金印》未标“前腔”二字,摘锦本标“前腔”,锦囊本作【风入松】首曲,以下亦未标“前腔”。“念孩儿怎敢忘了父娘恩”,《金印》、摘锦本、锦囊本俱同;“不肖子敢认椿萱”,《金印》、摘锦本同,锦囊本作“不肖子怎敢认你椿萱”;“当初只怕折杀爹娘年老”,《金印》同,摘锦本于“折杀”后有“了”字,锦囊本于“折杀”后有“了”字,于“年”字后有“已”;“苏秦本是旧苏秦”,用较曲文略小的单行大字排,摘锦本同,是增句,作滚唱,《金印》无此句,似摘自锦囊本第二十一段【水仙子】曲文“念苏秦本是旧苏秦”;“今何重,昔何轻”,摘锦本同,《金印》、锦囊本前句作“今日重”,后句同。

第二【前腔】“一锅煮得两般羹,就是那庄公叔段也不等”,摘锦本同,《金印》无“就是那”三衬字,锦囊本作【风入松】第一【前腔】,前句同,后句作“庄公和叔段不等”;“今日驷马高车也堪进”,摘锦本于“今日”后有“里”字,《金印》“驷马高车”作“高车驷马”,锦囊本原作第一“前腔”,于“今日”后有“里”字,“驷马高车”作“高车”;“一胞胎生下我弟兄两人”,《金印》、摘锦本同,锦囊本“我”作“我每”。

第三【前腔】“你钱财有金珠有良田万顷”,《金印》同,摘锦本“良田万顷”作“良田有二顷”,锦囊本作【风入松】第二【前腔】,“良田”作“田园”;“平日里惯欺人”,《金印》、锦囊本同,摘锦本作“平日里有些惯欺人”;“你道我读书的不疗饥”,《金印》同,摘锦本作“你道读书人不疗饥”,锦囊本作“你道读书的不疗饥”;“要他们则甚”,《金印》、摘锦本同,锦囊本“他们”作“我”。“说甚么弟强兄”,《金印》、锦囊本同,摘锦本作“说甚么弟强兄,今日里还是弟强兄”。

第四【前腔】“常闻道嫂叔不同言”，《金印》、摘锦本、锦囊本“闻”字俱作“言”；“那些个恤寡怜贫”，《金印》、摘锦本同，锦囊本原作【风入松】第三“前腔”，“那些个”作“也须”；“寒儒纵乏琼瑶报”，《金印》同，摘锦本于句前有“念”字，锦囊本于句末有“之”字；“知书辈岂恁忘恩”，《锦印》、锦囊本同，摘锦本作“知书辈知礼义岂恁忘恩”；“他不为炊要饿死我们”，《金印》、摘锦本同，锦囊本作“你道不为炊饿死我每”；“怎捱得到如今”，《金印》、锦囊本同，锦囊本“捱”字误作“睚”，摘锦本作“苏秦若不是铁汉子，怎捱得到如今”，前句虽作大字单行，疑作念白。

第五【前腔】“一家人把我恁欺凌，把我做乞丐看承”，《金印》第六“前腔”同，锦囊本无“人”字，摘锦本作第六【前腔】，前句同，后句“乞丐”作“亲儿”；“白马红缨彩色新，不因亲者强来亲”，摘锦本于“白马”句前加衬字“正是”，“不因”句前加衬字“你看他”，锦囊本作“今日里黄金彩色新，兀的不是亲者强来亲”，二“亲”字原误作“观”；“你乃洛阳田二顷”，《金印》、摘锦本“乃”字作“有”，锦囊本作“吾得洛阳田二顷”，“顷”字原误作“须”；“安能佩六国金印”，《金印》、锦囊本同，摘锦本于“安能佩”后有“得我”二字。

（按：《金印》有“走不下机来叫一声……思量起怒生嗔”为第五【前腔】，摘锦本亦有此段为第五【前腔】，锦囊本《苏秦》第二十段作第四【前腔】：“你不下机相叫一声，说甚么又恩情！你道我黄金使尽，你看我这颗金印是几多金子？（注：‘金’字原误作‘今’）兀的不是书里有黄金？”文字与他本有异。《大明天下春》本却无此曲。）

第六【前腔】“生身父母等乾坤……止步住泪沾襟”，《金印》第七【前腔】、摘锦本第七【前腔】同，锦囊本没见此曲。

第七【前腔】“昔年不遇困尘埃……说甚么冷暖世情”，《金印》第八【前腔】、摘锦本第八【前腔】同。

（按：《大明天下春》第七【前腔】中有句“有谁念手足恩情”，似由锦囊本第二十一段【水仙子】“须念手足之情”改；“打虎无过亲兄弟，说甚么冷暖世情”，与锦囊本【水仙子】“打虎无过亲兄弟，说甚么世情冷暖”同；说明《金印》、摘锦本和《大明天下春》即使改作的曲文，亦有锦囊本的痕迹。)

第八【前腔】"吾妻贤孝实堪论,事姑嫜菽水辛勤。你把钗梳典卖全无吝,把凤"此下原文阙叶,现据摘锦本接续如下:

冠霞帔答谢你深恩,方显得言而有信未可量读书人。

【尾声】(合)人情似此休炎冷,自古文章可立身。万古流传作话名。

(按:以上是根据摘锦本接续加【尾声】结束的。)

实际上《大明天下春》的此出戏是经过整编的,精简了结尾方式。兹附摘锦本的结尾方式,以《金印》校读,供参考:

【前腔】(旦)当初贫贱受人欺,吃尽了万苦千辛,你一朝富贵把奴亏,今日何颜再见你。丞相,夫好一似百里奚忘了扊扅妻,男儿汉好心亏。

【山坡羊】(旦)婆婆骂奴家爱戴凤冠霞帔,又骂奴引诱夫婿。谢得你恩深似海,你的恩深难报取。我的公婆年老,赖你与我相奉事。今生再不得供甘旨,此情惟有天地知。一家人享尽荣华,到把奴受亏。奴本是结发恩和义,今日里为甚将恩情两下离?好心亏,骂你一句赛王魁,伤悲,我触死在阶前为怨尸。

【风入松】(生)吾妻贤孝实堪论,事姑嫜菽水辛勤。妻,你把钗梳典卖全无吝,今日里把凤冠霞帔答谢你深恩,方显得言而有信未可量读书人。

【尾声】(合)人情似此休炎冷,自古文章可立身。万古流传作话名。

(按:长乐郑氏藏本《金印记》,【山坡羊】"我触死在阶前为怨尸"之"尸"字,作"鬼"。【风入松】"吾妻贤孝实堪论","实堪"后有"悲"字。"今日里把凤冠霞帔答谢你深恩",无"霞帔"、"你"字。"方显得言而有信未可量读书人"之后有"合头",曰:"(合)感谢深恩官里,官里,目今衣锦回归,回归。一举成名天下知,封官爵耀门闾,显男儿得意回。　雪霁共赏良辰,良辰,一家和气相亲,相亲。排佳宴倒金樽,同安乐共欢忻,长愿取太平春。"下接【尾声】"人情"云云。)

《大明天下春》此出戏与《金印记》第四十二出《封赠团圆》基本相同。其【风入松】曲,《大明天下春》是根据《金印记》和锦囊本并参考流行选本整改的,个别曲文有增句,连同念白也发生变化,似更适应舞台演唱。【风入松】曲作如此多的【前腔】,也是早期戏文联曲的一种形式。此戏经比勘分析,基本的情况是:《大明天下春》本据明万历刊本《重校金印记》和民间流行的戏班抄本而改作,《重校金印记》比较接近于"旧本"。

《大明天下春》是昆腔和弋阳腔、青阳腔兼收的戏曲选刊。在昆腔盛行时期,弋阳腔系统的青阳腔在民间戏班演出活动中,也非常兴旺,而且演唱的大多是南曲戏文的散出,这在《大明天下春》中就有非常明显的反映。它们的演出形式也有自己的规律,善于对南戏剧本进行改造,创造出对后世戏曲艺术影响深远的"滚调",及其联曲的灵活方式和吸纳民间曲调的手法,虽然不很成熟,但也形成了当时南戏演出的基本规律,从俗、从简、从情的艺术风貌,受到了观众的欢迎。有些散出今天已经很难找到它的全本和"原本",显得十分珍贵,它反映了当时南曲戏文演出的基本面貌。因此,从明代的戏曲选刊研究南戏在民间的演出情况,是一个可靠的途径。我们从剧本文献来考察,全本虽然失传,或流传的改本中已没有的这些散出,就是十分珍贵的文献资料。又如南戏借用元北曲的形式和"南北合套"的灵活形式,也是研究南戏曲牌体早期联套形式的资料。明代的戏曲选刊很多,选有杂剧、南戏、传奇的散出,因为南戏失传相对地比较多,它们是当时的"活的记录",相当丰富和生动,很值得深入研究。

乐府玉树英

明万历戏曲选刊《乐府玉树英》，全名为《新锲精选古今乐府滚调新词玉树英》。《乐府玉树英》为本编三种中阙叶最多的残卷，据原刻目录，全书应有五卷，有五卷散出目录，见存有卷一及卷二开首部分的残文。卷一前署“汝川黄文华选辑，书林余绍崖绣梓”，版式为上、中、下三栏，上、下栏为戏曲散出，中栏为流行的俗曲时调等，如卷一有“新增劈破玉”、“新增杂调北腔”，卷二有“新增京省时尚倒挂枝”。上栏戏曲在出目下标剧名，每半叶 12 行，曲文大字，行 11 字，宾白小字，双行 22 字；下栏戏曲亦在出目下标有剧名，每半叶 11 行，曲文大字，行 16 字，宾白小字，双行 32 字。刊有散出小像 15 幅，卷一、卷二前各有半叶大像一幅。据原刻目录，上下栏收戏曲散出 54 种 107 出，残卷仅存 9 种 19 出(另 2 出开首即阙叶)，其中南戏有 4 种 13 出。本编仅对这 13 出戏作初步的考述。残存的《乐府玉树英》卷首有玄明壮夫《乐府玉树英引》，是“三种”选刊中现存唯一的序文，很珍贵，它写明了编辑缘由和作序时间。兹引录序文《乐府玉树英引》如下：

自两京而下迨江左，畸儿艳女，吾不知其几，曷尝无歌曲哉！然莫盛于玉树后庭也。故晚近口歌曲者，恒击节玉树，而为陈后主呵呵。不则忘剧家之祖宗，其不同舌而劣之者几希。予慕前辈风流声吻，间从妙选中，采摭其尤最者，以为湖海豪雄鼓吹资。语语琼琚，字字瑶琨。譬则天庭宝树，一枝一干，皆奇珍异宝之菁华也。命曰玉树英。匪僭也，亦匪夸也。愿域中之知我者，共酣醬其英云。皇明万历已亥岁季秋谷旦上浣之吉书于青云馆　古临

玄明壮夫言[①]

序文中说明了题集名为“玉树英”的缘由，实为过誉之辞，然选集的戏曲散出为当时期流行之曲，甚不为过，可惜的是残阙很多。可喜的是此序文告诉了我们，作序的时间为明万历已亥，即万历二十七年(1599)，此为万历中期；作序者署“古临玄明壮夫”。李平先生在《流落欧洲的三种晚明戏剧散出选集的发现》一文中已考作序者玄明壮夫和编辑者黄文华为同一人，明戏曲选刊《词林一枝》的题署曰“古临玄明黄文华选辑”。“古临”，即江西临汝，江西临川在后汉时亦称临汝，至隋改称临川，故城在今临川之西，有汝水(又名临川江、抚河)，即“汝川”，故曰“汝川黄文华”。黄文华曾编辑万历新岁(1573)的戏曲选刊“青阳时调”《词林一枝》和“昆池新调”《八能奏锦》。

《乐府玉树英》以“滚调新词”标榜，选刊中有多处滚调唱句。明万历中期，滚调已发展成熟，这是很珍贵的文献资料。滚调，原是由江西弋阳腔之滚唱演变而来，流传到池州发展为青阳腔滚调，又回流到江西，风行于赣江以西的流域，已成为家喻户晓的新唱调。本戏曲选刊残存的散出不多，基本上是唱青阳腔的散出。本编选录的《琵琶记》散出有九出之多，其中多处运用了滚调，为我们保存了青阳腔演唱《琵琶记》对剧本的改造实例。所选的《米糷记》的两出戏，是已失传的旧本佚出，在旧本中没有米糷中半颗珍珠的细节，但在明改本《高文举珍珠记》中出现了半颗珍珠的情节，使我们明白了从《米糷记》到《珍珠记》的变化，是该戏在民间流传过程中的重要创造。又如《鱼精戏真》一出，是失传的明郑国轩《牡丹记》遗存的唯一的一出，而这一出戏却在民间长期流传，对戏曲中鲤鱼精故事的渊源进行详细的考释，就显得很有意义了。

---

① 《乐府玉树英引》，刊于原刻目录前，文中“酣謍”之“謍”，读 yòng，酒后酣歌的意思。如梁武帝《襄阳起兵檄京邑文》云：“淫酗謍肆，酣歌垆邸。”“谷旦”之“谷”，原繁体作“穀”，谷旦，指晴朗美好的日子。如《诗经·陈风·东门之枌》，诗云：“谷旦于差，东方之原。”《毛传》解说：“谷，善也。”“上浣”，即上旬。

卷一

一、《书馆托梦》

卷一上栏:《书馆托梦》一出,原刻目录题名《琵琶记》,为上栏第一出折子,正文题《新增琵琶记》,且与卷一下栏的《琵琶记》九出分栏。这出戏在今存《琵琶记》刻本中是没有的,为主要情节的"托梦"也没有。在明嘉靖年间的《全家锦囊》一卷之《伯皆》中也没有发现这出,但是却有《琵琶记》的"新增"的曲牌文:

如《全家锦囊》一卷之第八段"五娘临镜",[①]在【破齐阵】"翠减翔鸾罗幌"曲后,其曲牌便为【新增清江引】"昨日送郎到南浦"、【风云会四朝元】"春闱催赴"、【新增】"迢迢远远也索回顾"、【风云会四朝元】"朱颜非顾(故)"、【新增】"儿夫游帝都"、【风云会四朝元】"轻移莲步"、【新增】"香腮谩托忆儿夫"、【风云会四朝元】"文场选士"、【尾声】"他从后知甚时"。引录中原刻三处【新增】,即【新增清江引】;原刻第二、三、四支【风云会四朝元】,原省略牌名,笔者所补。【清江引】曲借北为南,使用灵活,在此与原【风云会四朝元】曲循环间用,乃北宋说唱形式之遗风。【新增清江引】四曲通俗如话,与原【风云会四朝元】四曲互补,在场上演出,观众听得明白,很有效果。清陆贻典抄本及明代流行本《琵琶记》均无此【新增清江引】四曲。

又如《全家锦囊》一卷之第二十五段"描画真容",[②]在【胡捣练】("胡"字原误作"朝")"辞别去,到荒丘"曲后,也出现了新增曲,即在【三仙桥】"一从他每死后"曲后,插进了【新增】"想真容未写泪先流"等四支【清江引】曲,连着演唱,然后再接唱【三仙桥】,原刻未题曲牌名。

---

① 参见孙崇涛、黄仕忠笺释:《风月锦囊笺释》,第八段"五娘临镜",中华书局 2000 年版,第 202 页。

② 同上书,第二五段"描画真容",第 239 页。

这又是一种“新增曲”的用法。同样，这四支【清江引】曲，在清陆贻典抄本及明代流行本《琵琶记》中也没有。

在明初至嘉靖年间，在弋阳腔演唱戏文时，出现了“新增”的曲文。这些“新增”曲文是在原剧本的基础上衍生的，大多是民间艺人在演出戏文过程中编撰的。它可以是“新增”的单折演唱，也可以插在原折之中相应的位置演唱。它较原本更为通俗易晓，更利于歌场流行。它较万历年间出现的“滚调”要早，是曲牌体式的曲文，所以它可以“新增”单折，也可以“新增”在原曲牌结构之中。在明戏曲散出选本的研究中，这是一个应该引起我们重视的戏曲演唱现象。

《乐府玉树英》之《书馆托梦》一出，剧写蔡伯喈在书馆思念父母和妻子，精神疲倦，少睡入梦，蔡父、蔡母托梦，嘱咐蔡伯喈早认了前妻赵五娘。此出戏念白较多，曲白语言风格与高明《琵琶记》不同，更为通俗和质朴。戏中寄托着当时百姓的愿望和对赵五娘的深切同情。这出戏的情节，似在“五娘题诗”和“书馆相会”之间，又很明显是民间戏班编撰的，不可能在高明的《琵琶记》中编入。此戏在万历中期及前以单折流行，被《乐府玉树英》作为“奇珍异宝”置于开首第一出收录，在万历年间的戏曲散出的选本中收编《琵琶记》散出很多，唯独没有发现这一出，而后也不见流行。嘉靖年间的《全家锦囊》中也没有发现这一出，可说是民间的“孤本”。对于这出戏出现的缘由及背景，目前无法查实。因其稀有，可提供给行家研究，录以备考。

书馆托梦　新增琵琶记

【捣练子】(生)心耿耿，泪双双，皓月悲风冷透窗。四亲不寐乡关远，夜深无语对银缸。我伯皆自别父母，强赴科场，忝中高魁，叨居清署。日侍经筵，耳聆皇上之纶音；夜赐金莲，身沐朝廷之宠渥。布衣之荣，可谓至矣。奈家山万里，鱼雁杳无。正是：睹白云兴思，徒增感叹；向青灯而泪雨，只觉凄其。似此宦海茫茫，镇日愁怀郁郁，身羁上国，心切亲闱。我爹娘呵，你倚门终朝愿望眼，教儿无月不追思。

【雁渔锦】追思爹妈意难忘，鞠育恩高厚同霄壤。孟子云：不得乎亲，不可以为人；不顺乎亲，不可以为子。论人子须当尽典常，我不能勾承欢膝下，怎能勾问寝在高堂？自古做官者，荣亲耀祖，荫子封妻。似我今日为官，欲求父母一见而不可得，做甚么官！枉自去戴朝簪，为卿为相。下官到学不得一个古人来，做不得扇枕的黄香。当初伯皆起程之际，爹妈年满八旬。正是：夕阳无限好，只恐不多时。我爹娘呵，儿只怕做到那刻木的丁兰，这其间怎不悲伤？投至得云路鹏程九万里，早撇下椿树萱花两鬓霜。下官自思，昔者大禹四日而离涂山氏，他为洪水之患在外九年，三过其门而不入。这是爱国忧民，理宜如此。若下官与五娘，两月妻房，一旦抛别，不得家去，怎不思量？

【前腔】思量，结发旧鸳鸯，他为我受尽了多少栖惶。那日，五娘送我到十里长亭，南浦之地，徘徊眷恋，不忍分离，有多少言语嘱咐我来。他道是成名及蚤还故乡，莫恋红数滞上邦。妻，你的言语今日一发应了，又谁知撞遇这奸党。俺这里辞官不准，辞婚不可。强逼效鸾凤。下官也学不得一个古人，怎知那宋弘的模样，到做个吴起的心肠。魆地里自思量，只为那婵娟金屋人豪富，致使恁裙布荆钗妻下堂。一霎时精神疲倦，不如吹灭银灯少睡片时则个。（外净扮鬼魂介）

【番卜算】（外）冥府黑沉沉，魂魄随身荡。（净）今夜见儿行，诉不尽苦楚凄凉。莫言无地府，须信有天堂。三魂并七魄，显梦到场。问我二老，乃伯皆父母。当初看他往京应试，指望衣锦还乡，图寸禄以瞻余年。谁想他逗遛都下，入赘牛府。陈留连值饥荒，二老相继而作。亏了媳妇赵氏剪发葬亲，孤坟独造。描画真容，琵琶乞食。不辞万里，奔波寻夫，来至京国。昨日弥陀寺中，伯皆偶来拈香。是我二老英灵附缘，致令他拾回相府，悬挂书房。他今晚独宿在此，不免托梦与他。那时节夫妻相会，辞官庐墓，大行孝道，也不枉我生前教子之心。此间是他卧榻之前，不免把他别的事情说与他知。

【风入松】从别后三载遇饥荒，儿，真个是树无枝叶百草无秧，老爹娘捱不过这凄凉。儿，你在那琼林宴上添豪兴，为父母的呵，在地府阴司拜鬼王，早把身躯丧。那见你成名反故乡，撇得双亲没下场。说来好苦，泪汪汪孤坟寂寞，衰草卧斜阳。儿，枉了我为爹娘的看得你重。

【五换头江儿水】想当初把你做明珠，掌上养成人，教读文章，只为着春风黄榜动长安，是则是老爹娘苦逼遣，张公相劝赴科场，指望你荣旋昼锦，门户生光，谁知你得中状元郎，不思量亲奉养。八旬父母谁为主，两月妻房受苦僝。儿，你在此千钟禄享，朝朝筵宴，稳坐堂堂，珠围翠拥，美酒肥羊，怎知道老爹娘与妻子，饿断了肝肠。你穿的是绫罗绵绣，那更有紫绶金章。你看我老爹娘都穿着这破损衣裳。这到是你为官的本等，我爹娘不以此而恶枉自居官，是何道理？谁着你停妻再娶妻，潭潭相府招赘门楣，效那亏心的黄允所为。昨日在弥陀寺里烧香对佛祇。你说那一张画间，可是甚么故事？那更是你双亲的模样儿。却原来你睹丹青尚不思，没来由拷打阇黎。儿，我记得古人云：穿破绫罗才是衣，白头相守才是妻，麻衣挂壁方成子，送老上山才是儿。莫说我为爹娘的怪你不孝，就是那傍人也骂你，是一个不孝的男儿，又何须拜佛烧香虚文假意，你好一似卖狗悬羊，假慈悲瞒过谁。儿，恁是个男子汉，反不若女妇娘。苦则苦你结发的旧糟糠，生能奉养，死能祭葬，孤坟独造。鲜血染麻裳。他这般受苦，全无半句嗟怨的言语，他甘心受苦无怨望。儿，你怎不去万里学奔丧，心中自忖量梦中言，谨谨的记在心儿上。鸡鸣了，明日里早认前妻赵五娘。（下，生惊醒介）

【锁南枝】我的爹娘呵，梦见爹娘，白发蓬头脸瘦黄。他说道三载遇饥荒，两口颠连相继亡。穿着那破损衣裳，苦楚难当，凄凉情状。口口声声骂我不奔丧，紫袍金带不还乡，对面观容不认他。亲模样，心下自参详。他临去嘱咐他，又教我早认前妻赵五娘。此事真个跷蹊得紧。怎的似梦非梦，恍若生平，岂同梦寐鬼神之道？虽则难明感应之理，庶或不爽。天那！倘或我爹娘真个死了，一灵不昧，显示于梦魂之间，也不见得。（悲介）

【尾】醒来不觉多惆怅，又见东方动晓光。左右，看朝衣来。忙整朝衣入庙廊，兼带思亲泪两行。

二、《鞫问老奴》《书馆逢夫》

卷一上栏：《鞫问老奴》《书馆逢夫》二出，题名《米糷记》，原刻目录书《考问老奴》《文举逢妻》，题名《珍珠记》。今有明无名氏《高文举珍珠记》，简称《珍珠记》。《高文举珍珠记》，是万历年间文林阁刊本，今收入《古本戏曲丛刊》二集，共二十三出。明徐渭《南词叙录》“本朝”著录《高文举》。①明吕天成《曲品》未著录。明祁彪佳《远山堂曲品》“杂调”著录无名氏《珍珠》，然曰：“此即《高文举还魂记》也。”在“杂调”祁氏又著录《还魂》，并署作者为“□□□欣欣客”，曰：“内传包文拯勘曹国舅，似从元剧《生金阁》《鲁斋郎》诸曲生发者。中如活袁文正以温凉帽封以五霸诸侯，真可喷饭。”②实际此《珍珠》非彼《还魂》。明张大复《寒山堂曲谱》引作《高文举两世还魂记》，情节与《珍珠记》有异，实为另有一种故事。《曲海总目提要》卷三十六《珍珠记》曰：“一名《珍珠米糷记》，不知何人所作。”又云：“按：《记》内情事荒唐，大略本于世俗所谓《龙图公案》，而宾白村鄙，乃弋阳曲之最下者。”③

以下乃以明万历文林阁刊本《高文举珍珠记》第十九出《询奴》、第二十出《逢夫》，与《乐府玉树英》所选二出作一比较，探讨此二出戏的由来。

《鞫问老奴》，写王文举上京应试，得中状元，被奸相温阁逼赘为婿。文举暗遣张千持书信回家接取前妻王夫人金真来京，杳无音讯，心事烦恼。金真不信文举负心，亲至京师寻访。时文举被召入内院，数月未回。不知前妻金真已被温夫人罚作家奴。幸老奴帮助，免致一死。文举思念前妻金真，想吃米糷，老奴送米糷而来书房。文举感觉此米糷是前妻所做，老奴却说是温夫人做的，没有说出王夫人已来相府的真相。

玉树英本曲牌联套为【菊花新】、【驻云飞】五支、【驻马听】。

生扮王文举出场唱【菊花新】引子“自别遭缠……”，文林阁本同，

① 徐渭：《南词叙录》“本朝”，《中国古典戏曲论著集成三》，中国戏剧出版社 1959 年版，第 253 页。

② 祁彪佳：《远山堂曲品》“杂调”《珍珠》《还魂》，《中国古典戏曲论著集成六》，中国戏剧出版社 1959 年版，第 112、118 页。

③ 董康编：《曲海总目提要》卷十七，上海大东书局 1928 年版，人民出版社 1959 年重印。

接着生念诗“辛苦萤窗有数年……”，文林阁本同，接着念白：“自差张千去后，怎的不见回报，教人好闷也。”文林阁本云：“下官自差张千往洛阳迎接岳父一家，怎的许久不见回音，教人好愁闷也。”点明了派张千去洛阳接岳父一家，很重要，说明文举不是负心之人，心中思念的乃是娇妻王金真。亦见文林阁本比玉树英本精致。生唱【驻云飞】“虑后思前心下如同乱箭穿……”，文林阁本首四字作“俛首无言”。夫扮老奴唱【前腔】“谨领尊言……”，文林阁本同；文林阁本注意了细节，于曲前有“夫持米糷（糷，原作‘糤’字，笔者改，下文亦是）上介”的提示。“夫”，是当时诸腔脚色名，多扮演老年妇女，本剧一色扮两人，王府王夫人金真之母、温府温小姐之老奴。此明示持米糷上，唱后即送米糷，很自然。米糷是这出戏中很重要的砌末，它推动着情节的发展。此曲唱后玉树英本只有简单的对白，很粗疏，如：

> （夫）秉相公，夫人着我送米糷在此。（生）老奴，洛阳有人到没有？（夫）没有人到。（生）张千回了不曾？（夫）张千没有回。（生）这米糷是谁做的？（夫）是夫人做的。

同时似乎忽视了一个特别重要的细节——米糷中的半颗珍珠。且看文林阁本的对白：

> （夫见生跪云）秉相公，夫人着我送米糷在此。（生云）老奴，洛阳有人到没有？（夫云）没有人到。（生云）张千回了不曾？（夫云）张千没有回。（生云）这米糷是那个做的？（夫云）是老奴做的。（生云）你会做这米糷？（夫云）是夫人做的。（生云）是那个夫人做的？敢是老夫人做的？（夫云）是，不是。是温小姐做的。（生云）起去！（吃介）（见珠惊介）这米糷内，怎么有半颗珍珠在此？当时我与王氏妻分别之际，曾将珍珠一颗捣为两半。他收一半，我收一半。今日为何有此物，待我取来比看。（取比介）呀，真个合成一颗，使我心下可疑。

文林阁本在对白中突出了米糷中半颗珍珠的细节，人物的情绪顿时高涨起来，文举紧追前妻金真的下落，合情合理。而老奴为了要保护王夫人，不敢说；又怕温小姐狠毒，也不敢说。此出戏留了一个大悬念。紧接着便顺着文举高涨的情绪，发展下去。

生接唱【前腔】“睹物伤情……”，文林阁本曲文基本同，然有不同之处。“好教我魂定”，文林阁本“魂”字作“疑”，好，增强了由米糷引起的悬念，并由此推动情节的发展。接下的对白基本同，但也有不如文林阁本的，如“呀，看起来这米糷只有我前妻做的滋味相同，别人那有此手段”，文林阁本作“老贱才，你怎瞒我？这米糷滋味，除是我王夫人才有这般手段，别的难同此样！”又曲文“似我前妻手段无相并”，文林阁本句前有“好”字，“相并”作“差异”。

接着夫接唱【前腔】曲，前五句“不必忧疑，听我从头说与知。张千一去无消息，不见夫人至。嗏，何必泪双颐”，文林阁本有不同，作“暂息雷威，听我从容说事因。老奴只在厨房里，那晓真端的。嗏，何用苦忧疑”，切合人物身份，要瞒就得推说不知真情（实际老奴最知情）。接下四句“千里未为远，十年归未迟。总在乾坤内，何须叹别离”同。末二句“夫人终有团圆际，何必叨叨说是非”，末句作重句；文林阁本上句作“你与夫人终有个团圆日”，下句“何须”作“何必”，“说”字作“究”，末句不作重句。

生接唱【前腔】曲，首二句“试问原因，好好的从头说与听”，文林阁本下句有异，作“你好分明说与知”。接下的对白是：“（生）我看这米糷，好似我前夫人做的。他若来了，不要瞒我。（夫）没有来。（生）这米糷在此，还不说来？”文林阁本对白是：

> （生）你今日为何不说这半颗珍珠是那来的？（夫云）小奴婢不知道。（生怒云）还说不知道。我当初与前夫人分别，他把一颗珍珠捣为两半。他收一半，我收一半。今日若非我王夫人到此，怎么有这半颗珍珠在米糷内？

在这里，文林阁本再一次强调了米糷中的半颗珍珠，而且也料到了老奴分明知情。生接着唱“此物将为证，休得遮藏隐”。玉树英本“此物”指米糷；文林阁本“此物”指米糷和半颗珍珠，句前有“既是”二字，“休得”后添一“要”字，已明白隐情，语气显得很肯定。老奴惊怕了。文举感觉到了，老奴不敢说真话。又有一段对白：“（生背云）这是我差矣。他是温小姐使用之人，小姐嘱付，他决不肯说。我不免将几句好言语安顿他，他方才肯说。前夫人到了么？（夫）到，不曾到。（生）老奴，他若到了，悄悄说与我知道，我明日另眼相看。（夫）果不曾到。（生）想是你小姐嘱付说假道真，教你瞒我。（夫）真个没有到。（生）老奴，若前夫人到了，倘受你小姐亏呵！”文林阁本的这段对白就精致多了：

> （夫惊慌介）（生背云）到是下官差矣。他本是我使令之人，平日畏惧，我这等厉色严声，他怎么敢说？还要和颜平色把几句好言语温存他才是。老奴，若是我前夫人到了，你悄悄地说与我知，异日另把个眼儿待你。洛阳王夫人日前来府了？（夫云）来，是不曾来。（生云）张千多久回了？（夫云）张千没有回。（生云）王夫人到了，你怎么瞒我？（夫云）真个没有到。（生怒云）老贱才，我知道了。

文林阁本的对白润色很多，人物关系、人物情感凸显出来了。老奴还是隐瞒，因为他计划着让王夫人自己去面对相公。文举则先抑制，老奴不动声色，他才按捺不住，冲动起来。这就让他唱。玉树英本曲文很一般：“若问出真情罪非轻，六拷三敲如何饶得你残生命？何不指出平川路上人？”文林阁本曲文比较激烈：“嗏，你敢是畏着小姐千金，说假道真瞒着咱们。若是前夫人不曾到便罢，若来此受你温小姐的亏时节，老贱人，有日审出真情，我把你六问三推，贱才，贱才，休想我轻轻饶过您残生命。若是我王夫人来此，你对我说，免得他受苦，乃是个恩人，何不指出平川路上人？”文举唱完即带着情绪下场。这里夹了两处念白，调节了节奏，有张有弛，符合剧情，也符合人物性格。

此出戏以夫唱【驻马听】曲结束，夫唱："惹祸根芽，小姐，暗设机关是你差。这怕他夫妻相会，写着表章，奏上皇家，一还一报事无差。张千的奴才，那时浑身有口难分话，真是个惹祸根芽。(重)天来大事怎肯干休罢！"文林阁本基本同，但有些小变化，如"暗设机关是你差"后，有夹白"我看高老爷怎肯干休"；"一还一报事无差"，"还"字作"施"，"事"作"定"；夹白"张千的奴才"，在"那时浑身有口难分话"之后；"天来大事怎肯干休罢"，"怎肯"二字作"无"，没"休"字，干脆利落下场。

按：所选《鞫问老奴》这出，出现在万历中期或更早些，语言质朴，似戏班艺人据流传本演唱的，作者无考，全剧本不传。文林阁本应是在流传的演出本的基础上由文人介入修订的，而且有个重大的修订。玉树英本《鞫问老奴》没有米糷中有半颗珍珠的细节，作品又题名《米糷记》，或许原本《米糷记》就没有珍珠的细节。如万历年间的戏曲选本《大明春》卷一上栏的《米糷记》之《鞫问老奴》中，没有提到米糷中有半颗珍珠的细节。《玉谷新簧》卷三上栏《米糷记》之《鞫问老奴》中也没有半颗珍珠这个细节，《八能奏锦》卷六上栏《米糷记》之《鞫问老奴》中也没提珍珠的事，很可能是文林阁本修订时添加的，所以题名《高文举珍珠记》。玉树英本所刻目录中，乃题《珍珠记》，可能是在万历二十七年刊刻时，文林阁本已刊行，或是在文林阁本所依据的底本中已经有了珍珠的细节，然无法查实。因为原《米糷记》全剧本失传，文林阁本是改本，底本又缺考，但从曲白比较来看，与玉树英本似属同源。

《书馆逢夫》，写王文举前妻金真在老奴帮助下，来书房与文举相会。夫妻相见，痛碎肝肠，感慨万千。文举一时无力能救前妻金真，嘱咐老奴帮助金真从后园逾墙而出，赴包龙图那里去告理。曲牌联套为：【江儿水】、【前腔】五支、【尾声】。

文林阁本第二十出《逢夫》，在【江儿水】前有三支曲和念白，作为与上出《询奴》情节的连接，可资阅读参考。兹引录如下：

【白鹤子】(旦)遭冤屈，受灾危，何时脱了冤家？(旦云)老奴去了，至今未见回报，教人心下萦念。(夫上唱)

【东原令】(夫)行步难前,得行方便处行方便。

(相见介)(旦云)老奴,你来了。高相公可问这米糷是谁做的不曾?(夫云)相公正问是那个做,只是我不敢说。(旦云)冤家,你就说是我做的,怎么又不肯说?(夫云)他问我正要说出来,把棋子桌上打一下,又怕小姐知到,一惊就惊在肚里去了。(旦悲介)这等,怎么好?不能勾见得他。(夫云)夫人不须啼哭,我有个道理了。而今相公在第四栋房子里书馆内看书,往日晚间我替你扫地,今晚你自家扫地前去,轻轻把门儿推开,把尘灰打将进去。那时,他必定问你,开门出来,就与你相见了。(旦云)既如此,多感你了。(夫云)夫人,我送你去。(行,指介)前面那灯影里就是。(旦云)承教了。(夫云)只有一件。

【尾声】(夫)隔墙有耳轻轻语,夫人,你夫妻相会子母团圆,头戴凤冠身穿霞帔,衣锦归乡里。

(夫交扫帚与旦介)夫人,老奴不得在此相伴了,须索仔细耐烦些!(下介)(旦云)老奴去了。孤身在此,只得向前扫地则个。(长吁介)谩忆当年,秦晋屏开,孔雀东床,今朝落魄受欺残。忆昔爹娘娇养。

玉树英本此出戏开首,即由旦扮王夫人金真念白:"谩忆当初,结契屏开,孔雀东床,今朝如此下贱。忆昔爹娘娇养。"接唱【江儿水】"忆昔爹娘娇养……"。文林阁本与之小异,曲文亦基本同,但有不同处。如"惜奴掌上珍"之"惜"字,文林阁本作"爱"。"吃的是珍馐百味"之"珍馐百味",文林阁本作"百味珍馐"。"朝朝筵宴,夜夜笙歌,稳坐高堂",文林阁本无"夜夜笙歌"四字。"怎知道妻房受此衔冤枉"之"受"字作"到"。"阻隔烟水云山",文林阁本于"阻隔"下有"这"字。"指望寻夫返故乡"前,文林阁本有"不惮千里迢遥"六字。末句"谁知到此没下场"之"到此"二字,文林阁本作"今朝"。且在此曲末句下有"合头"唱"误了我青春年少,耽搁我佳期多少。闪得人有上稍来没下稍"。玉树英本旦唱末句后下场,即使"下",应是"暗下",因没标再次上场,况且这是一出"隔门戏",生、旦轮唱【前腔】;文林阁本就没标旦下场。

接着生上场唱【前腔】"举目云山缥缈……",生旦隔门戏自此始。曲文基本相同,有小异。如"张千一去未见回报"之"未"字,文林阁本作"不"。"今日身荣,利锁名缰,把他恩情一旦都忘了",文林阁本于

"利锁名缰"前有"只为着"三字,"把他"作"他把"。"闪得我夫妻有上稍来没下稍",作重句,文林阁本"我夫妻"三字作"他父子们",末句不作重句。在玉树英本"教我望断鱼沉与雁杳"之下有生带白"昔日身贫无倚,感蒙岳丈深恩。今日荣华当报,人居两地牵情",文林阁本无。

旦接唱【前腔】"暗地里无言泪落……"曲文异处有三,如"怎知运蹇时乖落在他圈套",文林阁本"怎知"后有"今日"二字。玉树英本于此句后的带白"小好呵","好"字误刻,文林阁本作"小姐呵"。"命我在回廊下执帚把厅阶扫",文林阁本作"命我执帚在回廊下把地扫"。此句后,玉树英本的夹白很简单:"那壁厢有灯影,莫非是冤家在里面。"文林阁本写得比较详细,因为王夫人要敲窗了,需要描写王夫人敲窗前的心理活动,使形象有动人之处。王夫人云:"老奴才说第四间房子,是他读书所在。此间有双扇门儿,待我轻轻展开,看是如何?呀,原来有纸窗在此,待我把舌尖湿破,看他在里面(按:'面'字原误作'回')没有?咳,冤家真个在这里。(轻叫介)高文举,高文举,到是奴家错矣。倘有人听得,报与温小姐知道,他赶来此间将我一命害了,怎么好?"这样写无疑较玉树英本细腻、生动、形象。"欲待将高文举小名高叫,为官人心腹难料,因此上不敢声高,只得把指尖儿轻轻窗上敲",此处有敲窗动作;文林阁本于"欲待"后有"要"字,"轻轻"后有"的"字。敲窗则安排在下曲,玉树英本于此始唱"合头""耽搁奴青春年少……",文林阁本用"合前"(因在【江儿水】第一曲尾已用"合头")。

生唱【前腔】"闷把围屏倚靠,听敲窗败叶飘……",文林阁本"闷"字作"谩",并在"听敲窗"前有"旦敲窗介","生听惊介",一惊,敲、听、惊连在一起表演,胜于玉树英本。"试听得寒蛩哀怨,又听得孤雁声高",同。"雁,你不带离情偏惹愁怀抱,每夜里对着残灯,伴着孤影照",文林阁本"你不带离情"作"你不带音书","对着残灯"作"对着一盏残灯",于"伴着孤影照"后有"旦扫灰介","生惊见介",二惊,当然没有看清楚。"夜静更阑,寂静书斋,上下无人,就是半点红尘飞不到",句后有"旦叫介"、"生听介";文林阁本于"夜静更阑"前有"似这等"三字,"半点红尘"句无"半点"二字。句后有"(旦叫介)高文举"、"生惊唱介”，三惊。经此“三惊”后，文举已知道果然是前妻金真来了。以下到开门的情节，更见精彩，兹分列如下。

玉树英本：

> （生听介）蓦听得隔壁叫声高，未审是何人悲嚎？指定我名儿一句句低低叫。我自到温府，无分大小皆称老爷，谁故叫我名字，想是我前妻来了。妻，不见丈夫好似甚的，好似月影水中捞，寒冰火上熬。妻，果若你来了。受他人之磨难呵，我解下朝簪弃了官爵，定要把冤仇报。（旦）夫，我是你前妻。（生）真个是了。待开门，不可。莫非温氏使女乔妆至此。我若开门，反遭他嗤笑。千思万忖，想后思前，休把定盘星儿错认了。是谁？（旦）是你前妻王氏金真。（生）妻行，果来了。耽搁你青春年少，误了你佳期多少，误得你有上稍来没下稍。

文林阁本：

> （生惊唱介）蓦听得隔壁叫声高，（旦啼介）（生听介）未审是何人悲嚎？（旦叫介）（生云）下官自到温府，那一个不叫我做老爷，谁敢唤我的小名？指定我名儿一句句低低叫。我知道了，想是前妻来此。妻，你不得见我，好似甚的呵，好一似月影水中捞，寒冰火上熬。妻，倘若是你来此，受温氏磨灭，我怎肯干休呵，我情愿解却朝簪弃此官爵，定要把仇来报。（旦悲云）我果是你前妻，来了。（生云）妻，真个来了。俺这里待开门，不可。到是下官差矣。若是前妻来此便好，只恐温小姐假使梅香故妆我前妻声音，戏弄于我，却不道反被他嗤笑一场。俺这里想后思前，休把定盘星儿错认了。（旦云）冤家，快开门！我是你前妻王氏金真。（生）妻，真个是你到了。（合）妻，担搁你青春年少，误了你佳期多少，闪得人有上稍来没下稍。（生开门相见介）（旦持帚打生科）（相抱哭介）

玉树英本平淡，没有情绪高涨点，没有“开门”的细节动作。文林阁本在“三惊”情绪变化的基础上，更用力在煽情，在情绪达到高涨点时“开门”。按:“未审”前“生听介”之“介”字,原误作“云”。文林阁本的念白,根据曲文作了调整和强化,无论生、旦,都得到了很好的表现。在明改戏文中,曲文动得较少,而念白动得较多,大多比原戏文要严整,讲究结构与细节的规划。从以上比较看,可以肯定文林阁本刊刻时间要比玉树英本晚。

接下是生、旦面对的戏了,各唱一支【前腔】。

旦唱【前腔】“只道你读书人志诚,又谁知恁般薄幸”,文林阁本“又谁知”作“谁知你”。“我家赔纳官银,又赔着奴身”,文林阁本作“当初在十字街头,带你回程,赔纳了百两官银,又将奴招赘为秦晋”。“指望你改换门闾,荫子封妻”,文林阁本作“指望你中魁名,改门庭,荫子封妻,一家都欢庆”。“谁知你中魁名,再娶了小姐千金”,文林阁本“谁想你变了初心,再娶着小姐千金”。“我一路迢遥,寻到京城”,文林阁本作“写家书付张千,接我来到京城”。“反被那温小姐剪除头发,脱了绣鞋,日间汲水浇花,到晚来洒扫阶厅”,文林阁本作“撞遇着温氏狼心,将我剪除头发,剥去绣鞋,日间汲水浇花,夜扫阶庭,受苦难禁”。“今日见伊门,跌足搥胸”,文林阁本作“今日见伊们,顿足搥胸,咬定牙龈”。“骂你几句赛王魁恁般薄幸,到今日屈杀我王氏金真”,文林阁本同。

生唱【前腔】“休怨书生薄幸,非是我负义忘情”,文林阁本“休怨”作“休埋怨”。“自别家乡到此,幸喜得一举魁名”,文林阁本“到此”作“来到京城”。“参拜温丞,谁知他把女相招强逼成婚”,文林阁本于“参拜温丞”前有“琼林宴罢”四字。玉树英本于“强逼成婚”后有双行小字带白:“彼时节为丈夫的若不从,他把我削除官职打罢为民呵。”然后唱“那其间进退无门,只得招赘小姐千金”,文林阁本则把这两句白排大字为曲文,唱:“彼时为丈夫呵,欲待不从他,他将我削除官职打罢为民,那其间我进退无门只得应承。即差张千递送佳音,指望接你来到京城共享安宁”,加进了文举没忘糟糠差张千接夫人来京之事,这也是很重要的一笔。“恨温氏蛇蝎心肠,将你头发剪下,脱下绣鞋,打为婢身”,文林阁本“心肠”作“狼心”,“剪下”作“剪了”,“脱下”

作“剥去”。“今见娇妻容貌凋零,不由人痛碎肝心”,文林阁本同,且于“今见”前有王夫人插白“夫,为妻的受了百日之苦,若再迟几日,也没有性命儿见你了”,徒增凄惨之情。“今夜里夫妇相会,好一似云开见月明”,文林阁本“今夜里”作“幸喜得”。以下几句因剧情需要破格改为旦角王夫人唱,先念后唱:“我今得见你,我不愿那凤冠霞被穿戴。可念夫妇之情,差取人马,送我回程。若得父子相会,母子团圆,黄沙盖脸不忘你大德深恩!”文林阁本作:“夫,我也不愿你光前耀后,不图你改换门庭,我也不要你凤冠霞帔,不望你诰命荣身。你可念结发之情,差取人马,送我回程,得见双亲。那时节黄沙盖脸不忘你大德深恩!”曲文大同小异,意思相同,用了排比句法,情感的分量就显得厚重了。曲后是一段生、旦对白,王文举在温府不便认妻,好言说服金真去包龙图那里告丈夫停妻再娶之罪,文举才好在公堂认妻。为了不让温府发觉,帮金真逾墙而去。这段对白,玉树英本简洁,文林阁本语顺,没有大的不同。最后以【尾声】“这墙高梯小难移跳……”跳墙作结,二本同。

从曲文的比较分析,玉树英本流行于民间,文林阁本经文人润色,在刻画人物的语言和细节描写上,胜于玉树英本。又以明嘉靖年间的《全家锦囊》续编一九之《高文举登科记》一段:【北傍妆台】“画眉郎合欢未几”、【前腔】“重门深锁”、【入赚】“山水茫茫”、【衮遍】“当初困、当初困守寒窗”、【前腔】“承恩赴、承恩赴琼林宴”、【尾声】“蜗居白昼皆名望”(两“前腔”名原缺,笔者补),与明万历文林阁本《高文举珍珠记》第十二出“闻报”比较(玉树英本的二出戏,《全家锦囊》续编未选录),曲牌曲文基本相同,个别字小异,亦可视为二者同源。因没有发现二者之前的版本,玉树英本二出戏的原本佚,所以很难说玉树英本二出戏出于何本,现只能认同锦囊本、玉树英本、文林阁本三者同源。

明万历年间的戏曲选刊仅有《八能奏锦》卷三选《鞫问老奴》一出,《大明春》卷一亦选《鞫问老奴》一出,《玉谷新簧》卷下选《鞫问老奴》《书馆逢夫》二出,皆题名《米糷记》。

此剧故事流传久远,因有万历年文林阁本《高文举珍珠记》的传本,至今仍有剧种保留为传统剧目,如源于江西弋阳腔的饶河高腔今存"十八本"之一的全本《珍珠记》,以米糷藏珍珠贯穿全剧,演唱高文举和王金真的爱情故事,常演《书馆相会》。潮剧亦有继承于弋阳腔的《高文举珍珠记》,其中的《扫窗会》为常演剧目。莆仙戏传统剧目有《高文举》,经整理改编为《珍珠米糷记》,常演其中的《米糷思妻》。梨园戏中的小梨园有传统剧目《高文举》,经加工整理,删去了米糷、珍珠的关目,重点描写高文举不阿权贵的精神。

三、《鱼精戏真》

卷一上栏:《鱼精戏真》一出,题《牡丹记》。明祁彪佳《曲品》"杂调"著录《牡丹》,曰:"金牡丹为鱼妖所混,几不可辨,此境地之最恶者。"[①]祁署郑国轩撰。郑国轩之《牡丹记》失传。金牡丹,乃相国金宠之女,因其爱牡丹花,故为易此名。鱼妖,即鲤鱼精。本出中鲤鱼精曰:"奴本鲤鱼精是也,今变成金牡丹形像,前到书馆见张真,将言词调戏他,以成配偶。"由此可知书生为张真。明吕天成《曲品》未著录《牡丹》,而《曲品》卷下另著录有同名《牡丹记》,为朱春霖作。朱作《牡丹》为另一种故事,曰:"此祝英台事,非旧本也。"[②]祁彪佳《远山堂曲品》在"杂调"《英台》(即《还魂》)条,亦曰:"祝英台女子从师……朱春霖传之为《牡丹记》者。"[③]《曲海总目提要》卷四十有无名氏《鱼篮记》,曰:"画家有鱼篮观音像,庵寺中亦多塑鱼篮观音者。于是《龙图公案》装点金鲤作祟一段,而作剧者又小变其关目云。"[④]此所谓《龙图公案》,乃明末安遇时编的短篇小说集,其第五十一回"金鲤"写的就是鲤鱼精

---

① 祁彪佳:《远山堂曲品》"杂调"《牡丹》,《中国古典戏曲论著集成六》,中国戏剧出版社 1959 年版,第 112、118 页。

② 吕天成:《曲品》卷下《牡丹记》,《中国古典戏曲论著集成六》,中国戏剧出版社 1959 年版,第 248 页。

③ 祁彪佳:《远山堂曲品》"杂调"《英台》,《中国古典戏曲论著集成六》,中国戏剧出版社 1959 年版,第 121 页。

④ 董康编:《曲海总目提要》卷十七,上海大东书局 1928 年版,人民出版社 1959 年重印。

幻化小姐引诱书生的故事,其书生曰刘真,金女曰金线。有郑翁其人,请画工绘手提鱼篮的水墨观音像,鱼篮观音像由此传也。所谓作剧者小变关目,此剧所指不明,据小字夹注书生名"珍",未道姓氏,小姐姓金字牡丹。情节与《牡丹记》有同也有不同处。

今传有明文林阁刊本无名氏《观音鱼篮记》(编入《古本戏曲丛刊》二集),剧情为金宠、张琼往武当山拈香求子,玄天上帝念张琼为官清正,赐予一子,金宠贪赃枉法,故降一女,金、张二家指腹为婚。张琼之子张真成年后去金家投亲,金宠留他在家中攻读,以期求取功名。有东海金线鲤鱼精变幻金宠女儿牡丹模样,引诱张真同宿。约定在金宠寿诞之日,牡丹递杯之时,教张真拉她的手。张真依言而行,激恼了金宠夫妇,被赶出金家。鲤鱼精施妖术,使牡丹患重病,金宠夫妇为给女儿消灾,差人追回张真冲喜,张真偕假牡丹共返金家。家人分辨不清真假牡丹,遂请包公除妖。鲤鱼精终为南海观音收伏。张真赶考荣归,与金牡丹成亲。今不能知道郑国轩旧本《牡丹记》全剧的剧情,明文林阁本可以提供重要的参照,因为经比较其中第十四出《小姐玩赏》,与玉树英本《鱼精戏真》基本相同,其他情节或许也有相似之处,今已无法考实。因为明嘉靖年《全家锦囊》没有选录片段,万历年间戏曲选刊只发现《乐府菁华》卷三选有《牡丹记》的《鱼精戏真》一出,《大明春》卷一亦选有《鲤鱼记》的《鱼精戏张真》一出,卷五重收此一出。此折戏可视为《牡丹记》旧本遗存的唯一一折,可见其珍贵,而文林阁本《观音鱼篮记》传存有与《牡丹记》旧本基本相似之全剧,也同样显得珍贵了。旧本《牡丹记》并不很重要,但鲤鱼精的故事流传久远,要溯源观音收伏鲤鱼精的故事,就必然要追溯到这两种戏曲本子。

玉树英本《鱼精戏真》为残本,后有阙叶。因此折戏是全剧的戏胆,兹将此残本与文林阁本第十四出《小姐玩赏》比较,校勘不同之处,理清两者之关系,而后藉戏曲选本《乐府菁华》(较玉树英本晚一年刊行)补全残阙部分,供读者知其全貌。

贴扮金小姐、丑扮梅香,同唱越调【祝英台】:"惜春花,须早起,丽日正迟迟。步郊西,见王孙士女,往来纷纷游戏。只见粉蝶双双,游蜂对对，人生有几好时光清和天气。”

按：此为上场引子，“往来纷纷”，文林阁本作“纷纷往来”；“对对”，文林阁本作“成对”。定场诗“桃红柳绿满园中……”，文林阁本“满”字作“小”。梅香诗后念白：“小姐，你看粉蝶翩翩，游蜂成对，只个好天气！”文林阁本作“小姐，真个好天气！”简洁明白，不重复曲文。

贴唱【淘金令】：“玩赏春光明媚，见名园百草排。梅香，那高树上有甚么鸟儿啼？（丑）小姐，那是黄鹂鸟。（贴）听黄鹂声巧，只见花吐清香，引得游蜂戏采。（丑）小姐，你看满园百花开放，万紫千红，真个好看得紧。（贴）梅香，正是有意送春来，无计留春住。花谢春归去，飞尽满园红。只见满园花开，真个令人堪爱。（丑）那桃花开得恁般好，可比小姐脸上一般。（贴）人貌衬桃腮杏脸犹堪爱，只恐花无长在。（丑）小姐，这一枝花鲜艳得好，待梅香折来，为小姐带在头上。（贴）常言道有花须插戴，过了青春还不再来。（丑）小姐，你满头珠翠，戴起这朵花来愈加娇艳了。没有带得手镜来照一照好。也罢，且在池边照一照看。”

按：该曲属仙吕入双调，曲文于谱不合律，原属“杂调”比较自由，叶韵亦宽，且以韵脚分作二支。“百草排”后，文林阁本无贴问丑答，以丑一句“那鸟儿叫得好”带过；“游蜂戏采”脱一“采”字，失韵。又，在此句后，文林阁本亦无丑贴问答，仅以丑一句“小姐，你看那满园百花真个开得好”带过。“犹堪爱”之“犹”字，文林阁本作“尤”；“只恐花无长在”后的丑白，文林阁本作“这里有好花，待我折一枝与小姐带可好？”“过了青春还不再来”之“来”字无，“再”、“来”同属皆来韵，不失韵。“还不再来”后，文林阁本丑白同。接着贴唱一曲，乃【前腔】，玉树英本和文林阁本皆不标“前腔”二字，当时坊间刻本习惯不标明。本文权且补上，以明文理。接下：

贴唱【前腔】：“妆残低照池边影，（丑）到如今夏日天气真个热得紧。（贴）夏日炎天似火见，葵榴向日倾，见荷花泛水戏浴，鸳鸯向人交颈，不觉昼长人倦香汗流珠，口渴忆春茗，心中似火焚。（丑）小姐，你这等口渴，待梅香回去拿茶来你吃。（贴）不要去。你回去拿茶不至紧要，倘有人问，你将甚言语答应？（丑）小姐，我记得这里有梅子。待梅香打几个与你吃。（打梅介）（丑吃科）曾记得曹操行兵望梅堪止渴。贱人，你吃那梅子不打紧，不觉满口流涎，吐落波心，呀，却被金鱼带水吞。(丑)小姐的口残吐下去,被那鲤鱼吃去了。待我也吐些下去怎么?(吐涎下科)他欺负我,我的他就不吃了。(贴)丫头,莫说人分贵贱,就是鱼也认得好歹。贵贱既能分,鲤鱼,你为甚的隐跡藏身,常在池塘困?有一日得遇风云,多少鱼龙变化成。梅香,我和你来久了,不免回去。"

按:"夏日天气真个热得紧",文林阁本作"夏月天气真个好热得紧";"泛水戏浴",文林阁本作"泛水出浴";"倘有人问,你将甚言语答应",文林阁本"有人"作"老夫人","甚"字后有"么";"小姐,我记得这里有梅子",文林阁本作"这里有梅子";"打几个"后,文林阁本有"下来"二字。"丑吃科"玉树英本脱"贴"字,文林阁本有"贴"字。"待我也吐些下去怎么",文林阁本无"怎么"二字;"莫说人分贵贱",文林阁本于"莫说"后有"是"字。

贴念白后即唱【余文】:"金莲款款穿芳径,不惹残红半点尘,忽觉绫罗袜又轻。(生上)(撞贴丑介)(贴丑下)"

按:"忽觉绫罗袜又轻",文林阁本作"只是凌波袜又轻"。

生上场撞到贴、丑,贴、丑下后生唱【北调醉扶归】:"忽见了娇容玉面,不由人意马心猿。只见他妖娆体态,一时间打动我的情怀留恋。小姐果然生得好,恰便似玉天仙降临世凡。好差矣,今日才见,就是这等想,想到几时去。莫说它别的呵,我只见十指尖露绣鞋,行一步令人爱。我只见他软款温存,一似南海观世音。这是有缘千里能相会,还是五百年前结下缘?想他怎的?天色已晚,不免进书馆中把门掩上,将书来看一会,多少是好。"

按:此曲牌作"北调醉扶归",格不合,存疑。"情怀留恋",文林阁本作"心怀";"降临世凡",文林阁本作"降临凡界"。带白"将书来看一会,多少是好",文林阁本"看"字作"读",无"多少是好"四字。

在生看书其间,旦上唱【风入松】"轻移莲步到书房,看窗间灯火荧煌。窈窕淑女乔妆扮,欲与书生效结鸾凰。若肯与奴同鸳帐,胜做一个状元郎。奴本鲤鱼精是也,今夜变成金牡丹形象,前到书馆见张真,将言词调戏他,以成配偶。到此就是,不免叫一声:开门。(生)是谁?(旦)梅香送茶来。(生)夜深了,不用茶,拿回去。(旦)相公命我送来,你不开门,相公罪责于我。(生)待我来。(开门见介)看你不似梅香样子。(诗)客中情况不赊华,何似娘行见识差。(旦)只为夫妻多阻隔,奴家亲奉一杯茶。(生)闺门不出空回首,何似娘行浪里沙?(旦)落花有意随流水,(旦)流水无情恋落花。"

按:"灯火荧煌",文林阁本作"灯烛荧煌"。念白"奴本鲤鱼精是也……不免叫一声:开门",文林阁本仅作"开门"二字。"流水无情恋落花"句前"旦"字衍,文林阁本无此字;"相公命我送来,你不开门,相公罪责于我",文林阁本"相公"作"公相","罪责于我"作"责罪与我";"不似梅香样子",文林阁本作"不似梅香模样";"只为夫妻"之"为"字作"因"。文林阁本较玉树英本不同处,甚为有理,尤其是"奴本鲤鱼精是也"念白四十余字,只作"开门"二字,紧接曲文,不拖沓,直接进入戏剧情节中,简洁明快入戏,是行家之作。虽则如此,玉树英本"鱼精戏真"是单折戏,其他折子不见流传,观众不知其详,对观众自报身份和来意也是需要的。也因为有这几句文字,笔者可确认剧中男主角是张真,与文林阁本同,故事底本同源,而非"刘真"、"张珍"。于此也可看出与众不同之处,女主角是鲤鱼精,金牡丹只是重要配角,所以旦扮鲤鱼精,贴扮金牡丹,在文林阁本中旦扮鲤鱼精在第十出"鲤鱼变化"才出场,有自报家门,之前旦扮张真之母,这也是一个特例。

接着旦唱【驻马听】:"上告郎君,不必忧心战战兢。且喜更阑人静,万籁无声,又没个人行。且喜爹娘睡沉沉,特来陪奉郎。"

按:此数句,《乐府菁华》本同。玉树英本以下缺叶,以《乐府菁华》本"君寝"直接补接"特来陪奉郎"。

君寝。(合)不必沉吟(重),青春易过当三省。

【前腔】(生)听我言情,说出言词不忍闻。又道是闺门不出,私自前行,败坏人伦。岳丈岳母倘知闻,这场羞辱如何忍?(合)又道是孔子谆谆(重),娶而不告当三省。

【前腔】(旦)再听言情,今日莫说奴与君子,就是大舜当年不告亲。此乃是前分定,绾系赤绳,休得要错过青春。敢问君子,今年贵庚多少?(生)我今年一十八岁,你岂不知道?(旦)我岂不知道你十八岁那日进我家来，爹爹说道：若要洞房花烛夜，除非金榜挂名时。此去若得侥幸，夫妻就有期了。倘然不中，却不是三年了；三科不中，却不是九年了。为人在世，有几个十八岁？只想日月逝矣，岁不□，呜呼老矣，是谁之愆？前程万里在青云，何时得遂标名姓？（合前）不必沉吟（重），青春易过当三省。

【前腔】（生）一点丹心，好似葵花向日倾。莫学当年秦氏，避却双亲，私自前行。就是夜奔文君伤风败俗坏人伦，致令千载标名姓。（合前）又道是孔子谆谆（重），娶而不告当三省。

【前腔】（旦）再告郎君，树欲静时风不休，我今背却双亲，夜本书馆，出乖弄丑，若还佳期不成就，张郎呵，今生休想共鸳枕？（合前）不必沉吟（重），青春易过当三省。

【前腔】（生）再听因伊，娘行何事见识迷？正是不告父母，怎谐匹配，私自胡为，休把纲常废。你那里，花言巧语相调弄，我这里，心猿意马牢拴紧。（合前）又道是孔子谆谆（重），娶而不告当三省。（旦）敢问官人，你还思想夫妻有期，不思量若要夫妻后去相会？今夜成就便罢。若不从，我去寻个自尽罢了。（生）且住了。他吊死不打紧，后去那讨这样好小姐？

【水红花】（旦）百年此夜做夫妻，会佳期，同谐连理。如鱼似水两相宜，和你效于飞也啰。还有句话对你说明。明日是我家父寿旦之日，厅堂递杯，你伸手出来，摄我一下。（生）岳丈岳母见了，怎么了得？（旦）正要他知道。那时将你赶回去，我走在中途，来与你双双回去侍奉公婆，就是夫妻长远。（并下）

村中连理共枝栽，野外闲花遍地开。
百年夫妻今宵合，这段姻缘天上来。

此鲤鱼精幻化女形引诱书生的故事，至少也流传了400多年，在民间长期有戏曲演出。20世纪50年代，此故事经改编，把鲤鱼精塑造成一个追求美好爱情、甘愿舍弃天堂生活、忍受人间痛苦的多情女子形象。如湘剧有《鱼篮记》，京剧有《碧波潭》，一名《碧波仙子》，越剧有《追鱼》等，《追鱼》还摄制了影片。

四、《伯喈长亭分别》《伯皆上表辞官》《伯皆书馆思亲》《五娘剪发送终》《伯皆中秋赏月》《五娘描画真容》《牛氏诘问幽情》《牛氏拒父问答》《伯皆书馆相逢》

卷一下栏:《伯喈长亭分别》《伯皆上表辞官》《伯皆书馆思亲》《五娘剪发送终》《伯皆中秋赏月》《五娘描画真容》《牛氏诘问幽情》《牛氏拒父问答》《伯皆书馆相逢》九出(以上原刻“皆”字即“喈”),题《琵琶记》。元高明《琵琶记》是很重要的南戏作品,约作于元至正十七年至十九年之间。明徐渭《南词叙录》“宋元旧篇”著录《赵贞女蔡二郎》,曰:“即旧伯喈弃亲背妇,为暴雷震死。里俗妄作也。实为戏文之首。”又曰:“永嘉高经历明,避乱四明之栎社,惜伯喈之被谤,乃作《琵琶记》雪之。”[①]清嘉庆年《瑞安县志》亦云:“除福建行省都事,道经庆元,方国珍欲留置幕下,不从。即日解官,旅寓鄞之栎社沈氏楼,因作《琵琶记》。明太祖闻其名,召之,以老疾辞。”[②]所谓的“解官”,是指至正十七年元廷除授高明为福建行省都事,高明赴任途经庆元。明年方国珍叛元,欲强留高明,高明不从,也就无所谓赴任之事了。

高明《琵琶记》流传颇广且久,惜原本不传,在明代刻本很多,约有近30种,很复杂,民间戏班亦常演不衰。有所谓“古本”、“通行本”、“选刊本”三大类。本编的三种万历年“选刊本”,都是残卷,有阙叶:《大明天下春》残卷没见有《琵琶记》选出,《乐府玉树英》残卷见有九出,《乐府万象新》残卷见有四出;又有嘉靖年的《全家锦囊》(以下简称“锦囊本”)卷一之《伯皆》,可作为选刊本的代表。“通行本”比较多,是以流行本改定的本子,以明汲古阁本为代表。所谓“古本”或“元本”,也只能看作是比较接近“原本”的本子,比较少,以清陆贻典抄本为代

① 徐渭:《南词叙录》,《中国古典戏曲论著集成三》,中国戏剧出版社1959年版,第250、239页。

② 清嘉庆《瑞安县志》卷八《高明传》。

表。“玉树英本”的九出戏,属万历年民间戏班流行演出的梨园本,保留有当年民间演出的风貌,是由民间戏班的艺人经过加工改造的作品,为适应演出的需要和满足观众的审美趋向而作的改造,是一份珍贵的弋阳腔演出《琵琶记》的文献资料。兹以“锦囊本”、“陆贻典抄本”、“汲古阁本”与“玉树英本”作比较,以显万历年民间选刊本的特点和演出风貌。

《伯喈长亭分别》(原刻目录作《赵五娘长亭送别》),清陆贻典抄本为第五出《伯喈夫妻分别》(原不分出,亦无出目。为阅读计,钱南扬师的校注本分出,[1]卷首总目注明戏情。下同),汲古阁本亦为第五出《南浦嘱别》,锦囊本则为第五段“夫妇叙情”中的一部分。

玉树英本的曲牌为:【尾犯】“懊恨别离轻”、【本序】“无限别离情”、【前腔】“何曾,想着那功名”、【前腔】“儒衣才换青”、【前腔】“宽心虽待等”、【鹧鸪天】“万里关山万里愁”。

清陆贻典本和汲古阁本的第五出于【尾犯】“懊恨别离轻”前有【谒金门】至【川拨棹】数曲,汲古阁本还带【余文】,成完整的一套曲。从情节结构分析,以两套曲牌分前后两部分,也符合规律。玉树英本的选曲,便是后一套曲。比玉树英本晚十二年的《摘锦奇音》(有万历三十九年书临敦睦堂张三怀刻本)选刊中,即将此出分为两折,自【谒金门】至【川拨棹】为一折,写蔡伯喈与父母辞别,题《辞亲赴选》,【尾犯】至【鹧鸪天】亦为一折,写蔡伯喈与赵五娘辞别,题《长亭送别》。而在《玉谷新簧》《乐府菁华》《八能奏锦》《大明春》等选刊中也如《乐府玉树英》那样选后一折。因为这一折演蔡伯喈与赵五娘离别的情景令人同情。蔡伯喈赴选是无可奈何的,他见双亲年老,不忍离别,托付给娇妻奉养十分愧疚,新婚两月遽然分离,内心情感非常复杂。这样的生、旦当场的情感戏,观众特别欣赏。《琵琶记》第五出的“一出为二折”的演法,为大多数戏班在歌场沿袭下来,清乾隆年集折子戏大成的《缀白裘》也是如此作《分别》《长亭》两折。

---

① 钱南扬:《元本琵琶记校注》,上海古籍出版社 1980 年版。

玉树英本的此折戏，可以说明高明《琵琶记》在民间戏班的演出情况，先从其曲牌曲文的变化情况考察：

【尾犯】旦唱，“奴只虑高堂风烛不定”，陆贻典抄本无“奴”字，“风烛”前有“怕”字。汲古阁本无“奴”字。锦囊本没选此曲。

【本序】旦唱，即【尾犯序】，“两月夫妻，一旦孤冷”，“冷”字误。陆贻典抄本原亦作“冷”，钱南扬师据巾箱本改作“另”。汲古阁本作“另”。锦囊本作“泠”。古汉语“泠”，通“零”。汉《张公神碑》：“天时和兮甘露泠。”（《隶释》卷三）“此去经年，此去经年，望着迢迢玉京”，陆贻典抄本“此去经年”不作重句，无“着”字；锦囊本同陆贻典抄本；汲古阁本作“你此去经年，望迢迢玉京”。“思省，奴不虑山遥水远，奴不虑衾寒枕冷；奴只虑，公婆没主，只恐怕别儿容易见儿难，望断关河烟水寒。想时想得肝肠断，望时望得眼儿穿。肝肠断，眼儿穿，撇得你老人家一旦冷清清”，“只恐怕……撇得你老人家”数句为典型的曲中滚调（未注“滚”字），弋阳腔滚唱，一句紧一句的节奏，唱的是耳熟能详的俗语，将赵五娘的焦虑情绪抒发得淋漓尽致。陆贻典抄本“水”字作“路”，无“只恐怕……撇得你老人家”数句滚调文字；锦囊本同陆贻典抄本；汲古阁本“山遥水远”同，无滚调文字。

【前腔】生唱“何曾，想着那功名”，陆贻典抄本、锦囊本同；汲古阁本于“何曾”前有“我”字。“我有年老爹娘没奈何，望贤妻须索要为我好看承”，陆贻典抄本作“我年老爹娘，望伊家看承”；锦囊本同陆贻典抄本；汲古阁本同陆贻典抄本，然“年老爹娘”前无“我”字。很明显，玉树英本此二句为演出而改，为了更好地表现蔡伯喈的性格与操行。玉树英本下面的几句曲文则有较大的变化：

> （旦）解元，做媳妇事舅姑理之当然。毕竟……（生）五娘，卑人有一句笑话，休要见怪。（旦）有话，但说不妨。（生）五娘，卑人去后，休怨我朝云暮雨。（旦）解元，私室之情，也自罢了。你上无兄、下无弟，撇下年老爹娘，在家时节谁替你冬温夏凊？

此曲原应是生扮蔡伯喈唱，其中“做媳妇事舅姑理之当然。毕竟”，作旦扮赵五娘唱，似不妥当，视其语言风格应作旦念白较妥。下文“在家时节谁替你冬温夏清”（冬温夏清：冬天使父母温暖，夏天使父母凉爽。《礼记·曲礼上》“凡为人子之礼，冬温而夏清”），这句改得较好，为表现赵五娘体贴丈夫的情感，为了表现人物、考虑演出效果，民间戏班改动原词常有不顾格律的情况。陆贻典抄本、锦囊本、汲古阁本俱将“毕竟”二字从后，陆贻典抄本作生唱：“毕竟，你休怨朝云暮雨，只得替着我冬温夏清。”锦囊本“只得替着我”作“只替着我”；汲古阁本作“且为我”。三本俱无赵五娘插白。末二句“思量起，如何割舍得眼睁睁”，陆贻典抄本、锦囊本、汲古阁本“如何”后俱有“教我”二字。

【前腔】旦唱“儒衣才换青，快着归鞭，早办回程”，陆贻典抄本、锦囊本同，汲古阁本于句前有“你”字。“只怕你十里红楼，休得要重婚聘婷，叮咛”，陆贻典抄本、锦囊本俱无“只怕你”三字，“休得要重婚”作“休重娶”；汲古阁本无“只怕你”三字，“休得要重婚”作“休恋着”三字。“不念我芙蓉帐冷，也思亲桑榆暮景”，陆贻典抄本、锦囊本、汲古阁本“叮咛”从后，俱作“叮咛，不念我芙蓉帐冷，也思亲桑榆暮景”。“亲嘱付，知他记否？我这里言之谆谆，他那里听之漠漠，空自语惺惺”，陆贻典抄本、锦囊本俱作“亲祝付，知他记否？空自语惺惺”；汲古阁本作“我频嘱付，知他记否？空自语惺惺”。“嘱付”，应作“祝付”。钱南扬师曰：“祝有‘丁宁’之义，故宋人‘切嘱’、‘至嘱’之‘嘱’往往作‘祝’。如《朱文公文集》卷四十四《与方伯谟》：‘千万留意，至祝，至祝！’”[①]玉树英本于此增两句旦唱曲文“我这里言之谆谆，他那里听之漠漠”，似乎也是加滚唱的，很有意思，因为五娘在叮咛他时，增出一个小情节，蔡伯喈竟然走去跟诸友讲话，将妻子五娘丢在一旁了。这里主要是用念白来表现的，见下文。

【前腔】生唱“五娘，宽心虽待等，说甚么红楼偏有意，那知我翠馆实无情，我岂肯恋花柳，甘为萍梗？”陆贻典抄本作“宽心须待等，我肯

---

① 钱南扬：《元本琵琶记校注》，上海古籍出版社1980年版，第43页注二三。

恋花柳，甘为萍梗?”汲古阁本亦无第二、三句，首句作“娘子，你宽心须待等”；锦囊本作“宽心须待等，肯恋花柳，甘为萍梗?”此三本俱无“说甚么红楼偏有意，那知我翠馆实无情”二句，此二句似为滚唱。“只怕万里关山，那更有音信难凭”，陆贻典抄本、汲古阁本同，锦囊本“那更有”无“有”字。“须听，没奈何分情破爱，谁下得亏心短幸”，陆贻典抄本于“没奈何”前有“我”字，“短幸”之“幸”，作“行”；汲古阁本同陆贻典抄本；锦囊本于“没奈何”前有“我”字，其他同玉树英本。“从今后，愁肠难诉，心事谁言？正是相思两处一样泪盈盈(重)”，陆贻典抄本末二句作“合头”，末句不作重句，“从今后”作“从今去”，无“愁肠难诉，心事谁言？正是”；锦囊本同陆贻典抄本；汲古阁本作“从今后，相思两处一样泪盈盈”，不作“合头”，不作重句。三本俱无“愁肠难诉，心事谁言?”，此二句似作滚唱。

【鹧鸪天】“(旦)万里关山万里愁，(生)一般心事两般忧。(旦)解元，妻子叮咛之言，非为别的，桑榆暮景亲难保，(生)五娘，不必拳拳致嘱，客馆风光怎久留？(下)(旦)他那里谩凝眸，正是马行十步九回头。归家只恐伤亲意，搁泪汪汪不断流。(下)”

按：此乃以【鹧鸪天】引子代尾，曲情哀怨。场上演出与文本不同，生、旦轮唱改为旦、生轮唱，切合人情，离情更浓。陆贻典抄本“万里关山万里愁”作生唱；“两般忧”作“一般忧”，“一般心事一般忧”作旦唱；“桑榆”作“亲闱”，“亲”作“应”，生唱“亲闱暮景应难保，客馆风光怎久留?”旦唱末四句不变，“搁”字作“阁”，“不断流”作“不敢流”。锦囊本基本同陆贻典抄本，曲牌却作“鹤冲天”，误；末句“阁泪汪汪不敢流”，作“各(阁)泪汪汪不断流”，“各”字误。汲古阁本亦基本同陆贻典抄本，然第三句作“桑榆暮景应难保”。

从以上曲牌曲文的比较分析来看，曲文变动很小，曲中有夹滚的文字，调节旋律节奏，对于表现人物的情绪，有较好的效果。

从此折戏的念白来看，陆贻典抄本只有一处，锦囊本亦只有一处，汲古阁本有四处，也不多。按演出的规律，搬上歌场演出，为使观众更好地理解剧情和欣赏表演，除了加滚以外，很自然会增加念白的，而且所增的念白文字若是诗白，一般也是吟唱的。因此，玉树英本所增加的念白很多，有曲前加白，曲后加白，更多的是曲中加白。这些念白大多由略知文字的艺人所为，有的很一般，为了引出即唱的首句曲文，有的为刻画人物而颇用心所作，演出效果较好。如【本序】“奴不虑山遥水远”句后一段：

> (生)敢莫虑卑人此去衾寒枕冷?(旦)解元，你妻子岂是那等人头?君此去姓名扬，结发夫妻岁月长。今年此日离门去，明年此日转回乡。奴不虑衾寒枕冷。(生)五娘，既不虑彼，也不虑此，你还虑着那一件来?(旦)解元，未曾起程，就先忘了。山遥水远岂伤心，不愁枕冷与衾寒。君去青云须有路，双亲年老靠何人?奴只虑公婆没主。公婆只生下一个孩儿，今日也要他去赴选，明日也要他去求名。公婆呵，只恐怕别儿容易见儿难，望断关河烟水寒。想时想得肝肠断，望时望得眼儿穿。肝肠断，眼儿穿，撇得你老人家一旦冷清清。(生)五娘，今朝离别好伤痛，别却双亲两泪盈。一心只要供甘旨，何曾想着那功名?【前腔】何曾，想着那功名?

这里所添加的念白和滚调，主要是为突出赵五娘的孝行，不虑夫妻分别，心中担忧的是那年老的双亲，蔡伯喈一旦不回，公婆的晚景也就不可想了。这样的念白为深入描写人物起到了很好的效果，同时又以念白引出生唱“前腔”。又如【前腔】“只怕你十里红楼，休得要重婚聘婷，叮咛”之后的念白：

> (生)五娘，叮咛甚的?(旦)解元，须则奴家不敢启君之念。不念我芙蓉帐冷，也思亲桑榆暮景。(内)蔡兄请行。(生)五娘，诸友等候多时，待我回他就来。(旦)思想男子汉真个心肠歹。我为妻子的不忍分离，送他到十里长亭，他与朋友讲话去了。把妻子丢在一傍，不采(瞅)不采(睬)。在家尚且如此，何况去到京城?虽然公婆嘱付他许多言语，未知他何如?亲嘱付，知他记否?我这里言之谆谆，他那里听之漠漠，空自语惺惺。(下)(生)(扯介)你为何有兴而来，没兴而回?五娘妻，适间诸友话长亭，娘行何事意沉吟?虽然别后相

思苦,暂时揾泪且宽心。五娘【前腔】宽心虽待等。

这里添加念白又带情节,很有情趣,使场上的表演活跃起来,又描写了赵五娘的心情变化。表演忽视了一个细节,蔡伯喈说"待我回他就来",应标"暗下"。赵五娘的念白、唱曲,夹滚调,结合起来表现此时此刻的生气,配合得严丝合缝,效果很好。这是戏班艺人的创造,对蔡伯喈后来重婚牛府的批评,而且安排赵五娘唱完"空自语惺惺"后即刻要下场,蔡伯喈情急,即忙扯五娘回来。戏还没有演完,五娘不能真的走了,也得顾及蔡伯喈的形象。

此折戏的梨园本,反映的是万历初期《琵琶记》流行歌场的基本演法,曲文变动较小,念白大量增加,按弋阳腔的演法加滚调。后面的几出戏也大致如此,择其特点述之。

《伯皆上表辞官》(原刻如此,"皆"即"喈",下同,原刻目录作"蔡伯皆上表辞官"),清陆贻典抄本为第十五出"伯喈辞官辞婚不准"(按钱南扬校注本),汲古阁本为第十六出《丹陛陈情》,锦囊本则为第十二段"黄门接诏",有较多删曲。

玉树英本的曲牌为:【北点绛唇】"夜色将阑"、【北混江龙】"官居宫苑"、【点绛唇】"月淡星稀"、【神仗儿】"扬尘舞蹈"、【滴溜子】"臣邕的"、【入破第一】"议郎臣蔡邕启"、【破第二】"重蒙圣恩"、【衮第三】"但臣亲老"、【歇拍】"不告父母"、【中衮第五】"臣享厚禄"、【煞尾】"他遭遇圣时"、【出破】"若还念臣有微能"、【神仗儿】"彤庭隐耀"、【滴溜子】"天怜念"、【前腔】"今日里"、【啄木儿】"我亲衰老"、【前腔】"你何须虑"、【三段子】"这怀怎剖"、【归朝欢】"他名为家宰"、【尾声】"譬如四方战争多征调"。

陆贻典抄本、汲古阁本、锦囊本与其曲文基本相同,异字很少,大多无关意义。主要的不同处有两处:

如第二支【神仗儿】曲,玉树英本作"彤庭隐耀,彤庭隐耀,见祥云缥缈,想黄门已到。料应重瞳看了,多应是,念我,私情乌鸟。颙望断九重霄"(末句应作重句)。而陆贻典抄本、锦囊本、汲古阁本首二句俱作“扬尘舞蹈，扬尘舞蹈”。又玉树英本“多应是，念我，私情乌鸟”，犯格，据《九宫正始》黄钟“神仗儿”条，“念我”句应为四字；汲古阁本同玉树英本；陆贻典抄本、锦囊本俱作“多应是，哀念我，私情乌鸟”，“哀念我”作三字，亦犯格。玉树英本第一支【神仗儿】“扬尘舞蹈，扬尘舞蹈，遥瞻天表，见龙鳞日耀。呎尺重瞳高照，(末)有何文表，就此呈奏。(生)遥拜着赭黄袍(重)”，这里也有问题，把“呎尺重瞳高照”句后的三、四、四句全省了。汲古阁本同玉树英本；陆贻典抄本于“呎尺重瞳高照”后作“何文字，只须在此，一一分剖”；锦囊本作“有何文表，只虽在此，一一分剖”(“有”字作衬字)。此二本俱作三、四、四句格。玉树英本用黄门的念白替代了三、四、四句格。这里的不同可以看作是民间戏班搬演戏文的常见做法。

又如【归朝欢】“(生)他名为家宰，实为寇仇，格得我怒气吽吽，悲悲切切。你就是冤家的，冤家的，苦苦见招。俺媳妇埋怨怎了？饥荒岁，饥荒岁，怕他怎熬？俺爹娘的怕不做沟渠中饿殍”，【尾声】“(末)状元，譬如四方战争多征调，从军远征沙场草，也只是为国忘家怎惮劳？”陆贻典抄本、锦囊本同，其中没有“他名为家宰，实为寇仇，格得我怒气吽吽，悲悲切切”四句，汲古阁本将“譬如四方战争多征调”三句不作“尾声”而作“前腔”。作“前腔”误，作“尾声”可。《九宫正始》黄钟宫“归朝欢”条，“按：此调之末三句句法与中吕宫【三句儿煞】相似，故今人或有尾声唱之者。按元词此调不用尾声者居多，设使用之，必择句法稍别者方可”。[①]玉树英本此曲，“俺爹娘的怕不做沟渠中饿殍”应为七字句，其中“怕不做”、“中”为衬字，“他名为家宰，实为寇仇，格得我怒气吽吽，悲悲切切”非本调句格，实为增句，作滚调唱。

玉树英本中有两处异字，也是值得注意的。如第二支【滴漏子】的【前腔】中的末句“传降听剖”之“传”字，汲古阁本同，陆贻典抄本、锦囊本俱作“临”字。又黄门官定场白中的“主德无瑕阉宦习，天颜有喜近

① 钮少雅、徐于室：《南曲正宫九始》第一册黄钟【归朝欢】，见《历代曲话汇编》，黄山书社2008年版，第31页。

臣知”，其“阉”字，陆贻典抄本、锦囊本、汲古阁本俱作“因”字。更为重要的是，三本俱有的所谓的“黄门赋”，玉树英本全删。这段“黄门赋”，是700多字的长篇吟诵文，描画宫廷景色，虽说文词还算通俗，但与剧情并无多大关系，为演出考虑，常被删去不演。

此出戏增加的念白，极为通俗，贴近观众欣赏趣味，同时也为后人折射了当时民间戏班演出的舞台场景。选阅二例：

【神仗儿】(生)彤庭隐耀(重)，下官举目一看，忽然见那一朵祥云，就相似我家乡一般。见祥云缥缈，下官今日进此两封奏章。我想将起来，本上写得十分严切。上写八旬父母，两月妻房，圣上若见，必然是准的。如今想黄门到了。想黄门已到，黄门将我表章转达圣上，万岁必然把我表章，龙案展开观看。料应重瞳看了，圣上看我辞官那一封表章，还不紧要。若看到辞婚的表章，万岁乃仁德之君，多应是，念我，私情乌乌。颙望断九重霄。黄门已将我奏章传达，未知圣意允否？不免乘闲祷告天地一番。

【前腔】(末)状元，你做官与亲添荣耀，高堂管取加封号，与你改换门闾偏不是好？(生)黄门大人，那穿绿袍系银带者，是谁？(末)此乃是杨给事。(生)穿紫袍系金带者，是谁？(末)状元，是你令岳丈牛太师了。(生)既是牛太师，待下官与他诘奏。(末)状元，他乃一朝之家宰，你不过新进之书生。焉敢与他诘奏？

前例【神仗儿】曲中蔡伯喈的念白，表现的是蔡伯喈呈上奏章后，静候圣旨时的自得心情，被刻画得毕肖其人。后例为此戏结尾部分【三段子】的【前腔】曲后蔡伯喈与黄门官的对话，极有意味，蔡伯喈的书生性格跃然而出。

《伯皆书馆思亲》(原刻目录作“蔡中郎书馆思亲”)，清陆贻典抄本为第二十三出“伯喈思家”(按钱南扬校注本)，汲古阁本为第二十四出《宦邸忧思》，锦囊本则为第二十段“书馆清幽”。

玉树英本的曲牌为：【喜迁莺】“终朝思想”、【雁鱼锦】“思量，那日离故乡”、【前腔】“思量，幼读文章”、【前腔】“悲伤，鹭序鸳行”、【前腔】

“几回梦里”、【前腔】(补书)“谩悒怏”、【余文】“千思想”。

此出戏的曲牌曲文在《九宫正始》“正宫”中都有例曲可查证,与陆贻典抄本、锦囊本、汲古阁本亦基本相同,曲文异处很少,即使有也大多是衬字,无碍曲意。如【喜迁莺】曲,“闷在心上”之“闷”字,锦囊本同,而《九宫正始》、陆贻典抄本、汲古阁本俱作“人”字;“那里是我家乡”,《九宫正始》、陆贻典抄本、锦囊本、汲古阁本俱作“那是家乡”;玉树英本只是加了衬字“里”、“我”而已。如【雁鱼锦】曲,“教他好看承,我年老爹娘”,《九宫正始》、陆贻典抄本、汲古阁本俱作“教他好看承,我爹娘”;锦囊本却作“教他好看承,爹娘”;玉树英本加了衬字“年老”。“料他们有应不会遗忘”,《九宫正始》、陆贻典抄本、汲古阁本俱无“有”字,“们”作“每”字,通;而锦囊本却无“们”字,有“有”字;玉树英本加了衬字“有”。“闻知道饥与荒”,《九宫正始》、陆贻典抄本、锦囊本、汲古阁本俱无衬字“道”。下文玉树英本增一句“闻知道我那里饥与荒”。“他老望不见信音传却把谁倚仗”,锦囊本作“望不见信音传却把谁倚仗”;《九宫正始》作“若望不见信音却把谁倚仗”;陆贻典抄本同,按律,“若”字、“却把”应作衬字;汲古阁本基本同陆本,“信音”前加衬字“我”。于此可见,玉树英本为坊刻的民间流行演出本,但念白增加很多,曲文中也增有不少的衬字,因曲与曲被念白隔离了,为了连接自然曲中增衬字也有调节作用。

以下所谓的“前腔”曲文情况,大体上也是这样,因没有改变原意,就不作例证了。

需要说明的问题,是集曲【雁鱼锦】(“鱼”或作“渔”)的结构。据《九宫正始》第二册正宫和吴梅《南北词简谱》卷五,对此集曲有详细的诠释。按律,分五段,实际应当作一支集曲,通篇不可重韵。此集曲创自《琵琶记》,即此调,其后有多种戏文、传奇模仿,皆以此抒写情思,很能感动读者和观众。多种曲谱载此调,且注所集小牌。《九宫正始》析此集曲(所注小牌略):一为【雁过声】,二为【二犯渔家傲】,三为【雁鱼序】(俗名:二犯渔家灯),四为【渔家喜雁灯】(俗名:喜渔灯犯),五为【锦缠雁】(俗名:锦缠道犯)。钱南扬师认为:“明改本虽分五曲,后四曲都题‘前腔’,误。”[①]钱南扬校注本即据《九宫正始》分五段,补题犯调。明改本题“前腔”,肯定是不对的,因为不是前腔。明刊戏曲选刊《大明春》卷四有《琵琶记》之《书馆思亲》一出,第一支题“雁鱼锦”,后题三支“前调”,有“余文”;其中,将第四支“谩悒怏……”接在第三“前调”之后,故没有第四“前调”。所谓“前调”即“前腔”,这样做也不对。汲古阁本《琵琶记》之《宦邸忧思》第一支题“雁鱼锦”,后四支题“前腔”。锦囊本所录此曲,仅题“雁鱼锦”,不题“前腔”,是习惯的做法,也是一种谨慎的做法。明刊戏曲选刊《乐府红珊》卷七亦有《琵琶记》之《书馆思亲》,其分四段同《大明春》,但题“雁鱼锦”、“一解”、“二解”、“三解”、“余文”,这种做法稍见明智。清叶怀庭订谱时,不取“犯牌”,不题“前腔”,仅分五段,亦为避免误会。玉树英本此出戏分五支,第一支题“雁鱼锦”,后四支题“前腔”,且在最后有“余文”一支,云:“千思想,万忖量,若还得见俺爹娘,办一炷明香答上苍。”此“余文”与《大明春》《乐府红珊》和锦囊本的“尾声”相同(字稍异)。因为锦囊本和明万历戏曲选刊,都是据民间流行的坊本刻录的,此“余文”或“尾声”在陆贻典抄本中是没有的,是民间戏班艺人为演出需要而增加的。

玉树英本增加了很多念白,是为了演出需要,整出戏蔡伯喈一人独唱六支曲,观众会腻烦的,演员也累,如此适当增加念白表演,既可用通俗的语言诠释曲文,推动剧情发展,又能以感人的言语打动观众,引发观众对蔡伯喈的同情。如【雁鱼锦】中增加的念白就起到了这样的作用:

> 【雁鱼锦】(生)思量,那日离故乡。父爱子指日成龙,母念儿终朝极目。张太公有成人之美,每重父言;赵五娘身虑孤单,惟顺姑意。那些不是真情密爱?记临岐送别多惆怅,五娘送我到十里长亭南浦之地,二人执袂叮咛,欲离未忍,携手共那人不厮放。我与他徘徊眷恋,岂为夫妇之情,无非为我爹

① 钱南扬《元本琵琶记校注》第二十三出注二,曰:“【雁渔锦】一套五曲,调各不相同,原不分题,总称‘雁渔锦’。现在据《九宫正始》册二正宫引补题。明改本虽分五曲,后四曲都题‘前腔’,误。”

> 娘而已。教他好看承我年老爹娘，五娘子见我把亲帏嘱托与他，当时回言得好。她道妇事舅姑之理，岂待我言。五娘乃是信实之妇，岂肯负我临行之嘱？料他们有应不会遗忘。伯皆今日心下怎么焦躁得紧？呀，今日早上朝忽见杨给事手擎一本。我问他，何本？他道是贵处陈留郡，上干旱奏章。我问他，本上如何道？他说老弱转于沟壑，少壮散于四方。伯皆听得此言，唬得我魂不着体。闻知道饥与荒，别处饥荒犹可，惟我陈留饥荒，伯皆撇下父母在堂，上无兄，下无弟，年老爹娘犹如风前烛、草上霜一般，朝不能报暮。闻知道我那里饥与荒，我的爹娘呵，只恐怕捱不过岁月难存养。记得临行之时，我娘道：儿，你既然难割舍老娘前去，将你里襟衣服过来，待我缝上几针在上面，到京城见此针线如见老娘，两泪汪汪。他道：慈母手中线，游子身上衣。岂知五娘在傍回道：婆婆临行密密缝，意恐迟迟归。谁知此言信矣。老娘道：要解娘的愁烦，须早寄音书回转。今吕布把守虎牢关，纵有音书难寄，他老望不见信音传却把谁倚仗。

这支曲实际是所集的【雁过声】全曲，其中所夹的念白很多。蔡伯喈在回忆离家赴京时的情景，他不忍离家的原因，最放心不下的是年老的爹娘，而不是结婚才两月的妻子五娘，所以执着五娘的手不忍放。但是直接说出的是不为夫妻之情而为爹娘而已。编写念白的作者表现的就是封建伦理之中的最重要的“孝”道，他不忍放松妻子的手，就望妻子看承好爹娘。五娘孝侍公婆也是封建伦理极力颂扬的事，五娘是信实之人，事舅姑乃媳妇本分。蔡伯喈见五娘从伦理上接受了嘱托，才放心下来。南浦嘱别，重点在“嘱托”，而不是夫妻别离之情，念白道出了曲文所含的“真情”。第二，仅“闻知道饥与荒”几个字的唱，不能表现出蔡伯喈的担忧之情，所以用念白添加看见杨给事上陈留郡干旱奏章的事，描写蔡伯喈由焦躁而后被唬得魂不附体，他想到的还是爹娘的安危生死，音信难通，十分悲伤。这里描写他对父母的思念和牵挂，是很动人的。第三，在封建社会，在父母之前，夫妻感情永远处在第二位。他对妻子的情感，只能在后文面对牛氏的曲文中描写他的思念。民间戏班在演出《琵琶记》时，在通俗化和感动人方面做了不少的努力,增添念白是最简易而有效的方法。

《五娘剪发送终》(原刻目录作“赵氏女剪发葬亲”),残卷原阙第十六、十七两叶。清陆贻典抄本为第二十四出“五娘剪发卖发”(按钱南扬校注本),汲古阁本为第二十五出《祝发卖发》,锦囊本则为第二十一段“五娘剪发”。本编《乐府万象新》卷二下栏有《五娘剪发送终》,与玉树英本比对,可见戏班流行本面貌。

玉树英本的曲牌为:【金珑璁】“饥荒先自窘”、【香罗带】“一从鸾凤分”、【前腔】“思量薄幸人”、【前腔】“堪怜愚妇人”、【临江仙】“连丧双亲”、【梅花塘】“卖头发”、【香柳娘】“看青丝细发”、【前腔】“只得阐阓起来”、【前腔】“你儿夫曾托赖……止不住各泪”,以下阙。

玉树英本与万象新本基本相同,与锦囊本相近,与陆贻典抄本、汲古阁本有些不同。比对中五本相同者不录,一般念白基本相同不录。

【金珑璁】“独自怎支分”,万象新本同,锦囊本“分”字作“挡”;陆贻典抄本、汲古阁本“独”字前有“身”。“我衣衫都解尽”,万象新本、锦囊本、汲古阁本俱同;陆贻典抄本“衣”字前无“我”,“解”字作“典”。“首饰没分文”,万象新本、锦囊本同;陆贻典抄本、汲古阁本“没”字前有“并”。“无计策只得剪香云”,万象新本、锦囊本、汲古阁本俱同;陆贻典抄本“剪”字前无“只得”二字。《蝶恋花》词,锦囊本无;“远照乌云”,万象新本、汲古阁本同;陆贻典抄本“远”字作“空”。“掩映蛾眉月”,万象新本同;陆贻典抄本、汲古阁本“蛾”字作“愁”。“都来分付青丝发”,万象新本同;陆贻典抄本、汲古阁本“都来”二字作“一齐”。

念词后定场白有不同。“奴家前日婆婆死了”,万象新本同;陆贻典抄本、锦囊本作“奴家在先婆婆没了”;汲古阁本作“奴家前日婆婆没了”。“多蒙太公赒济”,万象新本同;锦囊本作“却是张太公周齐”(“齐”当作“济”);陆贻典抄本作“却是张大公周济”;汲古阁本作“已得张太公周济”。“如今公公又没了”,万象新本、汲古阁本同;陆贻典抄本“又没了”作“又亡过了”,锦囊本作“又亡”。“无钱资送”,万象新本、陆贻典抄本、汲古阁本俱同,锦囊本无此四字。“难再去求他”,万象新本同;锦囊本作“难再求他”;陆贻典抄本作“难再去求张大公”;汲古阁本“求他”作“求告他”。“我思想起来没奈何”，万象新本无此句；汲古阁本于此句末有“了”字；陆贻典抄本作“寻思起来没奈何”；锦囊本作“寻思没奈何”。“只得剪下头发卖几贯钱钞”，万象新本“只得”作“不如”；“虽然这头发值钱不多，只将来做个由儿，苦”，万象新本同；锦囊本无此二句；汲古阁本作“虽然这头发值钱不多，也只把他做些意儿，恰似教化一般，苦”；陆贻典抄本作“虽然这头发值不得惹多钱，也只把做些意儿，一似教化一般”。“正是：不幸丧双亲……”，万象新本、锦囊本、陆贻典抄本俱同，汲古阁本无“正是”二字。

【香罗带】“妆台懒临生暗尘”，万象新本、锦囊本、汲古阁本俱同；陆贻典抄本“懒”字作“不”。“那更钗梳首饰典无有也”，万象新本、锦囊本同；陆贻典抄本、汲古阁本“无有”作“无存”。“如今有剪你资送老亲”，万象新本、陆贻典抄本、汲古阁本俱同；锦囊本“资”字前有“来”。“怨只怨结发的薄幸人”，万象新本、汲古阁本同；锦囊本、陆贻典抄本“怨只怨”作“只怨着”。

【前腔】“辜奴此身”，万象新本、陆贻典抄本、汲古阁本同；锦囊本“奴”字前有“负”。“欲剪未剪教我先泪零”，万象新本、汲古阁本同；陆贻典抄本“先泪零”作“珠泪零”，锦囊本作“珠泪倾”。“我当初早披剃入空门也”，万象新本、陆贻典抄本、汲古阁本俱同；锦囊本“当初”前有“何不”二字。“兀自无埋处”，万象新本、汲古阁本、锦囊本俱同；陆贻典抄本“兀自”作“骨自”。“说甚么头发愚妇人”，万象新本、陆贻典抄本同；锦囊本“头发”前有“没”字，汲古阁本“头发”前有“剪”字。

【前腔】锦囊本无此“前腔”；“单身又贫”，陆贻典抄本、汲古阁本同；万象新本“贫”字作“穷”。“却将堆鸦髻”，万象新本同，误，字书无此字，应作“髻”，陆贻典抄本、汲古阁本、锦囊本俱作“髻”。“鹤发亲”，万象新本、汲古阁本同；陆贻典抄本作“白发的亲”。

【临江仙】“只得剪下香鬟”，万象新本、汲古阁本同；陆贻典抄本、锦囊本“香鬟”作“香云”。“非奴苦要孝名传”，万象新本、陆贻典抄本、汲古阁本同；锦囊本“名”字作“多”，误刻。

【梅花塘】各本于此曲前有念白“头发既已剪下，免不得将去街坊货卖。穿长街，抹短巷，不免叫一声‘卖头发，卖头发’”。各本于此曲后又有念白“怎的都没人买?”于此曲文中间玉树英本有插白、夹白，而他本没有，同样是万历戏曲选刊的万象新本也没有，说明当时戏班演出亦各有各的演法。且引录玉树英本【梅花塘】曲白相间的演法。

> (旦)卖头发，(末)那妇人卖头发，什么样价值?(旦)长官，自古道送饭送与饥人，说话说与知音。宝剑付与烈士，红粉赠与佳人。你那里买，我这里卖，两下的休论价。念我受饥荒，囊箧无些个。(内)丈夫那里去了?因甚剪下头发?(旦)我丈夫若在家时节，也不要我妇人家抛头露脸，把头发长街货卖。丈夫出去，那堪连丧了公婆。(内)妇人或有父兄亲属，哀告他亦可。何必剪下头发?(旦)长官呵，奈我上无父兄倚靠，下无亲属可援，没奈何，只得剪头发卖钱儿，资送他。(内)这头发又焦又黄，只好鞭马缰，不用他。

曲文异文，如“你那里买，我这里卖”，为增句，他本俱无。“两下的休论价”，他本俱作“买的休论价”，锦囊本“价”写作“稩”。“那堪连丧了公婆”，万象新本、汲古阁本同;陆贻典抄本、锦囊本“堪”字作“更”。“奈我上无父兄倚靠，下无亲属可援”，为增句，他本俱无。“没奈何，只得剪头发卖钱儿”，万象新本、汲古阁本作“没奈何，只得剪头发”，陆贻典抄本、锦囊本“剪”字作“卖”。这里的两处增句，似作滚调。曲文之间的念白，使用了“内白”，与赵五娘作后场问答，调节了场上气氛，揭示了曲文背后的原因，可帮助观众理解剧情。疑“末”字，亦应作“内”字，后场提问的人不出场，或由末色在后场代作提问人。后文还有末出场，则扮剧中人张太公。

【香柳娘】“看青丝细发，看青丝细发”，万象新本同;陆贻典抄本、锦囊本、汲古阁本俱不作重句。“若论这饥荒死丧，这饥荒死丧”，万象新本同;陆贻典抄本、锦囊本无“若论”二字，“这饥荒死丧”不作重句;汲古阁本无“若论”二字，重句同。“当得恁狼狈”，万象新本、汲古阁本同;陆贻典抄本、锦囊本“恁”字作“这”。“况连朝受馁，连朝受馁”，万象新本、汲古阁本重句仍作“况连朝受馁”;陆贻典抄本、锦囊本“况”字后有“我”字,不作重句。

【前腔】“只得阑闽起来,阑闽起来”,当是赵五娘跌倒后慢慢站起时唱,作增句当放在前曲后,不当作为【前腔】首二句(首句格严),此首二句他本俱无,概以“往前街后街”作首句。“往前街后街”,陆贻典抄本、锦囊本同;万象新本、汲古阁本作重句。“并没人采”,万象新本、汲古阁本“没”字作“无”;陆贻典抄本、锦囊本作“并无人在”。“叫得我咽喉气噎”,当作衬字,应作小字,他本俱无。“我如今便死,我如今便死”,万象新本、汲古阁本同;陆贻典抄本、锦囊本不作重句,锦囊本于句末有“也”字。“暴露尸骸,谁人与遮盖”,万象新本、陆贻典抄本、汲古阁本俱于“尸”字前有“我”字;锦囊本于“尸”字前有“了我的”三字。“待奴将头发去卖(重)”,万象新本、汲古阁本无“待奴”二字;陆贻典抄本、锦囊本“待奴将头发去卖”之“奴”字作“我”,不作重句。“奴便死有何害”,万象新本、锦囊本同;陆贻典抄本、汲古阁本无“有”字。此曲后,末扮张太公上场,与赵五娘有一段对白,与他本亦基本相同。

【前腔】“你儿夫曾托赖,你儿夫曾托赖”,万象新本同,锦囊本句同,未作重句;陆贻典抄本题“前曲”,“托赖”作“付托”,不作重句,汲古阁本“托赖”亦作“付托”,作重句。“我怎敢违背”,万象新本同;锦囊本无“我”字;陆贻典抄本、汲古阁本作“我怎生违背”。“你无钱使用”,万象新本、陆贻典抄本、汲古阁本俱同;锦囊本作“你若无乎使用”,“乎”字当作“钱”。“我须当贷”,万象新本、锦囊本、汲古阁本俱同;陆贻典抄本“贷”字省作“代”(下文有“把钱相贷”可证)。“谁教你将头发剪下”,万象新本、锦囊本同;陆贻典抄本作“交你把头发剪了”;汲古阁本却作“你将头发剪下,将头发剪下”。“又跌倒在长街”,万象新本、陆贻典抄本、汲古阁本俱同;锦囊本无“又”字。“都缘是老夫之罪”,万象新本同;陆贻典抄本、锦囊本“老夫”俱作“我”字;汲古阁本“是老夫”亦作“我”字。“叹一家破坏,叹一家破坏”,万象新本同;陆贻典抄本、锦囊本不作重句。汲古阁本“破坏”作“破败”,作重句。“止不住各泪”,玉树英本此“泪”字下阙叶,万象新本作“止不住各泪盈腮,各泪盈腮”;锦囊本作“各泪满腮”,陆贻典抄本作“各出着泪”,汲古阁本作“各出珠泪”,以上三本俱不作重句。

兹据《乐府万象新》前集卷二《五娘剪发送终》补阙:

(接上“止不住各泪”)盈腮,各泪盈腮。

【前腔】(旦)谢太公可怜(重),把钱相贷,我公婆在地下亦相感戴,只恐奴身死也(重),兀自没人埋,蔡邕又不回。太公呵,谁还你恩债。(合前)(末)五娘子,你先到家去,我着小的送些布帛米谷之类,与你使用。(旦)如此多谢,公公代奴收了这头发。(末)咳,难得难得,这是孝妇的头发,剪来资送公婆,我留在家中,不惟传统做个话名。日后蔡伯喈回来将与他看也,使他惶愧。

多谢公公救妾身, 伊夫曾托我亲邻。
从空伸出拿云手, 提起天罗地网人。

万象新本“谢太公可怜”,陆贻典抄本、锦囊本“太公”作“公公”,不作重句;汲古阁本作“谢公公慷慨,谢公公慷慨”,“我公婆在地下亦相感戴”,陆贻典抄本、汲古阁本无“亦”字;锦囊本作“公婆泉下亦感戴”。“只恐奴身死也(重)”,汲古阁本同;陆贻典抄本、锦囊本“身”前有“此”字。“兀自没人埋”,汲古阁本同;陆贻典抄本、锦囊本无“兀自”二字。“蔡邕又不回”,他本俱无此句。“谁还你恩债”,陆贻典抄本、汲古阁本同;锦囊本“恩”字前有“的”。

由以上的比对分析,玉树英本与万象新本、汲古阁本近,而陆贻典抄本与锦囊本近,疑汲古阁本订定时曾较多参照戏曲选刊本。这说明明万历年间戏曲选刊本对明末的戏曲“订定本”有一定的影响。而陆贻典抄本与锦囊本似源自原刻本(或抄本),钱南扬师认为陆贻典抄本最接近于原本,是有一定道理的。

《伯皆中秋赏月》(原刻目录作“蔡伯皆中秋赏月”),残卷原阙第十六、十七两叶。故玉树英本“此夜。(贴)相公对此清虚境界,自觉神志清旷”之前部分阙,兹据万历新岁《词林一枝》本补全。清陆贻典抄本为第二十七出“伯喈牛小姐赏月”(按钱南扬校注本),汲古阁本为第二十八出

《中秋望月》，锦囊本则为第二十四段“中秋玩月”六支曲。

玉树英本残卷仅存：“此夜。(贴)相公对此清虚境界，自觉神志清旷”以下、【前腔】“光莹”、【前腔】“愁听”、【古轮台】“峭寒生”、【前腔】“闲评”、【余文】“你听那”。

《词林一枝》本卷三下栏《蔡伯皆中秋赏月》，自【生查子】“逢人曾寄书”起录，补录于此，供读者参阅，可与通行本自行比较，以知万历初戏班演出这出戏的情况，曲词改得很少，主要是增加通俗的念白，以及加滚。

【生查子】(生)逢人曾寄书，书去神亦去，今夜好清光，可惜人千里。(贴)相公，今夜碧天如洗，月色光辉，人人庆赏，户户讴歌。偏你愁怀悒悒，怨态沉沉。还是为着甚的？(生)夫人，月色有甚好处？(贴)你看玉楼绛气，卷霞绡云浪空光澄澈。丹桂飘香清思爽，人在瑶台银阙。(生)影透风帏，光窥罗帐。露冷蛩声切。关山今夜，照人几处离别。(贴)须信离合与悲欢，还如玉兔，有阴晴圆缺。便做人生长宴乐，几见冰轮皎洁。(丑)此夜明多，隔年期远，莫放金樽歇。(合)但愿人长久，年年同赏明月。(贴)惜春，将珠帘卷起，待我陪相公玩赏。好月色呵，真个令人可爱可赏。惜春，斟上酒来。要看明月今宵好，管教万里见婵娟。

【念奴娇序】(贴)长空万里，见婵娟可爱，(生)夫人，可爱甚的儿来？(贴)可爱秋风清，秋月明，落叶聚还散，寒鸦栖复惊。全无一点纤凝。正是月明银汉三千户，人醉金风十二楼。十二栏杆，光满处，凉浸珠箔银屏。偏称，身在瑶台，笑斟玉斝，相公，月白风清，如此良夜，怎不开怀畅饮？正是：西风吹散碧云天，近水楼台得月先。尘世难逢开口笑，良宵莫负遂心年。人生几见此佳景？(合)惟愿取，年年此夜，人月双清。

【前腔】(生)孤影，南枝乍冷，见乌鹊缥缈惊飞，正是月朗星稀，乌鹊南飞，绕树三匝，无枝可栖，那更栖止不定。(贴)那乌想是夜深投宿的，寻归旧巢。(生)夫人，你说旧巢，我又想起我少年读书之处，当此光景，到也幽雅呵！万点苍山，何处是修竹吾庐三径。(贴)相公，你寒窗勤苦，今日这富贵荣耀，绣阁珠楼，也不落下。(生)人各有所好。追省，人道中了状元夜，丹桂近姮娥。伯皆今日得中了状元呵，丹桂曾攀，(贴)丹桂相公扳了，姮娥在月宫，如何近得？(生)既蒙岳大大人不弃，把夫人招赘与下官，又得夫人相爱，把夫人当作姮娥相爱，夫人见我把姮娥比他，他就害羞，一笑而去了。看起今宵月，想起故旧情，故人千里外，同玩月华明。那故人千里谩同情。(合前)惟愿取，年年……

按:《词林一枝》之【生查子】，原作"山查子"，误。【生查子】为南吕引子，据《九宫正始》改正。"(贴)须信离合与悲欢"之"贴"，通行本皆作"净"。以上"西风吹散碧云天"四句和"看起今宵月"四句，似作滚调。玉树英本以"此夜……(贴)相公对此清虚境界，自觉神思清旷。【前腔】光莹"接上"合头""惟愿取，年年……"云云，乃由牛氏接唱"【前腔】光莹……"。

玉树英本残留的曲文，完整的有【念奴娇序】后两支"前腔"，【古轮台】带一支"前腔"和"尾声"。两支【念奴娇序】的"前腔"有带白和插白，风格近《词林一枝》本，【古轮台】及其"前腔"无带白和插白。兹录【念奴娇序】的两支"前腔"和念白：

【前腔】光莹，我欲吹断玉箫，乘鸾归去，不知风露冷瑶京？(丑)夜深了，好重露水。(贴)环珮湿，似月下归来飞琼。正是香雾云鬟湿，清辉玉臂寒。那更香雾云鬟，清辉玉臂，广寒仙子也堪并。(合前)惟愿取……(内吹笛介)(生)那里吹得甚么响？(净)乃是笛声。

【前腔】(生)愁听，那吹笛关山，又是甚么响？(丑)如今秋来天气，人家先整寒衣，送与出外征人。(生)那捣衣寄远，心下岂不伤感。正是吹笛秋山风月清，谁家巧作断肠声？敲砧门巷，月中都是断肠声。夫人，这离家的人呵，都是经年隔岁，人去远，几见明月亏盈。(贴)依相公说起来，这中秋月色，也有不喜他的。(生)惟应，边塞征人，深闺思妇，怪他偏向别离明。(合前)惟愿取年年此夜，人月双清，喜得人月双清。

按:在"【前腔】光莹……"前，有增句"(贴)相公对此清虚境界，自觉神思清旷"，陆贻典抄本、汲古阁本、锦囊本俱无增句。"前腔"二字，陆贻典抄本作“前腔换头”,是。汲古阁本仍作“前腔”。锦囊本例不书“前腔”二字,基本不录念白。此二曲曲文大同,仅二字有别,“乘鸾归去”之“乘”字,锦囊本、汲古阁本同,陆贻典抄本作“骖”字。“那吹笛关山”之“那”字,陆贻典抄本、锦囊本、汲古阁本俱无。这说明《琵琶记》在民间流行演出时,原曲文基本保持原貌,没有多大的改动。变动大的就是增加念白,此二曲原来是没有念白的,全是唱曲。此二曲增加的念白除了通俗化的效果外,又能增加曲文的情趣和意味。如“夜深了,好重露水”,用慢节奏念道,能引发静夜赏月的抑郁的情调。“香雾云鬟湿,清辉玉臂寒”,借用深入人心的杜甫的《月夜》的诗句,恰好表现牛氏追求温馨的夫妇之情,与伯喈的情调形成反差。又如“那捣衣寄远,心下岂不伤感。正是吹笛秋山风月清,谁家巧作断肠声”,借用的是李白《子夜吴歌·秋歌》的诗意,正与伯喈思家的伤感情绪相合。

至于接下的【古轮台】二曲,在场上表演的是欢乐歌舞,不宜停顿,也就不增加念白了。锦囊本未选录【古轮台】二曲。虽然曲文基本相同,亦有异文,如“万里清明”之“明”字,汲古阁本同,陆贻典抄本作“冥”。“皓魄十分端正”之“魄”字,陆贻典抄本、汲古阁本作“彩”。“斗柄与参横”之“柄”字,陆贻典抄本、汲古阁本作“转”。“银河耿耿”,陆贻典抄本、汲古阁本“耿”字不叠。“人世上有离合悲欢”之“上”字,汲古阁本同,陆贻典抄本无。“也有独守长门伴孤另”之“另”字,汲古阁本同,陆贻典抄本作“冷”。“广寒仙子娉婷”,陆贻典抄本、汲古阁本于句前有“有”字。“此夜果无凭”之“夜”字,陆贻典抄本、汲古阁本作“事”。“但愿人长永”之“永”字,陆贻典抄本同,汲古阁本作“久”。“庾楼玩月共同登”之“庾”字,汲古阁本作“小”,陆贻典抄本亦作“小”,然“玩”字作“看”。

最后的三句【余文】一处是异文,两处是衬字问题。“你听那声哀诉促织鸣”,锦囊本同,陆贻典抄本、汲古阁本无衬字“你听那”。“俺这里欢娱未罄”之“罄”字,汲古阁本同,锦囊本、陆贻典抄本作“听”。“却笑他几处寒衣织未成”,锦囊本、陆贻典抄本同,汲古阁本无“却笑”二字。

从此折残卷来看,民间戏班的演出本,对高明《琵琶记》原本还是很尊重的,曲文少些字有不同,但大多不伤原义,且异文不多,又有陆贻典抄本和汲古阁定本的存世,可资校勘。主要的意义是它增加念白的功效,不仅是通俗化和解释曲文的效果了,它还具有一定的文艺效果,使人物形象更为丰满,更具欣赏性,更能揭示原著的文艺价值。

《五娘描画真容》(原刻目录作"赵五娘描画真容"),清陆贻典抄本为第二十八出"五娘寻夫上路"(按钱南扬校注本),汲古阁本为第二十九出《乞丐寻夫》,"锦囊本"则为第二十五段"描画真容"。

玉树英本曲牌为:【胡捣练】"辞别到荒丘"、【新水令】"想真容"、【驻马听】"两月优游"、【雁儿落】"待画他瘦形骸"、【叠字锦】"非是奴家"、【三仙桥】"保佑奴身"、【清江引】"辞别张太公"(插【琵琶词】)、【忆多娇】"他魂渺漠"、【前腔】"承委托"、【斗黑麻】"多谢公公"、【前腔】"你儿夫"、【忆多娇】"山又高"、【前腔】"赵五娘离故乡"。

玉树英本受民间戏班演出影响很大,表现了场上演出与作家剧本的不同,主要体现在两个方面:一是曲牌曲文有较大的不同,出现了北曲,有的曲文是在原有的基础上重新整编的;二是出现了长篇说唱体的曲文【琵琶词】,由赵五娘弹唱,渲染了悲苦的基调。

曲牌曲文问题:【胡捣练】南双调引子,各本相同,有些曲谱注明即"捣练子",据《九宫正始》第七册双调引子,【胡捣练】误,当是【捣练子】,用的例曲恰好是此曲,曰:"辞别去,到荒丘,只愁出路煞生受。画取真容聊藉受,逢人将此免哀求。"[①]曲文与玉树英本不同的有:"辞别"后有"去"字,"途路"作"出路","苦哀求"作"免哀求"。玉树英本用"苦"比"免"字好,贴切苦情,演出动人。陆贻典抄本、汲古阁本同《九宫正始》,锦囊本作"去哀求",太一般,皆不及玉树英本,说明戏班演出很讲究场上效果。而《九宫正始》另有【胡捣练】曲,亦是南双调引子,用的例曲也是《琵琶记》的,曰:"嗟薄命,叹年艰,含羞和泪向人前,只

---

① 钮少雅、徐于室:《南曲正宫九始》第七册双调引子【捣练子】,见《历代曲话汇编》,黄山书社2008年版,第625页。

恐公婆悬望眼。”(陆贻典抄本第十六出、汲古阁本第十七出《义仓赈济》,略有异文。)

在唱南曲引子人物出场后,有较长的定场白,然后插用北曲小套,是弋阳腔、青阳腔常用的方法。玉树英本即插用北双调【新水令】、【驻马听】、【雁儿落】三曲,然后用南仙吕【叠字锦】曲过度到南南吕【三仙桥】。此曲后用【清江引】(此曲原为北双调,可借北为南使用)如同“隔尾”的作用,对以上的曲文和音乐结构作小收煞,间隔一节赵五娘与张太公的对白,然后插用赵五娘弹唱【琵琶词】。

【叠字锦】曲,非北曲,《太和正音谱》《北词广正谱》无此曲,《九宫大成南北词宫谱》北词中亦无此曲,仙吕宫南词中有此曲,并以《杀狗记》【叠字锦】为正格,曲曰:“兀的不是,误了人也么嗏。从早到如今,没饭难禁架。忍着饥饿,一步步前抄化。那堪此际,这般雪儿下。嗏,兀的不是,苦杀人也么天那!”此曲风格似北曲,是以北曲作法作南曲,玉树英本以此曲将北曲过渡到南曲,很觉自然妥帖。《九宫正始》以此曲归仙吕入双调,作正格,然曲文有异,并指出“认作【灞陵桥】,误”。而吴梅《南北词简谱》卷八将此曲归南双调,吴梅未列“仙吕入双调”。故从《九宫大成》归属南仙吕宫。

陆贻典抄本、锦囊本、汲古阁本比较看,实际上都是由此三本的【三仙桥】、【前腔】、【前腔】(锦囊本不题“前腔”)的曲文变化来的。

尤为明显的是锦囊本的新增之曲,不冠曲牌,似为【三仙桥】的【前腔】,但它与玉树英本的【新水令】等五曲有着可对应的关系,如“想真容未写泪先流”与【新水令】曲,“两月优游”与【驻马听】曲,“画得粉妆成就”与【雁儿落】,“全望公婆阴中相保佑”与【叠字锦】曲,“非我寻夫元游”与【三仙桥】曲,“只恐奴去后”与【前腔】曲。南北曲混接,曲文异文亦多,但锦囊本早于玉树英本,锦囊本对玉树英本的影响是很明显的,而且玉树英本南曲北曲分明,比锦囊本精细。

陆贻典抄本、汲古阁本二本虽然也没有玉树英本的北曲和【叠字锦】,但在曲文上与玉树英本仍有着一定的联系。玉树英本的曲文是新“编写”的,曲文无法对应比较,但有明显的相同处,当是由“原本”改编的。兹举几例一阅：

玉树英本："想真容未写泪先流"，二本："暗想象，教我未写先泪流"；玉树英本："要相逢又不能勾"，二本："要相逢不能勾"；玉树英本："两月优游，三五年来都是愁"，二本："两月稍优游，其余都是愁"；玉树英本："怎画得欢容笑口"，二本："也做不出那欢容笑口"；玉树英本："待画他肥胖些，这几年遭饥荒又落得容貌消瘦"，二本："我待画你个庞儿带厚，你可又饥荒消瘦"；玉树英本："也须是赵五娘的亲姑舅"，二本："须认得是赵五娘近日来的姑舅"；玉树英本："生时节作一个受饥馁的公婆，死后做一个绝祭祀的孤坟姑舅"，二本："生是受冻馁的公婆，死做个绝祭祀的孤坟么姑舅"。而【清江引】曲文"辞别张太公，谩说真容奴画的有，身背琵琶走，一路上唱词儿觅食度口"，则是从二本的【三仙桥】三曲后对白中概括来的。

以上的玉树英本的曲牌曲文变化很大，也很破格，但对于弋阳腔和青阳腔的演唱来说，问题也不是很大。接着是插进长篇说唱【琵琶词】，就是一个创举了。这在"古本"、"通行本"中是没有的。然在戏曲选刊本中比较多见，如在《词林一枝》卷三、《乐府红珊》卷十四、《大明春》卷四，有【琵琶词】全文。《摘锦奇音》目录中有【琵琶词】，正文阙。《玉谷新簧》卷五中栏"时兴妙曲"单列有【琵琶词】全文，说明它是当时流行的时调。明万历时人徐奋鹏曾改编《琵琶记》，题为《伯喈定本》，为三十出，第二十一出《沿途苦栖》中编录有【琵琶词】，其有眉批云："此词七言古风，悉乃原所传来者。"同样能说明它是当时流行的时调。可以认定的是，此说唱词为无名氏所作，或谓稍有文化的戏班艺人所作，万历年已风行，仅此而已。明嘉靖年的《风月锦囊》"正杂两科"刊有《新增赵五娘弹唱》"听奴诉言，孝哉闵子骞"云云，仅二十余句，有阙，与玉树英本很不同。但能说明民间流传有弹唱赵五娘故事的词文。明万历新岁的《词林一枝》刊有【琵琶词】，为能见到的最早的资料了，而各本所刊的【琵琶词】皆有异文，这是民间文学的特点。

以下是玉树英本【琵琶词】全文（括注为万历三十八年《玉谷新簧》本异文）：

琵琶词

试将曲调理宫商，弹动琵琶情惨伤。不弹雪月风花事，且把历代源流诉一场。混沌初分盘古出（“分”作“开”），三才御世号三皇。天生五帝相继续，尧舜心传夏禹王。禹王后代昏君出，乾坤大抵属商汤。商汤之后纣为虐（“商汤”二字漫漶），代罪吊民周武王（“代”作“伐”）。周室东迁王迹熄，春秋战国七雄强。七雄并吞为一国，秦氏纵横号始皇。西兴汉室刘高祖，光武中兴后献皇。此时有个陈留郡，陈留有个蔡家庄。蔡家有个读书子，才高班马饱文章。父亲名唤蔡崇简，母亲秦氏老萱堂。自家名唤蔡邕的（生下孩儿蔡邕氏），娶有妻房赵五娘（“娶有”作“新娶”）。夫妻新婚才两月，谁知一旦拆鸳鸯。只为朝廷开大比，张公相劝赴科场。苦被堂上亲催遣，不由妻谏两分张。指望锦衣归故里，谁知一去不还乡。自从与夫分别后，陈留三载遇饥荒。公婆受馁身无主，妻子耽饥实可伤。可怜三日无餐饭，幸遇官司开义仓。家下无人孤又苦，妾身亲自请官粮。奴去请粮粮有尽（谁知粮米都散尽），多谢恩官做主张。行到无人幽僻处，李正抢去甚慌张。奴思归家无计策，将身赴井泪汪汪。幸遇太公来搭救，分粮与我奉姑嫜。粮米克作二亲膳，奴家暗地自挨糠。不想公婆来瞧见，双双气倒在厨房。慌忙救得公苏醒，不想婆婆命已亡。自叹奴家时运蹇，岂知公又梦黄粱。连丧双亲无计策，香云剪下卖街坊。幸蒙太公施仁义，刻腑铭心怎敢忘。孤坟独造谁为主，指头鲜血染麻裳。孝感天神来助力，搬泥运土事非常。筑成坟墓神分付，改换衣裳往帝邦。画取公婆仪容像，迢遥岂惮路途长。琵琶拨调亲求食，敬往京都寻蔡郎。皋鱼杀身以报父，吴起母死不奔丧。宋弘不弃糟糠妇，黄允重婚薄幸郎。此回若得夫相见，全仗琵琶说审详（“审”作“端”）。从头诉尽千般苦，只恐猿闻也断肠。

以下的曲牌曲文，陆贻典抄本、锦囊本、汲古阁本相对来说，无甚变化，异文较少。如南越调【忆多娇】“我身没倚着”之“倚着”，陆贻典抄本同，锦囊本、汲古阁本作“依托”；“心怀绝壑”，锦囊本同，陆贻典抄本、汲古阁本作“教我怀夜壑”；“望太公看着”之“太公”，陆贻典抄本、锦囊本、汲古阁本俱作“公公”；“举目潇索”之“潇”字，汲古阁本同，陆贻典抄本作“消”，锦囊本误作“稍”。【前腔】“决不爽约”之“爽”字，陆贻典抄本、汲古阁同，锦囊本作“失”。南越调【斗黑麻】“多谢公公，便承允诺”，陆贻典抄本、锦囊本、汲古阁本“多”字俱作“深”；“便承允诺”，陆贻典抄本作“便辱许诺”，锦囊本作“便承许诺”，汲古阁本作“便相允诺”。“只愁途路远”之“愁”字，陆贻典抄本、锦囊本、汲古阁本俱作“怕”；“身体弱”，陆贻典抄本、汲古阁本作“体怯弱”，锦囊本作“身体怯弱”；“病染灾缠”，锦囊本、汲古阁本同，陆贻典抄本“灾缠”作“孤身”；“途路中滋味恶”之“途路中”，陆贻典抄本、锦囊本、汲古阁本俱作“路途”；“万愁怎摸”之“摸”字，陆贻典抄本、汲古阁本同，锦囊本作“么”。【前腔】“伊家此去”，陆贻典抄本、汲古阁本无“此”字，锦囊本作“你此去”。“须当审阁好恶”，陆贻典抄本、汲古阁本同，锦囊本“须”字作“虽”。“只怕你乔打扮”，陆贻典抄本、汲古阁本于“你”字后有“这般”二字，锦囊本作“只怕你这般乔妆打扮”。“他一贵，你一贫”，陆贻典抄本、汲古阁本同，锦囊本俱作“一贵一贫”。“由他将差就错”，陆贻典抄本、汲古阁本同，锦囊本俱作“怕他将错就错”。

各本至此结束此出戏，玉树英本又添【忆多娇】、【前腔】二曲，描写张太公送五娘登程上路。五娘唱【忆多娇】“山又高，水又长，山高水长离故乡。公婆孤坟望你看管，只愁奴身此去受凄凉”。张公、五娘合唱“对景悲伤，对景愁肠，泪洒西风两行”。张公唱【前腔】“赵五娘离故乡，肩挖两(疑是‘雨’字)伞寻蔡郎。身背琵琶脚步忙，只愁金莲窄小难行上”。两人又合唱“对景悲伤，对景愁肠，泪洒西风两行”。在场上一旦一末歌舞表演，悲情收场，戏既完整，情亦舒畅，观众满意，效果很好。原本此出戏很短，场上演出作了很多加工，前加北曲【新水令】小套，中间加弹唱【琵琶词】，末尾又添南越调二曲以歌舞收场，虽然都是为刻画人物服务,但终究是折子戏演出,取得最好的演出效果是最重要的。

《牛氏诘问幽情》(原刻目录作"牛夫人诘问忧情"),清陆贻典抄本为第二十九出"牛小姐盘夫"(按钱南扬校注本),汲古阁本为第三十出《瞯询衷情》,《全家锦囊》本则为第二十六段"伯皆自叹"。

玉树英本曲牌为:【菊花新】"封书远寄到亲帏"、【意难忘】"绿鬓仙郎"、【红衲袄】("衲"字原误作"纳",按曲谱改,下同)"你吃的是"(原阙叶,似【前腔】"我穿的是紫罗襕")、【前腔】"莫不是丈人行"、【前腔】"(滚)夫人端的细详情"、【江头金桂】"怪得你"、【前腔】"非是我"。

此出戏开首二引子和结尾的二曲,与"古本"、"通行本"基本相同,而其中间的【红衲袄】和三支【前腔】,与"古本"、"通行本"及锦囊本的关系就比较复杂,在曲文上有了比较大的改编,并且增加了"滚调"和念白,丰富了表现内容和表现手法,需要细加分析,领略其以折子戏为单元的演出效果。

我们先从开首二引子和结尾的二曲说起。

【菊花新】和【意难忘】是南中吕引子,作为男女主角的上场引子。曲文有少许字有不同,如【菊花新】蔡伯喈唱"忽见关河朔雁飞"之"忽"字,陆贻典抄本、汲古阁本、锦囊本俱作"又"。"争如我闷怀堆积"之"争如我",陆贻典抄本作"还如我",汲古阁本作"争似我",锦囊本作"如我"。【意难忘】牛小姐唱"眉颦应有恨",陆贻典抄本作"长颦知有恨",汲古阁本作"眉颦知有恨",锦囊本亦作"眉颦知有恨",然"恨"字误作"限"。"何事苦相妨"之"相妨",陆贻典抄本、锦囊本作"思量",汲古阁本作"相防"。"些个事"之"个"字,锦囊本、汲古阁本同,陆贻典抄本作"介"字。"试说与有何妨",陆贻典抄本、汲古阁本无"有"字,锦囊本"有"字作"又"。"只怕你寻消问息"之"只怕你",汲古阁本同,陆贻典抄本作"又只怕伊",锦囊本作"又怕伊"。二曲后皆有念白,锦囊本比较简略,陆贻典抄本、汲古阁本与之基本同。

【江头金桂】是仙吕入双调过曲。二曲的情况亦如此,曲文异文较少,如牛小姐唱【江头金桂】"终朝颙窨"之"颙窨",陆贻典抄本、锦囊本作“撷窨”，汲古阁本作“噘唔”，仅是字体异而已。“况那筹儿没处寻”，锦囊本同，陆贻典抄本、汲古阁本无“况”字。“瞒我作甚”，陆贻典抄本、锦囊本、汲古阁本俱在“瞒”字前有“你”字。“(滚)瞒我大无良，家中撇下老爹娘。久闻陈留遭水旱，如何捱得这饥荒。你自撇下爹娘媳妇，屡换光阴。你在此朝朝饮宴，夜夜笙歌。他那里倚门悬望，不见儿归。”此有“滚”字标明作“滚唱”，是玉树英本的增句，陆贻典抄本、锦囊本、汲古阁本俱无。“须埋怨没信音”之“须埋怨”，陆贻典抄本、锦囊本、汲古阁本俱作“他那里须怨着你”。“夫妻且说三分话”之“夫妻”，陆贻典抄本作“骨自道”，锦囊本作“尚骨自道”，汲古阁本作“兀自道”。“未可全抛一片心”之“未可”，锦囊本、汲古阁本同，陆贻典抄本作“不肯”。

接着蔡伯喈唱【前腔】“将人厮禁”之“人”字，汲古阁本同，陆贻典抄本、锦囊本作“你”。“几番要说又将口禁”之“几番”，锦囊本作“我”字，陆贻典抄本、汲古阁本无“几番”二字。“欲待要解下朝簪”，陆贻典抄本、汲古阁本作“我待解朝簪”，锦囊本作“我待解了朝簪”。“再图乡郡”之“郡”字，锦囊本同，陆贻典抄本、汲古阁本作“任”。“须遣我到家庭”之“庭”字，陆贻典抄本、锦囊本、汲古阁本俱作“林”。“双双两个归昼锦”，陆贻典抄本、锦囊本同，汲古阁本“个”字作“人”。“存亡未审”之“未”字，锦囊本、汲古阁本同，陆贻典抄本作“不”。

从念白看，首二曲后的念白，与陆贻典抄本、锦囊本、汲古阁本基本同，只是锦囊本删《生查子》词。后二曲间，陆贻典抄本、锦囊本、汲古阁本基本没有念白，而玉树英本在二曲间增加的念白和滚调，突出表现了牛小姐的贤良，使观众看得明白，看得满足。因此，二曲后陆贻典抄本、汲古阁本原有的牛小姐与蔡伯喈的对白成了蛇足，删去了。

此出戏中间的南吕宫【红衲袄】四支曲，情节和情绪都比较复杂，曲间的念白(带白和插白)较“古本”、“通行本”为多，又【前腔】三曲皆加滚唱，情绪跌宕。这些新的处理加工，使演唱更见动人。

第一支【红衲袄】曲两句后，残卷便有阙叶，权用同是万历年的戏曲选刊《大明春》卷四的相同折子补续一段，亦作辨析，权供参考。

第一曲：

【红衲袄】(贴)你吃的是猩唇和那烧豹胎。恐轻暖不足于体与，你穿的是紫罗襕系的是白(以下原阙，据《大明春》补)玉带。相公，恐采色不足于目与。只见前者拥，而后者随，从者挨拶于左右。我只见五花头踏在你马前摆，三檐伞儿在你头上盖。(生)夫人，岂不闻书中车马多如簇，此乃是我读书人本然的。(贴)妾有句话说，望相公休要见怪。(生)有话请说无妨。(贴)你本是草庐中一秀才，(生)夫人差矣，那个公相不从秀才出身？(贴)相公，不要恼，下句道得好。到如今做着汉朝中梁栋材。相公，天子得之为臣，诸侯得之为婿。头名状元被你占了，千金小姐被你娶了。食禄万钟，志愿足矣。你有甚不足处只管锁了眉头也，唧唧哝哝不放怀？(生)为臣一日立朝班，铁甲将军夜度关。山寺日高僧未起，算来名利不如闲。

按：此曲贴唱(“贴”字补)。曲文基本相同，少许字有异，不伤文意。如“那烧豹胎”，陆贻典抄本、锦囊本同，汲古阁本无“那”字。“一秀才”之“一”字，汲古阁本同，陆贻典抄本、锦囊本作“穷”字。“到如今做着汉朝中梁栋材”，锦囊本、汲古阁本无“到”字，陆贻典抄本亦无“到”字，且“汉朝中”作“汉家”。“你有甚不足处”，陆贻典抄本、汲古阁本无“处”字，锦囊本作“有甚么不足处”，且作衬字小字排。但其念白与“古本”、“通行本”比较，则作了很大的改造，观众听明白了念白，剧情也就明白了，而唱曲则成了欣赏，感觉人物的情绪，满足视听的趣味。曲间的念白，皆是由曲文引发的，丝丝入扣，慢慢解来。因蔡伯喈整日忧闷，牛小姐要询问相公忧闷的原因，故从吃的穿的说起，由一个草庐秀才成了朝中大臣，做了官，娶了妻，食禄万钟，志愿足矣，还有什么可忧闷的？但是，蔡伯喈先是不说，念了四句诗，流露了不想做官的思想。

第二曲：

【前腔】(生)你道我穿的是紫罗襕倒拘束不自在。(贴)你脚下穿的是皂朝靴，那件不是好的？(生)夫人，俺伯皆在家鞋草履，行也由我，坐也由我。

自从穿的是皂朝靴怎敢胡去踹？（贴）相公，你吃的是珍馐百味，那一些不美？（生）夫人，正是心事未平空宴乐，烹龙炮凤亦徒然。俺伯皆在家黄齑淡饭紧缓吃些俱可，谁人来催我口里吃几口慌张张要办事的忙茶饭？（贴）相公，你饮的是碧酒金樽，那一些不乐？（生）（以下玉树英本接上）身在帝王边，如羊伴虎眠。有日龙颜怒，无处可遮拦。我手里拿着战兢兢怕犯法的愁酒杯。（贴）相公上忠于国家，下安于百姓，有何战战兢兢？（生）夫人，我讲两个古人与你听着，标名怎似埋明好，出仕（原误作“似”）无如隐士高。（贴）敢问相公，标名与埋名，古人事怎的？（生）（滚）汉邦碌碌枉英豪，一个鳞鸿恤羽毛。实想公卿三十六，云台争似钓台高。到不如严子陵登钓台？（贴）出仕与隐士，古人是怎的？（生）（滚）身在异乡终是客，心悬故国总成灰。每怀王粲楼中事，难免杨（当作“扬”，下同）雄阁上灾。决不学杨子云阁上灾！（贴）相公，还是你为官的好。（生）夫人，我为官的有甚么好？（滚）你看骢马五更寒，披衣上绣鞍。去时东华天未晓，回来明月满阑干。只管待漏随朝也可不误了春花秋月在，等闲白了少年头！（滚）自幼离乡老大回，声音不改鬓毛衰。儿童相见不相识，笑问客从何处来？枉干碌碌头又白。

按：此曲生唱（“生”字补）。先看原曲文的异文，“我穿的是紫罗襕倒拘束不自在”，陆贻典抄本“穿的是”作“穿着”，“倒”字作“到”，“拘束”作“拘束得我”；锦囊本“倒”字亦作“到”，“拘束”作“拘束我”；汲古阁本“拘束”作“拘束得我”。“自从穿的是皂朝靴怎敢胡去踹”，三本“自从”俱作“我”；“踹”字，汲古阁本同，陆贻典抄本作“揣”，锦囊本作“遄”。“我手里拿着战兢兢怕犯法的愁酒杯”，陆贻典抄本无“我”字，“着”字后有“个”，“战兢兢”作“战钦钦”；锦囊本“着”字后有“一个”二字；汲古阁本无“我”字，“着”字后有“个”。“决不学杨子云阁上灾”之“决不学”，三本俱作“怎作得”，汲古阁本“杨”字作“扬”，当是。“只管待漏随朝也可不误了春花秋月在”，三本“随朝”后俱无“也”字；陆贻典抄本、汲古阁本“在”字作“也”；锦囊本，“误”字误作“悟”，无“在”字。“等闲白了少年头”，三本俱无此句，疑不作滚唱。“枉干碌碌头又白”，陆贻典抄本、锦囊本同，汲古阁本作“干碌碌头又早白”。此曲中标明的滚调有四处：一处是“汉邦碌碌”云云，说要学严子陵做隐士好；一处是“身在异乡”云云，说不学扬子云出仕却遭灾；一处是“你看骢马”云云，说做了朝官，辛劳一生误了春花秋月；一处是“自幼离乡”云云，借用唐贺知章的诗，说枉自终身碌碌头发白。四处滚调，皆七言四句体式，四句后一句回到本调曲文，虽夹了问答念白，依然语势顺畅，表明了蔡伯喈真实的思想。此曲首四句曲文之间增加的念白，节奏稍缓，为后文的滚唱作了铺垫，虽是家常话，亦很生动有致。

第三曲：

【前腔】(贴)莫不是丈人行性气乖？(生)岳丈视吾犹子，恩莫厚矣。快不要这等说。(贴)莫不是妾跟前缺管待？(生)夫人说那里话。我与你夫妇之情讲甚么缺管待。(贴)莫不是画堂中少了三千客？(生)我只不是孟尝君，要三千何用？(贴)莫不是绣屏前少了十二钗？(生)下官又非牛僧儒，要十二钗何用？(贴)又不是呵，这意儿教人怎猜？(生)枉为丞相之女，丈夫身上这些事，不能解其意。(贴)这话儿怎的解？相公，我今猜着了。(生)夫人，你猜着那件来？(贴)猜便猜着了，说出来，又恐怕相公你改变了。(滚)知君心意闷沉沉，不为君来不为民。口里无言空自叹，应想花前月下人。敢只是楚馆秦楼有一个得意人儿也，因此上闷恹恹常挂怀。

按：此曲牛小姐唱。异文很少，“这话儿怎的解”，锦囊本、汲古阁本作“这话儿叫人怎解”；陆贻典抄本作“这意儿教人怎解”。“敢只是楚馆秦楼有一个得意人儿也”，陆贻典抄本同；锦囊本“得意人儿”作“得意情人”；汲古阁本无“一”字。“闷恹恹常挂怀”，汲古阁本同；陆贻典抄本、锦囊本“常挂怀”作“不放怀”。原曲的念白很苍白，玉树英本的念白，紧扣曲文，又切合滚唱文字，效果较好。标明滚调的有一处，“知君心意闷沉沉”七言四句，作牛小姐的增句滚唱，加强节奏，逼出心底疑虑，怀疑丈夫在楚馆秦楼有情人。从音乐节奏上，从情绪变化上，从前文漫无边际的瞎猜疑,发展到没有根据的认定,在形式表现上取得了效果,在内容上乃无确定的意义,但在方向上锁定了一个人,在下一曲中便引出了这个“人”赵五娘。

第四曲:

【前腔】(生)(滚)夫人端的细详猜,非我恹恹闷挂怀。只为蜗角功名锁,撇却情人天一涯。我有个人儿在天涯,(贴)相公,不须愁恼。你既有心上人,何不修书差人接她来,同享荣华,有谁阻当你不成?(生)不能勾了,夫人,只落得脸销红眉锁黛。呀,险被夫人识破了。夫人,先前讲的甚么情人?我在这里做官有甚么情人,要见情人就是你了。我本是潮中桂子客,槐花鬓里生,愁也愁不定了。夫人呵,我本是伤秋宋玉无聊赖,有甚心情去恋着闲楚台。(贴)分明猜着了。如今又说来说去,是怎的?(生)夫人,三分话儿只恁猜,一片心儿只恁解。(贴)相公,我猜不来,解不来。如今定要明白,说与奴家便罢!(生)夫人撇手,定要问我怎的?休缠得我哑口无言,若还提起那筹儿也,教我朴簌簌泪满腮。

按:此曲蔡伯喈唱。“我有个人儿在天涯”,锦囊本无“儿”字;汲古阁本“在天涯”作“在天一涯”;陆贻典抄本作“我有个人人在天涯”。“我本是伤秋宋玉无聊赖”,锦囊本、汲古阁本同,陆贻典抄本“秋”字后有“的”。“有甚心情去恋着闲楚台”,汲古阁本同;陆贻典抄本“恋”字作“讣”;锦囊本作“有甚心情去想着云雨台”。“三分话儿只恁猜”,汲古阁本同;锦囊本“恁”字后有“的”;陆贻典抄本作“三分话儿也只恁回”。“一片心儿只恁解”,汲古阁本“只恁解”作“直恁解”;锦囊本作“也直恁解”;陆贻典抄本作“也只恁地揣”。“休缠得我哑口无言”,锦囊本无此句;陆贻典抄本、汲古阁本于“休”字前有“你”,无“哑口”二字。“若还提起那筹儿也”,陆贻典抄本、汲古阁本、锦囊本俱同。“教我朴(当作“扑”)簌簌泪满腮”,汲古阁本无“教我”二字,“朴”作“扑”;陆贻典抄本、锦囊本作“镇扑簌簌珠泪满腮”。此曲首句前用了滚调,一般少见,用在这里,恰好是前曲牛小姐提到“意中人”的事,点了要害,蔡伯喈急了，唱滚调，恰到好处，并能将前后曲联络起来了。句中的“我本是潮中桂子客”云云，不似滚句，是增句，其用大字排。陆贻典抄本、汲古阁本、锦囊本俱无此增句。原本曲中念白甚少，玉树英本的念白，趁势紧逼蔡伯喈说出心中的那个人来。这时需要用念白来说明白原委，因此陆贻典抄本、汲古阁本和玉树英本俱用了一段念白来表现（锦囊本也保留了部分念白），而且让牛小姐虚下给蔡伯喈一个吊场尽吐内心的思虑。牛小姐复上场，实际已经听明白了丈夫的苦楚，用一二句话就点穿了隐情，便转入后文的【江头金桂】的轮唱。玉树英本在此增补了一段对白：

> （贴上）（转见贴云）夫人，你还是多久来，还是才来？（贴）奴家才到。（生）听见我说甚么话？（贴）奴家只听得那两句：难将我语同他语，未可全抛一片心。（生背云）难将我语同他语，是下官起头话；未可全抛一片心，是下官结尾的话。原来被他瞧破。咳，夫人，宰相之女状元之妻，窃听夫言，成甚么规模！罢罢，你听得两句话了，讨一个归期与我。（贴）自你到我府中，脸带忧容，终日烦恼，不知你为着何来？却原来是亲老妻娇，身沉宦海。相公呵，楚馆秦楼思旧约，洞房花烛怨新婚。此情幸得奴瞧破，家尊知道怪伊们。

语言之间调笑蔡伯喈，并给他“背云”，自吐心声，让他警觉原来夫人窃听了，平添几分喜剧性。一场怨苦的戏，便带上了几分喜色。然后转入轻快的轮唱，自然稳贴，好处收场。

《牛氏拒父问答》（原刻目录作“牛氏女辞父问答”），清陆贻典抄本为第三十出“牛小姐谏父”（按钱南扬校注本），汲古阁本为第三十一出《几言谏父》，锦囊本则为第二十七段“丞相訹女”（《说文》：“訹，诱也，从言术。”读 xù，此作诱导解）。

玉树英本曲牌为：【西地锦】“好怪吾家门婿”、【前腔】“只道儿夫何意”、【狮子序】“他媳妇”、【东瓯令】“他求科举”、【赏宫花】“他终朝惨恓”、【降黄龙】“须知非奴”、【大圣乐】“婚姻事”、【尾声】“身居相位”、【驻云飞】“堪笑爹行”、【称人心】“撇呆打堕”、【前腔】“我爹爹全不顾”、【红衫儿】“你不信我”、【前腔】“不想道伊桠把”、【醉太平】“蹉跎”、【前腔】“非诈”。

此出戏，与原著同。分前后两部分，前部分为牛小姐与父论理欲随丈夫蔡伯喈回乡归去，后部分为牛小姐对丈夫蔡伯喈明志决心随夫回乡，成全孝名。视其曲牌、曲文、念白基本上同原著，即使有变化，亦为场上演出计。曲文少有异文，但有增曲，有滚调(插唱)，念白增多。

前一部分自牛父唱【西地锦】引子上场始，牛小姐主唱，至所谓的【尾声】止，然后以增曲【驻云飞】承上启下；后一部分以蔡伯喈唱【称人心】上场始，蔡伯喈、牛小姐轮唱，至【醉太平】结尾。

先看前一部分的不同处。【西地锦】曲，一般属黄钟引子，唯《九宫正始》归大石引子。[①] 其曲文与清陆贻典抄本、汲古阁本、《九宫正始》第二册大石引子俱同；唯锦囊本有不同，“好怪”作“懊恨”，“常萦系”作“长萦系”，“为着门楣”作“为门媚”，锦囊本有误。第二曲【前腔】有异文，“如今就里方知”，汲古阁本同；清陆贻典抄本、锦囊本作“如今事理方知”。“万里家山要同归”，清陆贻典抄本、汲古阁本于“归”字后有“去”；锦囊本作“万里要同归去”。“未审爹意何如”，汲古阁本同；清陆贻典抄本“未”字作“不”，锦囊本“未审”作“未知”。虽有异文，但意义区别并不大。接下一曲【狮子序】，一般亦属黄钟，但其曲声情略悲凉，与黄钟不合，故《南词定律》《九宫正始》归属南吕；认为《琵琶记》此曲并不是本调，由【宜春令】、【绣带儿】、【掉角儿】犯【狮子序】，题作【三犯狮子序】，且以《琵琶记》此曲为例曲。[②] “他媳妇虽有之”之“虽”字，汲古阁本同；《九宫正始》、清陆贻典抄本、锦囊本俱作“须”。“念孩儿须是他的次妻”，汲古阁本作“念奴家须是他孩儿次妻”；清陆贻典抄本、

① 钮少雅、徐于室：《南曲正宫九始》第七册双调引子【捣练子】，见《历代曲话汇编》，黄山书社2008年版，第625页。

② 同上书，第五册南吕【三犯狮子序】，第488页。

锦囊本作“念奴须是他孩儿的妻”;《九宫正始》作“念奴家是他孩儿的妻”,各不同,遵《九宫正始》宜作一句。“那曾有媳妇不拜亲闱”,锦囊本同;清陆贻典抄本、《九宫正始》“拜”字作“事”,汲古阁本“拜”字作“侍”。“问寒暑”之“暑”字,锦囊本同;《九宫正始》、清陆贻典抄本、汲古阁本俱作“暄”。“养儿代老,积谷防讥”,《九宫正始》、清陆贻典抄本、汲古阁本俱同;锦囊本“积”字作“种”。疑“种”字误。下曲【东瓯令】,属南吕,清陆贻典抄本、汲古阁本、锦囊本俱作【太平歌】,例接在亦属南吕【狮子序】后,《九宫正始》第一册黄钟【太平歌】条曰:“此【太平歌】一调,按古今词谱及新旧传奇,然皆未见有此调此式,即今之蒋、沈二谱及坊本《琵琶记》皆于‘他媳妇’套内之‘求科举’一曲当之。及检其章句,直是南吕宫之【东瓯令】也,所争者止几衬字耳。”[①]玉树英本此曲作:

> 他求科举,指望衣锦归,光宗祖耀门闾,不想道爹爹招他为女婿。(滚)他心无意缠双足,口里常言奉二亲,乘鸾客做冤家客,跨凤人为仇隙人。他埋怨着洞房花烛夜,那些个千里能相会?只要保全金榜挂名时,他那里辞官未了,辞婚未休,官权落在爹爹手,只得事急且相随。

此曲“光宗祖耀门闾”六字,清陆贻典抄本、汲古阁本、锦囊本俱无,为增句。“不想道爹爹招他为女婿”,汲古阁本“招”字作“留”;清陆贻典抄本“爹爹”作“你”,“招”字作“留”;锦囊本亦“爹爹”作“你”,“招”字作“留”,然无“女”字。“他心无意”七言四句,为增句,明标为“滚调”。“他埋怨着洞房花烛夜”,清陆贻典抄本、汲古阁本、锦囊本俱无“着”字。此句后的“他那里辞官未了”三句,为增句,大字排,不是念白,虽未标为滚调,视其句式和位置当是滚调急唱。末句“只得事急且相随”,清陆贻典抄本无“只得”二字,汲古阁本、锦囊本“只得”二字作

---

① 《南曲正宫九始》第一册黄钟【太平歌】,见《历代曲话汇编》,第 82、83 页。

“他”。下二曲【赏宫花】、【降黄龙】为黄钟过曲。【赏宫花】第二句“教我如何忍见之”，清陆贻典抄本、汲古阁本、锦囊本俱无“教”字。“须是供欢娱”，清陆贻典抄本、汲古阁本同；锦囊本“须”字作“虽”。【降黄龙】“须知，非奴痴迷”，汲古阁本同；清陆贻典抄本“非”字后有“是”；锦囊本“须知”作“虽知”，“非”字后亦有“是”。“你道在家从父，俺出嫁从夫，怎违公议”，清陆贻典抄本、汲古阁本、锦囊本俱作“已嫁从夫，怎违公议”。“爹既念女”，锦囊本同；清陆贻典抄本、汲古阁本“既”字作“犹”。“怎教他的爹娘不念孩儿”，清陆贻典抄本、汲古阁本、锦囊本俱无“的”字。“比耽搁他的爹娘媳妇何如”，清陆贻典抄本、锦囊本无“媳妇”二字；汲古阁本无“爹娘”二字。末句“嫁鸡怎不逐着鸡飞”，清陆贻典抄本、汲古阁本、锦囊本俱作“嫁鸡逐鸡飞”。下曲借南吕【大圣乐】，第二句“若论高低何似当初休嫁与”，汲古阁本无“当初”二字；清陆贻典抄本、锦囊本、《九宫正始》俱作“论高低何如休嫁与”。“假饶亲贱孩儿贵”，汲古阁本、《九宫正始》同；清陆贻典抄本、锦囊本“假饶”作“假如”。“伯皆是他亲生儿子，奴是他亲媳妇”，《九宫正始》、清陆贻典抄本、锦囊本俱作“奴是他亲生儿子亲媳妇”；汲古阁本作“奴须是他亲生儿子亲媳妇”。玉树英本有【尾声】：

笑你身居相位坐理朝纲，怎说着伤风败俗，非理言语？

实际此三句原是【大圣乐】的末三句，原不是“尾声”的“尾声”，可放慢唱，玉树英本为了强调此语，也为了节奏放缓，过渡到【驻云飞】曲，妄作【尾声】。《九宫正始》南吕【大圣乐】作“爹居相位，怎说着伤风败俗，非理的言语”。清陆贻典抄本、汲古阁本同《九宫正始》，锦囊本“爹”字作“爹爹”，“着”作“道”。“坐理朝纲”四字为玉树英本所增。

以上为前一部分的曲牌、曲文考略。玉树英本有与他本不同之处，除滚调、增句外，异文不多，大多为求通俗和演出的方便而有变化。其念白显著增多，因曲文和原念白而生，如同家常言语。这里，有两处不慎。首曲【西地锦】后牛小姐的念白中有“温凊之礼尚缺，伉俪之情何堪”,“温清”之“清”字,误,当作“凊”(读 qìng)。《礼记·曲礼上》:“凡为人子之礼,冬温而夏凊,昏定而晨省。”冬温夏凊,即谓冬天使之温暖,夏天使之凉爽。清陆贻典抄本、汲古阁本、锦囊本俱作“凊”字。其次,【大圣乐】曲后,牛相下场,清陆贻典抄本、汲古阁本如是,玉树英本忽视了,未标注,似应于牛相最后云“哇!我不开口谁敢去!”下注“下”,留牛小姐一人吊场。

前后部分之间,玉树英本增插一支中吕【驻云飞】曲。此曲在南戏中用得较多,可单用不入套,可联络上下曲,可叠用成套。此曲他本没有,在此单用。牛小姐作吊场唱,曲曰:“堪笑爹行,不顾三纲并五常。枉做当朝相,理法皆成枉。嗏,你本是铁心肠!欲待要自缢悬梁,又恐怕公婆倚定门望,仔细思量痛断肠。”牛小姐唱后说道“且在此闷坐一会,寻思个道理回他”。他,即蔡伯喈。说话之间,蔡伯喈缓步上场开唱。

戏就进展到后一部分。蔡伯喈、牛小姐轮唱南吕【称人心】二曲、【红衫儿】二曲、正宫【醉太平】二曲。

蔡伯喈唱【称人心】曲,“他要同归知他爹肯么”,清陆贻典抄本无二处“他”字;锦囊本、汲古阁本“肯”字作“怎”。“我料他每,不允诺”,锦囊本同;汲古阁本于“料”字后有“想”;清陆贻典抄本则作“料他每,不见许”。玉树英本于“你缘何独坐”后出现滚调:“(滚)要知窈窕心腹事,尽在摇头不语中。去时节伶牙俐齿,到如今默默无言。闷坐书堂,手托香腮,两泪交流。你那里口不言,我这里心自想。”此滚调与发现牛小姐一旁“闷坐”照应,很有舞台性。清陆贻典抄本、汲古阁本于此处则为小字念白“想你爹爹不肯么”和大字曲文“伊家道俐齿伶牙”;锦囊本“想你爹爹不肯么”亦作大字曲文。末句“争奈你爹行不可”,清陆贻典抄本、锦囊本同;汲古阁本无“你”字。牛小姐接唱【前腔】“我爹爹,全不顾,人笑呵”,锦囊本、汲古阁本同;清陆贻典抄本“顾”字作“怕”。“是我见差讹”,锦囊本、汲古阁本作“这其间只是我见差”;清陆贻典抄本作“这其间只是见差”。“他道我从着夫言”,汲古阁本同;清陆贻典抄本、锦囊本“他”字后有“只”。“他骂奴不听亲爹话”,清陆贻典抄本、锦囊本、汲古阁本俱作“骂我不听亲话”。此二曲间曲文变化不大，主要是出现了有助表演的滚调。

蔡伯喈接唱【红衫儿】，“我伯皆岂不料过”，清陆贻典抄本、锦囊本、汲古阁本俱无“伯皆”二字。“为甚的乱掩胡遮”，锦囊本、汲古阁本“为”字前有“我”，“甚”字后无“的”；清陆贻典抄本则作“我为甚胡掩胡遮”。“也只为着这些”，汲古阁本同；清陆贻典抄本、锦囊本无“也”字。“直待要打破砂锅”，清陆贻典抄本、锦囊本、汲古阁本于句前俱有“你”字。“分明是你招灾揽祸”，清陆贻典抄本、锦囊本、汲古阁本俱无“分明”二字。牛小姐接唱【前腔】，“不想道伊椏把”，锦囊本“把”字作“杷”；清陆贻典抄本作“不想道相挜把”；汲古阁本作“不想道相挜靶”。据明徐渭《南词叙录》：“挜摆，把持也。今人云‘挜摆不下’，即此二字。”[1]此处四种写法虽不同，实即徐渭所谓的“挜摆”，义同也。“做作难禁价”，锦囊本同；清陆贻典抄本、汲古阁本“做”字前有“这”，“价”作“架”。“我爹爹平地起风波”，清陆贻典抄本、汲古阁本作“起风波”；锦囊本无此句。“耽搁你爹娘也是我，耽搁你的妻房也是我”，此二句是增句，大字排，作滚调唱。“恼恨只为着奴一个”，清陆贻典抄本、锦囊本、汲古阁本“着奴”俱作“我”。“却耽搁伊家两三个”，清陆贻典抄本作“却担阁你两下”；汲古阁本作“却担阁了两下”；锦囊本作“却担阁了两个”。虽然文字不同，意义却是相同的。

接下转入正宫，蔡伯喈唱【醉太平】，“纵归去，晚景之计如何”，锦囊本、汲古阁本同；清陆贻典抄本作“纵归来已晚，归计无暇”。“奔走在天涯海角”，锦囊本、清陆贻典抄本“天涯海角”作“海角天涯”；汲古阁本作“牢落在海角天涯”。“这般摧挫，那般做作”，锦囊本、汲古阁本无“那般做作”四字，清陆贻典抄本亦无“那般做作”四字，“挫”作“锉”。牛小姐接唱【前腔】“奴身值得甚么”，锦囊本同；清陆贻典抄本、汲古阁本无“得”字。“只因奴一个误你一家”，清陆贻典抄本、汲古阁本、锦囊本俱无“一个”二字。“假饶做夫妇也难和”，清陆贻典抄本、汲古阁本

---

① 徐渭《南词叙录》，《中国古典戏曲论著集成三》，中国戏剧出版社 1959 年版，第 247 页。

同;锦囊本"假饶"作"假要"。"你心怨我心牵挂",汲古阁本同;锦囊本"我"字后又有"我"字;清陆贻典抄本作"我心怨你心牵挂"。"奴弃此一身",汲古阁本作"奴身拚舍";清陆贻典抄本、锦囊本"奴"字后有"此"。

此出戏原是以唱胜处,然后玉树英此折唱依然重要,但加强了表演的成分。曲文的变化是为了求通俗,有增曲,有滚调,念白如同家常语,而且又有戏中间的吊场。在吊场前将前曲牌的最后三句,单列作"尾声",也是一种创造。

《伯皆书馆相逢》(原刻目录作"蔡伯喈夫妻相会"),因原刻阙叶较多,自【铧锹儿】曲"你说得好笑……纵然他丑貌,怎肯相休"之下阙。玉树英本曲牌为:【鹊桥仙】、【解三酲】、【前腔】、【太师引】、【前腔】、【夜游湖】、【铧锹儿】(下阙)、【前腔】、【前腔】、【前腔】、【入赚】、【前腔换头】、【山桃红】、【前腔】、【前腔】、【前腔】、【余文】。从剧情看此出戏分前后两部分,曲牌安排亦井然有序。曲文与念白与原著基本相同,为求通俗,有一些变动。因本出自【铧锹儿】"你说得好笑……纵然他貌丑,怎肯相休"以下,阙页太多,本出的考释,请参阅与之相同的万象新本卷二下栏《夫妻书馆相逢》。

《乐府玉树英》,原有五卷,此本阙叶太多,甚为可惜。从此残存的有限的南戏散出看,各出戏俱有特点,无不浸透着民间戏班艺伶和"前辈风流"唱家对流行的散出的艺术创造,使优秀的南戏散出在民间长期流传,深受平民百姓和活跃在戏曲界的文化人的赏识。如《鱼精戏真》中的鲤鱼精的形象创造,为后人提供了再创作的基础;《琵琶记》多出的运用"滚调"和接受民间说唱艺术《琵琶词》,使诸腔演唱《琵琶记》重视从生活中汲取新的表现手法,等等。他们的创造精神长久地影响着后代戏曲艺术的发展。

乐府万象新

明万历戏曲选刊《乐府万象新》，全名为《梨园会选古今传奇滚调新词乐府万象新》。据原刻目录，《乐府万象新》分前、后集，各四卷。据卷前的目录前、后集共选有戏曲116出（前集目录有损），见存的是残卷，前集比较完整，有60出，其中南戏有24种35出，有的折子有阙叶；后集付阙，荡然无存。版式为上、中、下三栏，上、下栏为戏曲散出，中栏为俗曲时调和流行的散曲等，如卷一有"闹五更"、"银纽丝"，卷二有"挂枝儿"、卷三有"两头忙歌"等。上栏戏曲在左栏外标剧名，每半叶11行，曲文大字，行10字，宾白小字，双行20字；下栏戏曲在左中栏外标有剧名，每半叶10行，曲文大字，行16字，宾白小字，双行32字。刊有散出小像61幅，每卷前各有半叶大像一幅。

卷首无序，无法确定其刊刻时间，卷一前题署"安成阮祥宇编，书林刘龄甫梓"。李平先生在《流落欧洲的三种晚明戏剧散出选集的发现》一文中，已考实"安成"为江西古郡名，旧地域在三国时代东吴所辖境内。吴宝鼎二年（267）取豫章等郡之各一部，置为安成郡，地区辖江西新余以西袁水流域及安福、永新等地。阮祥宇为江西人氏，为弋阳腔发源地的热心流行戏曲的好曲者，他编辑的《乐府万象新》戏曲选刊亦以"滚调新词"标榜。其选刊的折子戏，如《蒙正游街自叹》《槐阴分别》《昭君出塞》《玉莲抱石投江》《韩朋父子相会》《伯喈荷亭涤闷》《安安送米》等，都是明万历年间颇受欢迎的戏。该戏曲选刊残存的散出不多，本编仅对其中的24种35出南戏散出作初步的考述。

《乐府万象新》既以"滚调新词"标榜，在选刊的散出中常见"滚调"的出现，而且运用得非常灵活，根据需要可以夹在任何两支曲之间使用。如在《昭君出塞》中，在接近煞曲的【后庭花】和【耍孩儿】之间，插进"恨只恨毛延寿歹心人，谁承望佐国无成。举目望长安，只见碧天连水水连城，泪滴滴带月披星，举头见日不见汉长城”六句，以不齐整的句式喷口而出，表达了王昭君对毛延寿的痛恨。虽然【后庭花】可以作增句，但这六句不是其增句；在富春堂本和《全家锦囊》中作另起一行单列，因为【后庭花】是作单曲用，也可作煞曲，而【要孩儿】原本是煞曲，在两煞曲之间插唱只能是滚唱，用得很特殊，也很恰当。又如《和尚戏尼姑》，原本是弋阳腔的老戏，在《乐府万象新》中运用滚调是用在曲牌【江头金桂】末句前的，并标明“滚”字，和尚滚唱“谨遵五戒断酒除荤，青楼美女应无分。红粉佳人不许瞧，雪夜孤眠寒峭峭。霜天独坐冷潇潇”，以【江头金桂】末句“万苦千辛受尽了几多折剉”接上，这样的用法也很特殊。又有滚唱、滚白交叉运用的，如《姑娘绣房议婚》中描写钱玉莲在绣房中想到婚姻时的心理活动，在【一江风】之【前腔】中唱：“喜鹊垂，昨夜银缸绽，今朝喜鹊檐前噪。我知道了，莫不是家门添吉兆？莫不是双亲添寿考？莫不是庭前生瑞草？有何喜事重重叠叠报？鹊噪未为喜，鸦鸣岂是凶？人间吉凶事，不在鸟声中。我是女儿家四德三从，在家从父未出闺门，喜鹊呵，为甚喳喳？不报爹娘，先报奴家？有甚吉凶话？倚栏去绣花。心中爱此花，看娇滴滴真个堪描画。”曲中增句“莫不是家门添吉兆”四句滚唱，“鹊噪未为喜”四句作滚白，然后又有“我是女儿家四德三从”二句作滚唱，加强了喜悦心情的表达，很有效果。可以说，“滚调”已成了青阳腔常用的演唱手段了。

在明万历年的戏曲选刊中，常有已失传的南戏的佚出，《乐府万象新》中亦有这种情况，如《庄子因骷髅叹世》《申生私会娇娘》二出。《庄子因骷髅叹世》，为《西子记》（亦谓《皮囊记》）中的一出，为无名氏剧本，全本已失传，《摘锦奇音》亦有此出，由庄子一人独唱南北曲，其中北曲【耍孩儿】后有十八“煞”曲，采用民间惯用的“莫不是”的句式，以豁达的人生态度唱尽了人世间对待名利、生死的众生相，很有特点。《申生私会娇娘》，为《娇红记》中的一出，该剧描写了王娇娘与申纯的爱情悲剧，在戏曲文学史上有较高的地位，原有戏文和传奇，戏文失传，而此出戏恰是明沈寿卿失传戏文中的一出，难能可贵。又虽有传本，但传本中没有的散出，如《有为庆寿》，在原刻目录中书《潘葛寿日思妻》，出自《鹦哥记》，即《鹦鹉记》。演潘有为之父潘葛在寿诞的宴会上想起夫人替死的往事，不免悲痛愁怀。今传明富春堂刊本《苏皇后鹦鹉记》，剧中却没有这出戏，惟弋阳腔本《白鹦哥》抄本有此戏，名《思妻看书》。在明戏曲选刊中亦有选录此戏的，或谓《潘葛思妻》。这出戏仅在戏班和坊间选刊中流传，南北曲混用，但在民间却颇受欢迎。

在民间戏班和艺伶的演出中，为了追求演出和观赏的最好的效果，常会对演出脚本进行再创作，《蒙正游街自叹》就是这样的一出好戏。状元游街，原本是古代读书人十年寒窗追求的值得炫耀的好事，却让状元在游街中回想起当年的困境和苦况，别出心裁，意味深长。其中的【七贤过关】主曲，有增句，语言趋俗近俚，令人感叹嘘唏。这样的一出好戏，值得我们赞赏民间艺人的聪明才智。这出戏比明改本《破窑记》中的《状元游街》要好得多，它没有【七贤过关】这支曲，也就无所谓“叹”了。《全家锦囊》之《吕蒙正》没有这出戏，惟戏曲选刊《时调青昆》选录了这出戏。

卷一

一、《庄子因骷髅叹世》

前集卷一上栏：《庄子因骷髅叹世》一出（卷一原刻目录破损），上栏左外题《西子记》。明万历年《摘锦奇音》卷三的《周庄子叹骷骸》，题《皮囊记》。二者情节、曲牌相同，为明无名氏作，无著录，无全剧传本，疑是失传的明戏文。

明王应遴著有《衍庄新调》南北杂剧一折，之前有明冶城老人的《衍庄》北杂剧一折，已佚，明祁彪佳见过此剧。在《远山堂剧品》“能品”中祁彪佳评《衍庄》曰：“长叹数调，于生死关头，几于勘透矣。而脱离之道安在，当问之云来道人。”[1]“云来道人”，即王应遴。因王应遴的《衍庄新调》的“题目正名”有曰“漫将旧谱翻新调”，正说明《衍庄新调》南北杂剧是由《衍庄》北杂剧新编而来的，一名《逍遥游》。祁彪佳《远山堂剧品》“雅品”评王应遴《逍遥游》曰：“于尺幅中解脱生死，超离名利，此先生觉世热肠，竟可夺《南华》之席。”[2]“南华”即“南华经”，为著作《庄子》的誉称。《逍遥游》被明沈泰编入《盛明杂剧》二编。其写庄子携道童去盐城度县尹梁栋。途中道童见一骷髅口含铜钱，欲砸碎骷髅取钱。庄子作法使骷髅复生为壮汉，夺去道童雨伞、包裹。道童与壮汉争吵之间，县尹梁栋经过此地，于是带回县衙审理。庄子复将壮汉变成骷髅，以此说法，县尹梁栋顿时醒悟，跳出名利门，弃官皈依。

很明显，《衍庄》《衍庄新调》(《逍遥游》)的情节是由《庄子·至乐篇》髑髅的寓言生发出来的。且看有关的节录：

> 《庄子·至乐篇》：“庄子之楚，见空髑髅，髐然有形，撽以马捶，因而问之曰：‘夫子贪生失理而为此乎？将子有亡国之事斧钺之诛而为此乎？将子有不善之行愧遗父母妻子之丑而为此乎？将子之春秋故及此乎？’于是，语卒，援髑髅枕而卧。夜半，髑髅见梦，曰：‘子之谈者似辩士，诸子所言皆生人之累也。死则无此矣。子欲闻死之说乎？’庄子曰：‘然。’髑髅曰：‘死，无君于上，无臣于下，亦无四时之事。从然以天地为春秋，虽南面王乐不能过也！’庄子不信，曰：‘吾使司命复生子形，为子骨肉肌肤，反父母妻子闾里知识，子欲之乎？’髑髅深矉蹙頞，曰：‘吾安能弃南面王乐而复为人间之劳乎？’”[3](按：矉，同颦；頞，音 è，鼻梁也。)

旧说此则寓言寄寓着庄子“乐死恶生”的理念，谬矣。实际是庄子借髑

---

① 祁彪佳：《远山堂剧品》之《衍庄》，《中国古典戏曲论著集成六》，中国戏剧出版社 1959 年版，第 185 页。

② 《远山堂剧品》之《逍遥游》，同上书，第 166 页。

③ 《二十二子》之《庄子》卷六《至乐》，上海古籍出版社 1986 年版，第 53 页中栏。

髅寓言深刻地阐说了“生时安生、死时安死”的豁达的人生观。此情节被王应遴改造了，然主旨仍被王应遴继承。

那么作为南戏散出的《庄子因骷髅叹世》与杂剧《逍遥游》有什么不同呢？有相同处，又有很大的改造。相同处，皆与《庄子·至乐篇》骷髅寓言相关，以度脱县尹为结局；皆用南北曲的形式，且北曲用【耍孩儿】套。不同处很明显，《庄子因骷髅叹世》的说教成分较《逍遥游》大为减弱，更多的结合世俗来进行描述。【耍孩儿】套用“莫不是”的句式“叹世”，广泛地叙说了人世间万般不幸而致死的原因，将说教的内容通俗化，更有利于一般观众的接受；而《逍遥游》用【耍孩儿】套乃是关于“名与利”、“生与死”的说教。《庄子因骷髅叹世》精简了人物，外扮庄周一人出场独唱南北曲，骷髅复生的人形场内答话、县尹不出场；而《逍遥游》则有庄周、道童、骷髅复生的人形、县尹出场。南北曲的用法有不同，《庄子因骷髅叹世》前用南曲引子【桂枝香】上场，中间用北曲【耍孩儿】套及十八支“煞曲”，结尾处用南曲【浪淘沙】五支叠用结束，这是明戏文南曲引子——北曲套——南曲的常用方式；《逍遥游》的南北曲用法有不同，前半用南曲【浪淘沙】十一支和【黄莺儿】四支，叠用成套，后半用北曲【耍孩儿】套及八支“煞曲”，这是明杂剧南北曲分用的方法。《庄子因骷髅叹世》与杂剧《逍遥游》的创作时间孰先孰后，很难确定，万象新本刊刻时间不知，大致可认为在万历年间，而沈泰编的《盛明杂剧》则在明崇祯二年(1629)，其中所收杂剧大多是嘉靖以后的作品，《逍遥游》的作者王应遴主要活动在万历年间。仅如此，仍很难确定它们的创作时间。

万象新本《庄子因骷髅叹世》与《摘锦奇音》本《周庄子叹骷骸》，是基本相同的作品，出处同源，虽然《西子记》或谓《皮囊记》皆失传，但是这两出戏曲文、念白基本同，仅个别文字有出入。可以互勘互补，校成一出清晰的版本。万象新本的【耍孩儿】曲后的连续“煞”没标“某某煞”，层次不清晰，而《摘锦奇音》本则标明“某某煞”。至于最后的【浪淘沙】曲皆未标明“前腔”。此出戏结构为：外扮庄子念《西江月》词上，定场白后唱南仙吕【桂枝香】，见地上骷髅后唱北般涉调【耍孩儿】及其曲后多“煞”,救骷髅复生时唱南越调【浪淘沙】及其【前腔】多支。全出庄子一人独唱。兹以《摘锦奇音》本(简称摘锦本)与万象新本互勘曲文,不校念白,并补标明【耍孩儿】曲后的十八支“煞”曲和【浪淘沙】及其【前腔】四支。整理如下:

上场念《西江月》词:“玉兔金乌西坠,江湖绿水东流。茫茫人也几时休,万古千秋依旧。寿夭贫穷是命,荣华富贵前修。看看白了少年头,生死谁知先后?”摘锦本:“茫茫人也”之“也”字作“世”;“看看”二字作“不觉”。

【桂枝香】“蓝袍鹤氅,麻鞋竹杖。自从我丧了山妻,打扮全真模样,今来到洛阳(重)。逍遥闲荡,游春玩赏,好伤情。偶遇荒郊地,见个骷髅在路傍。”摘锦本:“自从我”无“我”字;“骷髅”之“髅”字作“骸”。

【耍孩儿】“人生在世成何用,今见骷髅何汉悲。四肢五脏无踪迹,鸦餐犬咬天露盖。气化清风肉化泥,这模样真狼败。我这里从头问,你你阴灵,细说端的。”摘锦本:“何汉悲”之“汉”字作“叹”,“汉”字误;“天露盖”之“露”字作“灵”,“露”字误。

【十八煞】“不知是男儿汉并妇女,老公公年少的叫何姓名家何处?莫不是他乡流落无依倚,百姓官员为客的?因何死在荒郊地,那里有衣衾棺木?可怜你暴露身尸。”摘锦本:“姓名”作“名姓”;“流落无依倚”作“外郡风流客”;“为客的”之“客”字作“将”。

【十七煞】“莫不是患风寒并暑湿,膏肓病无药医,瘫痨蛊胀难调治?莫不是痴聋喑哑成毒疾,痰厥疯颠气怒疾,心疼吐泻并疟痢?莫不是痈疽肿毒疥癞疮痍?”摘锦本:“成毒疾”之“疾”字作“证”;“疟痢”二字作“风疾”。

【十六煞】“莫不是因贪杯丧了身,为恋花害了自己,争田夺利伤心事?莫不是因奸斗殴相争死,赌博输钱忍饿饥,行船走马将身坠?莫不是仇人陷害道路强贼?”摘锦本:“害了自己”无“自”字;“斗殴”作“殴打”。

【十五煞】“莫不是做行商拆本钱,欠官粮没有赔,少人私债遭威逼?莫不是身罹王法逃军匠,斗勇争财不服输,投河落井自身缢?莫不是含冤负屈连累官司?”摘锦本:“做行商拆本钱”作“做牙商折本钱”,“商”字俱误,当作“商”;“拆”字误,当作“折”。(按:牙商,即牙人,为旧时说合买卖双方交易并收佣金的居间商。)

【十四煞】“莫不是推车汉撑渡的,养马夫并赶驴的,挑担握篋背行李?莫不是造砖做瓦烧窑的,版筑途泥石匠随,绳墨木作并油漆?莫不是装船箍桶凿磨人儿?”摘锦本:“版筑途泥”同,“途”字通“涂”;“绳墨木作”之“作”字作“斲”,“作”字误;“凿磨”之“凿”字作“修”。

【十三煞】“莫不是补毡袜磨剪刀,做裁缝盔帽的,篦头染网梳发髻?莫不是补锡钉碗修铜器,打铁敲针洗镜儿,销金碾玉倾银的?莫不是雕刊捏塑打锡缝皮?”摘锦本:“磨剪刀”作“磨刀的”。

【十二煞】“莫不是开裁剪卖客衣,贩伞笠做经纪,开张古塚收尸的?莫不是背箱杂卖苏州货,针线香椒共扇儿,包头盏箸并梳篦?莫不是卖糖水果铅粉胭脂?”摘锦本:“古塚”作“古墓”;“铅粉”之“铅”字作“胚”,“胚”字误。

【十一煞】“莫不是贩绫罗机户人,捣金珠换首饬,登山渡水飘洋的?莫不是磨房并酒店香蠟户,籴米支盐卖布匹,靴鞋笔砚并书纸,不知你几多赀本财散人离?”摘锦本:“首饬”之“饬”字作“饰”,“饬”字通“饰”;“磨房并酒店香蠟户”无“并”字,“蠟”字同“蜡”。

【十煞】“莫不是剥牛人屠狗的,杀猪户并宰驴,镦鸡射鸟为生意?莫不是惊鹰走犬伤禽兽,捉鳖捞虾撒网的,张弓打弹为活计?莫不是宰烧鹅鸭贩卖鲜鱼?”摘锦本:“惊鹰”之“惊”字作“擎”。

【九煞】“莫不是富贵人丧了家,聪明汉不遇时,贫穷患难无人济?莫不是英雄豪杰真君子,仗义施仁孝顺儿,看经念佛修行的?莫不是弟兄无靠父母抛离?”摘锦本:“父母抛离”作“父母分离”。

【八煞】“莫不是看星命占卦人,会书符能咒水,钻龟相面通玄士?莫不是善风水阴阳理,抄化云游卖药的,观梅起课并拆字?莫不是沿街瞽目唱曲人儿?”摘锦本:“善风水”之“善”字后有“看”;“观梅起课并拆字”作“观枚起课并折字”,“梅”字误,“枚”是,“折”字误,“拆”是。

【七煞】“莫不是做樵夫种田的,打鱼翁放犊儿,山林隐者忘名利?

莫不是弹琴写字江湖客，作赋吟诗风月儒，传神染画丹青士？可惜你胸藏锦绣口吐珠玑。”摘锦本：“胸藏锦绣口吐珠玑”作“胸中锦绣藏了万斛珠玑”。

【六煞】“莫不是做生涯尅剥人，利名心公道亏，天平斗秤多瞒昧？莫不是低银煮铁街头用，时价高抬买卖欺，损人利己成交易。你道人无报应自有天知。”摘锦本：“低银煮铁”作“煮铁低银”。

【五煞】“莫不是骗人财肥自己，欺他人女共妻，得人好处忘恩义？莫不是吞人田地谋人产，霸占房廊与屋基，势豪放债侵民利？只落得一堆白骨日晒风吹。”摘锦本：同。

【四煞】“莫不是倚刀笔公假私，走衙门仗势威，掌文主案多奸弊？莫不是教唆词讼伤天理，飞诡钱粮任改移，却将有罪番无罪？假若是人心似铁天网恢恢。”摘锦本：同。

【三煞】“想着你气昂昂人马随，穿绫罗换纻丝，肥甘美味随心吃。金银财宝娇妻妾，命尽无常伴土泥，纸钱一陌谁人祭。不是我叮咛叹你想起来兔死狐悲。”摘锦本：同。

【二煞】“莫不是富家人，贤德妻使唤的，倚门接客烟花妓。莫不是谋死母收生妇逃难闺门室，军妻半路身抛死。莫不是道婆寡妻孤独僧尼。”摘锦本：同。

【煞尾】“莫不是有纪纲女丈夫，不贤良妒嫉妇，休书改嫁贪淫女？莫不是背夫逃走辱骂公姑，不孝的小姑妯娌伤和气？莫不是孤神寡宿八败狼藉？”摘锦本：“妒嫉妇”之“妇”字作“妻”；“改嫁”之“改”字作“别”；“逃走”二字作“私奔”；“辱骂公姑”前有“逃亡妇”三字；“孤神寡宿”之“神”字作“贫”。

【浪陶沙】“三月正清明，祭扫坟莹，见堆白骨卧埃尘。一粒仙丹来度你，复转人身。”摘锦本：同。“坟莹”之“莹”字误，当作“茔”。

【前腔】“骷髅儿便还魂，问你根因，叫何名姓那乡人？我念慈悲度你起，切莫忘恩。”摘锦本：“骷髅”之“髅”字作“骸”；“还魂”之“还”字作“返”；“根因”作“原因”。（按：万象新本于“切莫忘恩”后作“（应云）我每姓张名聪，襄阳人氏，被人打死……”，摘锦本则作“（内）我们姓张名聪,襄阳人氏,被人打死……")

【前腔】"蒙师父厚恩情,救我残生,随身包伞与金银。若不相还我,在县里去投明。"摘锦本:同。(按:此"前腔"紧接在"应云"念白之后,归复生后的骷髅唱。摘锦本同。)

【前腔】"这漠子本欺心,到说有包伞金银,反将仇报骗及吾身。平生好度人难度,与你显个神通。"摘锦本:"这漠子"之"漠"字作"汉","漠"字误。

【前腔】"一命送张聪,复去归阴,庄子自日便腾云。县主一见忙下拜,也待去弃职修行。"摘锦本:同。

结尾念下场詩:"人生如梦度春秋,似箭光阴易白头。三寸气在千般用,一旦无常万事休。"摘锦本:同。

二、《贾女窃香赴约》

前集卷一上栏:《贾女窃香赴约》一出,上栏左外题《窃香记》。明《晁氏宝文堂书目》卷中"乐府"著录有《韩寿窃香记》,或即此本。万象新本《贾女窃香赴约》,可谓是明戏文《窃香记》仅存的一出。钱南扬《宋元戏文辑佚》辑录其佚曲十二支,[①]全是南曲,其引曲基本来自《九宫正始》,注曰"元传奇",俱题名《韩寿》,其为元南戏无疑。明《南九宫谱·刷子序换头》集古传奇名有《贾充宅韩寿偷香》,简称《韩寿偷香》,在明代亦有称《偷香记》者,如玉树英本目录中有卷四《偷香记·赴约》,因残卷付阙;仅万历三十年(1602)《乐府红珊》[②]卷十三有《偷香记·月下佳期》,与本出《贾女窃香赴约》皆唱北曲,曲牌相同,曲文大致相同,可资参校。

韩寿、贾女本事见南朝宋刘义庆《世说新语》卷下之下第三十五

① 钱南扬:《宋元戏文辑佚》,中华书局2009年版,第301—304页。
② 《乐府红珊》卷首有万历壬寅孟夏月吉旦明秦淮墨客的《序》,万历壬寅,即万历三十年(1602)。

《惑溺》:

> 韩寿,美姿容,贾充辟以为掾。充每聚会,贾女于青璅中看,见寿,说之。恒怀存想,发于吟咏。后婢往寿家,具述如此,并言女光丽。寿闻之心动,遂请婢潜修音问。及期往宿。寿蹻捷绝人,逾墙而入,家中莫知。自是充觉女盛自拂拭,说畅有异于常。后会诸吏,闻寿有奇香之气,是外国所贡,一着人则历月不歇。充计武帝唯赐已及陈骞,余家无此香。疑寿与女通,而垣墙重密,门阁急峻,何由得尔?乃托言有盗,令人修墙。使反曰:"其余无异,唯东北角如有人迹。而墙高,非人所逾。"充乃取女左右婢考问,即以状对。充秘之,以女妻寿。①

查《世说新语》刘孝标注曰:"郭子谓与韩寿通者,乃是陈骞女,即以妻寿。未婚而女亡,寿因娶贾氏。故世因传示充女。"又《太平御览》卷九八一以陈骞易贾充。

明吕天成《曲品》沈涅川(名鲸)条评《青琐》云:"古有《怀香记》,不存。贾午事不减文君,此记状之,甚婉曲有景。"②据注或谓非沈涅川作。《青琐记》属传奇,其与陆采的《怀香记》为同题材作品。据查,万历年间《群英类选》"官腔"卷二二有《青琐记》十出,其出目与编入《古本戏曲丛刊初集》的陆采《怀香记》出目全同,二者皆有《佳会赠香》一出,唱南曲,曲牌、曲文相同,二者只是剧名不同,当属传奇作品。可以说是根据元戏文改编的作品。与万象新本的唱北曲的《贾女窃香赴约》不同,没有直接的关系。

在元明戏文中有不少是根据北曲杂剧改编为南曲戏文的作品,本出的《贾女窃香赴约》和《乐府红珊》的《月下佳期》唱北曲仙吕【端正

---

① 刘义庆:《世说新语》卷下之下第三十五《惑溺》,《四库全书》子部。

② 吕天成:《曲品》卷下《青琐》,《中国古典戏曲论著集成六》,中国戏剧出版社 1959 年版,第 238 页。

好】套,应该说与北曲杂剧有一定的渊源关系,但是《录鬼簿》著录的元李子中撰写的《韩寿偷香》杂剧失传,无法考查。在明戏文中有采编入北曲的情况,一般的情况是由南曲开场,中间用北曲小套,然后再用南曲结束。本出的情况实属少见,用的是北曲长套。即北仙吕【端正好】、【点绛唇】、【混江龙】、【油葫芦】、【天下乐】、【哪吒令】、【元和令】、【上马娇】、【胜葫芦】、【么】、【后庭花】、【柳叶儿】、【青歌儿】、【寄生草】、【煞尾】。《乐府红珊》(简称"红珊本")有万象新本没有的三支曲。下文即以红珊本校万象新本,以与钱南扬师辑得的十二支南曲同存其面目。

"(旦、丑)小姐你昨日叫我传书,约韩生今夜月花园相会,切不可失信与他。(旦)梅香,我心里也要去赴约,只怕久后有人知道,玷污我的名节。怎么是好?(丑)这个何妨。常闻古有美女曾赴尾生桥边之约,汉有文君曾赴相如瑟奏之私,至今名垂史册。有甚玷污?(旦)既如此,我你一同往后园,等那生来便了。"

红珊本:"旦丑"后有"上"字;"韩生"作"韩郎";"月花园"作"后花园";"切不可失信与他"作"韩郎必定等候";"梅香,我心里也要去赴约"作"我心下也要去赴约";"常闻古有美女曾赴尾生桥边之约"作"昔有尾生曾候蓝桥之约";"曾赴"二字作"夜奔";"史册"作"青史";"有甚玷污"删;"既如此,我你一同往后园,等那生来便了"作"这等我去"。

【端正好】"(丑)俺小姐呵,肌细腻,体馨香,蕊珠宫玉质仙娘。只一点惜花心爱杀傅粉郎。携彩笔,赋佳章,抱楚璞,献秦邦,出青琐,步回廊,学云英,会裴航,想已在蓝桥上。(虚下)"

红珊本:"俺小姐呵"无"呵"字;"只一点"无"只"字;"想已在蓝桥上"句前有"那裴航"三字;"虚下"无"虚"字。(按:第四句后八组三字句为增句,末五字句为本格。)

【点绛唇】"(生)极目书斋,今朝想定。可人来,此望如虚,闷杀俺多才。"

红珊本:"闷杀俺多才"无"俺"字。(按:以下各曲牌后红珊本俱有"生"字,衍。)

【混江龙】"秋蟾光彩，玉堂客在清虚界，凝眸注想，行步迟回，仙姬密约在蓬壶，刘晨早已入天台。俺有斗样大色胆，他有花样嫩香腮。我一心欲火，遍体烧来，身靠着粉墙，手扳着绿槐，悄地窥视，似兰麝香过锁闼门开。"

红珊本："玉堂客在"之"客"字作"落"；"注想"之"注"字作"住"；"在蓬壶"之"在"字作"出"；"我一心"三字作"一点"；"身靠着"无"着"字；"身扳着"无"着"字；"窥视"无"视"字；"兰麝"作"麝兰"。

【油葫芦】"且向湖山暗地猜，又将那人简拆。只见他笔尖写定会多才，尾生既守桥边信，文君应向琴中解，私缔盟，不轻泄，料伊书岂徒说？我且在此闲等他一时，小姐若是不来，梅香一定来回话。且自在那碧蓝杆外宽心，待定有个飞鸿儿付音回。"

红珊本："又将那人"无"又"字；"只见他笔尖"作"一字字"；"我且在此闲等他一时"作"且再等一等"；"小姐若是不来"句前有"纵"字，无"若是"二字；"梅香一定来回话"无"来"字，"话"字作"信"；"且自在那碧蓝杆外宽心"，无"且自在那"四字。

【天下乐】"我则要亲下温郎玉镜台，欲去，又徘徊。他是个千金体出相府恍似出蓬莱。我今日就他呵，便是那麻姑见凡胎，只恐俺蔡京遭鞭背，因此上战兢兢脚步儿移不开。"

红珊本："千金体"之"体"字作"态"；"我今日就他呵"作"今日若得成就呵"。

【哪吒令】"他若有风月怀，不强自来；他若有蕙兰怀，强煞不来，他若是果不来，愁老我鬓毛衰。小姐呵，你前生与我结冤孽，今生见伊还冤债，那得相齐。深愧不才，敢老天仙宠下荒阶。"

红珊本："蕙兰怀"之"怀"字作"态"；"他若是果不来"，无"他若是"三字；"小姐呵，你前生与我结冤孽"，无"小姐呵"三字，"你前生"无"你"字，"与我"作"与你"；"相齐"之"齐"字作"解"；无"深愧不才，敢老天仙宠下荒阶"句。

按：此曲后，【元和令】前，红珊本辑者秦淮墨客保留有【鹊踏枝】、【寄生草】、【村里迓鼓】三曲，秦淮墨客是万历年金陵广庆堂重要的编辑，校勘严谨，不会轻易删去原刻的曲子。根据迹象，万象新本删了此三曲。【哪吒令】按律“那得相齐”为末句作结，万象新本【哪吒令】却在“那得相齐”后增“深愧不才，敢老天仙宠下荒阶”，不合格律。红珊本在【哪吒令】结句处以“那得相解”作结；而【村里迓鼓】的结句却作“深愧不才，敢老天姬宠下荒阶”（“姬”字，万象新本作“仙”）。万象新本为了要与【元和令】连接，则保留了此句，移至【哪吒令】作增句。红珊本卷前有秦淮墨客在万历三十年作的序，据此可推断万象新本辑于万历三十年之后，才能解释为何万象新本没有此三曲。兹将三曲引录于下，供识者参阅：

> 【鹊踏枝】把门儿试推开，怕他家添惊怪。若得个花心懒折，柳腰细摆，春似和谐。除非是云雨自巫山飞下楚阳台。小姐今夜不来，果失信乎？
>
> 【寄生草】安排五噫，准备七衰。这一点花心决惹病春骸，那一个通情简定流泪血灰。天仙知下界，端的广寒宫月娥垂素爱。
>
> 【村里迓鼓】一见了千般娇态，便消了许多障灾。谁想我凡鸟胚胎，到有个仙鸾匹配。这恩德，比乾坤，覆载一般浩大，不胜顶戴。小生荷蒙老相公出身东阁，寄迹西斋，深愧不才。敢劳天姬宠下荒阶。

【元和令】“小姐，你蛾眉儿偃新月，杏脸儿莹春色。玉纤纤两手儿柔荑白，高髻宫敝格。半是羞来半是睬，任俺将肌肤儿揣。”

红珊本：“小姐”二字无；“高髻宫敝格”之“敝”字作“妆”；“半是羞来半是睬”之“是”字作“似”，刻本写作“佀”。末句后有白“（旦）不要恁的取笑”。

【上马娇】“小姐呵，不曾把你锦裙脱，绣带儿解，身上便麻来，恰似个春到禁寒梅，那好花儿，喷出粉红腮。”

红珊本：“上马娇”误作“马上娇”；“小姐呵”三字无；“恰似个”之“恰”字作“却”；“那好花儿”四字无，误，“好花儿”三字为字格，当保留。

【胜葫芦】"小姐呵，你万金宝璧绝尘埃，香过麝兰胎。只疑是九天仙女下瑶台，轻轻搂定，款款摇推，枯体顿阳回。"

红珊本："小姐呵"无"呵"字；"摇推"之"推"字"开"。

【么】"譬如那稿稼逢霖沛，精神殊快哉。犹胜琼林夺榜魁，鱼游春水，龙醒春雷。这春意想象却难猜。(看罗帕介)"

红珊本："么"误作"前腔"；"逢霖沛"之"逢"字作"遇"；"犹胜"之"犹"字作"又"；无"看罗帕介"四字。

【后庭花】"你看这三尺素罗帕，数点春红嫩。容冶得来兴，倍浓露出心。偏悦羡，清骸名花，国色一样娇。"

红珊本："你看这"三字作"看"字。

【么】"从天上开渐愧，澪烁材凄凉，旅馆侧何幸。遇多才垂怜，契尔怀，折简辱相邀。交欢洞房侧。想前生分缘结。"

红珊本："渐愧"之"渐"字作"惭"，"渐"字误；"澪烁材"作"樗枥才"；"多才"之"才"字作"情"；"分缘结"之"结"字作"谐"。此曲实为"么篇"，万象新本和红珊本俱未标"么"，按律补上。此曲七句，可增句若干，"前生分缘结"为增句。

【柳叶儿】"旅馆中孤身儿穷客，感承小姐厚爱。今宵就风流债，两下里心意俱酬，身通泰，不辜负青琐闼梦想神猜。(旦)韩郎，妾乃万全之体，一旦被你所污，汝后万勿忘情意，使妾抱终天之恨，作白头之吟。今夕相会，无以表意，幸西域进有奇香，当今赐我父亲的，我窃得一囊在此，付与郎君以作终身之表记，庶不负今宵佳约。(生)小生深感小姐厚意，佩之于身，铭心刻骨，生死不敢相忘矣。"

红珊本："旅馆中"前有"我是个"三字；"孤身儿"无"儿"字；"感承"后有"了"字；"今宵"后有"完"字；"通泰"之"通"字作"同"字；"青琐闼"无"青"字，"闼"后有"中"字。念白"韩郎，妾乃万全之体，一旦被你所污"，作"我万金之躯一朝玷污"；"汝后万勿忘情意，使妾抱终天之恨，作白头之吟"，作"久后望乞垂念"。"今夕"之"夕"字作"夜"；"进有奇香"四字作"进香"；"当今"二字作"是圣上"；"我窃得一囊"之"窃"字作"偷"；"郎君"作"君子"；"庶不负今宵佳约"，作"也不枉此宵之良缘"；"深感小姐厚意"，作"多感小姐厚爱"；"佩之于身，铭心刻骨，生死不敢相忘矣”，作“铭刻在心”。

【青歌儿】“承赐了奇香，奇香堪爱，佩服在终身，终身不坏。真个是西番国主贡将来，皇王钦赐，皇亲钦带，小生何幸，辱卿分派，犹恐相逢是梦中，空成疑怪。”

红珊本：“贡将来”之“贡”字作“进”。

【寄生草】“这香呵真罕异，果奇绝，经年屡月馨还在。龙涎麝体犹难赛，蕙心透骨谁不爱。今宵解佩结心知，何时合卺成佳配？(旦)来此已久，恐家里寻我，且索回去。(生)如此待小生送一步。”

红珊本：“这香呵”，句前有“小姐”二字，无“呵”字；“麝体”之“体”字作“脑”；“结心知”作“结同心”。旦、生念白作“(丑)小姐，快回去，恐有人知报相公，罪及不便”。

【煞尾】“春入透花心，春胜遍体佳，胜过鸾凤和谐。好一似涸鳞渴久，幸遇着活水沛来暖溶溶，细腻香骸称情处，雨足阳台参辰卯酉，休重隔把幽期常待，将密约记怀，若是僩无人在，悄悄的把门开。(并下)”

红珊本：“春胜遍体佳”，“胜”字作“生”，“佳”字作“怀”；“好一似涸鳞渴久”，无“好一似”三字；“幸遇着”三字，无，“活水沛来”之“沛”字作“配”；“雨足阳台”之“雨”字误作“两”字；“僩”字，当作“僴”，窥视；“把门开”之“门”字后有“来”。

三、《观音化度罗卜》

前集卷一上栏：《观音化度罗卜》一出，上栏左外题《西天记》，即《劝善记》，演目连救母劝善的故事。故事源于印度的《佛说盂兰盆经》，在唐代由佛教徒编为《目连变文》，北宋编有杂剧演出，宋孟元老《东京梦华录》曰：“构肆乐人，自过七夕，便搬目连救母杂剧，直至十五日止。”[①]剧写目连母不修善行，死后被打入地狱，受尽酷刑。目连为

---

① 孟元老：《东京梦华录》卷八“中元节”，《历代曲话汇编·唐宋元编》，黄山书社2006年版，第107页。

救母出家修行,得了神通,不避艰难险阻,入地狱寻母。目连不忍母亲在地狱受苦,又祈求佛陀。佛陀教目连于七月十五日建盂兰盆会超度亡灵,借僧众之力让母吃饱。于是目连母亲得以吃饱转入人世,生变为狗。目连又诵了七天七夜的经,使他母亲脱离狗身,进入天堂。目连戏将佛教的行善与儒家的孝道结合,成为一部很有影响的戏剧流传民间。至明代依然盛行,明张岱《陶庵梦忆·目连戏》亦曰:"搬演目连,凡三日三夜。"[①]明万历年有郑之珍者,在流传的杂剧、变文及传说等基础上编撰了《新编目连救母劝善戏文》,凡演目连戏,各声腔剧种多以之为底本。有明祁彪佳《远山堂曲品》"杂调"著录,曰:"全不知音调,第效乞食瞽儿沿门叫唱耳。无奈愚民佞佛,凡百有九折,以三日夜演之,哄动村社。"[②]至清代,目连戏的演出已遍及全国,并进入宫廷。现传有明万历十年(1582)郑之珍作序的长乐郑氏藏本《新编目连救母劝善戏文》上、中、下三卷(编入《古本戏曲丛刊初集》)。

《观音化度罗卜》(插图题名《观音戏卜》),写观音菩萨考验、度化罗卜的一出戏。在本人所知的明戏曲选刊中没有再发现《观音化度罗卜》这出戏。兹以明万历年郑之珍本中卷《过黑松林》(目录注曰"观音戏目连")比较之,可以明确这是参照郑之珍本根据演出要求经过改动的戏班演出本。念白大致相同,不校,曲牌、曲文有不同处,特为指出。

【新水令】"霎时间……",此为北双调首曲,贴扮观音唱曲,唱罢,在念白中施法改换衣妆,幻化出茅屋,等待罗卜出场。郑之珍本(简称"郑本")曲牌作"新水令引",在戏文中用北曲首曲引出人物,一般不添写"引"字;亦作贴扮观音,施法同,标有"吊场"二字。万象新本"霎时间来到黑松林",郑本"来"字作"飞"。

【山坡羊】"远迢迢……",南商调曲,生扮罗卜唱。郑本同。"重沉沉难挑负的担子",郑本"沉沉"二字作"摇摇";"难救度的母亲",郑本

① 张岱:《陶庵梦忆》卷六"目连戏",作家出版社 1995 年版,第 116 页。

② 祁彪佳:《远山堂曲品》"杂调"《劝善》,《中国古典戏曲论著集成六》,中国戏剧出版社 1959 年版,第 114 页。

"母亲"二字作"娘苦困";"儿为你直奔西天境",郑本"为你"二字叠。郑本于罗卜唱曲、念白后有一曲【清江引】作为罗卜行走唱曲,曲曰:"紫烟一带拖山麓,想是天将暮,全无半个人,只得忙移步,向前村望人家投一宿。"

【金钱花】"担头挑母……",南南吕曲,生扮罗卜行走唱:"担头挑母挑经,挑经;风餐宿水劳神,劳神。忽然红日又沉西,忙投宿向前村,心如箭意如焚。"郑本罗卜已唱【清江引】行走,原没有此曲。

【前腔】"忽闻犬吠……",此曲由茅屋中观音化作民妇小娘子唱,故扮旦,欲诱惑罗卜。郑本原有此曲作【金钱花】正曲,无"前腔",虽已化作民妇娘子,仍作贴唱。"前山十里黑松林",郑本"前山十里"作"前三十里都是";"茅庵里暂栖身",郑本"茅庵"作"何不在茅檐"。

【驻云飞】"听告原因……",南中吕曲,生罗卜唱,下有三支【前腔】,第二、三支未标"前腔"。郑本原作【半天飞】曲,生罗卜唱,原下有三支【前腔】,俱未标"前腔"。万象新本【驻云飞】与郑本【半天飞】,曲文基本相同,不知为何名"半天飞"?已查五种曲谱,未查实。曲文异者有"家住南都王舍城",郑本作"傅罗卜家居王舍城";"父亲傅相为善登仙境",郑本"父亲傅相"作"我父";"我母刘氏不把神明敬",郑本无"刘氏"二字;"嗏,一旦丧幽冥",郑本作"倾,一旦赴幽冥";"痛苦难禁",郑作"苦难禁";"无计迢升"之"迢"字,郑本作"超";"敬往西天把活佛来参问",郑本于此句前有"因此上挑母挑经"七字;"感得垂怜,出外人方信家贫未是贫",郑本作"须信家贫未是贫,感得垂怜出路人"。

【前腔】"若问夫君……",旦观音化身唱,郑本贴观音化身唱。"他也离家四五春"之"也"字,郑本作"已";"即有相随影"之"即"字,郑本作"只";"嗏,提起暗魂消",郑本"嗏"字作"情";"辜负奴花样娇娆柳样轻盈"之"娆"字,郑本作"妖"。

【前腔】"炼性诚心……",生罗卜唱,郑本同。"炼性诚心"之"诚"字,郑本作"澄"字;"火不能燃水已冰"之"已"字,郑本作"不";"五蕴都修定"之"定"字,郑本作"净";"嗏,你是女人身",郑本作"听,你是女人身";"身值千金"之"值"字,郑本作"抵";"休得胡言"之"言"字,郑本作"行";"四畏堪知天律照然应",郑本于此句位有增句,作"虽然是暮夜昏昏，自有个天知地知你知我知，此意昭昭难说无知证”。

【前腔】“堪笑痴心……”，旦观音化身唱，郑本贴观音化身唱。“嗏，似这等夜静与更深”，郑本作“君，似这等夜静与更深”；“请入兰房共衾同枕倒凤颠鸾此乐谁堪并”，郑本作“请入兰房共枕同衾凤倒鸾颠此乐何堪并”。

【扑灯蛾】“忽闻猛虎……”，南中吕曲，生罗卜唱，郑本同。然郑本却题【鲍老扑灯蛾】，不知何故。据查，在《九宫正始》中吕宫确有【花犯扑灯蛾】一曲，是【扑灯蛾】的犯调，亦名【海棠花枝扑灯蛾】，一名【鲍老扑灯蛾】，又名【麦里蛾】，注曰：“不识题中‘海棠’、‘鲍老’及‘麦里’皆何谓。”其全曲句格与【扑灯蛾】不合，而郑本的【鲍老扑灯蛾】在刻本中“阶前虎逼人”句另起一行，为两曲，正与万象新本【扑灯蛾】两曲相合，故取万象新本作【扑灯蛾】两曲。“刚把雄威逞”之“逞”字，郑本作“整”。

【前腔】“阶前虎逼人”，没标“前腔”二字，旦扮观音化身唱，郑本没标“前腔”二字，贴扮观音化身唱。“阶前虎逼人”，郑本作重句；“何不进门来”之“进”字，郑本作“入”；“君子你若是肯听”之“若”字，郑本作“如”；“你若是不听”之“若”字，郑本作“如”。

【锁南枝】“天开眼……”，南双调曲，以下三曲未标“前腔”，郑本同；此曲生罗卜唱，郑本同。“我不饮酒不茹荤”，郑本于“不茹荤”前有“我”字；“我遵佛法守佛戒”，郑本作“我遵佛戒守佛法”；“岂不闻汉云长”之“汉”字，郑本作“关”；“你休学卓文君把相如夜引”，郑本“休学”后有“那”字，“夜”字作“牵”。

【前腔】“我有疾……”，旦扮观音化身唱，郑本贴扮观音化身唱。“我有疾”，郑本作“我疾作”；“一举手救得一人命”之“救”字，郑本作“活”；“此造七级浮屠还胜”之“此”字误，郑本作“比”，“七级”前有“那”；“着便是磨而不磷”，郑本作重句。

【前腔】“鲁男子……”，生扮罗卜唱，郑本同。“池闭户不容女子进”，郑本作“他闭门不容女人进”；“宁忍他冻死呵”之“宁”字，郑本作“能”；“不肯把声名污损”，郑本作“不肯开门把清名污损”；“我以手摩你身”之“你”字，郑本作“尔”；“就是挠天河洗此羞难净”之“挠”字，郑本作“挽”,“洗此羞”作“只恐洗”;“君子避嫌疑”之“避”字,郑本作“远”;“难依娘行尊命”,此句郑本作重句。

【前腔】“天将晓……”,旦扮观音化身唱,郑本贴扮观音化身唱。“相怜悯”,郑本作“相救呵”;“如入宝山空手还乡井”,郑本于“宝山”后有“中”字;“似这等哀告不回心”,郑本于此句前有“是不为非不能”,此句虽大字单行,疑为带白。

按:观音化身在火光中下场后,罗卜大惊,念诗云:“闪闪红光烛地明,四山虎豹往前奔。分明有个娘娘像,高叫南无观世音。”郑本“分明有个”作“张张都有”。然后,观音上场念三十句长诗“观世音来观世音……”,郑本题为《观音词》,当是民间流传的作品,其中九处有别:“那个儿女痛双亲”之“痛”字,郑本作“念”;“孝子一心思报本”之“本”字,郑本作“母”;“横挑担儿难赶步”之“赶”字,郑本作“趱”;“看看来到黑松林”之“看看”,郑本作“堪堪”;“黑松林内多虎豹”之“内”字,郑本作“中”;“我今为你促行程”之“行”字,郑本作“途”;“一日行来抵一旬”之“低”字,郑本作“当”;“见拂前往地狱里”之“拂”字误,郑本作“佛”;“一路将来护你身”之“你”字,郑本作“尔”。

【皂角儿】“感观音……”,南仙吕曲,生罗卜唱,郑本同。“皂角儿”之“皂”字误,应作“掉”,郑本刻作“卓”,当是“掉”之省笔。“念罗卜长路但非轻”之“长路”,郑本作“路远”。

【尾声】“看看曙色……”,生罗卜唱,郑本同。“看看曙色分幽冥”,“曙”、“冥”二字,皆作“目”旁(“曙”字无“目”旁),郑本“曙”、“冥”二字皆作“日”旁。

四、《蒙正游街自叹》

前集卷一下栏:《蒙正游街自叹》一出,中栏左外题《破窑记》,明徐渭《南词叙录》“宋元旧篇”题作《吕蒙正破窑记》。① 《永乐大典》卷一

① 徐渭:《南词叙录》“宋元旧篇”,《中国古典戏曲论著集成三》,中国戏剧出版社 1959 年版,第 251 页。

三九八四戏文二十著录有《吕蒙正风雪破窑记》。可参阅本编《大明天下春》卷五《破窑劝女》条有关《吕蒙正风雪破窑记》的著录和版本。《古本戏曲丛刊初集》之明书林陈含初詹林我刻《李九我批评破窑记》第二十出《状元游街》、《歌林拾翠》选录《破窑记·游街》与此《蒙正游街自叹》不同，其中没有主曲【七贤过关】。明嘉靖年间《全家锦囊》七卷之《吕蒙正》亦没有此出戏。仅查得明戏曲选刊《时调青昆》卷二下栏的《状元游街》有【七贤过关】，可资比较。

万象新本此出戏影印比较清晰，而《时调青昆》此出戏文字有漶漫之处，不易辨明，且此出戏仅见一处，篇幅较短，特为引录。

状元游街（《时调青昆》）

【引】（生）十年灯火困书帏，一旦声名四海闻，功名遂少年豪气。下官蒙圣恩赐宴游街，已曾差人迎接夫人到此，同享荣华，至今未见回报。左右，带马过来，往天街一游。

【七贤过关】（生）琼林赴宴归，喜沐君恩宠。光映绿袍新，醉压雕鞍上。（丑）禀状元爷，前面相府搭彩铺毡，迎接状元回府。（生）起去。我想昔日也是蒙正，今日也是蒙正。衣衫虽换，骨格犹存。岳丈呵，你道是相门高耸，又谁知仕路又逢。这还是昔日书生，今来拜岳翁。左右，来此是那里？（丑）是贡院门首。（生）记得昔年赴科，天色尚早，在石栏杆上打睡。有一狂士谈笑而过："破窑汉子，瞌睡未醒，如此之人，焉有发达之期？"那时听得此言，我本待要抬头仰视于他，怎奈我时运未遂。到今日，腰金衣紫，讲话之人今在何处？若记其言，我终身不忘了。狂士呵，岂知我文贯斗气若虹，倾三峡胆气雄。我本是宽洪大度三公量，不比凡夫一样同。紫袍金带雕鞍上，狂士呵，认不得当初在此瞌睡翁。听犁樵声彻愁怀重，恍惚犹疑山寺钟。想当初三餐斋粥犹还缺，今日里叨享君恩禄万锺。记得昔年在彩楼之下，蒙夫人把丝鞭招赘下官，双双回府拜堂。岳丈见我衣衫褴褛，将夫人花冠礼衣剥去，双双赶出府门。那时夫人问我："秀才，爹爹将我花冠礼衣剥去，你家可有么？"那时节我回言："说得好，谩道花冠礼衣，就是凤冠霞帔也是有的。"当初说之无心，谁想今日果应其言。今朝富贵酬妻愿，彩楼上贫贱相逢大不同。你本是凤冠霞帔千金体，到今日紫诰金花万岁封。欲为金殿传胪客，须向寒窗苦下工。此身既受君恩宠，报国丹心务秉忠。满城灯火，笙歌簇拥，快引神仙从，两道纱笼控玉骢。

万象新本与《时调青昆》本（简称时调本），基本上相同，都是生扮吕蒙正唱引子出场，然后游街唱【七贤过关】。游街时经过的地方便有回忆：万象新本是相府门首想起接得彩球，听山寺钟声遭遇饭后钟，午朝门外被狂士蔑视；时调本则是相府门第想起当年受岳丈羞辱，贡院门首却遭狂士笑骂，听山寺钟声想当年的窘迫。唱曲的结构被改编了，但是开首的三句引子出场和结尾处的想起当年夫人的花冠礼衣被剥、赶出家门的情节没有变。

从曲文来看，基本相同中也是有变化的。从曲牌和曲文分析，万象新本似较时调本早一些。万象新本上场引子作四句：“十年灯火困书帏，一旦声名四海知。金带悬腰荷衣挂体，不负少年豪气。”万象新本题【七贤过关令】，“令”字衍，当删。《九宫正始》第五册南吕宫选有【七贤过关】例曲，这是集曲，犯【击梧桐】、【满园春】、【五更转】、【一封书】、【浣纱溪】、【孤飞雁】、【香罗带】七曲，故名。一般作抒情曲。时谱“不分题析犯，且以其字句少加增减改易文理”。这种情况在万象新本还是时调本中都是存在的，民间流行的唱工戏尤为如此。

万象新本“光济绿袍新，醉压金鞍重”，在时调本被改了。接下的“当日黄卷青灯夜雨，转换得玉堂金马春风。始信道书中马车多如簇，真个似神仙马似龙”，此四句太一般了，时调本删了这四句，又改动了“你道是相门高种，岂知道仕路又逢。你枉做调和鼎鼐三公位，不识南阳有卧龙。我还是旧日书生拜岳翁”五句，被改写为通俗而生动的语句：“你道是相门高耸，又谁知仕路又逢。这还是昔日书生，今来拜岳翁。”时调本改得好。

又，万象新本：“当日三餐齑粥犹还缺，今日叨享君恩禄万钟。耳边忽听鲸音送，恍惚犹疑山寺钟，埋头数载致身九重。正是宽洪大度三公量，不比凡夫一样同。绿袍金带雕鞍上，不认得当时瞌睡翁。”时调本“禄万钟”之“钟”作“锺”(《孟子·公孙丑下》:“我欲中国而授孟子室,养弟子以万锺。”古“锺”字为量器名,与“钟”通,现简化字亦作“钟”)。“耳边忽听鲸音送”,改作为“听犁樵声彻愁怀重”;“埋头数载致身九重”被删;“绿袍”作“紫袍”。时调本同时将句子的次序作了改动,有增句“文贯斗气若虹,倾三峡胆气雄”。改动是比较大的,但文理理顺了,与下文的念白接得顺畅。

又,结尾处的改动不大,有删句亦有增句。万象新本:“你本是凤冠霞帔千金体,今日里紫诰金花万岁封。只为五经三史,精研究穷,欲为金殿青云客,须向寒窗苦下工。此身既受君恩宠,报国丹心务秉忠。满城灯火,笙歌乱拥,引领神仙从,两道纱笼控玉骢。”时调本删了“只为五经三史,精研究穷”句,增了“今朝富贵酬妻愿,彩楼上贫贱相逢大不同”,比较之下,就知道时调本趋俗近理;但是“青云客”改作“传胪客”,可能有人不知道“传胪”为何官职。

据以上的对比分析,此二本的吕蒙正《游街自叹》是民间伶人的创作,构思很巧妙,状元游街是炫耀富贵荣华的好事,却让状元在游街中回想起当初的困境和遭遇,很有意味,也很有价值。

五、《寄书报母》

前集卷一下栏:《寄书报母》一出,中栏左外题《金貂记》,应为《投笔记》。明吕天成《曲品》卷下“旧传奇·具品六”著录,以为是邱琼山(名濬)撰,《曲品》曰:“词平常,音不叶,俱以事佳而传耳。何不只用曹大家?与任尚书事,犹无谓。”①明祁彪佳《远山堂曲品》“能品”著录,署“华山居士”撰,曰:“词虽平实,局亦正大。投笔出关处,想见古人慷慨之概。‘无语倚南楼’一曲,歌者盛习之。”②清张彝宣《寒山堂曲话》

① 吕天成:《曲品》卷下《投笔》,《中国古典戏曲论著集成六》,中国戏剧出版社 1959 年版,第 228 页。

② 祁彪佳:《远山堂曲品》“能品”《投笔》,《中国古典戏曲论著集成六》,中国戏剧出版社 1959 年版,第 68 页。

云:“《投笔记》,琼山,邱濬,字仲深,文渊阁大学士,意佳词腐。”[1]《曲海总目提要》卷四三著录,曰:“不知谁作。”庄一拂《古代戏曲存目汇考》认为“华山居士疑即濬别署”,[2]邱濬别署为赤玉峰道人,当然亦可有第二别署,未查实。作者为邱濬之说,存疑。

《中国曲学大辞典》列有戏文《投笔记》和传奇《投笔记》,然比较两条释文,所引证的资料相同,不能证明其有传奇本。庄一拂《古代戏曲存目汇考》仅有其戏文,没有传奇。存诚堂魏仲雪批评本《投笔记》第三十五出《托友兵权》【驻马听】后有多处七言“滚”唱,乃是弋阳腔、青阳腔戏文唱本的特点。兹引录如下:

> 【驻马听】(生)父老近前,一□从头听我言。论为人须要,父慈子孝兄友弟恭。(滚)自古道有田不耕仓廪虚,有书不教子孙愚。仓廪虚兮岁月乏,子孙愚兮礼义疏。有志者教他勤谨攻书,无能者教他务本耕农。(滚)你看忍字心头一把刀,为人不忍祸先招。若还忍得些儿气,过后方知忍字高。莫因些小便争嫌,邻家有事须当劝。(滚)春日勤耕要向前,夏来早起莫贪眠。秋时懒惰无收拾,冬受饥寒莫怨天。必须要勤俭为先,勤俭为先。(滚)冯商四德喜重重,裴度身荣还带功。渡蚁鞭桥俱厚报,造恶之人天不容。当权正好行方便。
>
> 【前腔】(众)拜别贤侯,百姓慌忙无计留。(滚)真个月明半夜无犬吠,黄昏三点少人行。诸国称臣来纳贡,狼烟永息庶民忻。且喜得风停草偃,百姓无忧。(滚)酒家今日瓮头开,小人当前把一杯。遇饮酒时须饮酒,老爷千万莫辞推。一杯别酒饯贤侯,正是阳关西出无回首。(滚)车马纷纷赴汉庭,扳辕卧辙也难留。只恐老爷回朝后,狼烟烽起有谁平?只落得两泪交流,两泪交流。望

---

① 张彝宣(号寒山子)《寒山堂曲话》之“谱选古今传奇散曲集总目”,《续修四库全书》第1750册第646页。

② 庄一拂:《古典戏曲存目汇考》卷三,上海古籍出版社1982年版,第94页。

老爷脱靴为记，留传在后。

《投笔记》的用曲比较自由，采用北曲时也疏于规范。剧中班母夫扮，“夫”不是脚色名，戏文中常见“夫”扮老夫人。《曲品》列为“旧传奇”，实指为戏文无疑。传有明万历年的存诚堂《新刻魏仲雪先生批评投笔记》刊本、三槐堂《新镌徽版音释评林全像班超投笔记》刊本（请参阅前集卷四下栏《班超》之《班超别母求名》《仲升使夷辨论》），《丛书集成三编》或云犹有富春堂本、世德堂本、文林阁本。刊本很多，不知存本有几，然本人只查得《古本戏曲丛刊初集》的魏仲雪批评本（即存诚堂本）和《丛书集成三编》的罗懋登注释本，此二种文辞无多大差异，基本相同，前者三十八出，后者三十九出（多第一出家门始末），出目有异。

该剧取材于《后汉书》的《班超传》。剧写东汉班超文武全才，在任尚幕下任职，受任府家院侮辱，愤而投笔从戎。窦固元帅器重人才，任班超为司马，出使西域至鄯善国。班超在鄯善国备受厚待，汉使李邑嫉班才，诬陷之；汉武帝受骗抄班家，逮班母、班妻下狱。后班超破北匈奴军，斩北匈奴王首级献鄯善国王，使之臣服于汉。后班超派人带书信回汉朝，被诬陷事真相大白，封为定远侯，班师回朝，合家团圆。

此出戏写班超母、妻出狱后接到班超书信时的情景。原为存诚堂本的第二十八出《出狱得书》，罗懋登注释本的第二十九出出目同，不知何故万象新本仅选录【小桃红】、【蛮牌令】、【尾声】三曲，且题名《寄书报母》。此出戏【小桃红】之前尚有【步步娇】、【懒画眉】二支、【画眉序】三支、【不是路】二支，写徐千之母得知班母回家，带些柴米酒醋前来探望，又有班超帐下参谋郭恂替班千里传书送达班府。这些情节和曲辞都没收录，而选录的【小桃红】曲后原有的念白也删了，单录曲文。曾有一说，明万历年的选刊也是为清唱而刊行的。若如是，此出戏即是一个例证。祁彪佳说，“无语倚南楼”一曲，当时很多歌者喜欢习唱。兹引录供识者欣赏。

存诚堂本《投笔记》，第十一出《母妻问卜》：

【二犯傍妆台】(夫)无语倚南楼，湘帘高卷控金钩。啼痕点点沾罗袖，离愁种种上眉头。儿，思亲早把封侯奏，我这里忆子空牵万里忧。(合)从儿去后望穿两眸，伤春未已又悲秋。

【前腔】(旦)凤箫声绝彩云收，画眉人去镜鸾羞。春衫蹙损庭前柳，丁香暗结雨中愁。夫，天涯渺漠无鱼雁，俺这里闺阁徒劳望斗牛。(合)从夫去后望穿两眸，悔教夫婿觅封侯。

又，明胡文焕《群音类选》"官腔类"，选了此剧二十三出曲文，可见明万历年间昆班演出此剧情况，其中《郭恂送书》一出(自【画眉序】起)，即是存诚堂本和罗懋登注释本的《出狱得书》，万象新本的《寄书报母》也就是其中的【小桃红】、【蛮牌令】、【尾声】三曲，曲文同。此三曲小异：

【小桃红】"早晚失温清"之"清"字，存诚堂本同，误；罗懋登注释本作"凊"，是。《北史·薛寘传》："温凊之礼，朝夕无违。""温凊"，为"冬温夏凊"的略语，冬温，温被使暖；夏凊，扇席使凉。"不克图家庆"之"克"字，存诚堂本、罗懋登注释本作"得"。

【蛮牌令】"吾将瞑目"，存诚堂本作"吾目将瞑"，罗懋登注释本作"吾将目瞑"。"怎得你衣锦归来"，存诚堂本、罗懋登注释本作"怎的你昼锦荣"。"潺潺泪零"之"潺潺"，存诚堂本、罗懋登注释本作"盈盈"。

【尾声】"且开怀休闷萦"，存诚堂本作"且宽怀休忧闷"，罗懋登注释本作"且开怀休忧闷"。"只恐怕烦恼忧愁与残年送行"，存诚堂本"只恐怕烦恼忧愁顿送此生"，罗懋登注释本作"只怕烦恼忧愁顿送此生"。

卷二

六、《有为庆寿》

前集卷二上栏：《有为庆寿》(目录书"潘葛寿日思妻")一出，上栏左外题《鹦哥记》，即《鹦鹉记》。今传本有明富春堂刊本《苏皇后鹦鹉记》三十二出，收入《古本戏曲丛刊》初集。剧写周王将西番进贡的白鹦鹉，命苏妃管养。梅妃嫉妒，设计杀死鹦鹉。周王怒，赐苏妃死。丞相潘葛以夫人替死，救苏妃出逃，避难中生太子。后来周王悔杀苏妃，潘葛迎苏妃母子回宫。明祁彪佳《远山堂曲品》"具品"《鹦哥记》评曰："苏妃事，殊不经。其事亦明顺。但立格已堕落恶境，即实甫再生，亦无如之何矣。"①

本出戏《有为庆寿》，写潘有为为父亲潘葛庆寿，寿宴之上潘葛思想起夫人替死的往事，不免悲痛愁怀。是日接被救的苏英娘娘书信，知太子已十三岁，聪慧过人，愁中闻喜，决心辅助太子继位，为国除奸。然富春堂本没有这出戏，惟弋阳腔本《白鹦哥》抄本有此戏，名《思妻看书》。明戏曲选刊本《乐府菁华》卷一有此戏，名《潘葛思妻》，卷六又有《潘葛宴中思妻》，二者相同。《尧天乐》卷下亦有《寿日思妻》。

兹以《乐府菁华》本与万象新本比较，基本相同，有异文者特为校出。

其曲牌为：【字字双】、【点绛唇】、【四朝元】、【前腔】、【前腔】、【前腔】、【混江龙】。

生扮潘葛，净扮潘有为，另有末扮当值，不唱曲。南北曲混用，甚不合曲律；其中有叠唱四支【四朝元】，为南曲仙吕入双调，叠用四支可自为短套。以下为万象新本和《乐府菁华》本曲牌曲文的情况：

【字字双】净唱，"宦门生长我最高，性傲；父亲鼎鼐佐周朝，显耀。今日寿旦列笙歌，欢笑；安排筵宴奉亲闱，子道"。此曲原为仙吕入双调过曲，可作冲场用，由潘有为唱上场。《乐府菁华》本曲牌却用【金钱花】，为南吕过曲，用法同上，曲文亦同；但【金钱花】不同于【字字双】，《乐府菁华》本误用了。

【点绛唇】生唱，"紫阁元勋，周朝独一，股肱臣。恨梅伦心毒，忿不

① 祁彪佳：《远山堂曲品》"具品"《鹦哥》，《中国古典戏曲论著集成六》，中国戏剧出版社 1959 年版，第 82 页。

平害苏英。误陷忠贞，到如今，忧国忧民两鬓星”。此曲为潘葛上场唱引子。非仙吕北曲，实为黄钟南曲。南曲第一、第二句不叶，第三句始用韵。第四句为仄平平仄。“前腔”用“换头”。此作引子，“前腔”省句。《乐府菁华》本同。

【四朝元】净唱，南曲仙吕入双调曲牌，叠用四曲，自成一套。此曲《乐府菁华》本同。第一【前腔】生唱，“使听之无声”，《乐府菁华》本于“使”字后有“我”；“那日急急走回家”之“家”字，《乐府菁华》本作“归”；“闲时常想”，“想”字后脱字，《乐府菁华》本于“想”字后有“你”。第二【前腔】净唱，《乐府菁华》本同。第三【前腔】生唱，“恁我叫得咽喉急”之“我”字，《乐府菁华》本误作“你”。此四曲，潘氏父子轮唱，夫念妻，儿想娘，声声悲切，字字啼泪，令人感叹唏嘘；同时也回叙了前史：梅妃陷害苏妃，潘丞相夫人替死，救苏妃出逃。【四朝元】曲后，被救的苏娘娘来信，潘葛读信，曰：“苏英写纸彩，百拜潘卿忠烈。前蒙恩救，脱天罗网。一别俄惊十数年，病体无灾神保护。幸喜分娩两安全，生下太子十三岁。聪明智慧更仁贤，文通典籍知诗礼，可掌周朝社稷川。乞垂怜望周全。草草不恭，台炤不宣。”“可掌周朝社稷川”，《乐府菁华》本“可继周朝历数传”。虽书信文字单行大字排，亦当作念白。

【混江龙】生唱，此乃北曲仙吕宫曲牌，在北曲按律应紧接【点绛唇】之后。但前虽有【点绛唇】，因是南曲，曲后不随【混江龙】，可参考《琵琶记 · 辞朝》折。然此曲用在南曲【四朝元】之后，作为末曲收煞，亦为鲜见之例。于此可见戏文的曲牌用法，很自由，也很特殊。但是，前面的【字字双】、【点绛唇】、【四朝元】叠用四支，还是合乎曲律的。此曲文，《乐府菁华》本同。

此出戏虽在全剧本中没有，但在一出戏中包含了该剧的全部内容，观众容易接受，在民间流传既久且广。在清初弋阳腔《拾金》中，叫化子唱的就是《潘葛思妻》。近代湖南高腔也有《潘葛思妻》，据说流传至今尚能演出。

七、《昭君出塞》

前集卷二上栏:《昭君出塞》一出(原刻目录书《昭君出塞和番》),上栏左外题《和戎记》。疑有古本元或明初戏文《王昭君》,然无著录,不传。请参阅《大明天下春》卷五《元帝饯别昭君》条之相关内容。钱南扬师在《戏文概论》第二章第一节"流传者"文末附录的余姚腔剧本,其中有明万历年间的富春堂刊本《王昭君出塞和戎记》,曰:"此外尚有一部分余姚腔剧本,也俱无作者姓名,可能大多出宋元人之手。"①此刊本已被《古本戏曲丛刊》二集收录,其中第二十九出写"昭君出塞"的故事。又有明嘉靖年间的《全家锦囊》(以下简称"锦囊本")下十一卷之《王昭君》戏文,②其第六段即写"昭君出塞"的故事。此富春堂本与锦囊本应同源于古本《王昭君》。此两种本子中,自【点绛唇】以下至【耍孩儿】与本出《昭君出塞》基本相同,本出或出于此二本。在明戏曲选刊中,有不少选刊选有《昭君出塞》(或题《昭君和番》),如万历年有《乐府红珊》卷六《和戎记·昭君出塞》、《摘锦奇音》卷三《和戎记·昭君出塞》、《大明春》卷三《和戎记·昭君出塞》,崇祯年《醉怡情》之《青塚记·昭君出塞》、《怡春锦》之《青塚记·出塞》;如万历年《群音类选》北腔卷四《王昭君和番》、明末《徽池雅调》卷一《昭君和番》。至于崇祯年《盛明杂剧》初集署名陈与郊的《昭君出塞》,即祁彪佳在《远山堂剧品》中说的仅一出的《王昭君》,是明杂剧,曲牌用【新水令】南北合套,与他出全然不同。

《昭君出塞》自元明以来流传久远,至今不少剧种都能演出,是古今观众喜爱的剧目。至于明代的《昭君出塞》如何面目,已无法在舞台上欣赏,但万象新本的《昭君出塞》实属当时舞台演出的脚本,极有文

① 钱南扬:《戏文概论》,上海古籍出版社 1981 年版,第 95 页。

② 孙崇涛:《风月锦囊考释》,中华书局 2000 年版,第 120 页,题《王昭君》,有注曰:"此题目据正文卷题简化。卷首总目,作《昭君冷宫□(窗?)记》,不明究竟。"

献参考价值,兹对其曲白作一整理,以锦囊本、富春堂刊本、《群音类选》、《乐府红珊》等四本校勘,留存其明代演出本的原貌。这个剧本属青阳腔剧本,其南北曲曲牌连接不规范,其曲牌格律也不严格,唱调中有“滚调”,不易区分,不能用曲牌的格律要求它,因此从其原来的面目,不作改变,在按语中简略说明。其曲文在流传下来的昆剧、京剧的《昭君出塞》中可以看到其明显的文字痕迹。

昭君出塞

【汉宫春】(净、丑)金瓜武士,将寡兵。纵然有谋士,全无去抵敌。羞杀了满朝将,吾心有愧。(合)大雪纷纷满空飘坠。

【前腔】(末)思忖手足,心中惨凄。骨肉恋同胞,怎忍相抛弃?紫荆花树,死分开连理枝。(合前)

【前腔】(贴)娘娘今日,离了禁城。三千宫娥女,洒泪湿分襟。今别刘天子,难得重相会。(合前)

【前腔】(旦)时乖运蹇,命遭苦迍。我王送出金銮殿,携手分襟,怎生割忍。(合前)

【清江引】(旦)刘王闷坐金銮殿,昭君和番去,囚禁宫里三月重相会,今日里好伤情,止不住腮边泪。

(众跪介)禀娘娘,銮驾齐备,请娘娘上马。(旦)昭君拂王鞍,上马啼红颊。今日汉宫人,明朝胡地妾。(末)禀娘娘,来此乃是汉岭。

按:【汉宫春】是南曲,用南曲引人物上场是南戏的惯例,【清江引】曲亦北亦南,故用在南北曲之间,引出下面的北曲。此【汉宫春】四曲与【清江引】曲白,与《乐府红珊》卷六《王昭君出塞》相同,作为开场在【粉蝶儿】之前,“怎生割忍”作“怎生剖分”;【清江引】却用小字双行排,“金銮殿”作“金銮位”,“宫里”作“幽宫里”;念白“来此乃是汉岭”作“此是汉岭了”。《群音类选》北腔卷四之《王昭君和番》,直接用【清江引】作引子开场,不是旦唱,而是由末、净、丑唱上场,烘托气氛,然后请娘娘时旦念“昭君拂王鞍……”上场。“金銮殿”亦作“金銮位”,“宫里”作“冷宫中”,“来此乃是汉岭”亦作“此是汉岭了”。

在富春堂本《和戎记》的第二十九出,不用【汉宫春】、【清江引】,却用南曲【小桃红】【下山虎】、【蛮牌令】、【亭前柳】、【一盆花】、【浣溪纱】、【马鞍儿】、【胜葫芦】八曲(其中“小桃红”之“小”字误作“水”,“浣溪纱”之“纱”字误作“乍”;自【一盆花】起,曲牌不同宫调),旦扮昭君唱,加强了抒情性。这与《风月锦囊》正杂两科卷一《新增王昭君出塞》的【小桃红】等八曲同(有异文,免校)。这八曲很可能由所谓的失传的“古本”《王昭君》而来,但在万历年的选本中没有选录,即在戏班演出中也没有采用。其中有一支很少用的曲子【马鞍儿】,经查,在《九宫正始》附有《十三调谱》羽调近词中有该曲,引录早期戏文《乐昌公主》的佚曲一支,原曲九句;《风月锦囊》之《新增王昭君出塞》和富春堂本中,此曲曰:“铺马传宣罢战征,接昭君入禁城。夫人和小姐齐笑语,阿世多罗观世音。”作省句,止四句。这曲子亦在“时调”中使用,如元关汉卿杂剧《望江亭》第三折“收尾”后的吊场中唱的【马鞍儿】曲“想着想着跌脚儿叫……”(此曲不合“马鞍儿”格律,权作时调观),唱后衙内云:“这厮每扮戏那。”在《元曲选》中,此曲低一格排列;在顾曲斋本、息机子本中“戏”字前有“南”字。说明这是早期南戏中的南曲曲牌。

【粉蝶儿】(旦)汉岭云横,雾蔽下飕风透湿征衣。人到分关珠泪垂,马到关前步懒移。人影稀北雁南飞,冷清清朔风似箭,旷野云低。

【点降唇】细雨飘丝,自幼在闺阃之中,那曾受风霜劳役?转眼望家乡,缥缈魂飞。只见汉水连天,落花满地。愁思雁门关上望长城,纵有巫山十二难寻觅。思我君想我王,指望凤枕鸾衾同欢会,谁知道凤只鸾栖都一样肝肠碎。(喊擂鼓介)

忽听得金鼓连天振地,人赛彪马似龙飞。只见旌旗闪闪黑白似云飞;只见番兵一似群羊聚,发似枯松,面如黑漆,鼻似鹰钩,须卷山驴。兄弟，你对番兵说，教他下阵在关前立，将马带带紧慢慢行。而昭君呵，好一似线断风筝难回避，好一似弦断无声韵不回。好一似石沉海底，你看那月正圆又被云遮掩，花正开又被狂风摆。想当初娥皇愁虞舜，今日昭君怨恨在沉埋，想卓文君题桥志在。左右拿琵琶过来。（末）启娘娘，琵琶现在。（旦）忆昔君王恩爱深，谁知今日拆龙衾。无限凄凉无限苦，且把琵琶诉此心。

手挽着琵琶拨调，（末）娘娘，琵琶为何不响？（旦）我知道了。非是他音不明，多因我心自焦。把指尖儿将丝弦操。正是知音弹与知音听，奈故人已远怎得个知音晓。纵有伯牙七弦琴流水调，惟有孔仲尼堪叹颜回少。常言道纵有聪明富贵难比天高，鸳侣付多情，藕丝弦下焦。音韵多颠倒，步响难拨操。怎不教人晃晃心焦？若是弦断了，花落连根倒。弦断无声了，宝镜昏难照。若是无弦了，下韵难拨操。想前生烧了断头香，今世里离多会少。总是奴情稀命薄损娇容，瘦减围腰，手托香腮，珠泪满落。

按：以上的曲子，自【粉蝶儿】“汉岭云横……”以下俱是北曲，然有几个疑点，无法解释，也许这是青阳腔戏文的特点，可以视南北曲规范于不顾。北中吕【粉蝶儿】和北仙吕【点降唇】（“降”字，当作“绛”）不合字格，且这样的用法很特别，【粉蝶儿】是套数曲，不能单用；【点绛唇】不能连用数曲，一般是用一曲，后续【混江龙】可以增字句。现看到的《昭君出塞》的选本，大多是这样的，只能保持原样不改。

先看曲牌的情况：锦囊本和富春堂本都将“汉岭云横……”曲作【点绛唇】，首曲之后不再标曲牌名，连书通排。锦囊本“手挽琵琶……”曲题作【后庭花】首曲，富春堂本、《群音类选》本、《乐府红珊》本不改题【后庭花】，依旧连书在【点绛唇】曲文后。《群音类选》本和《乐府红珊》本，依旧保持【粉蝶儿】“汉岭云横……”不变，俱以“细雨飘丝……”为【点绛唇】首曲，《群音类选》本后曲不标曲牌，连书通排；《乐府红珊》本则另起一行，却标“前腔”二字（这是错误的称法，北曲只称“么篇”，不称“前腔”），也不符规范。《群音类选》本和《乐府红珊》本

“手挽着琵琶……”曲依旧连书在【点绛唇】曲文后。于此可见《昭君出塞》这出戏曲牌有混淆的现象。

再看曲文的变化:“雾蔽下飕风透湿征衣”,锦囊本“飕”字作“朔”,“透湿”作“冷透”;富春堂本“蔽”字作“闭”,“飕风”作“朔风飕”,“透湿”亦作“冷透”;《群音类选》本同万象新本;《乐府红珊》本于“飕风”下有“凛凛”二字。“人到分关珠泪垂”,锦囊本“分关”作“关前”;富春堂本、《乐府红珊》本同万象新本;《群音类选》本“分关”作“分襟”。“马到关前步懒移”,锦囊本“移”字作“提”;富春堂本、《群音类选》本同万象新本,《乐府红珊》本“关前”作“分关”。“人影稀北雁南飞”,锦囊本、《群音类选》本、《乐府红珊》本同万象新本,富春堂本“北雁”作“征雁”。“冷清清朔风似箭,旷野云低”,四本俱同。

“细雨飘丝”,锦囊本“飘丝”原作“票系”;余三本俱同万象新本。“自幼在阃阈之中”,锦囊本“自幼”前有“想”字,无“在”字;余三本俱同万象新本。“那曾受风霜劳役”,锦囊本于“风”字前有“这”;富春堂本于“风”字前有“这般”二字;余二本俱同万象新本。“转眼望家乡,缥缈魂飞”,锦囊本“家乡”作“长安”,“飘”字作“票”;《群音类选》本“转眼”作“回首”;余二本俱同万象新本。“只见汉水连天,落花满地”,四本“落”字俱作“野”。“愁思雁门关上望长城”,锦囊本“愁思”作“来在”,“长城”作“家乡”;余三本俱同万象新本。“纵有巫山十二难寻觅”,锦囊本“寻”字作“旦”;《群音类选》本“纵”字作“总”;余二本俱同万象新本。“思我君想我王”,《群音类选》本作“想我君思我主”;余三本“王”字俱作“主”。“指望凤枕鸾衾同欢会”,锦囊本于“指望”后有“和你”二字;余三本俱同万象新本。“谁知道凤只鸾栖都一样肝肠碎”,锦囊本“谁知道”作“谁承望无成一似”,“肝”字作“心”;富春堂本于“谁知道”后有“做了”二字;余二本俱同万象新本。

“忽听得金鼓连天振地”,锦囊本“忽”字作“则”;富春堂本“忽”字作“只”;余二本俱同万象新本。“人赛彪马似龙飞”,富春堂本“飞”字作“驹”;余三本俱同万象新本。“只见旌旗闪闪黑白似云飞”,锦囊本无“只见”二字,无“似”字;富春堂本“闪闪”作“闪”。余二本俱同万象新本。“只见番兵一似群羊聚”，锦囊本“只见番兵一”作“我则见番兵下阵”；余三本俱无“只”字。“发似枯松，面如黑漆”，四本俱同。“鼻似鹰钩，须卷山驴”，锦囊本“鹰钩”作“莺鸠”；富春堂本“鹰钩”作“鹰鸠”；余二本俱同万象新本。“教他下阵在关前立”，锦囊本“教”字作“我交”，无“关”字；余三本俱同万象新本。“昭君呵，好一似线断风筝难回避，好一似弦断无声韵不回”，“昭君呵”三字，疑是念白，应作小字排，免校。锦囊本二句颠倒，改一字，作“好一似弦断无声音不回，好一似线断风筝难回避”；富春堂本“回避”作“回去”；《群音类选》本前三字“好一似”作“我一似”；《乐府红珊》本同万象新本。“好一似石沉海底，你看那月正圆又被云遮掩”，“你看那”四本俱无。富春堂本“好一似”无“好”字；余三本俱同万象新本。“花正开又被狂风摆”，《乐府红珊》本同；锦囊本“狂”字作“兵”；富春堂本“又”字作“却”，“摆”字作“败”；《群音类选》本作“花开又被风吹”。“想当初娥皇愁虞舜”，富春堂本作“当日娥皇怨虞舜”；余三本俱同万象新本。“今日昭君怨恨在沉埋”，《乐府红珊》本同；《群音类选》本“今日”作“今日呵”；锦囊本“今日”后有“里”字，“恨”字作“苦”；富春堂本“怨”字作“怀”。“想卓文君题桥志在”，锦囊本、富春堂本“志”字俱作“意”；《乐府红珊》本“想”字后有“起”；《群音类选》本“想卓文君”作“想起司马相如”，是，余三本误。

“手挽着琵琶拨调”，锦囊本作“手挽琵琶、琵琶拨调”；余三本俱同万象新本。“非是他音不明，多因我心自焦”，四本俱无衬字作“音不明心自焦”。“把指尖儿将丝弦操”，锦囊本作“指尖儿把丝弦扫”；富春堂本作“我将指尖儿把丝弦扫”；余二本同万象新本。“正是知音弹与知音听，奈故人已远怎得个知音晓”，锦囊本作“怎得知音晓”；富春堂本作“怎得个知音明了”；余二本作“怎得个知音晓。“纵有伯牙七弦琴流水调，惟有孔仲尼堪叹颜回少”，富春堂本、《乐府红珊》本无“流水调”三字，无“孔”字；《群音类选》本无“流水调”三字，无“孔”字，“纵”字作“总”；锦囊本无“流水调”三字，无“孔”字，无“堪”字。“常言道纵有聪明富贵难比天高”，锦囊本无衬字；富春堂本无“纵有”二字，“天”字误作“失”；《群音类选》本无“纵有”二字，“聪明”作“功名”；《乐府红珊》本无

“纵有”二字。“鸳侣付多情，藕丝弦下焦”，富春堂本、《群音类选》本、《乐府红珊》本俱同；锦囊本“鸳侣”作“鸳思”，“付”字作“负”。“音韵多颠倒，步响难拨操”，《群音类选》本、《乐府红珊》本“音韵”二字作“韵破”，“步”字作“不”；富春堂本“音韵”二字作“韵破”，“多颠倒”作“无颠沛”，“步”字作“不”；锦囊本无此二句。“怎不教人晃晃心焦”，《群音类选》本、《乐府红珊》本同；富春堂本于此句下有“想此事料应到了”；锦囊本无此句。“若是弦断了，花落连根倒”，《群音类选》本、《乐府红珊》本同；富春堂本于“弦断”后有“无声”二字；锦囊本字迹漶漫，疑与万象新本同。“弦断无声了，宝镜昏难照”，锦囊本“弦断”前有“若是”二字，“昏”字后有“濛”；富春堂本作“断了弦，若是无弦了，宝镜昏濛难照”，据文意，“断了弦”三字属衍文；《群音类选》本“昏”字作“尘蒙”；《乐府红珊》本“昏”字后有“朦”。“若是无弦了，下韵难拨操”，四本俱无此二句。“想前生烧了断头香，今世里离多会少”，四本俱同。“总是奴情稀命薄损娇容，瘦减围腰”，《群音类选》本同；《乐府红珊》本“围腰”作“腰围”；锦囊本“总”字作“纵”，“容”字作“貌”，“围腰”作“腰围”；富春堂本“总”字作“纵”，“容”字作“貌”，“减”字作“损”，“围腰”作“腰围”；“手托香腮，珠泪满落”，《乐府红珊》本同；《群音类选》本“满落”作“盈抛”；锦囊本“珠泪”作“泪珠儿”；富春堂本“珠泪满落”作“泪珠儿流落”。

【后庭花】第一来难忘父母恩，第二来难舍同衾枕，第三来损害黎民，第四来亏了百万铁衣郎昼夜辛勤，第五来国家粮草都费尽。今日昭君输了身，万年羞辱汉元君。宁作南朝黄泉客，决不做夷邦掌国人。泪洒如倾。

恨只恨毛延寿歹心人，谁承望佐国无成。举目望长安，只见碧天连水水连城，泪滴滴带月披星，举头见日不见汉长城。（虏）虏王接娘娘。（旦）虏王，你对单于主说，要他先降了三件事。（虏）不知娘娘，要降那三件事？（旦）一要降书一纸，二要山河地理图，三要金箱玉印，再要毛延寿亲自来接我。（虏）我主不从三件，何如？（旦）稍有抗拒，我撞城而死。（虏）娘娘少待，就献来。（下）

【耍孩儿】(旦)泪流湿透衣襟重,(又)隔断巫山十二峰,从今休想襄王梦。蓝桥水涨人难见,(又)飘散琼花无影踪,怎想得阳台梦?众臣,你回去多多拜上刘王呵,若要云雨佳期相会,除非是梦里再相逢。(并下)

按:此【后庭花】曲属北仙吕宫,可作增句,句数不限,在万象新本、《群音类选》本、《乐府红珊》本、富春堂本中作单曲。而"恨只恨毛延寿……"六句,在富春堂本和锦囊本中作另起一行单列,似是"滚调",表达对毛延寿的痛恨的情绪,亦很恰当。最后以【耍孩儿】曲收煞,该曲原是北般涉调【哨遍】套的煞曲,亦可用在他宫调之后作煞曲,但用在北仙吕【后庭花】之后很少见,因【后庭花】也是可以作煞曲的。这后段的曲文各本基本相同,校勘如下:

【后庭花】"第一来难忘父母恩……万年羞辱汉元君",《群音类选》本、《乐府红珊》本全同;"宁作南朝黄泉客",《群音类选》本同,《乐府红珊》本"作"作"做";"决不做夷邦掌国人",《群音类选》本、《乐府红珊》本俱无"决"字。另二本情况不同,"第一来难忘父母恩,第二来难舍同衾枕",锦囊本、富春堂本上句"难忘"作"难舍",下句"难舍"作"难割"。"第三来损害黎民",锦囊本"害"字作"坏了",富春堂本"害黎民"作"害了良民"。"第四来亏了百万铁衣郎昼夜辛勤",锦囊本、富春堂本俱无"亏了"二字。"第五来国家粮草都费尽",锦囊本、富春堂本"费"字俱作"虚"。"今日昭君输了身……宁作南朝黄泉客",锦囊本、富春堂本俱同。"决不做夷邦掌国人",锦囊本无"决"字,"做"字作"佐",富春堂本无"决"字。"泪洒如倾",锦囊本、富春堂本俱同。

"恨只恨毛延寿歹心人,谁承望佐国无成",四本俱同。"举目望长安",四本俱无。"只见碧天连水水连城",锦囊本"天"字作"云";富春堂本"只见"二字作"来日";《乐府红珊》本"城"字作"云";《群音类选》本同万象新本。"泪滴滴带月披星",锦囊本、《群音类选》本、《乐府红珊》本俱作"望长安泪斑斑,带月披星";富春堂本同前"望长安泪斑斑"之"斑"字作"班"。"举头见日不见汉长城",锦囊本、富春堂本"不见"

俱作“望”字;《群音类选》本、《乐府红珊》本俱同万象新本。

【耍孩儿】“泪流湿透衣襟重(又)”,四本俱作重句;《群音类选》本、《乐府红珊》本俱同,作重句;锦囊本“泪流湿透”作“泪珠湿”;富春堂本“泪流湿透”作“泪珠滴湿”。“隔断巫山十二峰,从今休想襄王梦。蓝桥水涨人难见(又)”,四本俱同。“飘散琼花无影踪”,《群音类选》本、《乐府红珊》本俱同;锦囊本、富春堂本“无”字俱作“白”。“怎想得阳台梦”,《乐府红珊》本同;《群音类选》本“想得”二字作“能勾”;富春堂本“想”字作“做”;锦囊本“想”字作“佐”。“若要云雨佳期相会”,四本俱同。“除非是梦里再相逢”,锦囊本、富春堂本俱同;《群音类选》本、《乐府红珊》本俱无“再”字。

八、《槐阴分别》

前集卷二上栏:《槐阴分别》一出(原刻目录书《夫妇槐阴分别》),上栏左外题《织绢记》,误,应为《织锦记》,亦名《槐荫记》《天仙记》。明无名氏撰,古剧本未见有传。明祁彪佳《远山堂曲品》“杂调”著录,题顾觉宇撰。曰:“《搜神记》称:‘董永父亡无以葬,乃自卖为奴。主见其贤,与钱千万,遣之。永行,三年丧毕,欲还诣主供奴职。道逢一妇人,曰:“愿为君妻。”遂与俱至主家。曰:“永虽小人,蒙君恩德,誓当服勤以报。”主曰:“妇人何能?”曰:“能织。”主曰:“必尔者,但令君妇为我织百缣。”于是,永妻织十日,而百缣具焉。’阅此,知遇仙之非诬也。但此以仲舒为永子,则谬矣。”[1]参阅《太平广记》卷五九引《搜神记》之《董永妻》。其本事,《搜神记》前有曹植《灵芝篇》,刘向《孝子传》,《搜神记》后有《董永变文》《董永遇仙》话本和《董秀才遇仙记》戏文。钱南扬师在《宋元戏文辑佚》中因《九宫正始》题《董秀才》,《南词定律》题《遇

---

① 祁彪佳:《远山堂曲品》“杂调”《织锦》,《中国古典戏曲论著集成六》,中国戏剧出版社 1959 年版,第 122 页。

仙》,故题曰《董秀才遇仙记》,辑得佚曲六支,乃饮酒游赏之辞。[①]《曲海总目提要》据刊本,为顾觉宇撰,一名《天仙记》。《曲录》据《传奇汇考》著录,误顾氏为清人。其故事流传久远,逐渐完善。

明戏曲选刊有选此戏者,如《八能奏锦》之《织锦记·董永槐荫分别》、《群音类选》诸腔类卷二之《织锦记·槐阴分别》、《乐府菁华》卷三上栏《织绢记·槐荫分别》、《乐府玉树英》卷三上栏《织绢记·槐荫分别》(阙)、《尧天乐》卷上上栏《槐阴记·槐阴分别》、《时调青昆》次卷下栏《织绢·槐荫分别》等。此戏为流传中的重要剧目,在民间影响深远。如今在地方戏曲中流传很广,大多经过改编加工,成为保留剧目。如楚剧有《百日缘》,滇剧有《槐荫记》,川剧有《上天梯》,湖口高腔、越剧有《织锦记》,豫剧有《织黄绫》,庐剧有《七星配》,莆仙戏、高甲戏有《董永》,西安高腔、婺剧有《槐荫树》,黄梅戏有《天仙配》等。因古剧全本未见,兹以流传的戏曲散出选刊本《乐府菁华》《时调青昆》二种与万象新本全文对校,以存明南戏散出的面目:

【浪淘沙】(生)趱步往前行(重),茂盛槐阴,青青翠翠绿沉沉。且放下行囊立此处,等我妻身。

按:《乐府菁华》本同。《时调青昆》本首句不作重句,"立此处"之"处"字作"地","等我妻身"作重句。【浪淘沙】曲牌,与诗余同,时调有作引子,实际该曲非越调引子,而是越调过曲。

【前腔】(旦)才离传家门(重),举步难行,抬头不见我郎君。他那里欣然往前走,怎知道我今日离分。奴从来不出闺门,怎当得长亭共短亭?

(旦)官人,你就来了,不等奴家。(生)我在这里等候你。(旦)这是那里?(生)就是当初相会的槐阴树下。(旦)你可曾谢他不曾?(生)不曾。(旦)你不念

① 钱南扬:《宋元戏文辑佚》,中华书局2009年版,第223页。

些恩？当初若非指此槐阴为媒，怎生与你为着夫妻？(生)娘子，卑人无恩可报。只是尽礼拜谢便了。

按:《乐府菁华》本同。"奴从来……"二句作"滚唱"。【浪淘沙】曲短，为加强情感抒发，故用增句滚唱。下文亦是。《时调青昆》首句不作重句，"怎知道我今日离分"无"我"字，作重句;"奴从来"二句无。念白作"(生)娘子，为何来迟？(旦)我与赛金小姐分别，难以割舍，故此来迟。董郎，来此间是那里地名？(生)这就是当初相会的槐阴树下。(旦)忆昔当初在此间，担惊受怕奇多疑。(生)若非佳人同助力，焉能百日得回还？(旦)董郎，自古道知恩报恩，合当拜谢槐阴树才是。(生)言之有理"。

【前腔】顶礼拜槐阴，槐阴树，老媒人呵，谢你恩深，三年债负今日满。我一番提起一番喜忻，(旦)他那里喜欣。我这里越加泪零，夫妻咫尺要上天庭。(生)娘子，你为何说着泪零？(旦)愁只愁鞋弓袜小步难行，怎当得山程共水程？董郎，我脚走疼，行不得了。(生扶旦跌介)(旦)又把奴跌一交。(生)我晓你要坐了。待我寻个石头与坐。(旦)我也寻一个与你坐一坐，岂不好也。(生)昔日多蒙娘子厚恩，成就百年姻眷，结草衔环，报亦不尽。(旦)董郎，多蒙那小姐把数尺鞋面送我，又把十两纹银送我。你都收下。(生)说那里话，小姐送你，你收下。怎说甚么又是我收下？(旦)董郎，我要买物件，到你身上来取便是。不瞒你说，多蒙那小姐送我一包果子，你看甚么果子？(生)原来是二个枣子。(旦)你吃一个，我吃一个。两个枣子一人吃一个，也罢！(吃介)又送我一个梨子。(生)那梨子，如今路上正好止渴。(旦)也要分开。(生)这里没有刀剖。(旦)止渴分梨，胜如刀剖。(生)恰好如此。(旦)又送一把扇。(生)这扇正用得，好遮日色。(旦)你收下为表记好。(生)你分明在此说乱话。你与我夫唱妇随，半步不离，说甚么表记？(旦)董郎，你若在外攻书，见此扇，如见我在身旁一般。是这等样说也。(生)说得有理，待我收下便是。(旦)董郎，前面是么东西？(生)是一对鸳鸯。

按:《乐府菁华》本曲文同。此曲在"那里喜欣"后有七言"我这里……"

四句,作“滚唱”。《时调青昆》本在“(生)顶礼拜槐阴,(旦)住了。董郎,自古道三世不负其媒。这等看将起来,你好负义忘恩。怎么说出‘槐阴’两字?董郎,合当要顶礼谢媒人”之后,生唱的是【前腔换头】:“槐阴树,老媒人,谢得你深恩,谢得你为媒证。三年债负今日满,夫妻双双转家庭。我一番提起一番喜欣。”接着是旦唱一段,与万象新本有同也有不同:“他那里喜欣,我这里泪零。平昔不曾出闺门,鞋弓袜小步难行。行行不上蹊跚路,(又)越加我那泪零。(生)娘子,你说泪零两字,其中必有缘故。(旦)罢了。董郎,我和你同往傅家,多蒙夫人、小姐爱如嫡亲。今朝送别阳关路,绻恋徘徊不忍分。他回去,我来了。料今生今世要会而不能,因此上一番提起,怎不教人越加我那泪零。”这里旦唱的一段,不是曲牌的曲辞,虽说不是齐整的七言,也只能是“滚唱”。从青阳腔“滚调”来看,以七言为主要形式,但五言也有,杂言比较少见。下文是说傅家小姐送的物件,有不同,较简略些。念白曰:“董郎,我行不上了,在此□坐坐去。今日小姐送我好些东西,和你打开来看。原来是包果子。(生)一个大富人家,出手太轻了。两个枣子一个梨。(旦)董郎,这是个讶谜。我和你早早分离,胜如刀割。又送我一把好扇、一面镜子、一包色线、一锭银子。这些东西都放在你袖里,我要用时来取。(生)娘子,我叫你不要吃醉酒,你只管吃。路又不行,只见你说天话。(旦)董郎,那溪边两个甚么鸟?(生)娘子,那是鸳鸯鸟。日间并□而戏,夜间交颈而□。”《时调青昆》的戏文变动较大,不如万象新本重视出戏。

【浪淘沙】鸳鸯戏碧波,对对成合。(旦)这鸳鸯,有分散之形色。(生)他怎么分散?(旦)可惜在溪边之中,还要到天河里去。倘若遇着兰舟摇拽惊散呵,(生)他日则双双而戏,夜则交颈而睡。(旦)那雌的要去了。(生)那雄的也要去了。(旦)那雄不去了。(生)那雌的也不去。(旦)我把手指他,他就去。(生)莫说你手指他他去,你就把石头打他,他也是不去。(旦)我指雌的,他必定要去了。(生)我指雄的,看他去也不去?抚掌他也不去了。(旦)是呆鸟不知飞。一个飞来在浅水,一个飞上天河。(生)娘子,怎的一个又在天河?

(旦)上天的是雌鸟,水上的是雄鸟。(生)此鸟号做文禽,行也双双,睡也双双,再不分离。(旦)你说不分离。

按:原刻标牌名,照录。《乐府菁华》本同,但有少许异文。“有分散之形色”之“形色”作“日”;“你就把石头打他”之“头”作“子”;“怎的一个又在天河”,作“怎么一个又在天河去,一个还在水中”。《时调青昆》本有改动,作旦唱,简略为一曲一带白:“(旦)鸳鸯戏碧波,对对成合。罢了。董郎,幸喜在溪湖之□,若在长河大河之中呵,倘遇着兰舟摇拽呵,将他槐阴却。你看雌的别了雄的去,一个飞来在浅水,一个飞上了天河。(又)”

【前腔】(生)一貌赛姮娥,(旦)你见姮娥?(生)不见。(旦)我道你见。(生)娘子,那姮娥在清虚之府,广寒之宫。他是仙女,凡间人怎么见得?只是人家女子生得美貌,就把姮娥来比。(旦)天地同和。夫妻本是同林鸟,大限来时各自分却。(生)娘子,今日絮刮多般。(旦)非奴絮刮多,只落得珠泪偷堕。奴家要上天去。(生)娘子,你看地下不曾请得完,又请上天去?(旦)欲将此事从头说,语言来在舌尖头,说又说不出,说起来只恐怕痛如刀割。

按:万象新本、《乐府菁华》本俱未标注“前腔”二字,《时调青昆》本标“前腔”,据此补上。青阳腔剧本中有不讲南北曲曲律的,如本曲插用了俗语“夫妻本是同林鸟,大限来时各自分却”,曲后又有不整齐的增句,就很难用曲律要求它。有的增句只要能以滚调唱就行。“欲将此事……”四句亦只能作“滚唱”。《乐府菁华》本基本同。曲文有两处异文同义:“一貌赛姮娥”之“姮”字作“嫦”;“娘子,今日絮刮多般”之“娘子”误作“夫妇”;“你看地下不曾请得完”之“请”字作“说”。《时调青昆》本将本【前腔】放在“夫妇两和谐”(万象新本“妇”字作“妻”)之后,曲文变动很大,见下文。

【前腔】(生)夫妻两和谐,怎忍分破?常言道娶妻必伐柯。妻,你把闲言闲语都勾罢，不必泪落。（旦）我要去了。（生）你道那里去？（旦）你到你家去，我到我家去。（生）我晓得了。你心意欲要到娘家去。你到我家母亲灵前，守满三年孝服，你便乘了笄，我便骑了马，双双拜门也好看些。（旦）你这等说起来，你道我家在那里？（生）你家在蓬莱村。（旦）你家在那里？（生）我家在董槐村。（旦）奴是天上一月姬，君今行孝玉皇知。差奴下凡织凌锦，百日工满上天庭。董郎，若非仙女，一日一夜怎么织得十四花绫锦绢，做得一双鞋子与你穿？你自想一想呵！（生）曾记槐阴会时，亲口许我做夫妻，百年谐老。谁知今日说分离？

按：万象新本、《乐府菁华》本俱未标注“前腔”二字，《时调青昆》本标“前腔”，据此补上。《乐府菁华》本基本同。惟曲文“夫妻两和谐”之“夫妻”作“夫妇”；念白“我晓得了。你心意欲要到娘家去”，无“我晓得了”四字；“怎么织得十四花绫锦绢”之“绢”字作“叚”，疑作“段”。《时调青昆》本将本【前腔】放在“一貌赛嫦娥”（万象新本“嫦”字作“姮”）之前，文字有变化。现将《时调青昆》本两【前腔】引录如下：“【前腔】（生）夫妇两和谐，与天地同和。（旦）董郎，我和你夫妻本是同林鸟，大限来时各自奔着。（生）娘子，但愿天长并地久，永不抛却。你往常说话多伶俐，今日缘何絮刮多？（旦）谅奴絮刮多，偷弹泪落。欲将此事从头来说破，语言来在舌尖头，说又说不出，说出来只恐怕他痛如刀割。（又）（生旦取镜照介）【前腔】（生）我看你一貌赛嫦娥，（作跌破介）滑喇喇宝镜分破。娘子，不要烦恼，回去买面镜子，还你就是。（旦）罢了。董永，又道是镜破钗分，乃是不祥之兆了。纵然说相照，再来时不得与你□□。（生）妻，莫不是傅家有差错？莫不是□□百谷山寨去，你在家中受折磨？莫不是爱富嫌贫将我来抛却？为甚的一路上语言多颠倒？形容如醉□，若问详和细，必定有差讹。娘子，你把闲言闲语都抛却，且自归家，不须泪落。（又）（旦）董郎听我说因依，奴是天上一仙姬。玉皇见君行孝道，差奴下凡做夫妻。限我填宫百日满，今朝别你上天庭。（生）当初槐阴相会时，亲口许我做夫妻。屈指算来刚百日，缘何蓦地说分离？”

【尾犯序】今日说分离，（旦）董郎呵，我和你百日夫妻怎舍抛弃？

(生)妻,唬得我战战兢兢,魄散魂飞。指望和你,同庐墓在杏花山前,谁知两分离在槐阴树底?扑簌簌,滴泪交流活剌剌分开连理。(合)今日去,又未知何年何月和你再得共鸳帏?

按:此为中吕过曲。《乐府菁华》本同。《时调青昆》本有不同:"(生)缘何蓦地说分离?我和你,百年夫妻恩情正美,共枕同衾,夫唱妇随怎忍得一朝抛弃?思知,实指望离了傅门转回家里,同庐墓在杏花山前。又谁知苦分离,拆散在槐阴树底。(合)分离去,又不知何年甚日再得和你共鸳帏?"很明显,曲文是改写的。

【前腔】(旦)你孝心天地知,上帝诏旨差我下凡与君家助力。今日限满工完,要升天去空留无计。忍见,君家哀号惨凄,我自思肝肠痛也。人间最苦,惟有死别共生离。(合前)今日去……

按:《乐府菁华》本同。《时调青昆》本有不同:"(旦)君家须听启:奴本是上界仙姬。只因玉皇上帝见你卖身葬父,苦行孝敬,差我下凡暂为姻契。非是我要抛撇你,一来玉帝敕旨,二来限期满矣,三来我要上天去。因此上顾不得夫妇情,管不得恩和义,割同心(又)分开连理。(合前)"

【前腔】(生)槐阴相会时,实指望做夫妻相呼相唤半步不离。谁知今日,闪我在中途路里。有头无尾,都是你亏心坑人所为,忍下得绝情绝意。教我早晚间,看着这纸扇儿,空教我睹清风瞻云望日。(合前)今日去……

按:《乐府菁华》本同。《时调青昆》本有不同:"(生)闻言深感激。罢了。妻,董永生来命蹇,卖身傅家工雇三载。若非仙姬相助,焉有百日功程完满了。妻,我三年债谢得你不满了百日之期。实指望做夫妻,相呼厮唤半步不离,到做了轻情薄意。伤悲,适才一把好扇,将来扯破,一面好镜,将来打破,又道是镜破钗分,乃是不祥之兆,却原来都是这些分离话说。你丈夫乃是愚人,怎么解来?妻,这银子都拿去，有钱无心要他做怎的？这物件也拿去。(旦)夫，你不见妻子见此物，如见你妻子一般。(生)罢了。妻，你丈夫不见此物，则不若见此物，教我怎生痛念你了。妻，这线索到惹得我牵肠挂意。这宝镜团圆难再会，扇子使用无过百日。你今上天庭，撇我在尘凡路里，只落得睹清风瞻云望日。(又)(合前)”

> 【前腔】(旦)一言嘱付伊，休得要牵肠挂意，废寝忘餐，空惹下相思。有谁人与你调药食？叮咛牢记，奴有三月怀胎未知是男是女。若是男，奏过天曹送来与你；若是女，只恐怕留在月姬。从今后，夫妻情疏意断要会也难期。(合前)今日去……(旦)董郎，若要奴不去时，当初指此槐树为媒，你今叫他应，我就在此不去。(生)妻，槐阴树是个木头，怎么叫得他应？(旦)董郎，你是孝心人，叫他他自然会应。(旦下)(生叫介)槐阴老媒人，槐阴老媒人。

按：此曲后结尾处，旦念白后下场，留生吊场。《乐府菁华》本同。《时调青昆》本有不同，旦不下场，脱“前腔”二字：“(旦)董郎，我一言嘱付你，我去后休得要废寝忘餐牵肠挂意。倘惹下相思病，谁与你共调药食？牢记，我和你百日夫妻到有两月身已。若生是男，奏闻玉帝送来与你；若生是女，就不好了，只恐玉帝留在为月姬。甚么时候了？(生)是午时。(旦)我要抛离，(生)罢了。妻，你听得午时，怎么去心太速了？(旦)唔夫，非是你妻子去心太速，玉帝敕旨，午时下凡，午时上天，若违时刻即贬仙姬，若差时刻教我难逃避。(生)妻，我带住你。(旦)你谩说是带了，(生)我扯住你。(旦)你谩说是扯了，任你有百计千方千方百计难留住。罢了！玉帝爷，你好□□人来，既要奴下凡，何须要奴上天？既要奴上天，何须奴家下凡？你看董郎听得一声要去，两泪汪汪，闷倒在地。罢了！夫，你既舍不得妻子，难道妻子舍得你来？又道是一夜夫妻百夜恩，百夜恩情海样深。你那里难舍，我这里难分。(又)忍见君家号惨凄，(又)不由人痛杀杀把肝肠裂碎。(又)(生)你要上天，卑人跪在你跟前讨个结果。(旦)跪在我跟前也是枉□，你跪在槐阴下，叫他应声，我便不上去。(生)槐阴树，老媒人，既有当初，必有今朝。我妻子今日要上天，你应我一声，他便不上去。怎不应我一声?”“我要抛离”以下的曲文,已不是本曲牌曲文,似作“滚唱”。

【前腔】槐阴树,老媒人,相应一声免使妻儿上九天。好姻缘不遂愿,事到如今敢久延。红尘路途今朝断绝,秦楼明月被云遮,楚岫朝云遭风吹散。桃源路,天台远,火烧佛庙蓝桥水渰。

按:此曲接上生唱。《乐府菁华》本同。《时调青昆》本无此曲。

【前腔】从今后一间妻上九天,两下相思,一般悲怨。锦鸳鸯失偶,彩凤离鸾。簪折钗分,衾寒枕单,宝镜破岂再圆。从今后,撇下凡尘玉箫声断槐阴树下。频频叫,叫千声不应言,铁石人闻也泪涟。

按:此曲接上生唱。《乐府菁华》本同,但有一字纠误,“从今后一间妻上九天”之“一”字,《乐府菁华》本作“人”。《时调青昆》本无此曲,但有【余文】,接上生白“怎不应我一声”,曰:“【余文】槐阴树下频频叫,叫得喉干不应声,就是铁石人闻也泪零。(旦)董郎,不要啼哭。我不是你妻子,赛金小姐是你妻子。我在傅家织得十匹花绫锦绢,内中有一匹,飞龙飞凤,进上朝廷,功名有分。董郎不必泪涟涟,赛金小姐是前缘,若要夫妇重相会,皇都市上遇神仙。罢了。夫,你不忍舍我,我怎的舍得你来?也只是出乎无奈了,只落得痛断肝肠泪涌泉。(旦下)”“董郎不必泪涟涟”以下的曲文,当是“滚唱”。唱罢,旦下场,生吊场。

【驻云飞】痛苦心酸,只见云雾渺茫茫。趱行前步妻去心如箭,哭得我肝肠断。嗏!再会是何年泪涟涟。若要相逢,除非梦里得见娇娥面。哭一声妻来,叫一声天。(下)

按:此为中吕过曲,可以此曲结尾。《乐府菁华》本同,纠一字,“趱行前步妻去心如箭”，当作“趱步前行妻去心如箭”。《时调青昆》本亦以【驻云飞】结尾，但曲文不同，曰：“(生)撇了娇妻，回首迢迢不见伊。哭得我肝肠碎，叫得我咽喉急。嗏！你割舍上天庭苦痛伤悲。两眼睁睁目断云霓，不见娇妻脱下罗衣。要会无由会，恨杀槐阴作此媒。(又)”

九、《世隆旷野奇逢》

前集卷二上栏：《世隆旷野奇逢》一出(原刻目录同)，上栏左外题《拜月亭》。请参阅《大明天下春》卷八上栏《世隆旷野奇逢》，二者全文同，同属青阳腔本。与之比较，此出有三处未标“前腔”，即【古轮台】之【前腔】“只为名儿厮类听……”、【扑灯蛾】之【前腔】“路中不拦当……”、【皂罗袍】之【前腔】“暗想溪山跋涉……”。有二处异文，【扑灯蛾】之【前腔】中“可怜做兄弟”之“弟”字误，当是“妹”。【皂罗袍】之【前腔】中“天将瞑瞑”之“瞑瞑”，作“曛瞑”。又《乐府红珊》卷十二《蒋世隆旷野遇王瑞兰》全文同《大明天下春》之《世隆旷野奇逢》。另有首曲【金莲子】之【前腔】“迫忙里散失”之“迫”字，同误，世德堂本、《全家锦囊》本作“百”。

十、《递柬传情》

前集卷二上栏：《递柬传情》一出(原刻目录书《梅香递柬传情》)，上栏左外题《胭脂记》。请参阅《大明天下春》卷六上栏《郭华遇月英》条有关《胭脂记》的版本和《梅香递柬》的考释。此记写郭华与王月英的离奇婚恋故事。《递柬传情》与《梅香递柬》，二者全文同。经比对，《递柬传情》与《梅香递柬》实出之于流传的文林阁明改本戏文《胭脂记》。此出戏写梅香奉小姐之命去郭华下榻处传柬，约定在元宵灯会之夜小姐前来相会。此出戏可用明文林阁本第二十六出《柬约》、《大明天下春》本之《梅香递柬》、《乐府菁华》卷五《递柬传情》与万象新本《递柬传情》校勘曲文之异文。

万象新本《递柬传情》全出用北曲【点绛唇】套十支曲，其曲牌为：【点绛唇】、【混江龙】、【油葫芦】、【天下乐】、【村里迓鼓】、【元和令】、【胜葫芦】、【后庭花】、【寄生草】、【赚煞】。

【点绛唇】文林阁本、《大明天下春》、《乐府菁华》本俱同。

【混江龙】文林阁本、《大明天下春》、《乐府菁华》本俱同。

【油葫芦】文林阁本、《大明天下春》本同；“悄一似”，《乐府菁华》本作“好一似”；“羞临镜儿边画着眉儿”，《乐府菁华》本无“着”字。

【天下乐】“况小姐与你情牵合，若遣媒妁他自然肯许诺”，《大明天下春》本、《乐府菁华》本同；文林阁本“况”字作“俺”，“许”字作“允”。

【村里迓鼓】“这其间无声答应”，《大明天下春》本、《乐府菁华》本同；文林阁本“无声”二字作“还无”。

【元和令】文林阁本、《大明天下春》、《乐府菁华》本俱同。

【胜葫芦】文林阁本、《大明天下春》、《乐府菁华》本俱同。

【后庭花】“他道是夜深沉”，《大明天下春》本、《乐府菁华》本同；文林阁本“深沉”作“沉沉”。“亲相询”，文林阁本、《大明天下春》本同，《乐府菁华》本“询”字作“访”。“这事已成话必真”，《大明天下春》本、《乐府菁华》本同；文林阁本“已”字作“必”；“去握雨携云”，《大明天下春》本、《乐府菁华》本同；文林阁本作重句。

【寄生草】“休耽误桂子秋风万里鹏”，《大明天下春》本同；文林阁本“风”字作“香”。

【赚煞】“从此后鸾凤和鸣”，《大明天下春》本同；文林阁本“此”字作“今”。

按：《乐府菁华》本自【寄生草】至【赚煞】，与万象新本、文林阁本、《大明天下春》本俱不同，因《全家锦囊·郭华》和《九宫正始》皆未见此【寄生草】和【赚煞】，钱南扬《宋元戏文辑佚》有《王月英月下留鞋》收得佚曲六支，亦没有此【寄生草】和【赚煞】，或许是失传“古本”的佚曲，在明改本中被改写了，因此很值得注意。兹引录如下：

【寄生草】(贴)他爱你文章士，有一日会飞腾。故把鲜艳花付与攀桂客，无瑕玉靠着有缘人，早成就荷花池内双鸳配。

【前腔】你那偷香手，准备着折桂枝。休教那淫词儿污了龙蛇字，藕丝儿缚定鲲鹏翅，黄莺儿夺了鸿鹄志。休为这翠帏锦帐佳人，误了你玉堂金马三学士。

【赚煞】(贴)沈约病多般，宋玉愁无二，清减了相思样子。咱眼传情未了时，我衷心日夜藏之。怎敢因而美玉于斯，我虽教有发落管伊。今夜相逢始见真，从此后鸾凤两和鸣。你将盼行云的眼睛，安排在碧琉璃灯儿下等。管教那可意娘，今夜与你结同心。地久天长无遗弃，兑使你与小姐们两下相思泪盈盈。

十一、《和尚戏尼姑》

前集卷二上栏：《和尚戏尼姑》一出(原刻目录书《和尚调笑尼姑》)，上栏左外题《出玄记》，即《目连救母劝善戏文》。此出戏即《大明天下春》卷五上栏的《僧尼相调》，亦是明郑之珍改定本《目连救母劝善戏文》上卷的《和尚下山》。兹将三出戏作一比较，可见选本之间差异。

万象新本《和尚戏尼姑》较《僧尼相调》多了和尚上场的【娥郎儿】“青山影里……”一曲，而《僧尼相调》则自定场白“林下晒衣……”开场，《和尚下山》原由【娥郎儿】“青山影里……”一曲开场，然后念“林下晒衣……”定场白和《西江月》词。

和尚看景后唱【江头金桂】“自恨我……”二曲和【尾声】“阇黎……”，此三本基本相同。只有万象新本《和尚戏尼姑》【江头金桂】曲中明标有“滚”唱：“谨遵五戒断酒除荤，青楼美女应无分。红粉佳人不许瞧，雪夜孤眠寒峭峭。霜天独坐冷潇潇……”《僧尼相调》【江头金桂】曲中的“滚唱”未标明，文字稍有改动，云：“谨遵五戒要除荤，青楼美女应无分。红粉佳人不许亲，雪夜孤眠寒悄悄。霜天独坐倍伤情……”《和尚下山》【江头金桂】曲中的“滚唱”原未标明，作“谨遵五戒断酒除花，朱楼美酒应刍分。红粉佳人不许瞧，雪夜孤眠寒悄悄。霜天剃发冷潇潇……”，此处三本“滚”唱俱作五句，以第五句接“万苦千辛受尽了几多折剉”（万象新本“折”字误作“拆”），是比较特殊的用法。

万象新本自【步步娇】曲后，尼姑、和尚各人念《西江月》词，《僧尼相调》改作一般念白，而《和尚下山》原是有尼姑、和尚各念《西江月》词的。《大明天下春》的《僧尼相调》改词为白，是从俗的做法。自【一江风】以下三本相同。

关于此出戏的有关考释，请参阅《大明天下春》卷五上栏的《僧尼相调》。

十二、《伯喈荷亭涤闷》《五娘侍奉汤药》《五娘剪发送终》《夫妇书馆相逢》

前集卷二下栏：《伯喈荷亭涤闷》《五娘侍奉汤药》《五娘剪发送终》《夫妇书馆相逢》四出（原刻目录同，正文出目“夫妇”作“夫妻”），中栏左外题《琵琶记》。参阅本编《乐府玉树英》卷一下栏《伯喈长亭分别》等九出有关《琵琶记》及其版本的情况。兹以清陆贻典抄本《元本蔡伯喈琵琶记》、汲古阁定本《琵琶记》、《全家锦囊》本一卷之《伯皆》以及相关的《乐府玉树英》本选出，与万象新选刊本校勘，间用《九宫正始》。异文校，念白免校。

《伯喈荷亭涤闷》，写蔡伯喈入赘相府后，因思念家乡父母和妻子，心里烦闷，某夜在荷亭操琴排闷，更添烦恼。此出戏在清陆贻典抄本第二十一出（钱南扬校注本）、汲古阁本第二十二出《琴诉荷池》、《全家锦囊》本（简称“锦囊本”，以下各出同）第十八段“书馆弹琴”。万象新本与锦囊本皆未标“前腔”、“前腔换头”，笔者补。

【一枝花】“消遣”，《九宫正始》第五册南吕、陆贻典抄本、汲古阁本、锦囊本俱作“怎消遣”，万象新本脱“怎”字，情感意义大不同了；“闷来把香篝展”，汲古阁本同，《九宫正始》、陆贻典抄本、锦囊本“闷”字俱作“困”。

【金钱花】“只管打扇与烧香”，《九宫正始》第五册南吕、陆贻典抄本、汲古阁本"打"字俱作"把"。锦囊本无此曲。

【懒画眉】"只见满眼风波恶"，锦囊本、汲古阁本俱同，陆贻典抄本于句前有"怎的"。

【前腔】"似寡鹄孤鸿和断猿"，《九宫正始》第五册南吕、汲古阁本同，陆贻典抄本"似寡鹄"作"还似别雁"，锦囊本作"一似别雁"；"怎的只见杀声在弦中见"，陆贻典抄本、汲古阁本同，《九宫正始》无"怎的"二衬字，锦囊本无"怎的"，无"在"字。

【前腔】"日暖蓝田玉生烟"，锦囊本、陆贻典抄本同，汲古阁本"日暖蓝田"作"蓝田日暖"，不合字格，应仄仄平平；"好姻缘翻做恶姻缘"，汲古阁本同，锦囊本、陆贻典抄本"翻做"俱作"还似"；"只怕闻者知音少"，锦囊本同，陆贻典抄本作"只怕知音少"，汲古阁本作"只怕眼底知音少"。

【满江红】"瞥然见新凉华屋"，汲古阁本同，锦囊本、陆贻典抄本俱无"瞥然"二字。"炎蒸不到水亭中"，汲古阁本同，锦囊本于句前有"这"字，陆贻典抄本于句前有"是"字。

【桂枝香】"旧弦已断"，汲古阁本同，锦囊本、陆贻典抄本"旧"字俱作"危"；"待撇了新弦难拚"，锦囊本、汲古阁本同，陆贻典抄本于前有"我"字；"我一弹再鼓，一弹再鼓"，汲古阁本同，锦囊本、陆贻典抄本俱无"我"字；"又被风吹别调间"，汲古阁本同，锦囊本、陆贻典抄本于"吹"字后俱有"在"字。

【前腔】"非弹不惯"，汲古阁本同，锦囊本、陆贻典抄本俱作"非弦已断"；"你既道是寡鹄孤鸾"，锦囊本、陆贻典抄本同，汲古阁本无"你"字；"那更思归别鹤，思归别鹤"，汲古阁本、锦囊本同，锦囊本"鹤"字误作"鹅"，陆贻典抄本"思归别鹤"不作重句；"有何难见，你既不然"，汲古阁本同，锦囊本、陆贻典抄本俱无"有何难见"四字；"你道是弹与知音听"，锦囊本、陆贻典抄本、汲古阁本"弹与"二字俱作"除了"。

【烧夜香】"绿树阴浓夏日长"，汲古阁本同，陆贻典抄本"夏日长"作"夏正长"，锦囊本作"日正长"；"一架荼蘼满院香"，锦囊本、汲古阁本同，陆贻典抄本于"荼蘼"后有"只见"二字；"满院香，和你饮霞觞"，锦囊本、陆贻典抄本同，汲古阁本无“满院香”重句，“饮”字作“捧”；“卷起帘儿”，锦囊本作“傍晚来卷起帘儿”，陆贻典抄本作“傍晚卷起帘儿”，汲古阁本作“纳晚凉卷起珠帘”。

【梁州序】“空飞漱玉清泉”，锦囊本、陆贻典抄本同，汲古阁本“空”字作“寒”；“只觉香肌无暑”，锦囊本、陆贻典抄本“觉”字俱作“见”，汲古阁本“只觉”作“自觉”；“素质生风”，陆贻典抄本、汲古阁本同，锦囊本“素”字作“惠”；“忽被棋声惊昼眠”，汲古阁本同，锦囊本“被”字作“听”，陆贻典抄本“被”字作“听得”；“向冰山雪巘排佳宴”，汲古阁本同，锦囊本、陆贻典抄本俱作“向冰山雪槛开华宴”；“几人见”，汲古阁本同，陆贻典抄本作“有几人见”，锦囊本作“能有几人见”。

【前腔】“蔷薇帘幕”之“幕”字，锦囊本同，陆贻典抄本、汲古阁本俱作“箔”字；“一阵风来香满”，汲古阁本同，陆贻典抄本、锦囊本“阵”字俱作“点”；“湘帘日永”，汲古阁本同，陆贻典抄本“湘帘”字作“香奁”，锦囊本作“香□”；“怎遂黄香愿”，汲古阁本同，锦囊本、陆贻典抄本于“遂”字后俱有“得”；“我欲向南窗一醉眠”，陆贻典抄本、汲古阁本同，锦囊本无“我”字。

【前腔换头】“听轻雷隐隐”，陆贻典抄本、锦囊本、汲古阁本俱作“渐轻雷隐隐”；“只见荷香十里”，陆贻典抄本同，汲古阁本“见”字作“觉”，锦囊本“只见”作“风送”，“荷”字原误作“何”；“新月一钩”，陆贻典抄本、汲古阁本同，锦囊本“一”字作“银”；“兰汤初浴罢”，陆贻典抄本、汲古阁本同，锦囊本“浴”字原误作“欲”。

【前腔换头】“柳阴中忽噪新蝉”，汲古阁本同，陆贻典抄本、锦囊本“噪”字作“听”；“见流萤飞来庭院”，锦囊本、汲古阁本同，陆贻典抄本“见”字作“更”；“月照纱㡡人未眠”，锦囊本“㡡”作“厨”，汲古阁本“㡡”作“橱”，陆贻典抄本“㡡”作“窗”。

【节节高】“把露荷翻”，汲古阁本同，锦囊本、陆贻典抄本俱无“露”字；“坐来不觉神清健”，汲古阁本同，锦囊本、陆贻典抄本“神”字作“人”。

【前腔】“任教玉漏催银箭”，汲古阁本同，锦囊本、陆贻典抄本“任”

字作“从”。

【余文】“管取欢娱歌笑喧”，汲古阁本同，锦囊本、陆贻典抄本“管”字俱作“拚”。

《五娘侍奉汤药》，写赵五娘婆婆死后，公公又病危，五娘侍奉公公汤药。此出戏在清陆贻典抄本第二十二出（钱南扬校注本）、汲古阁本第二十三出《代尝汤药》、《全家锦囊》本第十九段“作药争公”。此出中，万象新本与锦囊本，凡“前腔”、“前腔换头”皆未标明，汲古阁本亦未用“换头”。

【霜天晓角】锦囊本、陆贻典抄本、汲古阁本俱同。

【犯胡兵】锦囊本作“征胡兵”。“囊无半点挑药费”，陆贻典抄本同，锦囊本“挑”字作“赎”，汲古阁本“挑”字作“调”。

【前腔】“愁万苦千恁生受”，锦囊本、汲古阁本同，陆贻典抄本于句前有“百”字，无“恁”字；“纵然救得目前”，陆贻典抄本、汲古阁本同，锦囊本“目前”作“眼下”；“除非是子孝父心宽”，陆贻典抄本、汲古阁本同，锦囊本无“是”字。

【霜天晓角】“神散魂飞”，汲古阁本同，锦囊本、陆贻典抄本俱作“悄然魂似飞”；“我纵然抬头强起”，汲古阁本同，锦囊本、陆贻典抄本无“我”字。

【香遍满】“须索是子先尝方进与父母”，锦囊本、汲古阁本同，陆贻典抄本无“先”字；“莫不是为无子先尝你便寻思苦”，陆贻典抄本同，锦囊本于句前有“你”字，汲古阁本“你便”作“恰便”；“你须索阐闼”，汲古阁本同，锦囊本无“你”字，“须”字作“只”，陆贻典抄本“须”字亦作“只”；“元来你不吃药”，陆贻典抄本“元”字作“原”，锦囊本、汲古阁本俱无“你”字。

【前腔】“你万千愁苦”，汲古阁本、陆贻典抄本同，锦囊本“你”字俱作“他”；“可知道吃了吞还吐”，汲古阁本同，锦囊本、陆贻典抄本于“可知道”后俱有“你”字（按：此处万象新本脱二句，锦囊本、陆贻典抄本作“怕添亲怨忆，背将珠泪渍”，汲古阁本“渍”作“堕”）；“苦，元来你不吃粥”，汲古阁本无“你”字，锦囊本无“苦”字，“粥”字作“粥汤”，陆贻典抄本作“他原来不吃粥”;“也只为我糟糠妇”,陆贻典抄本同,锦囊本无“也”字,汲古阁本“我”字作“着”。

【青歌儿】锦囊本、陆贻典抄本作“歌儿”。“我三年谢得你相奉事”,锦囊本、汲古阁本同,陆贻典抄本无“我”字;“把你相担误”,汲古阁本同,锦囊本作“把你相耽悮”(“悮”为“误”之异体),陆贻典抄本作“将你相耽误”;“我欲待报你的深恩”,锦囊本、陆贻典抄本同,汲古阁本“欲待”作“待欲”。

【前腔换头】“我一怨你死后有谁来祭祀”,汲古阁本作“我一怨你身死后有谁来祀”,陆贻典抄本作“寻思:一怨你死了谁祭祀”,锦囊本作“寻思:一怨你死后谁祭祀”;“二怨你有孩儿不得相看顾”,汲古阁本同,锦囊本、陆贻典抄本于“不得”后有“他”;“三怨你三年间没一个饱暖的日子”,汲古阁本同,锦囊本、陆贻典抄本无“间”字。

【前腔】此曲陆贻典抄本亦没用“换头”。“你将我骨头休埋在土”,陆贻典抄本、汲古阁本同,锦囊本接用“前腔换头”,作“嘱付:你将我骨头休埋在土”;“任取尸骸暴露”,锦囊本同,陆贻典抄本、汲古阁本俱无“暴”字。

【前腔换头】“公婆已得做一处所”,汲古阁本同,陆贻典抄本作“思之:公婆已得做一处所”,锦囊本作“思之:公婆已做一处所”;“料想奴家不久也归阴府”,汲古阁本同,锦囊本、陆贻典抄本作俱无“也”字;“可怜一家”,锦囊本、汲古阁本同,陆贻典抄本“可怜”作“可惜”。

【罗帐里坐】“是我担误了伊”,汲古阁本同,锦囊本、陆贻典抄本作“是我耽伊误伊”;“身衣口食”,汲古阁本同,锦囊本、陆贻典抄本于句前有“你”字;“终不然教你,又守着灵帏”,汲古阁本同,锦囊本、陆贻典抄本作“终不然又教你,守着灵帏”;“已知死别在须臾,更与甚么生人作主”,陆贻典抄本、汲古阁本同,锦囊本“臾”字误作“更”,“与”字误作“有”。

【前腔】锦囊本此曲移作第二【前腔】。“这中间就里,我难说怎提?”汲古阁本同,锦囊本无“这”字,陆贻典抄本亦无“这”字,

【前腔】“那些个不更二夫,却不误奴一世”,汲古阁本同,锦囊本作

“只怕再不如伯皆，却不悮了一世”（“悮”字原误作“悟”），陆贻典抄本作“只怕再如伯喈，却不误了我一世”；“誓无他志”，陆贻典抄本、汲古阁本同，锦囊本“志”字作“适”。

《五娘剪发送终》，写赵五娘公公病死后，五娘无奈，因家贫剪发卖发，葬埋公公。此出戏在清陆贻典抄本第二十四出（钱南扬校注本）、汲古阁本第二十五出《祝发买葬》、《全家锦囊》本第二十一段“五娘剪发”。此出戏与《乐府玉树英》卷一之《五娘剪发送终》基本相同，与汲古阁本相近，而陆贻典抄本则与锦囊本近。在《乐府玉树英》卷一之《五娘剪发送终》的考释中，已与万象新本比勘，其中【香柳娘】第三【前腔】付阙，已补接万象新本校勘。本出戏可参阅本编《乐府玉树英》之《五娘剪发送终》的考释。

《夫妻书馆相逢》，写赵五娘历尽千辛万苦来到京城，在牛氏同情和安排下，终与蔡伯喈在书馆相逢。此出戏在清陆贻典抄本第三十六出（钱南扬校注本）、汲古阁本第三十七出《书馆悲逢》、《全家锦囊》本第三十二段“邕观真容”。《九宫正始》亦选录有一些曲子。

本出曲牌为：【鹊桥仙】“披香随宴”、【解三酲】“叹双亲”、【前腔】“比似我”、【太师引】、“细端详”、【前腔】“这是街坊”、【夜游湖】“犹恐他”、【铧锹儿】、“你说得好笑”、【前腔】“伊家富豪”、【前腔】“你言颠语倒”、【前腔】“我心中忖料”、【入赚】“听得闹炒”、【前腔换头】“从别后”、【山桃红】“蔡邕不孝”、【前腔】“这仪容想象”、【前腔】“设着圈套”、【前腔】“我脱却巾帽”、【余文】“几年间”。从剧情看此出戏分前后两部分，曲牌安排亦井然有序。曲文、念白与原著基本相同，为求通俗，有一些变动。可以锦囊本、陆贻典抄本、汲古阁本校勘，以及本编《乐府玉树英》（简称玉树英本）之《伯皆书馆相逢》【铧锹儿】曲前部分亦可以参校。锦囊本未标明“前腔”、“前腔换头”。

【鹊桥仙】此曲为仙吕引子，惟一字有误。“上院宇梅稍月上”，《九宫正始》、玉树英本、陆贻典抄本、汲古阁本俱作“正院宇梅稍月上”。锦囊本未选录该曲。

【解三酲】此曲为仙吕过曲。“似我会读书的到把亲撇漾”，锦囊本、玉树英本、汲古阁本俱同，陆贻典抄本“似”字作“比”，当是“比拟”的省文。“少甚么不识字的到把亲终养”，玉树英本同，锦囊本、陆贻典抄本“到把亲终养”作“到得终养”，汲古阁本“到把亲终养”作“到得终奉养”；“我只为其中自有黄金屋”，玉树英本、汲古阁本同，锦囊本、陆贻典抄本于“我只为”后俱有“你”字；“反教我撇却椿庭萱草堂”，玉树英本、汲古阁本同，锦囊本、陆贻典抄本“反”字俱作“却”；“还思想，毕竟是文章误我，我误爹娘”，玉树英本、汲古阁本同，锦囊本、陆贻典抄本于“还思想”后有衬字“休休”，锦囊本于“我误”后有“了”字。

【前腔】“比似我做个负义亏心台馆客”，玉树英本、汲古阁本同，锦囊本作“似我做个负义忘情台馆客”，陆贻典抄本作“比似我做了亏心台馆客”；“到不如守义终身田舍郎”，玉树英本、陆贻典抄本、汲古阁本同，锦囊本于“到不如”后有“做个”二字，“守义”之“义”字误作“艺”；“书呵，我只为书中有女颜如玉”，玉树英本、汲古阁本“书中”俱作“其中”，锦囊本、陆贻典抄本“书中”俱作“你其中”；“反教我撇却糟糠妻下堂”，玉树英本、汲古阁本同，陆贻典抄本“反”字作“却”，锦囊本“反”字作“却”，“撇却”作“撇了”；“还思想，毕竟是文章误我，我误妻房”，玉树英本、汲古阁本同，锦囊本、陆贻典抄本于“还思想”后有衬字“休休”，锦囊本于“我误”后有“了”字。

【太师引】此曲为南吕过曲。“这是谁笔仗”，《九宫正始》、玉树英本、陆贻典抄本、汲古阁本俱同，锦囊本作“这是谁画像”。“觑着他教我心儿好感伤”，《九宫正始》、玉树英本、陆贻典抄本、汲古阁本俱同，锦囊本于“心儿”后有“里”字。“道别后容颜无恙”，锦囊本、玉树英本、汲古阁本俱同，《九宫正始》、陆贻典抄本无“道”字；“怎的这般凄凉情状”，玉树英本同，《九宫正始》、陆贻典抄本无“的”字，“情状”作“形状”，锦囊本、汲古阁本“情状”作“形状”；“有谁来往直将到洛阳”，玉树英本、汲古阁本同，《九宫正始》无“有”字，锦囊本作“有谁来往将带到洛阳”，陆贻典抄本作“谁往来直将到洛阳”；“须知道仲尼阳虎一般庞”，玉树英本、汲古阁本同，《九宫正始》、陆贻典抄本作“须知仲尼和阳虎一般庞”，锦囊本作“须知仲尼与阳虎一般庞”。

【前腔】“砌庄家形衰貌黄”，玉树英本、陆贻典抄本、汲古阁本同，锦囊本“砌”字作“觑”；“若没个媳妇来相傍”，玉树英本、汲古阁本同，锦囊本作“若没有一个媳妇相傍”，陆贻典抄本作“若没一个媳妇相傍”；“敢是个神图佛像”，锦囊本、玉树英本、汲古阁本同，陆贻典抄本无“个”字；“丹青匠由他主张”，玉树英本、陆贻典抄本、汲古阁本同，锦囊本于“由他”后有“自”字；“须知道毛延寿误了王嫱”，玉树英本、汲古阁本同，陆贻典抄本“道”字作“汉”，无“了”字，锦囊本“道”字作“汉”，（“嫱”字原误作“墙”）。

【夜游湖】此曲为双调引子，牛氏上场曲，锦囊本未选录。“犹恐他心思未到”，玉树英本、汲古阁本同，《九宫正始》、陆贻典抄本“犹”字俱作“惟”；“教他题诗句暗里相嘲”，玉树英本、汲古阁本同，《九宫正始》、陆贻典抄本“暗里相嘲”作“暗中指挑”；“翰墨关心”，玉树英本、汲古阁本同，《九宫正始》、陆贻典抄本“关”字俱作“开”。

【铧锹儿】此曲为越调过曲，锦囊本“铧”字误作“划”。[1]自【夜游湖】引子以下俱属越调以成套。“你说得好笑”，万象新本、玉树英本作重句，《九宫正始》、锦囊本、陆贻典抄本、汲古阁本俱不作重句；“可见你心儿窄小”，玉树英本、汲古阁本同，锦囊本于“你”字后有“的”字，《九宫正始》、陆贻典抄本无“你”字；“没来由让却苦李”，玉树英本同，《九宫正始》、陆贻典抄本、汲古阁本“让”字俱作“漾”，锦囊本“让”字作“撇”。

【前腔】“伊家富豪”，汲古阁本同，锦囊本、陆贻典抄本“豪”字俱作“贵”；“你紫袍挂体”，锦囊本、陆贻典抄本、汲古阁本于句前俱有“看”字；“必俊俏”，锦囊本、汲古阁本同，陆贻典抄本“俏”字作“倬”；“怎不相休弃了”，锦囊本、汲古阁本同，陆贻典抄本“弃”字作“去”。

【前腔】“恼得我心儿转焦”，汲古阁本同，锦囊本、陆贻典抄本“转焦”作“焦燥”；“特兀自妆乔”，锦囊本、汲古阁本同，陆贻典抄本“特兀

---

① 钮少雅、徐于室：《汇纂元谱南曲九宫正始》第七册越调【铧锹儿】注，黄山书社 2008 年版，第 616 页。

自”作“特骨的”;“你说与我知道”,锦囊本、汲古阁本同,陆贻典抄本五“你”字;“怎肯干休住了”,锦囊本、陆贻典抄本同,汲古阁本“住”字作“罢”。

【前腔】“想不是薄情分晓”,锦囊本、陆贻典抄本、汲古阁本于“不是”后俱有“个”字;“管教你夫妇会合”,锦囊本、汲古阁本同,陆贻典抄本“你”字作“他”;“在今朝”,锦囊本、汲古阁本同,陆贻典抄本“在”字前有“定”;“伊家枉自焦,只恐怕啼哭声渐高”,汲古阁本“自”字作“然”,无“恐”字,“啼”字作“你”,陆贻典抄本“自”字亦作“然”,“只恐怕啼哭声渐高”作“骨自未瞧”,锦囊本无此二句;“怎肯干休住了”,陆贻典抄本同,锦囊本“住”字作“弃”,汲古阁本作“罢”。

【入赚】陆贻典抄本作“赚”。“敢是儿夫看诗啰唣”,《九宫正始》[①]、锦囊本、陆贻典抄本、汲古阁本于“敢是”后俱有“我”字;“是谁忽叫”,锦囊本、汲古阁本同,《九宫正始》、陆贻典抄本“忽叫”后有“姐姐”二字;“想是夫人召必有分晓”,锦囊本、汲古阁本同,《九宫正始》、陆贻典抄本作“料想是夫人召必有分剖”;“是他题诗句你还认得否”,锦囊本、汲古阁本同,《九宫正始》、陆贻典抄本无“句”字;“他从陈留郡为伊来寻讨”,汲古阁本同,《九宫正始》、锦囊本、陆贻典抄本俱无“郡”字;“你怎的穿着破袄”,汲古阁本同,锦囊本无“的”字,陆贻典抄本作“是你怎地穿着破袄”,《九宫正始》作“你怎地穿着布袄”;“莫不是我,双亲不保”,汲古阁本同,锦囊本无“不”字,《九宫正始》、陆贻典抄本作“莫是我的,双亲不保”。

【前腔换头】原未标明“前腔换头”。“我两三人只道同做饿殍”,锦囊本、汲古阁本同,《九宫正始》、陆贻典抄本无“我”字;“两口颠连相继死”,汲古阁本同,锦囊本“颠连”作“公婆”,《九宫正始》、陆贻典抄本无“颠连”二字;“我剪头发卖钱送伊妣考”,汲古阁本同,锦囊本、《九宫正始》、陆贻典抄本于“卖钱”后有“来”字;“把坟自造”,《九宫正始》、陆贻典抄本、汲古阁本俱同,锦囊本于句前有“我”字;“土泥尽是麻裙裹

① 钮少雅、徐于室:《汇纂元谱南曲九宫正始》第九册越调慢词【竹马儿赚】,第872页。

包”,锦囊本同,汲古阁本“尽是”后有“我”字,《九宫正始》、陆贻典抄本作“土泥都是我罗裙裹包”;“听伊言语,怎不痛伤噎倒”,汲古阁本同,锦囊本作“我听得你言语,教我痛伤噎倒”,《九宫正始》、陆贻典抄本作“听得你言语,教我痛伤噎倒”。

【山桃花】是集曲,汲古阁本误作【小桃红】,锦囊本误作【下山虎】,此二曲皆为【山桃红】所犯之曲,陆贻典抄本作【山桃红】,是。“早知你形衰耄”,《九宫正始》①、陆贻典抄本、汲古阁本俱同,锦囊本于“知”字后有“道”,“耄”作“貌”;“怎留汉朝”,锦囊本、《九宫正始》、陆贻典抄本俱同,汲古阁本“汉”字作“圣”;“谢你葬我爹,葬我娘”,锦囊本、汲古阁本同,《九宫正始》、陆贻典抄本“葬”字俱作“送”;“又道是养儿能代老”,陆贻典抄本无“是”字,《九宫正始》、锦囊本“儿”字作“子”,汲古阁本作“做不得养子能代老”;“天降灾殃人怎逃”,《九宫正始》、陆贻典抄本、汲古阁本俱同,锦囊本于“人”字后脱“怎”字。

【前腔】“这仪容想象,是我亲描”,陆贻典抄本无“这”字,锦囊本、汲古阁本“想象”作“像貌”;“乞丐把琵琶拨,怎禁路遥”,锦囊本、汲古阁本同,陆贻典抄本“乞丐”作“教化”;“不信看你爹看你娘”,陆贻典抄本、汲古阁本同,锦囊本作“是我葬你爹葬你娘”;“比别时兀自形枯槁也”,汲古阁本同,陆贻典抄本于“比别时”后有“尚”字,锦囊本作“独把坟茔造也”。

【前腔】“设着圈套,被我爹相招”,汲古阁本同,陆贻典抄本“设”字作“说”,锦囊本作“你说着圈套,都为我爹相招”;“你也说不早,况音信杳”,汲古阁本同,锦囊本“信”字后有“辽”,陆贻典抄本作“逼为东床婿,怎行孝道”;“你为我受烦恼,受劬劳”,锦囊本、汲古阁本“你为我受烦恼,为我受劬劳”,陆贻典抄本作“你为我受波查,你为我路途遥”。

【前腔】“我脱却巾帽,解却衣袍”,汲古阁本同,陆贻典抄本“我脱”作“捋”,锦囊本作“我捋却巾帽,卸下衣袍”(“捋”字原误作“将”);“急

① 钮少雅、徐于室:《汇纂元谱南曲九宫正始》第七册越调【山桃红】,黄山书社2008年版,第599页。

上辞官表,共行孝道”,锦囊本、汲古阁本同,陆贻典抄本作“你急上辞官表,只这两朝”;“我岂敢惮烦恼?岂敢惮劬劳”,陆贻典抄本、汲古阁本同,锦囊本作“我岂敢惮劬劳?岂敢惮路遥”;“同去拜你爹,拜你娘”,汲古阁本同,陆贻典抄本“同”字作“归”,锦囊本二“你”字作“他”;“亲把坟茔扫也”,陆贻典抄本、汲古阁本同,金囊本“亲”字作“重”,“扫”字原脱。“与地下亡灵添荣耀”,锦囊本、陆贻典抄本“灵”字俱作“魂”,汲古阁本作“使地下亡灵安宅兆”。

【余文】“几年间分别无音耗”,锦囊本、汲古阁本同,陆贻典抄本无“间”字,“只为三不从生出这祸苗”,陆贻典抄本、汲古阁本同,锦囊本“只为”后有“这”字。

卷三

十三、《萧何追信》《霸王别虞姬》

前集卷三上栏:《萧何追信》《霸王别虞姬》二出(原刻目录书《萧何月夜追信》《霸王分别虞姬》),上栏左外题《千金记》。请参阅《大明天下春》之卷五下栏《楚王夜宴》《萧何追信》条关于著录和版本的情况。万象新本和《大明天下春》本的四出戏,其中两种《萧何追信》相同,三出戏皆出之于传本《千金记》。

《萧何追信》,写汉丞相萧何为国求贤,月夜追回将才韩信的故事。《大明天下春》本之《萧何追信》已与明富春堂本《千金记》第二十二折对校,现只须将万象新本《萧何追信》与《大明天下春》之《萧何追信》对校,便可知万象新本与富春堂本两种《萧何追信》的关系。万象新本与《大明天下春》(简称“天下春本”)同是明万历年间戏曲选刊,两种选刊的《萧何追信》异文较少,可以看作是源自同一种散出。外扮萧何,生扮韩信。

【菊花新】外唱，“朝罢归来……”天下春本同。

【天下乐】此曲应是生唱，句前脱一“生”字。“功名未遂……”天下春本标“生”唱，曲文同。

【新水令】“恨天涯流落孤寒”，天下春本于“流落”后有“客”字；余同。

【双声子】“声”字原误作“胜”。外唱“急追去……”，天下春本同。

【驻马听】生唱，“离愁满战鞭”之“鞭”字，天下春本作“鞍”；“觑英如等闲”，“英”字后脱一字，天下春本作“英雄”；余同。

【双声子】外唱，“再追去……”天下春本同。

【沉醉东风】生唱，“迫忙里”之“迫”字，天下春本作“百”；余同。

【双声子】生唱，“埋芳草”之“埋”字，天下春本误作“理”；余同。

【雁儿落】生唱，“你不必将咱赶……”天下春本同。

【得胜令】“我则怕……”天下春本同。

【挂玉钩】生唱，“两鬓班”之“班”字通“斑”，天下春本作“斑”；“你莫不是为马来将咱赶”，天下春本无“来”字；“有甚么公干”，天下春本于“甚么”后有“别”字；余同。

【么篇】外唱，“非是我……”天下春本同。

【川拨棹】外唱，“半夜里……”天下春本同。

【山歌】渔唱，“雁过南来思故乡”之“来”字，天下春本作“楼”；余同。

【七兄弟】生唱，“脚着踏跳板……”之“着踏”二字，天下春本作“踏着”；“似禹门浪急桃花泛”，作重句，天下春本不作重句；余同。

【梅花酒】外、生轮唱，“俺空熬得鬓班班”之“班班”，天下春本作“斑斑”；余同。

【收江南】“收”字原误作“喜”，天下春本同。“烟波名利……”天下春本同。

【鹧鸪煞】北曲尾声繁多，在北双调煞曲中未看到有“鹧鸪煞”，天下春本作“鸳鸯煞”，是。“俺想那男儿……”天下春本同。

万象新本与天下春本，基本相同，异文不多。其与天下春本同出于《千金记》传本。

《霸王别虞姬》,写项羽在垓下被围,四面楚歌,军心动摇,虞姬愿项羽带领将士突围东去,为免项羽后顾之忧而自刎而亡。此出戏《大明天下春》未选录,明万历年间选录《霸王别虞姬》的选刊除《乐府万象新》外,尚有《群音类选》和《乐府玉树英》二种,《乐府玉树英》所选在卷四,付阙。兹以《群音类选》官腔卷十《虞姬自刎》和明富春堂本第三十七折校勘,以见明万历年间戏班所演《霸王别虞姬》的面目。

本出所用曲牌:【虞美人】、【玩仙灯】、【泣颜回】、【锦上花】、【泣颜回】、【锦上花】、【泣颜回】、【不是路】、【掉角儿】、【尾声】、【小底鱼】。净扮项羽,旦扮虞姬,富春堂本贴扮虞姬。

【虞美人】旦唱,此曲南吕引子。“香云和髻拥晚妆”,富春堂本“和髻”二字作“如鬓”,“晚妆”作“晓妆”;“犹倦”作“尤倦”。《群音类选》本无此曲。

【玩仙灯】净唱,“盖世英雄,始信短如春梦”,此曲为黄钟引子,原本七句,作引子可省句。富春堂本作“前腔”,误。《群音类选》本无此曲。

【泣颜回】净唱,此曲为中吕过曲。“论英雄盖世无敌”,《群音类选》本同,富春堂本“盖世”作“世间”;“如今枉自疑迟”之“疑迟”二字,富春堂本作“迟疑”,《群音类选》本同富春堂本;“自思就里”,富春堂本作“思之就里”,《群音类选》本作“心中自思”;“悔当初早不听鸿门计”之“悔当初”,富春堂本作“叹当初”,《群音类选》本作“恨当初”;“把孤身冒矢当锋”之“矢”字,富春堂本作“镝”,《群音类选》本作“敌”。

【锦上花】生引众兵唱“前队两边分……”,韩信布阵,此曲为仙吕入双调曲,较高亢,布阵后即下场。在《群音类选》本中此曲为第四支【锦上花】,“前队”作“前阵”,“催奔”作“追奔”,“长蛇阵”作“常山阵”;在富春堂本中【锦上花】作仙吕【青天歌】,亦为第四支,“两边分”作“四边分”,“催奔”作“绝奔”,“长蛇阵”作“常山阵”。按:“长蛇阵”即“常山阵”,首尾呼应如常山之蛇。《孙子·九地》:“故善用兵,譬如率然。率然者,常山之蛇也。击其首则尾至,击其尾则首至,击其中则首尾俱至。"①

【泣颜回】净唱,"空自有拔山之力",富春堂本同,《群音类选》本无此句;"闻歌声四起",富春堂本无"声"字,《群音类选》本无"闻"字;"楚歌声吹散了三军队",《群音类选》本同,富春堂本作"突散了三队军";"我和伊难舍分离",《群音类选》本同,富春堂本作"我和你难忍分离"。

【锦上花】生又引众兵上唱,布阵后下。"一鼓尽兴兵",《群音类选》本为【锦上花】第二曲,作"一鼓便兴师",富春堂本为【青天歌】第二曲,曲文同《群音类选》本。

【泣颜回】旦唱,"听喧天鼓鞶"之"鞶"字,《群音类选》本作"鼙"字,富春堂本无"喧"字,亦作"鼙";"汉军来四下里重围闭",《群音类选》本同,富春堂本作"汉军围四下里重门闭";"我和依"之"依"字误,当作"伊"。《群音类选》本和富春堂本各作"合前"。

【不是路】富春堂本作【赚】,末、净、旦轮唱;末为帐外将士,告大王战况:"垓下重围,帐内将军知也未?"《群音类选》本、富春堂本"内"字俱作"里";净唱"是何人,为甚慌张语似痴?"《群音类选》本、富春堂本俱作"你为何的?"末接唱"且听启,四下里腾腾横杀气",《群音类选》本作"四下腾腾横杀气",富春堂本作"看四下里腾腾横杀气";净唱"谁想,一旦成虚费,霸业成灰",《群音类选》本、富春堂本"谁想"作"如今",俱无"霸业成灰"四字;旦唱"不须疑,愿赐三尺青锋先刎死",《群音类选》本作"你不须疑,将你三尺青锋与我先刎死",富春堂本作"你不须疑,赐与我三尺青锋先刎死";净唱"诚如是,就将青锋付与伊",《群音类选》本作"我就把青锋剑与伊",富春堂本作"我就把青锋付与伊";(末白"告大王,虞夫人自刎了",)净唱"罢了,做夫妻指望白头同欢聚。今日呵,谁知一旦成抛弃",《群音类选》本、富春堂本句俱无此二句;"可怜粉消玉碎",《群音类选》本、富春堂本俱作"粉消玉碎"重句。

---

① 《二十二子》之《孙子十家注》卷十一《九地篇》"梅尧臣曰相应之容易也",上海古籍出版社1986年版,第466、467页。

【掉角儿】净唱:"叹吾妻冰霜操励,性儿刚丈夫之志。手持刀将身自刎,一霎时命归泉。世论夫妻,同林之鸟,大限来时,各自分飞。汉军来至,无计可施。空图霸业,尽成虚费。"此曲富春堂本、《群音类选》本俱无,然有中吕【扑灯蛾】二曲,可资参阅,兹引录富春堂本二曲,以《群音类选》本校之:

附:【扑灯蛾】净唱,"可怜一妇人,(又)激烈男儿志。甘自把身躯,须臾丧吾龙泉也。魂飞魄散,好教我一身无计。到如今怎生区处?只恐汉兵又来至"。"须臾丧吾龙泉也",《群音类选》本无"须臾"二字,"只恐汉兵又来至"之"恐"字作"愁"。【前腔】末唱,"大王休迟滞,顷刻汉兵至,及早须宜回避也。将伊首级,且将来马上悬之,愿生死同归一处。管教伊名登青史,留取个美名儿"。"大王休迟滞",《群音类选》本于句前有"告"字,"休"字作"你不须","顷刻汉兵至",作"况军情紧急";"及早须宜回避也",作"须回避去也";"且将来马上悬之",无"且将"二字;"管教伊名登青史"之"伊名",作"先"字。

【尾声】"四下里云山黑雾迷",富春堂本作"回望山河黑雾迷",《群音类选》本作"四望山河难料理";"不料虞姬先刎死",富春堂本同,《群音类选》本"不料"作"可惜"。

【小底鱼】"小"字误,当作"水"。为越调过曲,古曲八句,时人作前四句。此曲用在【尾声】之后稀见。富春堂本、《群音类选》本俱无此曲。

以上二出戏明戏曲选刊选录的有:万历年间的《词林一枝》选《萧何月下追韩信》,《群音类选》北腔选《萧何追韩信》《虞姬自刎》,《乐府玉树英》选《萧何追韩信》《霸王别虞姬》(阙),《乐府红珊》选《月下追信》,《摘锦奇音》选《月夜追贤》,《大明天下春》选《萧何追信》,《赛征歌集》选《戴月追贤》,天启年间的《万壑清音》选《月下追信》,崇祯年间的《怡春锦》选《追贤》等。

十四、《张飞私奔范阳》《关云长训子》

前集卷三上栏:《张飞私奔范阳》《关云长训子》二出(原刻目录前

折同，后折书《云长训子关平》），上栏左外题《三国记》。明《全家锦囊》续编二卷有《三国志》，可知在明代梨园行已经有将演三国故事的戏统称为《三国志》或《三国记》。《全家锦囊》之《三国志》没有收录此二出戏。明三国故事戏文有《连环记》《桃园记》《古城记》《草庐记》《四郡记》等，与元明杂剧关系比较密切。此二出戏在明万历年间戏曲选刊犹有选录者，如《乐府玉树英》卷五之《张飞私归走范阳》《关云长数功训子》（卷五阙，题《三国志》），《乐府红珊》卷四之《云长训子》（题《桃园记》），《大明春》卷六之《云长训子》（题《结义记》），《大明天下春》卷六之《翼德逃归》《云长训子》（题《三国志》）等。请参阅《大明天下春》卷六下栏之《翼德逃归》《云长训子》之考释。

《张飞私奔范阳》，写"三顾茅庐"后诸葛亮坐帐，张飞不服，闯辕讲理，却犯有"四杀"之罪，遂要逃回范阳去，刘备、关羽、子龙闻后追上劝回。该出戏的曲牌为：【菊花心】、【新水令】、【驻马听】、【乔木查】、【甜水令】、【么篇】、【得胜令】、【络丝娘煞尾】。

"菊花心"当作"菊花新"。张飞主唱，唱南曲引子【菊花新】上场，然后唱北曲【新水令】套，较《大明天下春》之《翼德逃归》的【新水令】套，删去中间的【步步娇】、【折桂令】、【搅筝琶】、【雁儿落】、【庆宣和】五曲（此五曲请参阅《大明天下春》本），其他曲牌、曲文同，是个删节本。万象新本与《大明天下春》本俱是明万历年的选刊，《大明天下春》本较万象新本为早。而明末《万壑清音》选录的《怒奔范阳》，故事情节相同，曲牌全改，曲文虽重新编撰，依据《大明天下春》改写的痕迹非常明显，是个改编本。题作出自《草庐记》，不确。于此也可以看到万象新本与《万壑清音》选录的《怒奔范阳》的关系。"三国戏"的情况非常复杂，此出戏很难追究出自何本戏文。万象新本《张飞私奔范阳》是根据《大明天下春》本删节的。这出戏唱的是北调，可能是青阳腔戏班艺人据北杂剧改编的。

《关云长训子》，写关羽接到鲁肃邀请，决意过江赴会，临前训子，嘱咐小心守城。与《大明天下春》之《云长训子》相同，此出戏出于元刊杂剧《三十种》之关汉卿《关大王独赴单刀会》第三折。采用的曲牌与杂剧有不同处,与《大明天下春》本相同,为:【菊花新】、【前腔】、【中吕粉蝶儿】、【醉太平】、【朱履曲】、【石榴花】、【么篇】、【斗鹌鹑】、【满庭芳】、【上小楼】、【么篇】、【鲍老催】。两支【菊花新】为南曲,由关羽和关平作上场曲,然后关羽主唱北曲【中吕粉蝶儿】套。这是南曲戏文常用的方法。曲文与《大明天下春》亦同,有一处脱字,二处误刻。【朱履曲】"壮士英豪遇英豪",《大明天下春》本作"壮士投壮士,英豪遇英豪";【石榴花】中的带白"我思想起来,若征恶战"之"若"字误,《大明天下春》本作"苦";【上小楼】之【么篇】"我也曾隔鼓三通斩蔡阳"之"隔"字误,《大明天下春》本作"擂"。详情请参阅《大明天下春》之《云长训子》对元杂剧《关大王独赴单刀会》第三折的改编。

十五、《夫妻破窑居止》

前集卷三上栏:《夫妻破窑居止》一出(原刻目录书《夫妇破窑居止》),上栏左外题《破窑记》。明徐渭《南词叙录》"宋元旧篇"题作《吕蒙正破窑记》。《永乐大典》卷一三九八四戏文二十著录《吕蒙正风雪破窑记》。请参阅《大明天下春》卷五下栏《破窑劝女》条有关《吕蒙正风雪破窑记》的著录和版本。《古本戏曲丛刊初集》之明书林陈含初詹林我刻《李九我批评破窑记》第九出《破窑居止》,与本出念白、曲文基本相同。戏曲选刊《乐府菁华》卷三选有《夫妻破窑居止》,《歌林拾翠》选有《破窑记 · 破窑居止》,此两种相同,仅有个别异文。《八能奏锦》卷三选有《蒙正回窑居止》,《乐府玉树英》卷三选有《破窑居止》,阙。

《夫妻破窑居止》,写刘丞相之女刘千金彩楼抛球招穷秀才吕蒙正为婿,被刘丞相双双赶出家门,暂住旅店又遭贼偷,吕生就引刘女去他破窑暂居。夫妻二人虽落穷境,却不坠青云之志。现以《李九我批评破窑记》第九出《破窑居止》和《乐府菁华》之《夫妻破窑居止》校其曲文:

【夜行船】生唱"一别京畿离故里,看看破窑来至",李九我批评本、《乐府菁华》本同;旦唱"无凛霜寒乡村,岑寂一路悄无人迹",李九我批评本、《乐府菁华》本“无凛”之“无”字作“风”。

【啄木儿】生唱“外行过野桥山径”,《乐府菁华》本同,李九我批评本作“外行过溪边小桥山径”;“只有一里又一里”,《乐府菁华》本同,李九我批评本无“只有”二字;合头“咱和伊慢慢行行到那里,暂时向破窑中,暂时向旧家风别作道理”,《乐府菁华》本同,李九我批评本未标注“合”字,作“咱和你慢慢行行到这里,暂时向破窑中别作道理”,“那”字作“这”,无“暂时向旧家风”六字。

【前腔】旦唱“垂杨渐觉,添憔悴,见败叶飘坠”,李九我批评本、《乐府菁华》本同;“好伤悲教人暗泪垂”,《乐府菁华》本同,李九我批评本无“教人”二字;“又听得孤鸿嘹泪”作重句,繁体“淚”字部首误,《乐府菁华》亦作重句,“泪”字作“唳”,李九我批评本不作重句,“泪”字作“唳”。未标注“合前”二字,“咱和伊慢慢行行到这里,暂时向旧家风别作道理”,《乐府菁华》本同,“伊”字作“你”,未标“合前”,李九我批评本标“合前”,“伊”字作“你”。

【前腔】生唱“休得泪偷垂,心儿痛哀切”,李九我批评本、《乐府菁华》本同;“切名唾手得意时”之“切”字误,李九我批评本、《乐府菁华》本作“功”;“怎肯忘恩义”之“肯”字,《乐府菁华》本同,李九我批评本作“敢”;“但诗书饱学终须遇”,李九我批评本、《乐府菁华》本同;以下“合前”作“暂时向破窑中权作道理”,李九我批评本、《乐府菁华》本同。

【前腔】旦唱“嫁鸡逐鸡飞,百年镇相随”,《乐府菁华》本同,李九我批评本“年”字作“岁”;“孤村冷落咱共伊,如今到此不由己,望君家早遂凌云志”,李九我批评本、《乐府菁华》本同;以下“合前”,李九我批评本、《乐府菁华》本同。

【忆多娇】生唱“深感伊,深谢伊,男儿事业焉敢违。倘得一朝攀丹桂”,李九我批评本、《乐府菁华》本同;“那时回归,怎敢忘伊此时”,《乐府菁华》本同,李九我批评本“那时”后有“节”字。

【前腔】旦唱“空惨凄,枉叹息,双亲下得只恁的。将我夫妻赶出,又把朱门紧闭”,李九我批评本、《乐府菁华》本同。以下的七言句式四句,“但愿我夫身荣贵,黄金榜上姓名题。马前喝道状元回,那时节人人都道好个风流佳婿”,李九我批评本、《乐府菁华》本同。

此四句诗,疑为“滚唱”,在《破窑记》中多处有七言诗,虽不标“滚”字,基本上是作“滚唱”;李九我批评本于“风流佳婿”后又注“合前”。此出戏的“合前”很有特点,采用逐曲减句的方法:【啄木儿】首曲“合头”作“咱和伊慢慢行行到那里,暂时向破窑中,暂时向旧家风别作道理”,第一【前腔】作“咱和伊慢慢行行到这里,暂时向旧家风别作道理”,第二【前腔】作“暂时向破窑中权作道理”,第三【前腔】作“暂时向破窑中权作道理”。这样的作法,有助于营造气氛,增加幽默感,同时也不断传达出刘千金期望丈夫成名甘愿困苦之志,也表达了吕蒙正对取青紫如拾芥之自信。夫妻在困境之中相互勉励最能感动人。但是李九我批评本在滚唱后又作“合前”,令人费解,因为【忆多娇】首曲没有“合头”,【前腔】何来“合前”? 如果再唱“暂时向破窑中权作道理”,从场上演唱未尝不可,但破了格,在剧本上不能写“合前”,只能直接写曲辞。在李九我批评本和《乐府菁华》本中没有结尾的“合前”。

十六、《安安送米》

前集卷三上栏:《安安送米》一出(原刻目录书《安安送米养亲》),上栏左外题《跃鲤记》。明徐渭《南词叙录》“本朝”著录,题《姜诗得鲤》。明祁彪佳《远山堂曲品》“能品”著录有《跃鲤记》,谓:“任质之词,字句恰好。”[①]当指无名氏原本《姜诗跃鲤记》,或为明陈罴斋撰,传有万历富春堂刊本,《古本戏曲丛刊初集》影印。请参阅《大明天下春》卷六《安安负米》条有关版本以及选刊本此出出自富春堂本的考释。万历年间戏曲选刊《群音类选》诸腔类卷二、《乐府玉树英》卷三(阙)、《乐府菁华》卷三俱选录此出戏。

《安安送米》,写安安平时省下口粮积攒起来,去送给被亲婆赶出

① 祁彪佳《远山堂曲品》“能品”《跃鲤》,《中国古典戏曲论著集成六》,中国戏剧出版社 1959 年版,第 26 页。

家门的母亲庞三娘子。万象新本此出戏与《大明天下春》卷六《安安负米》基本相同,只有个别字有不同。经比对,有三处异文:【一封书】中“我夏清冬温礼数违”之“清”字误,《大明天下春》作“凊”,是。“冬温夏凊”是成语,服侍老人,要温被使暖,扇席使凉。“凊”,凉也。第一支【前腔】末句“婆若闻知此米将来加罪我”,《大明天下春》作“婆若闻知此米将来加娘罪”。第四支【前腔】“免得我娘莫禁持儿受亏”之“莫”字,《大明天下春》作“受”。万象新本结尾处有阙叶,“欲去离又回,两眼睁”以下阙文字,《大明天下春》全,可补上“睁怎肯离?敢是前生做了冤枉事,致使娘儿受困危。(合前)好伤情,痛伤情,子母团圆知几时?(并下)”。

十七、《申生私会娇娘》

前集卷三下栏:《申生私会娇娘》一出(原刻目录书《申生娇娘私会》),中栏左外题《申生》,用的是戏文的题名法,然宋元无此剧著录。钱南扬师《戏文概论》“明剧本概况”著录有《娇红记》,其为明沈寿卿所作戏文。见明徐渭《南词叙录》“本朝”著录《娇红记》。[①]吕天成《曲品》卷下“具品”著录,曰:“《娇红》,此传卢伯生所作,而沈翁传以曲,词、意俱可观。以申、娇之不终合也而合之,诚快人意。第传中有娇之妒红、红之污娇、生之感鬼、娇之远别种种情态,未经描写,亦堪恨恨。”[②]此谓沈寿卿作。明祁彪佳《远山堂曲品》“能品”著录,曰:“《娇红》,卢伯生为申、娇作传,中有种种情态可摹。沈翁之词,能斩绝葛藤,虽近于古,然不无浅促之憾矣。”[③]亦谓沈寿卿作。此剧为明戏文无疑,然不传。沈寿卿,寿卿为号,受先为名,生卒不详。

---

① 徐渭:《南词叙录》“本朝”,《中国古典戏曲论著集成三》,中国戏剧出版1959社年版,第252页。

② 吕天成:《曲品》卷下《娇红》,《中国古典戏曲论著集成六》,中国戏剧出版社1959年版,第228页。

③ 祁彪佳《远山堂曲品》“能品”《娇红》,《中国古典戏曲论著集成六》,中国戏剧出版社1959年版,第47页。

在元明之间有《娇红传》小说，一说是元宋梅洞撰，一说是明卢伯生撰。故事描写了青年书生申纯与其表妹王娇娘的婚姻悲剧，是同类小说中比较突出的一篇，创立了与唐代传奇小说不同的范式，在中国小说史上有着重要的地位。以《娇红传》故事作杂剧的作家有元王实甫、金文质、刘兑、汤式等，惟有刘兑的《金童玉女娇红记》存世。在明代又有两部作品，为沈寿卿的《娇红记》戏文和孟称舜的《节义鸳鸯冢娇红记》传奇，戏文佚，传奇存。经查对，本出《申生私会娇娘》当是戏文《娇红记》的佚出。在明戏曲选刊中，有万历年间《八能奏锦》之《申生赴约》(原阙)，《群音类选》之《雨阻佳期》《深闺私会》《云雨酬愿》，《乐府玉树英》之《梅香传柬》《申生赴约》(此二出付阙)等出。《群音类选》官腔卷二二之《云雨酬愿》与《乐府万象新》的一出戏相同。《八能奏锦》和《乐府玉树英》的《娇红记》散出因阙未读，《群音类选》的余二出戏，亦当是戏文《娇红记》的佚出。戏曲选刊为失传戏文《娇红记》保留了三出戏。因此，从戏曲选刊研究南戏会有意外的收获，应当引起南戏研究者的重视。

兹以《群音类选》之《云雨酬愿》校勘万象新本的《申生私会娇娘》。本出戏的曲牌为:【似娘儿】“月在碧云头”、【桂枝香】“黄昏时候”、【前腔】“看煌煌”、【玉井莲】“月转墙头”、【红衲袄】“我和你”、【前腔】“我与你”、【前腔】“分付与”。

【似娘儿】“(旦)月在碧云头，琼楼十二帘上银钩，晚妆已罢黄昏后。鸭炉火冷，纱笼烛尽，坐数更筹。小慧，早间与申生所约，今宵一会，如何不见来也，还是怎么?(贴)小姐，此时总是黄昏，人声未绝，望他来时尚早。我和你且到画阁前碧阑外闲步片时，伺候他来。”

按:此曲为仙吕引子，旦扮娇娘唱，贴扮丫头小慧。《群音类选》本未录此曲。

【桂枝香】“(旦)正是:黄昏时候，月明如昼。花阴小犬哰哰，不解玉人来否?听秋籁悄然，(又)凭阑立久，露湿罗袖。(合)夜悠悠，金飚袅袅来天外，银汉斜斜拂树头。”

按:此曲为仙吕过曲。《群音类选》本以此曲为首曲，直接入戏。

“金飚袅袅来天外”之“来天外”，《群音类选》本作“来蘋末”。“蘋末”，即蘋草之末端，有小叶四片，风起叶动，古时因以代称“风”。楚宋玉《风赋》曰：“夫风生于地，起于青蘋之末。”

【前腔】“(贴)看煌煌珠斗，迢迢玉漏。仙郎有约不来，人在桃源迎候。春妆寂寥，(又)数株衰柳，影如人瘦。(合)越添愁，啾啾蛩响依金井，点点萤飞过画楼。”

按：“看煌煌珠斗”，《群音类选》本无“看”字；“春妆寂寥”之“春妆”二字，《群音类选》本作“望台榭”；“蛩响”二字，《群音类选》本作“虫响”。

【玉井莲】“(生)月转墙头，人静悄无声嗽。小生早间与娇娘相约，今晚且喜门儿半掩在此，只得拚身而入。呀，娇娘拜揖。(旦)申哥万福。(生)小生诚恐失约，特自早来也。(旦)奴家待之良久，欣慰，欣慰！(贴)申秀才你好不失信。(生)小慧姐，此一信也风雨无辞，决不敢失信。你看今夜有花有月，只是无酒，奈何，奈何。(贴)既然有月有花，但无酒也不妨。”

按：【玉井莲】，当作【玉井莲后】，[①]为双调引子，作生上场唱。《群音类选》本无此曲。

【红衲袄】“(旦)我和你向花阴月下游，我和你话衷肠携素手。(生)娇娘，可惜秋宵颇短，奈何，奈何。(旦)挽黄河水添夜漏，长愿滴沥无尽头。我和你待不得合欢杯同命酒，只索权做个鸳鸯偶。申哥呵，我好似半含半吐一朵梅花也，一种清香蝶未偷。”

按：此曲常用，为南吕过曲。“挽黄河水添夜漏”，《群音类选》本于句前有“倩谁”二字；“长愿滴沥无尽头”之“滴沥”，《群音类选》本作“滴沥沥”；“我和你待不得合欢杯同命酒”，《群音类选》本无“我”字；“只索权做个鸳鸯偶”之“鸳鸯偶”，《群音类选》本作“鸳鸯交鸾凤偶”；“半含半吐”之“吐”字，《群音类选》本作“放”；“一种清香”，《群音类选》本于“一种”后有“喷鼻”二字。

---

① 钮少雅、徐于室：《汇纂元谱南曲九宫正始》第七册双调引子：“此调按古本《蔡伯喈》亦曰‘【玉井莲后】’，但不知全调几句耳。”黄山书社 2008 年版，第 628 页。

【前腔】“(生)我与你似鱼和水两意投,好姻缘在今宵知必偶。(戏旦介)唾津似蔷薇露香可嗅,玉乳似鸡头肉温且柔。两肢臂嫩纤纤白似藕,一个体软脓脓滑似油。若得片时凤友鸾交也,消尽胸中万斛愁。”

按:“我与你似鱼和水两意投”,《群音类选》本无“我”字;“消尽胸中万斛愁”,《群音类选》本于“消尽”后有“了”字。

【前腔】“(贴)分付与悄郎君莫怕羞,再叮咛淑女娘莫怕羞。所喜今宵皆辐辏,奴愿做填河鹊渡女牛。(生)多谢,多谢!(旦)鸳鸯被把麝香熏已透,及早向洞房中把夙愿酬。此宵价值千金也,只怕漏尽钟鸣云雨收。”

按:“分付与悄郎君莫怕羞”之“悄”字,《群音类选》本作“俏”;“再叮咛淑女娘莫怕羞”之“羞”字,《群音类选》本作“丑”;“所喜今宵皆辐辏”之“皆辐辏”,《群音类选》本作“里多偶辏”。

十八、《裴淑英付尸囊》《姑嫂雪夜逃回》

前集卷三下栏:《裴淑英付尸囊》《姑嫂雪夜逃回》二出(原刻目录同),中栏左外题《断发记》。传有明万历世德堂本《裴淑英断发记》,明吕天成《曲品》“旧传奇”《断发》,曰:“事重节烈。词亦佳,非草草者;且多守韵,尤不易得。”[①]祁彪佳《远山堂曲品》“能品”著录,曰:“词甚工整,且能守律,当非近日词人手笔。”[②]应是明早期的无名氏戏文,《全家锦囊》未收录。世德堂本《裴淑英断发记》,二卷三十九出,未署撰者名(或以为是明李开先撰,证据不足),有《古本戏曲丛刊》第五集影印本。请参阅《大明天下春》卷六《德武从军》条相关内容。兹以世德堂本与万象新本的曲文对勘:

《裴淑英付尸囊》,即明世德堂《断发记》第二十八出《老王寻尸》。据《乐府玉树英》目录卷四有《苦付尸囊》,然已付阙。该戏写裴淑英受

① 吕天成:《曲品》卷下《断发》,《中国古典戏曲论著集成六》,中国戏剧出版社 1959 年版,第 276 页。

② 祁彪佳:《远山堂曲品》“能品”《断发》,《中国古典戏曲论著集成六》,中国戏剧出版社 1959 年版,第 25 页。

婆婆临终嘱咐，为收拾丈夫德武骸骨，缝一尸囊，老仆自愿请命去往边庭取还主人尸骨。旦扮裴淑英，贴扮姑姑，末扮老王。曲牌为：【破阵子】、【懒画眉】、【前腔】、【破阵子】、【玉山颓】、【前腔】、【前腔】、【急扳令】、【前腔】、【前腔】、【一撮棹】。兹以明世德堂本第二十八出《老王寻尸》与万象新本《裴淑英付尸囊》校勘曲文。

【破阵子】旦唱，“梦逐行云度白龙”之“龙”字，世德堂本误作“云”。

【懒画眉】“回看孤影素房空”之“房”字，世德堂本作“有”。

【前腔】世德堂本作同。

【破阵子】贴唱，“堪悲萱草丛”之“堪”字，世德堂本作“谩”。

【玉仙颓】“仙”字误，当作“山”，世德堂本作“山”；据《九宫正始》，此曲为【玉抱肚】犯【五供养】，曰【玉山供】，时人误作【玉山颓】。[①]旦唱“更母使魂灵惊恐”，世德堂本“母”字作“毋”，是；“魂灵”作“灵魂”。

【前腔】贴唱，“风尘倾洞”，世德堂本作“风波溯洞”；“况边庭屡值岁凶”之“值”字，世德堂本作“间”；“须只顾骸骨为重”之“骸骨”二字，世德堂本作“尸骸”。

【前腔】贴唱，世德堂本末唱，是。有曲云“我老王此去呵，愿收取塞外恩骸”，主人的骸骨谓之“恩骸”。该曲文，世德堂本同。

【急扳令】世德堂本此曲未标曲牌。末唱“求战骨独往胡中”之“战”字，世德堂本作“尸”。

【前腔】旦唱，世德堂本同。

【前腔】贴唱，“存在德哀何有穷”之“穷”字，世德堂本作“终”；“耐路途间”之“路”字，世德堂本作“程”。

【一撮掉】“掉”字误，当作“棹”，世德堂本亦误。旦、贴、末轮唱，“那堪遇此穷冬”，世德堂本无“那”字，“遇”字作“逢”；“长城，愁伊两脚龙钟”，世德堂本于“长城”后有“远”字。

《姑嫂雪夜逃回》，请参阅《大明天下春》卷六之《冒雪逃回》，即世

---

① 钮少雅、徐于室：《汇纂元谱南曲九宫正始》第八册仙吕入双调【玉山供】，黄山书社2008年版，第681页。

德堂本第三十四出《淑英走雪》。写裴淑英抗拒改嫁,在奶娘的帮助下,趁夜色冒雪逃行。曲牌为:【步步娇】、【前腔】、【前腔】、【渔父第一】、【入赚】、【二犯皂罗袍】、【前腔】、【前腔】、【前腔】、【驻云飞】、【前腔】、【前腔】、【清江引】。万象新本《姑嫂雪夜逃回》与《大明天下春》(简称"天下春本")本《冒雪逃回》基本相同,曲文有个别异文,出校(世德堂本免校,可参阅天下春本《冒雪逃回》之校勘)。旦扮裴淑英,贴扮裴淑英姑姑,奶即奶妈。

【步步娇】旦唱,"急走多颠步"之"步"字,天下春本作"仆";"仓惶喘朱苏"之"朱"字,误,天下春本作"未"。

【前腔】贴唱,"到处里惊惶"之"惶"字,天下春本作"慌";"赚得我向冥途"之"冥"字,天下春本作"迷"。

【前腔】奶唱,"姑嫂中宵相逃遁"之"逃遁",天下春本作"遁去";"强放金莲去"之"去"字,天下春本作"步";"猛可里谁知",天下春本"谁"字前有"有"。

【渔父第一】众唱,"虚怯怯行来身软弱",天下春本于"行"字前有"我";旦唱,"把寒冰口嚼",天下春本作重句;众唱,"那更是溪流冻断层冰合",天下春本无"是"字;旦唱,"冒雪衡寒途路遥"之"衡"字误,当作"衝"(简体作"冲"),天下春本作"冲","遥"字作"杳"。"为只为爹爹不谅人",天下春本于"爹爹"前有"我"字;"裴淑英顾不得死填沟壑",天下春本"裴淑英"三字作叠字;贴唱,"悔不尽此来差错",天下春本作重句;奶唱,"有何必哭啼啼"之"哭"字,天下春本作"哭哭"。

【入赚】"岁寒松柏……"天下春本同。

【二犯皂罗袍】仙吕,旦唱,"雪儿又飘"之"飘"字,天下春本作"渺"。

【前腔】贴唱,"妾身那得琼瑶报"之"妾身",天下春本作"奴家"。

【前腔】(合)"过时不挽柳枝条"之"不"字,天下春本作"须";"心惊战"之"战"字,天下春本作"颤"。

【前腔】奶唱,"思想相公……"天下春本同。

【驻云飞】中吕,旦唱,"姑、嫂,你把谁来靠","嫂"字衍,当删,天下春本作“姑姑,你把谁来靠”。

【前腔】贴唱,“石门深峭”之“石”字,天下春本作“柴”;“薄暮清宵”之“清”字,天下春作“昏”。

【前腔】奶唱,“宝刹悬灯照九霄”之“照”字,天下春本作“挂”;“飞绕林皋”之“皋”字,天下春本作“稍”,句后有“枯树危巢”四字;“鸦,偏向愁人噪”,天下春本无“鸦”字。

【清江引】“忙行数里……”天下春本曲牌误题作“清江水”,曲文同。

卷四

十九、《玉箫渭河分别》

前集卷四上栏:《玉箫渭河分别》一出(原刻目录同),上栏左外题《玉环记》。请参阅《大明天下春》卷四上栏《托续旧盟》《韦皋续缘》二出有关《玉环记》的剧情与版本。其中《托续旧盟》《韦皋续缘》二出于今传本中没有,然《玉箫渭河分别》在明万历年间慎余馆本的《韦凤翔古玉环记》和汲古阁本的《玉环记定本》中皆有,这是《玉环记》的重要的情节,写韦皋在妓院与玉箫相爱相守,金钱使尽,终得与玉箫分离,临别之际,互赠金鱼、玉环信物,以示同心,期盼日后相聚。在这三本比较中发现【望吾乡】“花压重檐……”一曲,在慎余馆本中被删了,而在万象新本和汲古阁本中保留着。这说明汲古阁本在订定时不仅参照了各种传本,也参照了戏曲选刊中的散出。查万历时期的戏曲选本,所选此出戏的尚有:《群英类选·赶逐韦皋》官腔类卷八、《乐府玉树英·渭河分别》卷二阙、《乐府菁华·渭河分别》卷二、《乐府红珊·渭河分别》卷六、《玉谷新簧·渭河分袂》卷四阙。

兹以慎余馆本《韦凤翔古玉环记》第八出《怅别渭桥》、汲古阁本定本《玉环记》第八出《赶逐韦皋》、《群英类选》官腔类卷八《赶逐韦皋》与万象新本比较，见其曲文的变化和演出的处理。

【天下乐】生唱“鸾交凤友……”，全曲曲文慎余馆本、汲古阁定本全同。扮色却有不同，三本韦皋俱作生扮，万象新本玉箫旦扮，慎余馆本小旦扮，汲古阁贴扮。万象新本因是折子戏，无他旦角，故作旦扮，而慎余馆本和汲古阁定本为全本，闺阁千金琼英旦扮，玉箫则以小旦或贴旦扮演了。《群英类选》本无此曲。

【望吾乡】生唱，“雨浓花艳酒如泉”，慎余馆本、汲古阁定本同，《群英类选》本“酒如泉”作“春如酒”；“月皎风和醉绮筵”之“醉绮筵”，汲古阁定本、《群英类选》本作“夜正酣”。“好似玉箫时并花楼前”，万象新本原作“玉玉箫”，衍一“玉”字，删。慎余馆本无此曲。

【傍妆台】旦唱“月初圆……”，汲古阁定本同，慎余馆本句前有“看”字；“恩爱重如山”，慎余馆本、汲古阁定本、《群英类选》本作“恩与爱重如山”；“只恐东君不见怜”之“见”字，慎余馆本、汲古阁定本、《群英类选》本作“爱”；“他要分开连理”之“连理”，慎余馆本作“睢鸟”，汲古阁定本、《群英类选》本作“鸳侣”；“拆散锦鸳”，慎余馆本作“打散锦鸾”，汲古阁定本、《群英类选》本作“拆散锦鸾”；“忍下得好姻缘”，汲古阁定本、《群英类选》本作“忍下得好姻缘番作恶姻缘”，慎余馆本于此句前有增句作“连枝宁折，比翼怎捐，忍下得好姻缘番作恶姻缘”。(按:此曲慎余馆本作【二犯傍妆台】，因删了生唱的【望吾乡】曲，则在此曲中“他要分开睢鸟”及以下曲文由生唱。)

【不是路】“你莫为无钱便脸”之“便脸”二字中间脱一字，慎余馆本作“便反颜”，汲古阁定本、《群英类选》本作“便反面”。(按:此曲丑、旦轮唱，丑扮老鸨；慎余馆本小生扮王八；汲古阁本外扮王八。)

【棹角儿】生唱“爇明香设誓告天”之“明”字，慎余馆本、汲古阁定本同，《群英类选》本作“炉”；“愿此去一举中状元”，慎余馆本、汲古阁本同，《群英类选》本无“中”字；“结新盟，谐旧好，花月重圆”，汲古阁定本、《群英类选》本同，慎余馆本作“结新盟，谐旧好，凤成双鸾成对，花月重圆”；“那时节风情月思”之“情”字，慎余馆本、汲古阁本同，《群英类选》本作“前”。

【前腔】“怨爹娘心执见偏”之“怨”字，慎余馆本同，汲古阁本、《群英类选》本作“我”；“恨身缘分薄悭”，慎余馆本、汲古阁定本、《群英类选》本作“恨妾身缘薄分悭”；“甚时再员”，“员”字误，慎余馆本、《群英类选》本作“甚日重圆”，汲古阁定本作“甚时重圆”；“无计留恋”，汲古阁定本、《群英类选》本同，慎余馆本有增句作“向泰山，涉楚水，无计留恋”；“穷苍祷告乞垂见怜”，“穷”字误，慎余馆本“穷”字作“穹”，是；汲古阁定本、《群英类选》本作“穹苍祷告乞谁怜”；“姻缘他年契合，再续旧缘”，前句脱一字，慎余馆本、汲古阁定本、《群英类选》本俱作“好姻缘他年契合，再续丝弦”。（按：此曲应旦唱，万象新本未标注。）

【余文】“明年准王锦衣还”之“准”字，慎余馆本同，汲古阁定本、《群英类选》本作“专”。（按：慎余馆本作小生、丑唱，汲古阁定本作外、丑唱，万象新本未标唱曲脚色，参照他本似由外、丑唱，《群英类选》本不标脚色。）

【红衲袄】旦唱，“世间何事相思苦”之“事”字，慎余馆本、汲古阁定本，《群英类选》本作“似”。

【前腔】生唱，“独守秦楼免挂牵”之“守”字，慎余馆本同，汲古阁定本、《群英类选》本作“倚”。

【香柳娘】生唱，“我有愁怀万千”，慎余馆本、汲古阁定本、《群英类选》本无“有”字；“长夜竟不眠”，慎余馆本作“终夜竟无眠”，汲古阁定本作“终夜竟不眠”，《群英类选》本作“终夜不成眠”；“辨心专意坚”之“辨”字，慎余馆本同，汲古阁定本作“恁”，《群英类选》本作“辨心专意专”。

【前腔】旦唱“奴有一言……”，慎余馆本同，汲古阁定本、《群英类选》本“奴”字后有“家”。

【哭相思】“教人含泪悲西风”之“教人”，慎余馆本同，汲古阁定本作“丈夫”。《群英类选》本未选【哭相思】二曲。（按：万象新本作合唱，慎余馆本、汲古阁定本作生唱。）

【前腔】旦唱，万象新本“佳人薄命从来有”之“从来”，原作“从从来”,衍一“从”字,删。

二十、《裴度香山还带》《裴度得中报捷》

前集卷四上栏:《裴度香山还带》《裴度得中报捷》二出(原刻目录同),上栏左外题《还带记》。请参阅《大明天下春》卷六上栏之《裴度拾带还家》条相关的版本情况和考释。万象新本《裴度香山还带》,《大明天下春》有同名散出;而《裴度得中报捷》,即《大明天下春》之《刘氏忆夫得书》。剧写晋公裴度当年拾带还带的故事。《大明天下春》之此二出已与《全家锦囊》《九宫正始》所辑录之曲与世德堂本作了校勘比较,在此将《大明天下春》(简称天下春)之二出与万象新本之二出作校勘比较,即可了解万象新本之二出戏的由来。

《裴度香山还带》,写裴度去香山寺寻得昨日失带之妇,将犀角玉带三条还给妇人。

【缕缕金】生唱,“匆忙侵晓起”之“晓”字,天下春本作“早”;“你看送风吹竹寺门开”,天下春本作“你看那松柏风吹寺门开”。

【前腔】贴唱,“横事遇遭际”之“遇”字,天下春本作“连”;“安得带还在”,天下春本作重句。

【懒画眉】“罗钳结网无能解”之“结”字,天下春本作“计”。

【前腔】生唱,“何故侵晨到此来”,天下春本“故”字作“事”,“侵”字作“清”。

【前腔】贴唱,“我知道难逃不测灾”之“我知道”,天下春本作“多管是”。

【忆多娇】“犀玉带……”天下春本同。

【前腔】“随时便觉愁颜改”之“随时”,天下春本作“从兹”;“恩深思海”作重句,天下春本于“恩”字前有“你”,不作重句。

【斗黑麻】生唱,“临财心便昧”之“昧”字,天下春本作“灰”。

【前腔】贴唱,“奴有幸蒙还带”,天下春本于“蒙”字后有“君”;“否极泰来”之“泰来”,天下春本作“还复泰”;“愿你位列三公,职使鼎鼐”,

因天下春本带白曰“相公,奴家愿你此去呵”,故曲文无“愿你”二字。

《裴度得中报捷》,写裴夫人在家接书信,裴度已登进士第,要接夫人进京团圆。

【破阵子】旦唱,“才郎全尽貂裘敝”之“全”字,天下春本作“金”。

【四朝元】“要荣华父母”之“荣华”,天下春本作“增光”;“只愁画虎不成形”之“愁”字,天下春本作“恐”;“满眼花如绣”,天下春本作“满目花如柳”。

【前腔】“缘何停绣……”天下春本同。

【玉井莲后】“(丑)门径如秋,何日车驰马骤”,万象新本原未标此曲牌,而是直接在前曲“锦衣归昼”之后,丑扮裴旺嫂唱;天下春本标此曲牌,为双调引子,单列,夫扮裴旺嫂唱。“门径如秋”之“如”字,天下春本作“知”。

【不是路】旦唱,“分违久”之“分”字,天下春本作“睽”;“功名未审可成就”之“可”字,天下春本作“真”;末唱“不须忧”,天下春本于此句前有“言非谬”三字;“恩荣似此非良偶”之“非良偶”,天下春本作“良非偶”,是;“疾忙奔走”,天下春本于句前有“我”字。

【前腔】旦唱,“良人也遂曲江游”之“也”字,天下春本作“已”;“看他好风流”,天下春本于句前有“我”字;“他绣衣骀马争驰骤”之“骀”字,天下春本作“骢”;“又要取浑家到帝州”之“到”字,天下春本作“上”;外唱“他名成就”,天下春本于句后有“志已酬”三字。

【山花子】外唱,“衡门十载……”天下春本同。

【前腔】外唱,“看取他名覆金瓯”之“看取”,天下春本作“管教”。

【前腔】贴唱,“恩荣如许……”天下春本同。

【前腔】丑唱,“喜欣欣提书已收”之“提”字,天下春本作“捷”。

【余文】合唱,“苍苔门径还依旧,看取宝马香车辐辏”,天下春本作旦唱;“急整行装上帝州”,天下春本此句作外、贴唱,于句前有“你”字。

通过比对,可知万象新本《裴度香山还带》《裴度得中报捷》二出,与天下春本相同,个别字有出入亦属正常,虽同属明万历年间选刊本,但在比较中可以看出天下春本为早。在本编《大明天下春》的四出戏条的考释中,已明确既受旧本的影响,而主要是选录明世德堂本《裴度香山还带记》,万象新本亦如是。

二一、《九成姑媳忆别》《九成别友归朝》

前集卷四上栏:《九成姑媳忆别》《九成别友归朝》二出(原刻目录同),上栏左外题《香囊记》。为明成化年间的邵灿《香囊记》的二出戏。明徐渭《南词叙录》、吕天成《曲品》"旧传奇"著录。请参阅《大明天下春》卷五《香囊记》之《兄弟叙别》条有关的版本和《忆子平胡》《舍生待友》的考释。

此选录的二出戏,基本同《大明天下春》所选的二出,比较接近邵灿的"原本"。

《九成姑媳忆别》,即《大明天下春》之《忆子平胡》,汲古阁本在《忆子》《供姑》中有"忆子"的内容,但没有万象新本这出戏。经查,这出戏或为"原本"所传,或为戏班编演,其叠用【七贤过关】叙述与抒情结合的用法,是戏班常用的手法。可参阅《忆子平胡》的考释。该剧写张九成夫妻母子别离后,一去茫然,母忆子,妻思夫,愁怀惨戚。曲牌删了【一剪梅】三曲,自【七贤过关】六曲至【余文】。此出"夫"扮九成母,旦扮九成妻,贴扮的问题,参阅《忆子平胡》的考释。兹将本出与《忆子平胡》曲文不同处校出,以知同出戏在传刻中的变化。

【七贤过关】"中国大堂堂"之"中"字,《忆子平胡》作"忠";"你朝纲不整边塞壅蔽"之"你"字,《忆子平胡》作"秦桧奸贼";"九成儿你本是圣贤徒耿耿存忠直"之"九成儿",《忆子平胡》作"九成的儿","的"字衍;"只因忤逆当朝相",《忆子平胡》作"只因你话不投机";"怎知他胜败兵家未可知"之"未可知",《忆子平胡》作"不可期";"虽然是不测虏囚能克敌"之"克敌",《忆子平胡》作"剋地"。

【前腔】"妇人不下堂,裙布糠糟辈"之"糠糟",《忆子平胡》作"糟糠";"争奈是路途千里无人寄与"之"争"字,《忆子平胡》作"怎";"你那里难寄苏卿一纸书"之"你"字,《忆子平胡》作"他"。

【前腔】“兄弟情，手足恩”之“兄弟”，《忆子平胡》作“弟兄”；“今日沙场边地走”之“边”字，《忆子平胡》作“战”；“身落遐荒塞海边”，《忆子平胡》作“身落穷荒瘴海边”。

【前腔】“母忧儿堆积”之“堆”字，《忆子平胡》作“多”；“为臣忘父”之“父”字，《忆子平胡》作“妇”；“荷天相佑”之“佑”字，《忆子平胡》作“祐”；“当念高堂云鬓垂”之“当”字，《忆子平胡》作“须”；“但愿你胡虏都扫服”，《忆子平胡》“你”作“得”，“服”作“伏”。

【前腔】“良人在远征……”全曲，《忆子平胡》同。

【前腔】“虽愿也驱平胡虏荣归日”之“虽愿也”，《忆子平胡》作“惟愿他”。

【余文】“扫荡胡蛮衣锦返故庐”之“返”字，《忆子平胡》作“还”。

《九成别友归朝》，即《大明天下春》之《舍生待友》，汲古阁本第三十一出《潜回》在【红衲袄】四曲后有【东瓯令】二曲，其他同。此出戏在明万历年的戏曲选刊《玉谷新簧》原编目录中选录，然正文阙。可参阅《舍身待友》的考释。该剧写张九成被金人拘禁，不就单于亲事，不许南还，欲以死尽忠。同被拘留的王伦为救九成，让符节给九成先回，甘愿以死相拼。生扮九成，末扮王伦。曲牌为【诣金门】、【红衲袄】四曲、【四边静】四曲。兹将本出与《舍生待友》曲文不同处校出，以知同出戏在传刻中的变化。

【谒金门】“心恋慈亲榆景晚”之“榆景晚”，《舍生待友》作“榆晚景”。

【红衲袄】“执着的白象简”之“的”字，《舍生待友》作“那”；“受君恩”，《舍生待友》作“俺受君禄”；“食君禄”，《舍生待友》作“负君恩”。

【前腔】“待黄麻共奉班”之“共”字，《舍生待友》作“供”。

【前腔】“一点心怎忘君父难”，《舍生待友》“忘”字后有“了”，“难”字作“恩”。

【前腔】“怎能勾离毡乡持节返”，《舍生待友》“毡”字作“膻”，“返”字作“还”；“立朝纲当办奸”之“办”字，《舍生待友》作“辩”。

【四边静】“归心大刀折”之“折”字，《舍生待友》作“拆”。

【前腔】"孤臣此恨……"全曲,《舍生待友》同。

【前腔】"情深怎抛别"之"别"字,《舍生待友》作"撇"。

【前腔】"英雄壮气……"全曲,《舍生待友》同。

二二、《韩朋父子相会》

前集卷四上栏:《韩朋父子相会》一出(原刻目录同),上栏左外题《十义记》,即《韩朋十义记》。明祁彪佳《远山堂曲品》"杂调"著录《韩朋》"即《十义》",曰:"李、郑救韩朋父子,程婴、公孙之后,千古一人而已,惜传之尚未尽致。中惟《父子相认》一出,弋优演之,能令观者出涕。"[①]当为弋阳腔演出本。请参阅《大明天下春》卷七《破容守节》条有关版本资料和《父子重逢》出与明富春堂本第二十四出《父子相逢》的考释。在万历年间戏曲选刊中有关的选刊是,《乐府红珊》卷十六选录的《韩朋父子相逢》、《大明天下春》卷七选录的《父子重逢》与明富春堂本第二十四折《父子相逢》,基本相同;而万象新本的《韩朋父子相会》,与上述三种有很大不同,与《秋夜月》选刊中《尧天乐》本的《父子相逢》却有同也有不同。比较起来,万象新本为了更适应演出和观众的接受,对富春堂本作了很大的改造,特别是删去了从古书、古人、古事而来的宣教孝悌忠信礼义的内容,以百姓容易接受的君臣、父子、兄弟、夫妻之间的正统行为而代之,文字通畅、平易,唱出口便能为观众听懂、理解、接受。这样的改造,效果比较好,很能吸引观众,感动观众,正如祁彪佳所说的:"弋优演之,能令观者出涕。"

万象新本改动太多,不便对勘,可探讨其与《大明天下春》本、富春堂本的同与不同之处,《尧天乐》本仅有四曲,其与《大明天下春》本、富春堂本有一定的关系。

万象新本曲牌为:【端正好】"十年身到"、【前腔】"人事苦蹉跎"、

---

① 祁彪佳:《远山堂曲品》"杂调"《韩朋》,《中国古典戏曲论著集成六》,中国戏剧出版社 1959 年版,第 114 页。

【陶金令】"擎樽高捧"、【前腔】"只为交朋友"、【前腔】"官高爵品"、【前腔】"良朋契兄"、【一封书】"因甚事愁恼"、【前腔】"若提起泪涟"、【玉胞肚】"闻爹言语"、【前腔】"听启,函关外"以下阙文。

先看万象新本与富春堂本、《大明天下春》本的情况。

【端正好】二曲很一般,为北曲楔子所用,不入套。小扮李泰(困英)、末扮李昌国(太爷),上场所唱曲。末所唱曲为:"人事苦蹉跎,光阴迅速如梭,十八年怨恨不能磨。见儿时,一件件一桩桩从头说破。"而富春堂本、《大明天下春》本,则用词调【小重山】(富春堂本未标曲牌),外扮李昌国(太老爹),上场所唱曲。外所唱曲为:"最苦光阴似箭,那更日月如梭,满怀怨恨未消磨。今日见他时,将旧日冤情一桩桩一件件必须提破。"李昌国的上场曲有相似之处。

【陶金令】四曲,为仙吕入双调集曲,据《正宫九始》"陶"字当作"淘"。其第一曲与第二曲可与富春堂本、《大明天下春》本相对。富春堂本与《大明天下春》本,【陶金令】只有二曲。

万象新本第一曲曰:"(小)擎樽高捧,子职须当尽;三牲五鼎,方表儿恭敬。父子同荣,叨承君命。因甚不展眉频,无语低头长叹声?莫不是母老在家庭,孩儿缺奉承,因此上停杯不饮?"富春堂本曰:"檠樽高奉,略表儿诚敬;三牲五鼎,安享应须称。父子同荣,共叨天俸。这是父教子之功,礼当承敬。你为甚不展眉峰,无语低头长叹声?莫不是虑着老母在家庭,晨昏缺奉承?既不然别有何因,停杯不饮?"《大明天下春》本基本同富春堂本,有一字有异,"别有何因"之"别"字作"更"。

万象新本第二曲曰:"(末)只为交朋友,义金兰契深。既受朝廷恩俸,须当报君恩,方尽为臣子职分。喜得金榜上题名,又得久旱逢甘霖。只是我眼睁睁,不得他乡遇故人。非我不舒惆怅不展眉头,猛然想起弟兄情,交我停杯饮。"富春堂本曰:"为人臣子,忠孝须当,三牲五鼎安享心何稳,有甚奇功,叨天命?你道是久旱逢甘霖,猛然徒起昔日情,不能勾他乡遇故人。间别多年,存亡未审。因此伤心停杯未饮,为此伤心停杯未饮。"《大明天下春》本基本同富春堂本,校出富春堂脱二字,"忠孝须当"后脱一"尽"字,"叨天命"前脱一"禄"字。万象新本与富春堂本、《大明天下春》本比较，意思相同，但异文很明显。

万象新本第三曲曰："(生)官高爵品，臣子须当尽。须记鼎铛恩义，蜂蚁君臣，岂可为臣不敬君。既受朝廷恩俸，补报君恩。爱民谨慎，正直公平，无贪无吝。若是利己荣身，安心不稳。人生当学，当学唐尧虞舜，莫学卫律李陵。把我忠言劝你，难道为官吞小民？难道为官欺小民？"富春堂本【销金帐】第三曲与之相当，曰："官僚爵品，臣职须当尽。既受朝廷恩俸，当报君恩。要爱民谨慎，要正直公平，无邪谗佞。人生当学，人生当学周公伊尹。若是利己忘君，安身不稳。难道为官可欺吞小民？"《大明天下春》本基本同富春堂本，有一句不同，"无邪谗佞"作"无为奸佞"。以富春堂本与万象新本对校，就会发现文字改动很多，但意思乃相近，富春堂本语气较万象新本为重。

万象新本第四曲曰："(生)良朋契兄，甚勿相谋。须记黄莺唤友，迭奏埙篪，岂可为人不守信？托子寄妻各分，芝兰臭味，岁久尤存。同气相求，同声相应。人生当学，当学交情刎颈，莫学孙子庞涓，割恩断信。我把好言劝你，仔细叮咛。子不能孝亲，弟不能敬长，臣不能事君，友不能全信。止是昼虎难画骨，知人不知心。重义世间少，轻财有几人？朋友终须不是亲，急难何曾见一人？""甚勿相谋"后脱一"损"字。富春堂本【销金帐】第四曲与之相当，曰："良朋契兄，甚勿相谋损。也有托子之心，也有寄妻情分，芝兰臭味，岁久尤真。人生莫学庞涓孙膑，事到如今，几多无信？仔细忖，朋友不是亲，急难何曾见一人？"《大明天下春》本与富春堂本基本相同，有一处不同，"人生莫学庞涓孙膑"，作"人生莫学，人生莫学庞涓孙膑"。以富春堂本与万象新本对校，依然发现改动较多。从【陶金令】四曲比较看，富春堂本与《大明天下春》本基本相同，而万象新本与富春堂本、《大明天下春》本不同处校多，似由此二本改编而来。

【一封书】仙吕过曲，由李昌国对李泰讲述往事(未说破是李泰的身世)，曲曰："(小)因甚事愁恼见，说明情珠泪弹。吹舞排筵愁更添，其中必有不平事，望对孩儿说一篇。须不能补完天地阙，当与爹爹雪恨怨。请开言，免挂牵，怨雨愁云积一天。"

【前腔】“(末)若提起泪涟,说起交人心痛酸。结交故友名韩朋,只为他妻容貌妍。黄巢暴虐选嫔妃,捏理虚词起祸因。韩朋不知身何处?韩福承兄丧九泉。敲牙剔目全贞节,一子他出十八年。泪涟涟,难尽言,山海冤仇不共天。(又)”

富春堂本和《大明天下春》本没有【一封书】二曲,但有李昌国和李泰的比较多的对白,李昌国对李泰讲述了韩朋妻被黄巢所掠,在狱中产下男婴困英,韩子与李泰同年,已有十八岁了。万象新本似根据念白改写成曲词的。此处用唱曲或用念白,各有千秋。

【玉胞肚】“(小)闻爹言语,抱不平心中怒起,他有家颠沛流离。赖友朋竭力扶持。父母冤仇不报待何如,枉为方面理民庶,笑困英是个蠢痴,我与他挺身报取。”

【前腔】“(生)听启:函关外是我家居,那韩朋是我邻比。请问公相姓甚名谁?苦苦追究这因依,欲言又忍心忧虑,但不知其中详细。”

万象新本此曲作【玉胞肚】,第一【前腔】之后文字有大段漶漫,且有阙叶。富春堂本和《大明天下春》本此曲俱作【玉交枝】,且有五曲,五曲后又有【解三酲】二曲作结尾。【玉交枝】、【玉胞肚】同属仙吕入双调。富春堂本、《大明天下春》本的【玉交枝】五曲和【解三酲】二曲基本相同,有少许异文,可参阅《大明天下春》卷七下栏《父子重逢》与明富春堂本第二十四折《父子相逢》二本之对校。由以上比对分析,万象新本是在富春堂本、《大明天下春》本的基础上修改而成的。

最后附录《尧天乐·父子相逢》之【陶金桂】四曲,可与富春堂本【销金帐】四曲比较,又是一种在流传中的变化,可作参考:

【陶金桂】(生)双亲为本,子职须当尽。须念慈乌反哺,跪乳羊羔,岂可为人不孝亲。抚育成人,心中欢庆。倘有疏危,心中不稳。问卜求神,许多思忖。人生当学当学皋鱼自刎。欲尽人伦,须效王祥,闵损把孝言劝。伊水从源,出树从根,岂不念生身父母恩。三凤八龙义气,至今名犹存。张公九世不开分,只为兄宽弟忍。

【前腔】(生)兄宽弟忍，慎勿争闲论。须念鹡鸰原上，两两飞鸣，岂可为人不敬兄。分产田真，紫荆焦困，孔怀情分。手足难倾，妻儿易娉。人生当学当学昭王重义。休听妻言妾佞，曹丕积恨，我把和言劝你。患难方知骨肉恩，急难方知手足情。

【前腔】(生)官僚爵品，臣职须当尽。须记鼎铛恩义，蜂蚁君臣，岂可为臣不敬君。既守朝廷恩俸，补报君恩，爱民谨慎。正直公平，无贪无吝。若是利己荣身，安身不稳。人生当学当学周公伊尹，莫学卫律李陵。我把忠言劝你，难道为官欺小民？(生)休说关张刘备，谩言管鲍雷陈，岁寒松柏菊犹新，方称良朋契友。

【前腔】良朋契友，慎勿相谋损。须记黄莺唤友，迭奏埙篪，岂可为人不守信？托子寄妻，情分芝兰，臭味岁久犹存。同气相求，同声相应。人生当效当效交情刎颈。莫学孙子庞涓，割恩断义。我把好言劝你，仔细叮咛。子不能孝亲，弟不能敬兄，臣不能尽忠，友不能全信。正是画虎画皮难画骨，知人知面不知心。重义世间少，轻财有几人？朋友终须不是亲，急难何曾见一人？

二三、《姑娘绣房议婚》《继母逼莲改节》《玉莲抱石投江》

前集卷四下栏：《姑娘绣房议婚》《继母逼莲改节》《玉莲抱石投江》三出(原刻目录《姑娘绣房议亲》，余二折同)，中栏左外题《荆钗记》。宋元有旧篇，称《王十朋》，古本不传，所传者俱为明改本，以嘉靖年间温泉子编集、姑苏叶氏刊本《影钞新刻原本王状元荆钗记》为最近古本，嘉靖年的《全家锦囊》二卷之《荆钗》亦选录有部分曲辞，与叶本相近，明末通行本则为汲古阁《荆钗记定本》。请参阅《大明天下春》卷八之《玉莲别父于归》等四出之有关《荆钗记》版本流传情况，其中《玉莲投江》折与万象新本之《玉莲抱石投江》亦相似。万象新本是民间流行的青阳腔演出本,保留有“古本”原来有的一些曲辞,弥足珍贵。

《姑娘绣房议婚》,写钱玉莲亲母早逝,由父亲作主将女儿许了王家,欲招王十朋为婿。玉莲姑妈受孙汝权之托,已说通玉莲继母,欲将玉莲许给孙家。姑妈特来绣房,想劝说侄女嫁孙汝权,遭到玉莲的拒绝。此出曲牌为:【驻云飞】、【一江风】、【前腔】、【前腔】、【前腔】、【梁州序】、【前腔】、【前腔】、【前腔】、【余文】。旦扮钱玉莲,丑扮姑妈。此出戏与各本大同小异,兹以《原本王状元荆钗记》(简称叶本)、汲古阁《荆钗记定本》校勘其不同处,间用《全家锦囊》(简称“锦囊本”)、《九宫正始》、戏曲选刊《尧天乐》参校。

【驻云飞】“(旦)思忆萱亲,不幸早年先丧身。撇下儿孤另,针线谁教训。嗏,亏了我爹亲,无子传宗。镇日生愁闷,教我针指工夫学未成。”

按:此曲与叶本、汲古阁本俱不同,叶本、汲古阁本曲牌作“恋芳春”,汲古阁本曰:“宝篆香消,绣窗日永,又还节近朱明。暗里时更换,月老逼椿庭。惟愿双亲福寿康宁。”“朱明”曰夏,《尔雅·释天》:“夏为朱明。”叶本无后三句,“朱明”作“清明”。中吕【驻云飞】曲,南戏常用,用法比较自由。【恋芳春】则为南吕引子,明人改作成完整的南吕套曲。此曲后旦念《鹧鸪天》词,各本同,文字略有异文。

【一江风】“绣房中,剪剪轻风送,袅袅香烟喷,刺绣鸾和凤。但晨昏问寝高堂,须索把椿萱奉。梳早整芳容,惟勤真有功。只见燕语梁间,莺啼槛外,宝鸭香残,金鸡唱午。怕窗外花影日移动。”

按:据《九宫正始》第五册南吕【一江风】注曰:“今时唱‘绣房中’,是其次曲,‘绣房中’之文句与古本者但不同。”其选录的《王十朋》之“瑞烟浓”曲则为古本【一江风】首曲,曲曰:“瑞烟浓,剪剪轻风送,日照香奁永。向高堂问寝归来,慢把金针弄。何事不为容?何事不为容?留心在女工。绣花枝怕绣出双飞凤。”[1]明戏曲选刊《尧天乐》之《绣房议亲》录有【一江风】“绣房中”曲,除“刺绣鸾和凤”无“和”字外全同。叶

---

① 钮少雅、徐于室:《汇纂元谱南曲九宫正始》第五册南吕,黄山书社 2008 年版,第 413 页。

本、汲古阁本“剪剪轻风送,袅袅香烟喷”二句作倒装;“须索把椿萱奉”,汲古阁本同,叶本“奉”字误作“春”;“梳早整芳容”,叶本、汲古阁本作“忙梳早整容”重句;“惟勤真有功”,叶本、汲古阁本作“惟勤针指功”;末句,叶本、汲古阁本同。

【前腔】“喜鹊垂,昨夜银缸绽,今朝喜鹊檐前噪。我知道了,莫不是家门添吉兆?莫不是双亲添寿考?莫不是庭前生瑞草?有何喜事重重叠叠报?鹊噪未为喜,鸦鸣岂是凶?人间吉凶事,不在鸟声中。我是女儿家四德三从,在家从父未出闺门,喜鹊呵,为甚喳喳?不报爹娘,先报奴家?有甚吉凶话?倚栏去绣花。心中爱此花,看娇滴滴真个堪描画。”

按:此曲中有增句作“滚调”,“莫不是家门添吉兆”四句,“我是女儿家四德三从”二句,作滚唱,“鹊噪未为喜”四句作滚白,加强了语气表达情绪。《尧天乐》本基本同,不同的有滚白“不在鸟声中”之“声”字作“音”;“倚栏去绣花”之后作“丢却闲时话,心中爱此花。依然绣着他,绣朵樱桃,绣得花艳艳,花现现,看起来娇滴滴堪描画”。叶本无“滚调”,作“听鹊鸦,噪得我心惊怕,有甚吉凶话?念奴家不出闺门,莫把情怀挂。依然绣几朵花,攸然绣儿朵花。天生怎比他,再绣出几朵墙薇架”。“墙”字误,当作“蔷”。汲古阁本与叶本基本同,“攸然”仍作“依然”,“墙薇”作“蔷薇”。

【前腔】“(丑)过廊东,只闻得一阵香风送,待我转过绣房中。忽听得牙尺剪刀声相送,闻得我哥哥,将他许了王家,我有一计,只说孙家富石崇,王家彻底穷。我和他话从容,全凭着巧语花言、花言巧语,将他心打动。玉莲开门。(旦)我这里试开门,是谁?(丑)儿,是我。(旦)原来是姑娘到此相询问,请进绣房中。待奴家忙步香厨唤春香,传递一盏香茶奉。姑娘请茶。”

按:《尧天乐》本基本同,但有异文。“过廊东”,作“过东廊”;“忽听得牙尺剪刀声相送”,有下句“想是我侄女在此描鸾凤”,当是万象新本的脱句。叶本、汲古阁本俱无此曲。

【前腔】“(丑)我看你喜气壮腮红,想是婚姻目下逢。儿不要害羞。你在绣房中,做甚么针指?(旦)姑娘,绣鞋子。(丑)借姑娘一看。(旦)针指粗造,不中看。

(丑)这是甚么花?(旦)是荷花。(丑)儿,荷花有藕,外人见了,要盗你藕吃。不要绣他,依姑娘教你。绣个蝶儿原来是粉蝶迷花、花迷粉蝶,只恐怕蝶恋花心动。(旦)我守香闺,芳心不动。姑娘呵,说来话儿成何用,绣一对锦鸳鸯,双双赛过鸾和凤。"

按:《尧天乐》本基本同,然有不同处。"想是婚姻目下逢","婚姻"二字后有"在";"儿,不要害羞……"一段对白,简化作"儿,你绣的是什么花?(旦)是荷花。(丑)儿,荷花不要绣他。依姑娘教你";"粉蝶迷花、花迷粉蝶",作"粉蝶恋花、花迷粉蝶";"只恐怕蝶恋花心动",无"怕"字;"绣一对锦鸳鸯",句前有"待奴"二字,无"锦"字。叶本、汲古阁本俱无此曲。从以上叶本、汲古阁本无此"过廊东"、"喜气壮腮红"二【前腔】看,是被删了。此二曲被删,丑扮的姑妈没能上场,为了姑妈上场,叶本、汲古阁本在【一江风】二曲后有一支姑妈的快板上场曲。汲古阁本作【青哥儿】:"豪门议亲,哥哥嫂嫂已许谐秦晋。未审玉莲肯从顺,且向绣房询问。"与仙吕【青哥儿】字格不合。叶本作【青花儿】:"豪门议亲,哥哥嫂嫂已诈谐秦晋。未审玉莲肯从顺,且向绣房中询问。""诈"字误,当是"许"。查《九宫正始》第七册越调有【花儿】曰:"豪门议亲,哥哥嫂嫂先依允。未审玉莲肯不肯,且向他绣房询问。"引自"元传奇"《王十朋》,[①]文字从俗近古。叶本"青花儿"当作"花儿"。

【梁州序】"(丑)家私上等,良田万顷,富豪声振温城。不曾婚娶,特央我来求聘。(旦)姑娘,依着你说他钱物盛,愧我家寒貌丑难厮称。(丑)玉莲儿,这段姻缘,料想是前生定,今日缘何不顺情?休得要,恁执性。"

按:南吕【梁州序】四曲,是议亲的中心情节,突出表现了钱玉莲的情志难移。《九宫正始》第五册南吕【梁州序】曲后有注:"此四曲乃《王十朋》古本之原文。"[②]曲辞通俗本色,鲜明地表现了人物的性格。《尧天乐》没选录【梁州序】曲。"家私上等,良田万顷",锦囊本、叶本、汲古

---

① 钮少雅、徐于室:《汇纂元谱南曲九宫正始》第七册越调,黄山书社 2008 年版,第 565 页。

② 钮少雅、徐于室:《汇纂元谱南曲九宫正始》第七册越调,黄山书社 2008 年版,第五册南吕,第 449 页。

阁本于“家”字前俱有“他”；“上等”，锦囊本同，叶本、汲古阁本作“迭等”；“良田”，叶本、汲古阁本同，锦囊本作“田粮”。“富豪声振温城”，锦囊本作“势豪声振欧城”，“欧”字当作“瓯”；叶本作“富豪家声振欧城”，“欧”字亦误；汲古阁本作“富豪声振欧城”，无“家”字，“欧”字亦误。“不曾婚娶，特央我来求聘”，锦囊本、叶本“不曾”前有“他”字，汲古阁本作“他又”二字；“特央我来求聘”，叶本同，锦囊本、汲古阁本作“专浼我来求亲”。“钱物盛”，疑此句有脱字，汲古阁本作“他恁的钱物昌盛”，与汲古阁本比较，锦囊本“的”字误作“他”，叶本“钱”字误作“一”。“愧我家寒貌丑难斯称”，汲古阁本同，叶本“称”字作“趁”，锦囊本“貌丑”二字作“自料”。“这段姻缘，料想是前生定”，叶本、锦囊本、汲古阁本俱同。“今日缘何不顺情”，锦囊本“今日”作“毕竟”，叶本、汲古阁本作“入境”。“休得要，恁执性”，汲古阁本同，叶本“恁”字作“你”，锦囊本“休得要”三字叠。

【前腔】“(旦)他雕鞍金镫，重裀列鼎，肯娶裙布钗荆？房奁不整，反被那人相轻。(丑)虽然是房奁不整，孙官人他是个财主，见你姿容自然相钦敬。(旦)严父将奴先许了书生，君子一言怎变更？实不敢，奉尊命。”

按：“他雕鞍金镫，重裀列鼎”，锦囊本、叶本、汲古阁本“镫”字俱误作“凳”，锦囊本、汲古阁本“裀”字误作“䄄”。“肯娶裙布钗荆”，锦囊本同，叶本、汲古阁本“娶”字后有“我”。“房奁不整，反被那人相轻”，叶本于“房奁”前有“我”字，汲古阁本于“房奁”前有“我须”二字，锦囊本作“我房奁不正，须被外人评论”，“正”字误，当作“整”。“虽然是房奁不整”，叶本“虽然是”作“虽则是”，汲古阁本作“虽是你”，锦囊本作“虽是你家私难并”。“见你姿容自然相钦敬”，锦囊本同，叶本“见”字后有“了”，汲古阁本作“他见你恭容自然相钦敬”，“恭”字误，当作“姿”。“严父将奴先许了书生”，叶本无“了”字，锦囊本“许了”二字作“已许那”，汲古阁本“许了”二字作“已许”。“君子一言怎变更”，叶本、锦囊本、汲古阁本俱同。“实不敢奉尊命”，叶本、汲古阁本同，锦囊本“实不敢”三字叠。

【前腔】“(丑)见哥嫂俱已应承，问侄女缘何不肯？(旦)姑娘，若说嫁孙家，断然不肯。(丑)恁推三阻四，行浊言清。(旦)姑娘，枉了将奴凌并，(丑)

依姑娘说,嫁孙家好。(旦)若要我嫁孙家呵,便刎下头来,断然不依允。(丑)论我作伐,宅弟尽闻名。温州城里城外,那一家不是我说媒?十处说亲九处成,(旦)九处成了,饶我一处不成也罢。(丑)谁似你,假惺惺。”

按:“见哥嫂俱已应承”,锦囊本同,然“哥”字原误作“歌”,“应”字原误作“印”;叶本、汲古阁本作“你爹娘俱已应承”。“问侄女缘何不肯”,锦囊本、叶本、汲古阁本俱同。“恁推三阻四,行浊言清”,叶本、汲古阁本于“行浊”前有“莫不是”,锦囊本“恁推三阻四”作“恁执性”,于“行浊”前亦有“莫不是”三字。“枉了将奴凌并,便刎下头来,断然不依允”,叶本、汲古阁本同,锦囊本“将奴”之“奴”字,作“言”,“不依允”作“不依听”。“论我作伐,宅弟尽闻名”,叶本同,“弟”字俱误,当作“第”;锦囊本、汲古阁本同,“弟”字作“第”。“十处说亲九处成”,叶本、锦囊本、汲古阁本俱同。“谁似你,假惺惺”,叶本同,锦囊本“谁似你”三字叠,汲古阁本“似”字作“学”。

【前腔】“(旦)做媒的个个夸称,姑娘呵,也多有言不相应。若还信着的,都被你误了前程。(丑)呸!你合穷合苦,丫头强厮挺,致令怒嫌憎。(旦)好不知廉耻,那个是你丫头?出言伤人,怎不三省?荣枯得失皆前定,此事,总由命。”

按:“做媒的个个夸称”,叶本“夸称”作“夸唇”;锦囊本“做”字作“佐”,“称”字作“逞”;汲古阁本“做媒的”三字叠,“称”字作“能”。“也多有言不相应”,依然本、锦囊本、汲古阁本俱同。“若还信着的”,叶本、锦囊本俱无“若还”二字,锦囊本“信”字作“言”,汲古阁本作“信着你”;“都被你误了前程”,锦囊本同,叶本作“都是你误了终身”,汲古阁本作“都被误了终身”。“你合穷合苦,丫头强厮挺”,锦囊本于“你”字后有“这”,“穷”字原误作“穹”;叶本于“你”字后有“那”,“丫头”前有“没福分的”;汲古阁本无“你”字,“丫头”前有“没福分”三字。“致令怒嫌憎”,叶本作“致令人怒憎”,锦囊本作“致令人怒憎憎”,汲古阁本作“令人怒憎”。“出言伤人,怎不三省”,叶本、锦囊本、汲古阁本俱作“出语伤人,你好不三省”。“荣枯得失皆前定,此事,总由命”,叶本、锦囊本前句同,叶本后句作“姻缘事,总由命”,锦囊本后句作“算此事、算此事,总由命”,汲古阁本作“荣枯事,总由命”,据此疑万象新本“此事,总由命”句前脱一“算”字。

【余文】“(丑)这段姻缘非自逞,少甚么花红送迎,(旦)谁想翻成作画饼?(丑)玉莲儿,姻缘事还是怎的?”

按:“这段姻缘非自逞”,锦囊本、叶本同,汲古阁本“自”字作“厮”。“少甚么花红送迎”,锦囊本、叶本、汲古阁本俱同。“谁想翻成作画饼”,叶本、汲古阁本同,锦囊本于句前有“又”字。此出戏与他本的校勘,有被所谓抄本、定本删去的曲辞,这些曲辞或是“古本”所传,或是戏班伶人编撰,暂无考实;又有增句滚调,滚唱与滚白间用,很有研究价值。

《继母逼莲改节》,写王十朋状元及第后,不从丞相招赘,托承局捎书信回家,欲接母亲和玉莲来京。孙汝权套改十朋家书,谎说十朋已入赘相府,劝玉莲改嫁。继母姚氏再次逼玉莲改嫁孙汝权,玉莲宁死不从。在叶本、汲古阁本的第二十四出,即谓《大逼》,亦写继母姚氏逼玉莲改嫁的事,但是万象新本的这出戏与叶本、汲古阁本的第二十四出曲牌、曲辞及剧情进展不同。这出戏为当时戏班演唱的折子,也是玉莲投江前的戏,情节较上述的第二十四出简单,在明戏曲选刊中也没有发现选录这出戏的。这出戏的来由不明,暂且搁置,因篇幅不长,录以备考。

继母逼莲改节

【金尾犯】(净)地僻红尘远,草色入帘阶除上藓。(丑)受人托,拳拳在念,又只恐事与人变。贫家寂寞客稀过,门外常张逞外萝。犬吠不惊姑枉顾,欣欣喜色待如何?闻道梅溪赘万俟,书来弃出旧荆妻。孙郎托我求佳配,百镒黄金作聘仪。(净)正是。如此待我叫玉莲出来。(旦)天上困人浑似倦,忽听鹊呼庭院,停针移步出堂前,意是儿夫便鸿书转。(丑)玉莲儿,叫你出来,别无话说。我闻道梅溪一举成名,入赘相府,贪恋红楼。前日书回,欲令侄女改嫁。昨日孙秀才求为内助其事,若谐享用不尽。(旦)梅溪名魁金榜，四海皆知。才沾一命之荣，岂弃百年之好，贪佳丽而忘糟糠。宋弘尚不肯为，而谓梅溪为之乎？况前日之书，字迹不同，文词粗俚，必有狂夫阴谋秘计。纵有所弃，吾当勤劳织纴，奉养老姑。若再事他姓，宁死不为。姑娘，你纵有苏张之舌，难移我心！（丑）玉莲儿，听我说来。

【桂枝香】豪门俊彦，求谐缱绻。常言道嫁胜吾家何苦，不知通变。他入赘潭潭相府，（又）岂念荆钗微贱？不知权。嫁去孙家呵，珠翠笼云鬓，怎比荆钗不值钱？

【前腔】（丑）富家姻眷，必求妙选。他闻你贞静幽闲，托我针儿引线，富贵人情所顾，（又）居处重门深院，莫推延。日月如流去，守着空盟误少年。

【前腔】（旦）同心一绾，终身不变。我虽是柔暗裙钗，肯把纲常坏乱？不似淫奔水性，（又）东流西转，心比栢舟坚。誓死靡他适，岂肯移身事二夫？

【大迓鼓】（净）吾儿听我言，他有满嬴金玉，万顷良田。特求淑女同鸳帐，又喜和鸣叶凤占，路近蓝桥必要会仙。

【前腔】（丑）姻缘不偶然，想名镌婚牍，他玉种蓝田。无心去折蟾宫桂，有意来扳玉井莲，宅近桃源定要会仙。

【前腔】（旦）纵人说巧言，我心如玉洁，节似金坚。要同松柏存刚操，肯把琵琶过别船？路断阳台你空想梦仙。

【余文】（丑）你似刻舟求剑无通变，（净）不顺亲言岂得贤，（旦）不闻礼仪为人之大闲。

《玉莲抱石投江》，写钱玉莲在继母再次逼嫁孙汝权的情况下，为保丈夫清名，抱石投江。此出戏与《大明天下春》之《玉莲投江》基本相同，而与各种传本将投江与被救合在一出中表现不同，单表现玉莲投江前的情感心理，令人感动。《大明天下春》之《玉莲投江》已与《全家锦囊》二卷之《荆钗》第十五段及其引注世德堂本校勘，确证了有渊源关系。在此万象新本之《玉莲抱石投江》与《大明天下春》之《玉莲投江》对勘，也可说明万象新本这出戏的缘由。参阅本编《大明天下春》

之《玉莲投江》。

本出曲牌为:【驻云飞】、【前腔】、【前腔】、【山坡羊】、【绵搭絮】、【前腔】、【前腔】、【前腔】、【江儿水】、【傍妆台】、【余文】。兹以本出戏与《大明天下春》(简称“天下春本”)之《玉莲投江》对勘:

【驻云飞】“(旦)拘禁深闺,铁石心人闻也痛悲。四面皆墙壁,有计无施处。嗏!你何不立志有三规,我若是不依随,我娘呵,他那里必定把我苦禁持。罢罢罢,休休休,到不如白练套头,一命高挂在悬梁缢。俺这里三思而行、再思可矣,到不如弃了爹爹、别了婆婆、不过残生,趁此半夜三更,悄悄轻移,竟往江边去溺水。”

按:此曲中吕过曲,天下春本题为【半天飞】,为弋阳腔曲调,仅首四句似【驻云飞】。“铁石心人”,天下春本无“心”字;“你何不立志有三规”,作“我立志守三规”;“我若是不依随”,作“怎肯依随”;“我娘呵”作“他那里”;“他那里必定把我苦禁持”,作“必定将奴苦禁持”;“不过残生”,作“拚着残躯”;“趁此半夜三更”,作“趁此夜半更深”;“悄悄”,作“悄步”;“去溺水”,作“跳入波心去”。

【前腔】“除下花钿,想后思前最可怜。把剪刀挑窗扇,呀,唬得我心惊战。天!只见月明在天边。月,你有团圆;可怜玉莲,从今后再见不得夫君面。俺这里口口声声只叫天。(跳介)哎,闪了这一下,且喜跳出窗外来了。我今去投水身死,再不得见我爹爹与婆婆。不免到爹爹房前门前望空拜辞。爹,你梦中受孩儿一礼。”

按:天下春本以此曲为【驻云飞】首曲,下接【前腔】“父母劬劳……”。“除下花钿”后,天下春本有带白:“天呵!钱玉莲当初嫁王十朋,指望于飞百岁,不想今日就是如此结果了。”“想后思前最可怜”后亦有带白:“这房门被母亲锁了,怎生是好?不免将剪刀挑开这窗扇,跳出去便了。”这两处的念白不仅将玉莲内心的怨苦揭示了出来,而且联络了前后情节和上下曲文,原不该删。此处的变化,也说明了天下春本刊行时间较万象新本为早。“唬得我”前“呀”字仍作“唬”;“只见月明”前“天”字作“苦”;“可怜玉莲”后有“一别稿砧,两地相悬”二句(稿砧,即指丈夫);“俺这里口口声声只叫天”,作“娘,你威逼奴身丧九泉”。

【前腔】“父母劬劳，父在高堂谁奉老？爹你指望女孩儿代老，谁想今夜去投江寻死。休怨儿不孝。爹爹，女孩儿今日寻此短计，也只是出乎无奈，我只是熬不过娘焦燥。嗏，拜辞爹爹，不免行到婆婆门首，拜辞婆婆便了。婆婆，你媳妇在此拜辞你了。撇不下婆婆老年高，非是我哭嚎啕，也只是恨难消。谁知道笑里藏刀，只恐怕天不饶奴便死在地府阴司，孙汝权我指定名儿告，我这死者衔冤，俺丈夫生的恨怎消。”

按：“哭嚎啕”之“嚎啕”，万象新本、天下春本原俱作“濠淘”，径改。“谁知道”、“只恐怕”、“孙汝权”，当作衬字，据天下春本改。“我指定名儿告”后，天下春有念白，曰：“我今投水死了，婆婆必定往京寻他儿子。我丈夫问说媳妇怎不同来？婆婆必然将此事说与他知。我丈夫若是心肠歹的，不念我结发之情，再娶一房，他道也自罢了。倘若怜念我为他身死，终身不娶，可不两相耽误了。”这段念白自属多余，原想表现玉莲的善良体贴，反而有损性格，万象新本删得好。“我这死者衔冤”之“我这”二字，作“那时节”；“俺丈夫生的”，作“生者”。

【山坡羊】“轻移莲步别亲爹，去寻一条死路。撇婆婆无人来看顾，恨只恨，毒心继母逼勒，不由人分诉。奴丈夫他是知书知理识法度，你岂是停妻再娶撇下荆钗妇。我母亲若没有姑娘般唆，也不至于此。恨只恨狠毒姑娘也，天杀的套写谗书坑陷奴。姑娘呵，你把，巧语花言断送奴。身死，抛闪我爹爹半子无。”

按：该曲为商调过曲，悲曲。“轻移莲步”前，天下春有“出兰房”三字；“奴丈夫他是知书知理识法度”前，天下春本有带白，曰：“奴家自想，今日被继母所逼，也只为我丈夫这一纸书来，以致如此。我料王十朋乃读书之辈，岂肯为此伤风败俗之事？”这很重要，埋下终究团圆之笔，也很自然引出以下二句。“天杀的”三字作“是何人”；“你把”作“心毒”；“身死”作“身孤”。

【绵搭絮】“更深背母，走出兰房，只见月朗星稀，无语低头痛断肠，自思量奴命该伤。十朋夫，指望和你同谐到老，又谁知两下分张。奴今身死黄泉，奴死到不打紧，抛闪下婆婆没下场。”

按:此【绵搭絮】四曲,属越调,抒发悲怆情绪。《全家锦囊》二卷之《荆钗》第十五段亦选录,题【新增绵搭絮】,可见此出戏是民间戏班新编演的,是为了在场上演出集中刻画玉莲的悲苦形象。可参阅天下春本《玉莲投江》与锦囊本及世德堂本的校勘。"自思量奴命该伤"之"该伤",天下春本作"孤单";"奴死到不打紧"之下,天下春本有"只苦了婆婆呵"。

【前腔】"心下悲切,细思量。只因书里缘由,继母听信谗言,逼奴改嫁郎。思想昨日逼嫁不从,被母亲这般拷打,真个好苦。天,好恓惶。打得我痛苦难当。我本是良人之妇,指望白头相守,怎知道拆散鸾凰。奴家今日身死,也不愁着甚的。自别下白发亲爹,相伴荆钗赴大江。"

按:"自别下"之"自"字,天下春本作"轻";"相伴"后,天下春本有"这"字。

【前腔】"忙行数步,我身孤。只怨我的儿夫,才得成名不顾奴。你空读着圣贤书,全不记当初。钱玉莲本是贞节之妇,被人嫉妒。夫果然入赘豪门,贪恋荣华辜负奴。"

按:此曲下天下春本有【傍妆台】"到江边,泪汪汪"曲,万象新本删。"才得成名不顾奴"之后,天下春本有带白,曰:"书上写'万俟丞相把女相招'。夫,你若是不成其事,则可;你若是忘荆钗糟糠旧妇,恋锦屏绣褥新人,你读甚么书,做甚么官,管甚么百姓,是甚么好人?"这是内心怨苦的泄发,原不该删。"空读着圣贤书"之后的带白"我父亲接你一家在西廊居住"云云,删得好。

【前腔】"滔滔江水,浪悠悠。奴死一命归阴,相趁相随任意流。休流奴在浅水滩头,见奴尸首。若是近方人,知道玉莲的事情,道奴本是贞节之妇;有一等远方人氏,不知道玉莲的事情呵,他道是这妇人有甚么不周?奴只愿流落在深潭,万里长江尽处休。"

按:"休流奴在浅水滩头",天下春本无"在"字;"他道是这妇人有甚么不周",天下春本无"么"字。

【江儿水】"五更时候,抱石江边守望。远观江水流,照见上苍星和斗。奴把荆钗牢扣,(又)钱玉莲密地投江,有谁知道?不免将所穿绣鞋脱下,留此以为记耳。脱下一双红绣鞋，遗记在江心口。这鞋，若是别人捡去，也是枉然；若李成见了捡回家呵，婆婆见此鞋，必定令人捞死尸。王十朋夫，你临别之时，奴将荆钗为誓，夫，你全然不记。把荆钗发咒，(又)钱玉莲不嫁孙汝权，跳入长江去，三魂逐水流，七魄随浪走。恨只恨姑娘逼就，姑娘逼就，钱玉莲丧江心，死去万年名不朽。"

按：该曲为仙吕入双调过曲，兼有抒情、叙事功能。"抱石江边守望"之"望"字，天下春本无"望"；"脱下一双红绣鞋"之"双"字，天下春本作"只"。

【傍妆台】"到江边，泪满腮。撇下堂前爹妈谁管待？谁知道继母爱钱财，孙汝权你好痴你好呆，休想钱玉莲嫁在你家来。恨只恨姑娘毒害，(又)逼勒玉莲跳长江，死向长江水里埋。"

按：该曲为仙吕过曲。"孙汝权你好痴你好呆"，天下春于"孙汝权"三字后有"嗳"字；"逼勒玉莲跳长江"，作"逼勒玉莲无如奈"。

【余文】"伤风败俗乱纲常，萱亲逼嫁富家郎。若把清名来玷辱，不如一命丧长江。"

按：天下春本同。

二四、《班超别母求名》《仲升使夷辩论》

前集卷四下栏：《班超别母求名》《仲升使夷辩论》二出(原刻目录同)，中栏左外题《班超》，即《投笔记》，疑出自明万历年间三槐堂本《新镌徽版音释评林全像班超投笔记》(此书未查实)。此二出戏题名"班超"，乃是戏文题名的惯例，或万象新本编辑者明阮祥宇沿袭旧例如此题名。《宝文堂书目》著录有《班超投笔记》。有关《投笔记》的版本和考释，请参阅前集卷一下栏《寄书报母》一出的有关资料。《古本戏曲丛刊初集》收有明万历年的存诚堂《新刻魏仲雪先生批评投笔记》刊本。此二出戏与明万历年存诚堂本《投笔记》第八出《命子求名》和第十二出《不辱君命》的曲白基本相同，为演唱计曲辞或有小异，仅校勘异文。

《班超别母求名》，写班超因家贫难度荒年，辞别母妻，离家赴科去求取功名。班母贴扮，班妻旦扮，徐干母丑扮；存诚堂本班母夫扮。此出戏【花心动】、【黄莺儿】、【前腔】为商调短套，写班家婆媳强度荒年。【凤凰阁引】、【园林好】、【前腔】、【前腔】、【江儿水】、【前腔】、【前腔】、【玉交枝】、【前腔】、【川拨棹】、【前腔】、【尾声】为仙吕入双调长套，写班超辞别母妻去求取功名。情节虽简单，但抒写的离别情绪层次清晰、纯真而朴实。其中丑扮的徐干之母虽然只唱了两句，凸现了性格，也帮助转换了情绪，用得恰好。兹以存诚堂本《投笔记》第八出《命子求名》、万历年戏曲选刊《乐府红珊》（简称“红珊本”）之《别母应募》校万象新本：

【花心动】“(贴)红销翠减，叹韶光易掷，霜华鬓染。榆柳萧疏，风烟寂静，百物不奈老眼。家贫况值年荒歉，铁甘旨，赖母慈贤办暮，又愁无朝膳。”

按：此曲为双调引子。“风烟寂静”之“寂静”，存诚堂本、红珊本作“惨淡”；“百物不奈老眼”之“奈”字，存诚堂本、红珊本作“禁”；“铁甘旨”之“铁”字，误，存诚堂本、红珊本作“缺”；“赖母慈贤办暮”，句末脱一字，存诚堂本、红珊本作“暮餐”；“又愁无朝膳”，红珊本同，存诚堂本句首有“今”字。

【黄莺儿】“(贴)花落怨啼鹃，叹桑榆暮景悬。家贫采椹充朝膳，时乖运蹇。”

按：此曲为商调过曲。万象新本仅有首四句，以下阙。兹以红珊本补阙，自“物殊味鲜”以下至【江儿水】“须记得糟糠情缱”，以存诚堂校：

“物殊味鲜。怎能勾酸尽香甜转？(合)苦饥寒，朝愁暮怨，难度这荒年。”

按：“朝愁暮怨”之“愁”字，存诚堂本作“忧”。

【前腔】“(旦)贫未爨朝烟，效烹葵荐野鲜。自惭茹淡添姑怨，心事几般，愁肠万千。背将泪界残妆面。(合)免忧煎，还须自遣，强度这荒年。”

按:存诚堂本同。

【凤凰阁引】"(生)青云路远,欲绝功名之念。今朝又被此心牵,耻向长途仗剑。衷肠几转,又添个别离愁怨。"

按:此曲为商调引子。存诚堂本同。

【园林好】"(生)从今日儿离母前,待不去饥寒怎免?只虑西山景短,空泪洒北堂萱,空泪洒北堂萱。"

按:此曲为仙吕入双调过曲。存诚堂本同。

【前腔】"(贴)惜畴昔早失所天,守孤贫忘餐废眠。课儿郎希图贵显,望荣禄养终年,望荣禄养终年。"

按:存诚堂本同。存诚堂本"贴"作"夫"扮。

【前腔】"(夫)喜科场正发少年,你胸中文兼武全。须望鹰扬鹗荐,鳌头上早争先,鳌头上早争先。"

按:存诚堂本同。存诚堂本"夫"作"丑"扮。

【江儿水】"(旦)无限心中事,不尽言,伏雌烹却难为饯。(夫)须记得糟糠情缱"

(红珊本补阙毕,以下由万象新本接续,由红珊本、诚堂本校。)

"绻,休贪富贵忘贫贱。只落得一声长叹。(合)水远山长,未卜何时相见。"

按:此曲为仙吕入双调过曲。红珊本同,存诚堂本于"伏雌烹却难为饯"后作"只落得一声长叹。(合)水远山遥,未卜何时得见?"无"须记得糟糠情缱绻,休贪富贵忘贫贱"二句。

【前腔】"(生)临别非无泪,心自酸,吞声未语肠先断。痛煞煞又恐萱亲念,冷清清难免佳人怨。此际离情无限。(合前)"

按:红珊本、诚堂本同。

【前腔】"(贴)所为功名事,休泪涟,名成利就早疏辞。金殿举头须念春晖短,又恐怕鳞鸿音断。(合前)"

按:存诚堂本"贴"作"夫"。"名成利就早疏辞",红珊本无"利就"二字,存诚堂本于"早"字前有"只顾"二字;"又恐怕鳞鸿音断",红珊本、存诚堂本"又恐"作"只"字,句前有"倚门空望长安远"。

【玉交枝】“(丑)不须留恋，且收拾行装半肩。(生)家贫母老当留恋，(丑)倘欠缺吾自斡旋。(生)相亲赖伊徐母贤，功名早遂班郎愿。(合)莫令人望得眼穿，不由人心不惨然。”

按：此曲为仙吕入双调过曲。红珊本、存诚堂本曲文同。红珊本“不须留恋……”四句作“夫”唱，“相亲……”句作“生”唱，“功名……”句作“夫”唱；存诚堂本“不须留恋……”四句作“丑”唱，“相亲……”句作“生”唱，“功名……”句作“丑”唱。

【前腔】“(生)休得哀怨，我萱亲今当暮年。晨昏代我供调膳，井臼劳切莫辞倦。(旦)妇当事姑理自然，子须念母休远游。(合前)”

按：“我萱亲今当暮年”之“暮”字，红珊本、存诚堂本作“老”；“晨昏代吾供调膳”之“吾”字，存诚堂本作“伊”；“妇当事姑理自然”，存诚堂本同，红珊本无“当”字。

【川拨棹】“(贴)程途半，倘逢人附寸笺。又不可路宿风眠(又)，渴饮饥餐宜保全。(合)这离愁有万千，那离愁有万千。”

按：此曲为仙吕入双调过曲。此曲红珊本作“夫”唱，存诚堂本作“生”唱。“途程半”之“半”字，红珊本、存诚堂本作“畔”。

【前腔】“(生)子道亲情未全，又被功名一线牵。倘一日出使三边(又)，万里瞻云各一天。(合前)”

按：“子道亲情未全”，红珊本、存诚堂本“亲情”后有“事”字。

【尾声】“(生)叮咛话别辞家眷，一曲离歌各泪涟，须望你驷马高车返故园。”

按：“一曲离歌各泪涟”之“离”字，红珊本同，存诚堂本作“骊”。

《仲升使夷辩论》，写班超(字仲升)出使西番鄯善国，与鄯善国兜题元帅和鄯善国王辩论，罢却干戈，结为友邦。班超生扮，鄯善国王外扮，鄯善国兜题元帅末扮；存诚堂本同。以存诚堂本《投笔记》第十二出《不辱君命》校：

【点绛唇】“(外)海日斑蟠，花晴绚，征裘暖，自乐一天，不去朝炎汉。”

按：此曲为北仙吕曲，明初戏文常作外、净上场曲，然后唱南曲。

存诚堂本同。

【风入松】“(生)使槎万里泛天涯，历尽瘴雨蛮烟。平羌不仗昆吾剑，且凭三寸舌揣摩权变。要使西夷胆破，还教南粤头悬。”

按：此曲为仙吕入双调过曲。存诚堂本同。此处曲后有大段念白辩论“不入虎穴，焉得虎子”云云。

【惜奴娇序】“(生)大汉刘朝，念吾主乾刚中正，德过神尧。欲施恩蛮貊，遣我变伊风教。纲常，岂肯轻推倒，须俯首归王道。(合)念两朝，从此罢却干戈，不须征讨。”

按：此曲原误作【惜奴娇】，据曲谱改正，为仙吕入双调过曲。“念吾主乾刚中正”之“刚”字，存诚堂本作“纲”；“德过神尧”之“过”字，存诚堂本作“合”。

【前腔换头】“(外)吾遭，远处不毛。自偏着一天之乐，胸中茅塞。未闻圣贤之学，未闻圣贤之学(又)。(末)王庭女有奇貌，班司马早结朱陈好。(合前)”

按：此曲原误作【前腔】，据曲谱改正。“胸中茅”以下自“塞”字至“有何不可”破损阙字甚多，又有阙叶，据存诚堂本补录。

【黑麻序】“(生)虚劳，我汉朝有公议，区区怎逃？叛国忘亲，少不得罪违名教。(外)堪笑，那汉臣堂堂气岸高。(合)念两朝，你我结亲，有何不可？”

按：此曲当是【黑麻序】的【前腔换头】，属仙吕入双调。《九宫正始》第八册引《唐谱》曰：“古有【斗虾蟆】，又名【蟆序】，后滑稽咏【虾蟆吟】，今上从之。”[①]至“有何不可”，补录毕。存诚堂本“那汉臣堂堂气岸高”之“堂堂”，万象新本作“茕茕”；“有何不可”之“可”字，万象新本作“好”。

【前腔】“(末)班司马听告，走风尘驰险道，光阴易老。此会及时，休恁相抛。(生)不晓孔成仁，孟取义，如何肯折腰？(合)念两朝，夷不乱

① 钮少雅、徐于室：《汇纂元谱南曲九宫正始》第八册【仙吕入双调】，黄山书社 2008 年版，第744 页。

华，古今之道。”

按：此【前腔】，亦是【黑麻序】的【前腔换头】。“念两朝”前原无“合”字，据上曲补。存诚堂本同。

此出戏曲少白多，班超唱【风入松】后便以对白展开与夷邦鄯善国元帅的辩论。戏曲并不擅长表现辩论，但依托于汉朝大国的背景下，以礼义说辞，结礼义之邦交，也写得层次井然，有理有节。

《乐府万象新》后集全阙，未能欣赏到许多优秀的南戏散出，是件很遗憾的事。仅以上述的三十余出戏来说，令人不能忘怀的有《庄子因骷髅叹世》《蒙正游街自叹》《昭君出塞》《槐阴分别》《申生私会娇娘》《玉箫渭河分别》《韩朋父子相会》等，对于民间演唱的《荆钗记》和《琵琶记》数出戏，也使人感叹民间艺术的魅力。在《乐府万象新》中，“滚调”的运用愈趋成熟，如在《昭君出塞》《槐阴分别》和《和尚戏尼姑》中的变化运用，自然流畅，增强了青阳腔的演出魅力。在考述中，对特别有民间性的，而且对后世有深远影响的散出，整理了《昭君出塞》《槐阴分别》《继母逼莲改节》等折子，作为明万历年间流行演出的折子戏的完整面目，留存下来，以供研究和创作参考。

图书在版编目(CIP)数据

海外孤本晚明戏剧选集三种南戏散出考/李晓著.—上海:复旦大学出版社,2018.8
(新世纪戏曲研究文库/江巨荣主编)
ISBN 978-7-309-13505-3

Ⅰ.海… Ⅱ.李… Ⅲ.南戏-剧本-文学研究-中国-明代 Ⅳ.I207.37

中国版本图书馆 CIP 数据核字(2018)第 058673 号

海外孤本晚明戏剧选集三种南戏散出考
李 晓 著
责任编辑/王汝娟

复旦大学出版社有限公司出版发行
上海市国权路 579 号 邮编:200433
网址:fupnet@fudanpress.com http://www.fudanpress.com
门市零售:86-21-65642857 团体订购:86-21-65118853
外埠邮购:86-21-65109143 出版部电话:86-21-65642845
浙江新华数码印务有限公司

开本 787×960 1/16 印张 17.25 字数 221 千
2018 年 8 月第 1 版第 1 次印刷

ISBN 978-7-309-13505-3/I·1100
定价:68.00 元